Strade blu

Gentile Ing. Cesario
mi auguro troverà la lettura
interessante.

Cordiali saluti

[illegible]

Gianluca Calvosa

IL TESORIERE

ROMANZO

MONDADORI

Questo libro è un'opera di fantasia. Personaggi e luoghi citati sono invenzioni dell'autore e hanno lo scopo di conferire veridicità alla narrazione. Qualsiasi analogia con fatti, luoghi e persone, vive o scomparse, è assolutamente casuale.

librimondadori.it

Il tesoriere
di Gianluca Calvosa
Collezione Strade blu

ISBN 978-88-04-74436-8

Edizione pubblicata in accordo con Joy Terekiev Consulenze Editoriali
I edizione settembre 2021

Il tesoriere

Per te, papà

In guerra assai più che non in pace tutto si lega
ed è destinato a durare.

RAIMONDO CRAVERI

Isola di Procida, 10 ottobre 1967

Era ancora notte quando Michele uscì di casa infilandosi in tasca il berretto di flanella. Faceva caldo nonostante fosse quasi novembre, però il tempo in quella stagione poteva girare improvvisamente. Il profumo dei limoni nel piccolo giardino lo fece pensare a sua madre. Li aveva voluti piantare lei quando era nato e se n'era presa cura fino a poco prima di morire. Michele e quelle piante erano cresciuti insieme, ma era stato più semplice dare forma ai rami da frutto che alle sue aspirazioni. A differenza dei limoni, che si erano docilmente piegati a comporre un solido intreccio, le sue esuberanti passioni avevano resistito a ogni potatura e, nonostante i tentativi di tenerle legate alle consuetudini familiari, continuavano a crescere ribelli in ogni direzione producendo frutti che sull'isola non si erano mai visti.

Il riflesso della luna illuminava a giorno la spiaggia della Chiaia. Niente risacca. "Meglio così" pensò, mentre percorreva lo stretto sentiero sterrato che scendeva dal promontorio del Castello verso il porticciolo della Corricella. Alle quattro del mattino il suggestivo presepe di casette colorate che si rifletteva nello specchio d'acqua antistante la marina secentesca era già in fermento.

Michele aveva cinque anni quando gli avevano raccontato la leggenda di Minante, il gigante mitologico che abitava gli abissi dell'isola, e per mesi si era rifiutato di avvicinarsi al mare, finché sua madre gli aveva detto che agli occhi della terrificante creatura gli uomini apparivano come esseri microscopici per nulla interessanti e che bastava non intralciare il suo cammino per essere al sicuro. Tutto sommato, gli era sembrata una spiegazione accettabile. Così, aveva cominciato a uscire in barca con suo zio Giuseppe, ma aveva continuato a sentirsi più a suo agio con i piedi sulla terraferma. A ogni modo, quell'autunno particolarmente mite era un'occasione imperdibile per guadagnare un po' di soldi. Ancora qualche settimana e la pesca si sarebbe fatta più faticosa e meno redditizia.

Nonostante fosse ancora lontano dal molo, poté sentire distintamente il saluto proveniente da un peschereccio che lasciava la baia: «Capita', m'arraccumann'».

«Statte buono, Pasca'!» rispose Giuseppe mentre avviava il motore dell'*Angelina*. L'equipaggio aveva appena finito d'imbarcare le reti e tutto era pronto per salpare.

Quando vide Michele venire giù a passo svelto, Giuseppe imprecò, quindi spense il motore sbuffando e scese sul molo. I marinai si scambiarono una fugace occhiata d'intesa continuando a lavorare: avevano già assistito a quella scena.

I due si ritrovarono faccia a faccia accanto alla malconcia asse di legno che collegava l'*Angelina* al molo. «Tu ti pienze ca tiene a capa cchiù tosta r'a mia» esordì il capitano.

Il ragazzo sorrise. «Ho bisogno di guadagnare.»

«A quello ci pensiamo io e tua zia. Tu hai bisogno solo di studiare. Ne abbiamo già parlato.»

«Sì, ne abbiamo già parlato e ti ho detto che studio, ma anche che voglio suonare. Lo sai che non ci rinuncio.»

«E allora suona! Cosa vuoi da me?» sbottò Giuseppe.

«Devo andare al Conservatorio. Fare su e giù da Napoli

costa. E poi me lo hai detto tu che su quest'isola per me non c'è futuro.»

Ciò che più infastidiva Giuseppe era la caparbia determinazione di suo nipote. Una risolutezza ereditata dal padre. Quel giorno sarebbe uscito comunque a pesca, meglio tenerlo sull'*Angelina* che lasciarlo imbarcare altrove. «Se lo sa tuo padre mi ammazza. Prende la pistola di ordinanza e mi spara.»

«Se gli fosse interessato qualcosa, adesso sarei con lui, non con te.»

Tirare in ballo il padre, o meglio la sua assenza, era l'infallibile grimaldello con cui il ragazzo faceva puntualmente breccia nella corazza impenetrabile dello zio. Giuseppe, dal canto suo, aveva compreso il bisogno del fratello di allontanarsi dall'isola per lasciarsi alle spalle la fine lenta e dolorosa di sua moglie. Era partito tre anni prima, nel gennaio del '64, Michele aveva appena compiuto tredici anni. Poi, quello che in principio doveva essere un incarico momentaneo, dopo l'ennesima proroga era diventato una fuga dalla montagna di ricordi angoscianti e dall'incapacità di sostenere lo sguardo del figlio ogni mattina mentre facevano colazione. Così, anche se Giuseppe sapeva che il ragazzo usava consapevolmente quell'espediente, preferiva abbozzare per evitare di aggiungere dolore al dolore.

Michele saltò sulla passerella prima che suo zio cambiasse idea: «Buongiorno, guagliu'».

Giuseppe si accese una sigaretta proteggendo l'accendino con il palmo della mano nonostante non tirasse un alito di vento e salì rassegnato a bordo.

«Molla a prua!» urlò dopo aver riacceso il motore. «Jamme ca s'ha fatto tardi.»

L'*Angelina* lasciò il porto con andatura stanca, borbottando come una vecchia signora rancorosa, leggermente inclinata a dritta sotto il fardello dell'enorme matassa di reti che attendeva di essere gettata in mare. L'aria era densa di umidità e lo specchio d'acqua di fronte a loro appariva lucido come una distesa infinita di olio nero. Impiegarono meno di un'ora per arrivare nel canale. Gli altri pescherecci si erano diretti verso la secca, oltre l'isola di Ischia, alla ricerca dei totani, una pescata facile con la luna piena che li attirava in superficie. Giuseppe invece aveva deciso di calare le reti più a fondo nella speranza di tirare a bordo delle pezzogne e magari qualcuno dei tonnetti che attraversavano in piccoli banchi il canyon naturale tra le isole e Napoli.

Quando la luna si nascose dietro la sagoma netta del faro di Capo Miseno, Giuseppe ridusse di un terzo la potenza del motore e diede l'ordine. «Votta a mare, vo'.» I marinai, che fino a pochi secondi prima sembravano sul punto di addormentarsi, reagirono con sincronismo perfetto. Le reti, trascinate dall'inerzia del moto, scivolarono fuori bordo via via più veloce liberando l'odore pungente dei residui dell'ultima calata. Intorno non si scorgevano altre imbarcazioni per alcune miglia. Il vecchio due cilindri Fiat arrancava lento nel tentativo di vincere la resistenza dell'infinita maglia di nodi che diventava sempre più pesante. Giuseppe aveva gradualmente aumentato i giri e una volta raggiunta l'andatura giusta si era acceso una sigaretta, mentre il resto dell'equipaggio si era sistemato lungo la murata in vigile attesa.

Fu dopo una decina di minuti che avvertirono il primo scossone. L'*Angelina* esitò un istante per poi recuperare l'andatura. Non capitava di rado che il motore perdesse qualche colpo. Pochi secondi e il peschereccio sussultò nuovamente. Questa volta fu evidente che si trattava della rete. Giuseppe si voltò istintivamente a guardare il braccio dell'argano e lo vide cambiare direzione. Quel tratto di mare era profondo, non poteva essere uno scoglio, pensò quasi a cercare una spiegazione rassicurante, forse un banco di tonni o un piccolo capodoglio. Non era raro avvistarli nel canale, specialmente in autunno.

Un istante dopo si scatenò l'inferno. Le reti sembrarono prendere vita. L'*Angelina*, troppo stanca e malandata per opporre resistenza, mollò subito e s'imbarcò pericolosamente a dritta mentre l'albero dell'argano completava una rotazione innaturale, trascinato verso l'acqua da una forza spaventosa. Uno dei due marinai a prua iniziò a ragliare istericamente. Gli altri, sopraffatti dal panico, si reggevano alla murata pregando sant'Andrea, protettore dei pescatori. Le assi di legno presero a emettere un lamento sinistro e l'*Angelina* cominciò a imbarcare acqua rapidamente.

Giuseppe aveva rinunciato a capire cosa stesse accadendo, sapeva solo di dover fare qualcosa prima che la struttura dell'imbarcazione cedesse. Così, faticando a stare in piedi per l'inclinazione del ponte, riuscì a raggiungere il timone, ma non ci fu verso di spostarlo di un solo grado. Allora cercò il coltello che teneva sul gavone lì di fianco, però non lo trovò. Fu voltandosi che vide Michele aggrappato al braccio dell'argano, mentre si sporgeva verso la cima nel tentativo di tagliare la rete. Gridò il suo nome. Il ragazzo si girò e urlò a sua volta: «Dobbiamo toglierci di mezzo!». Il rumore del motore e le urla del mozzo a prua coprirono la sua voce.

Giuseppe si lasciò scivolare fino al braccio dell'argano che ormai sfiorava la superficie del mare. L'*Angelina* era per un terzo sott'acqua e le reti continuavano a trascinarla con un'indifferenza e una forza che avevano poco a che fare con qualsiasi creatura marina immaginabile. Era finalmente riuscito ad afferrargli una gamba quando l'ultimo dei fili del cordame cedette, l'imbarcazione rinculò pesantemente e il contraccolpo catapultò entrambi in mare.

Disorientato, il capitano faticò non poco a risalire in superficie. Sentiva i marinai gridare il suo nome e poi quello di Michele. Si voltò in direzione delle voci e vide la sagoma dell'*Angelina*, o meglio della porzione che rimaneva in superficie. Le lame di luce delle torce tagliavano l'umidità.

Chiamò suo nipote con tutto il fiato che aveva in gola, più volte. Poi si immerse, ma senza riuscire a vedere nulla. Urlò ancora, finché non fu abbagliato dalla luce.

Sotto di lui, a circa quaranta metri di profondità, la sagoma affusolata dell'unità 627 della Voenno-morskoj Flot penetrava senza fatica il muro d'acqua grazie ai due reattori a metallo liquido da trentacinquemila cavalli. Il mostro marino lungo centosette metri procedeva impassibile, trascinando dietro di sé i resti sfilacciati della rete da pesca dell'*Angelina*. Pochi metri più indietro, impigliata nelle sue maglie, la minuscola appendice inanimata del corpo di Michele.

GIUGNO 1971

1

Le automobili dei servizi di intelligence sono sempre uguali, in ogni parte del mondo. Ciò che le distingue non è il loro aspetto di elegante berlina nera appena uscita dall'autolavaggio, ma la serafica indifferenza con cui ignorano sistematicamente la segnaletica stradale. La stessa disarmante noncuranza che la Ford Galaxie dell'Agenzia ebbe nel parcheggiarsi in corrispondenza del cartello di divieto di sosta davanti all'ingresso principale del Dulles International Airport di Washington.

Al di là dell'ampia porta scorrevole del terminal B, una nutrita comitiva di turisti in sovrappeso, carichi di bagagli e intenti a scollarsi di dosso gli indumenti appiccicaticci, si godeva la botta d'aria condizionata secca e gelata. L'estate si preannunciava come la più torrida da dieci anni a quella parte.

Nonostante fossero in largo anticipo, i tre uomini in completo scuro scesi dalla berlina puntarono senza indugio ai banchi della Pan Am. Una lunga coda partiva dal check-in dell'Economy, mentre quello della First Class era deserto. Uno di loro, quello con la valigetta, prese documento e biglietto aereo dalla tasca interna della giacca, li poggiò sul banco in formica beige e salutò con un cenno del capo.

«Buongiorno, signore.» La hostess sfoggiò il sorriso riservato a chi paga una tariffa tripla per viaggiare con la seconda compagnia al mondo dopo la russa Aeroflot e si accinse a consultare il monitor a fosfori verdi. Quando però vide la rilegatura in pelle rossa del lasciapassare diplomatico cambiò espressione. «Mi dia un istante.» Mentre esibiva un altro sorriso di ordinanza, chiamò al telefono il supervisore per avvisare che il codice 21 era arrivato. Erano le cinque di pomeriggio in punto.

Passò meno di un minuto e una sua collega, con in mano un'enorme ricetrasmittente, raggiunse a passo svelto il banco per scortare il passeggero all'imbarco secondo la procedura: «Buongiorno, signore, siamo stati avvisati del suo arrivo. Da questa parte, prego» disse indicando la scala mobile che scendeva al livello inferiore.

Essendo il più vicino a Langley, il Dulles era l'aeroporto più usato dalla CIA. Gli agenti dell'ufficio dogane avevano una certa anzianità di servizio ed erano abituati a quel tipo di transiti. Quindi, bendisposti dal sorriso della hostess, si limitarono a controllare la foto sul passaporto del tizio con la valigetta. I due uomini che lo accompagnavano esibirono in maniera sbrigativa ognuno il proprio tesserino. Un'ora dopo, Victor Messina era in volo in direzione del Vecchio Continente.

In occasione di quel tipo di missioni, l'Agenzia riservava ai suoi funzionari una poltrona di prima classe per garantire la necessaria riservatezza, o almeno questa era la ragione ufficiale. In realtà, le esigenze particolari di quegli incarichi erano il pretesto perfetto per una vasta gamma di privilegi a cui Messina, come ogni suo collega, si era rapidamente abituato.

La speciale insonorizzazione del Boeing 747-100 e la posizione distante dai motori riducevano il rumore di fondo al punto che alla hostess bastò sussurrare per richiamare la sua attenzione: «Benvenuto a bordo, signore. Cosa le posso servire?».

Lo sguardo di Messina fu catturato dai bellissimi occhi

azzurri della donna per poi cadere sulla profonda scollatura della sua camicetta bianca. «Ha del Porto?»

«Certo, signore. Altro?»

«Un plaid, per cortesia.»

«Sono subito da lei.»

Un sensibile abbassamento della temperatura in cabina e la versione strumentale di *I'll Never Fall in Love Again* di Burt Bacharach erano il modo più gentile che il comandante aveva per dire ai suoi passeggeri "state buoni e rilassatevi". Il Porto era di ottima qualità. D'un tratto, l'aereo virò leggermente a dritta per completare l'imbocco del corridoio Atlantico. Il fascio di luce color arancio del tramonto si spostò sul plaid in morbida lana d'angora dell'intenso color azzurro del logo Pan Am che Messina aveva sistemato sulla valigetta, facendo luccicare per qualche istante la catena che la legava al suo polso destro. Il riflesso attirò l'attenzione della hostess che gli rivolse uno sguardo complice. Poi l'aereo si riassettò, dirigendosi verso Roma senza ulteriori correzioni di rotta.

A ottomila chilometri di distanza, ma in direzione opposta, un altro funzionario governativo si sarebbe imbarcato per motivi analoghi su un altro volo diretto a Roma. Anche il suo bagaglio, una valigetta in pelle nera con doppia serratura in ottone, era assicurato al polso da una catena. E anche Vladimir Tokarev viaggiava con credenziali diplomatiche che, una volta giunto all'aeroporto internazionale Šeremét'evo, gli avevano consentito di usare l'esclusivo accesso riservato agli alti funzionari del partito e agli ospiti istituzionali. Una soluzione che dietro il pretesto di un trattamento di riguardo permetteva al KGB un controllo puntuale del transito di personale e bagagli speciali, sottraendolo allo sguardo dei curiosi.

A scortare Tokarev fin sotto la scaletta del Tupolev Tu-134 dell'Aeroflot erano stati due uomini dei servizi. L'estate in

Russia tardava ad arrivare, il che rendeva tutto sommato sopportabile il cappotto d'ordinanza che i tre uomini indossavano. Altri due funzionari avevano accompagnato sua moglie e sua figlia per una breve vacanza fuori Mosca in una dacia riservata a ospitare i quadri ministeriali. Per quella ragione, Tokarev si era svegliato presto per giocare con la bambina, prestando la voce ai personaggi di pezza che le cuciva sua madre.

Il compito che gli era stato affidato non gli aveva garantito un posto in prima classe, in quanto la dottrina comunista non consentiva di acquistare privilegi sul mercato.

Secondo il protocollo al quale era ormai abituato, però, Tokarev era salito a bordo dopo che tutti i passeggeri erano già seduti e i preparativi per la partenza completati. Una volta atterrati, sarebbe sceso per primo. Per questo motivo gli veniva riservato uno dei due posti di corridoio della prima fila, per il resto lasciata di proposito vuota. Anche quel giorno la procedura era stata rispettata facendo ritardare di dieci minuti la partenza.

Nel bagno alle spalle della scala a chiocciola che scendeva dalla prima classe, Victor Messina armeggiava con la gonna stretta di lana cotta nel tentativo di sollevarla sui fianchi della hostess, per cui non si accorse della leggera perdita di quota. I polsi della donna, sollevati contro lo specchio, erano legati con le manette che prima assicuravano la valigetta, ora incastrata tra il water e la porta a soffietto. L'americano fu preso alla sprovvista dalla voce metallica del pilota che attraverso l'altoparlante sopra le loro teste annunciava la discesa su Roma. Si fermò per un attimo, quindi riprese con maggiore foga, cosa che non dispiacque affatto all'assistente di volo. D'altra parte, il compito principale di una hostess della Pan Am era trasformare la permanenza a bordo in *magic hours*, assecondando la promessa dell'ultimo spot della compagnia.

L'arrivo a Fiumicino fu un sollievo per Tokarev. Durante i diciotto mesi di addestramento aveva imparato a resistere a quasi ogni tipo di tortura, ma nessuno lo aveva preparato alle zaffate nauseanti provenienti dai piedi gonfi della passeggera della fila dietro, la quale subito dopo il decollo li aveva sottratti alla costrizione dei vecchi stivali foderati di lana.

Come previsto, allo sbarco trovò ad attenderlo sotto la scaletta due addetti all'ambasciata russa che lo scortarono fino al controllo passaporti. Lì un agente della polizia doganale si sbracciava, chiedendo alle persone in coda di tenersi a ridosso della parete su cui spiccava un grande manifesto del Colosseo. Alle loro spalle arrivava a passo svelto Victor Messina, preceduto da due agenti della polizia italiana in divisa. L'americano filò dritto senza esibire alcun documento. Davanti all'atrio del terminal, l'enorme limousine nera della rappresentanza statunitense a Roma appariva del tutto sproporzionata accanto alle utilitarie italiane. L'auto lo avrebbe condotto all'ambasciata USA di via Veneto dove lo aspettava Luigi Ognibene, tesoriere della Democrazia cristiana, il partito di maggioranza al governo del paese dal dopoguerra, nonché principale alleato politico degli Stati Uniti in Italia. L'incontro sarebbe durato il tempo necessario a contare i soldi, firmare le ricevute e sbrigare i pochi convenevoli di cortesia consentiti dall'inglese maccheronico del dirigente della DC.

A distanza di pochi minuti, Tokarev salì a bordo di una Lancia Flavia con targa diplomatica che lo condusse all'ambasciata sovietica dove di norma si limitava a consegnare la valigetta e a recuperare la ricevuta dai beneficiari finali prima di ripartire per Mosca. Al suo rientro, sua moglie Katja e la piccola Elena sarebbero state puntualmente riaccompagnate a casa. Una precauzione necessaria che sembrava divertire molto la bambina. Quella sera però, diversamente dal solito, gli toccò restare a Roma avendo un'altra questione importante da sbrigare.

Nell'ufficio al secondo piano della splendida villa cinquecentesca dietro il Vaticano che l'Unione delle Repubbliche Socialiste Sovietiche aveva acquisito nel '36 alla morte degli eredi del principe georgiano Abamelek, i funzionari dell'ambasciata russa, aperta la valigia con la coppia di chiavi recapitate il giorno prima da un altro corriere, controllarono che il contenuto corrispondesse a quanto disposto da Mosca e concordato con gli italiani. Il segretario dell'ambasciatore siglò quindi la prima delle due ricevute e autorizzò la chiamata.

Nella tesoreria della sede centrale del Partito comunista italiano, il Bottegone come lo chiamavano i compagni, qualcuno aspettava quella telefonata sulla linea diretta. Poco dopo, la Lancia Flavia varcò il grande cancello di ferro battuto di Villa Abamelek e scese rapida le curve strette del Gianicolo per raggiungere il punto d'incontro con una Fiat 128 grigio topo proveniente dalla direzione del partito. Le due auto proseguirono per un po' a vista per poi fermarsi in un parcheggio pubblico della Garbatella, a ridosso delle Mura Aureliane, dove un gruppetto di bambini in calzoni corti e canottiera urlava all'inseguimento di un pallone malconcio. Il responsabile delle finanze del PCI si riservò alcuni minuti per controllare il contenuto della valigetta, quindi siglò la ricevuta.

> Roma 25.6.1971, ricevo la somma di 1.000.000 (un milione) di dollari quale contributo straordinario per le elezioni amministrative.
>
> *Marco Fragale*

Alle sei del pomeriggio dello stesso giorno, Tokarev varcò la Porta della Morte, quella più a sinistra dei cinque varchi frontali della basilica di San Pietro. L'appuntamento era al solito posto. Percorrendo la navata di sinistra, non poté fare a meno di ammirare l'imponenza di quel capolavoro dell'architettura, un'esplosione sorprendentemente armoniosa di forme e colori. Attraversò il transetto meridionale godendosi la temperatura di diversi gradi più bassa dei trentaquattro che opprimevano la capitale quel giorno e si fermò davanti al monumento funebre di Alessandro VII. Nella complessa composizione scultorea, la potente messa in scena dello scheletro che solleva la clessidra a rappresentare l'ineluttabilità della fine esercitava su Tokarev un'attrazione irresistibile. Per quella ragione aveva scelto quel luogo come punto d'incontro con Verbovšk. Era questo il nome in codice del suo uomo, il pezzo più pregiato della rete di spionaggio sovietico in Italia, noto a Mosca per aver passato al KGB la documentazione sulle tecnologie antisommergibile commissionate dalla NATO agli ingegneri italiani. Grazie a quell'anonimo ricercatore dell'Università di Pisa, ai sovietici erano bastati quaranta milioni di lire per annullare uno svantaggio tecnologico fino a quel momento considerato incolmabile.

Quando Verbovšk voleva fissare un incontro, non doveva fare altro che pubblicare un annuncio per la vendita di un'auto d'epoca su un quotidiano locale e recarsi a Roma una settimana dopo.

Tokarev trovò il suo uomo assorto in contemplazione del monumento funebre. «Inizialmente mi dava un senso di angoscia, poi ho imparato ad apprezzare l'ironia della morte mentre si libera dal drappo che doveva nasconderla nel tentativo di esorcizzare la fine» esordì l'agente del KGB in un italiano impeccabile.

Verbovšk gli rispose senza voltarsi: «Il genio di Bernini riesce a rendere affascinante anche la morte. Molto più divertente dei noiosi scheletri putrefatti di epoca medievale».

I due si incamminarono tra la folla di turisti passando davanti al pesante baldacchino in bronzo al centro dell'ambulacro. Nessuno fece caso a loro, erano tutti in ammirazione con il naso all'insù. Del resto, era proprio questo l'intento degli artisti arruolati dai papi: usare l'arte per costringere i fedeli a rivolgere lo sguardo al Signore. La musica d'organo che riecheggiava in lontananza e il pungente odore d'incenso contribuivano a conferire solennità a quella scenografia millenaria.

Verbovšk era insolitamente nervoso. Non che di norma fosse un tipo tranquillo. Una volta si era addirittura avventurato in una velata minaccia che gli era costata sei mesi di congelamento. Tokarev aveva imparato a conoscerlo, e l'esitazione nel tono della sua voce tradiva una tensione apparentemente ingiustificata. In realtà, le ultime carte che gli aveva procurato si erano rivelate un tentativo della CIA di inquinare la fonte passandogli documenti falsi, e Verbovšk sapeva che prima o poi lo avrebbero scoperto.

«Gli americani hanno cominciato a fare domande sul mio conto. Non mi piace. Non riesco più a dormire. Forse è venuto il momento di prendermi una pausa.»

Erano giunti nella navata destra, di fronte all'infilata di confessionali dove la domenica un gran numero di fedeli faceva la coda per liberarsi dal fardello dei peccati più recenti, però quel giorno non c'era nessuno. L'agente del KGB posò una mano sulla spalla del ricercatore italiano, un gesto paternalistico che lo mise a disagio: «Abbiamo lavorato bene finora. Meglio non rischiare inutilmente. Prenditi il tempo che serve. Abbiamo ancora tanta strada da fare insieme».

Verbovšk non si rese neppure conto della puntura. Il suo corpo senza vita fu trovato in uno dei confessionali due ore più tardi. Durante l'esame autoptico gli fu rinvenuta sul collo una capsula microscopica di platino e iridio del diametro di un millimetro. Intorno alla puntura, tracce infinitesimali di ricina, un potente veleno in grado di causare la morte cellulare quasi istantanea.

2

Nonostante fosse stato promosso da tempo al rango di archivista capo, Andrea Ferrante aveva mantenuto l'abitudine di girare a fine giornata tra i corridoi con il carrello di ferro a due ripiani per riporre i fascicoli lasciati in giro da colleghi e visitatori. In realtà, per quel lavoro erano previsti dei turni, ma gli altri facevano di tutto per evitarli. Ad Andrea invece piaceva quel vagare per i corridoi sconfinati dell'archivio della Camera del lavoro, cullato dal cigolio delle ruote arrugginite tra scrivanie vuote e file interminabili di scaffali male illuminati dalla luce tremolante dei vecchi neon. L'idea di riporre ogni fascicolo nel posto esatto dove, presto o tardi, qualcuno lo avrebbe cercato gli procurava una sensazione gratificante. Era il suo contributo quotidiano al contenimento della confusione dilagante nell'emisfero occidentale del pianeta. Sapeva bene che l'ordine richiede pazienza e impegno, e la disciplina a lui non era mai mancata. Forse per questo gli erano sempre piaciuti la matematica e il comunismo. I numeri, anche se infiniti, sono organizzati, simmetrici e soprattutto prevedibili, così come la visione comunista della società. Solo che a differenza dei fenomeni naturali, per i quali gli scienziati avevano da tempo individuato le leggi della fisica necessarie a comprenderne le dinamiche, nessuno era ancora riuscito a scrivere la formula in grado di governare la complessità della società moderna. "È solo questione di tempo" pensava Andrea. Una volta individuata la mappa completa del "cervello collettivo", la dottrina comunista avrebbe finalmente tracciato la rotta verso una società libera dall'alienazione di una vita incentrata sulla sopravvivenza, in cui i rapporti economici sarebbero stati completamente sostituiti da relazioni culturali. Nel frattempo, i saggi compagni sovietici avevano demandato a un ristretto gruppo di dirigenti il compito di tenere in ordine il complesso sistema di rapporti tra uomini e cose.

Rassicurato da questa idea, Andrea si dedicava da ormai tredici anni con diligenza e perizia al suo lavoro in archivio. Durante la ricognizione dei millecinquecento metri lineari di scaffali che accoglievano oltre duecentomila tra documenti, registrazioni, opuscoli, tessere e bandiere, annotava gli eventuali problemi di conservazione e di sicurezza da segnalare con discrezione a chi di dovere: muffe, polvere, escrementi di topo, macchie di umidità, parassiti, luci fuori uso, fili elettrici scoperti.

Gli restavano pochi fascicoli da sistemare. Contenevano alcuni documenti antecedenti il 1960, che andavano riposti nell'unica scaffalatura protetta da una grata con la serratura di cui esisteva solo una chiave. Non era al suo posto quando l'aveva cercata nel solito cassetto e aveva impiegato un po' per ritrovarla. Gli avevano riferito che nel primo pomeriggio era arrivato in visita da Roma il compagno Fragale, il quale, piombato in archivio con i modi scortesi e sbrigativi che il rango di tesoriere del partito gli consentiva, se l'era fatta consegnare, dimenticandola poi nella serratura.

Andrea aprì la grata, lasciandosi distrarre dalle voci degli ultimi colleghi in uscita che echeggiavano ovattate in lontananza, e afferrò con decisione il grosso faldone consultato da Fragale per rimetterlo al suo posto. Una lama rovente gli attraversò il braccio, la solita fitta lancinante che in quei casi lo paralizzava facendogli tornare in mente la brutta caduta di tanti anni prima, motivo della frattura scomposta che si era saldata male e non gli aveva più dato tregua.

Era la metà di ottobre del '42. Qualche giorno dopo ci sarebbe stato il primo bombardamento alleato su Milano dopo due anni di calma. Andrea aveva riempito le tasche del cappotto con le caldarroste che sua madre aveva cotto sotto la cenere del camino. Erano le prime della stagione, di certo non le migliori ma le più attese. Poi rincalzandosi il berretto era uscito in cortile. Dopo essersi sporto dalla balaustra aveva infilato due dita in bocca, un fischio breve e preciso. Pochi istanti dopo, all'altro capo della modesta casa di ringhiera di via De Amicis si era affacciato Vittorio, anche lui in sciarpa e cappello d'ordinanza. Il sole pallido del primo pomeriggio riusciva a stento a disegnare la sua sagoma attraverso la spessa coltre di foschia.

Andrea aveva diviso le caldarroste in parti uguali cercando di non bruciarsi le dita. Erano dispari e aveva ceduto quella in eccesso al suo amico. Le avrebbero tenute strette nelle mani infilate in tasca fino a quando la fame non avrebbe prevalso sul freddo. I due ragazzini si erano quindi incamminati verso l'osteria del padre di Andrea, in via Santa Marta. In realtà, l'attività era nata come spaccio di vini e oli, quelli che i nonni paterni producevano nella campagna del Monferrato, poi si erano aggiunti una cucina e pochi tavoli sistemati tra gli scaffali pieni di bottiglie. Una soluzione a buon mercato per chi si accontentava di un piatto caldo senza grandi pretese e di un bicchiere di rosso decente.

Lo spaccio di vino restava però l'attività principale di Pietro Ferrante, che per trenta lire a settimana aveva affidato ad Andrea e Vittorio le consegne pomeridiane presso le case e gli alberghi del centro. Non era un vero e proprio lavoro, ma per due ragazzini di undici anni era come averne quindici, e secondo i loro calcoli nel giro di cinque settimane avrebbero potuto comprare le due biciclette usate appese a un grosso chiodo sulla parete dal rigattiere vicino a casa.

La sera prima, alle nove e mezza circa, il suono lugubre del preallarme della contraerea era tornato, poi però la successiva sirena lunga che avrebbe dovuto segnalare l'avvistamento dei bombardieri non c'era stata. Nonostante ciò, la paura era calata come una pesante cappa sulla città a spegnere ogni cosa, pure il respiro. Anche per questa ragione Andrea e Vittorio non immaginavano che proprio quel giorno i ragazzi della banda di Porta Ticinese, forse in preda al disorientamento generale, avessero deciso di regolare i conti in sospeso con il mondo.

Avevano appena imboccato via Novati, quando arrivò la prima sassata che li mancò di poco per poi insaccarsi nella striscia di fango ancora umido al margine del vicolo. I due amici non si accorsero di nulla. Le pietre successive, grosse come arance, piombarono nella vetrina del fornaio alle loro spalle facendola esplodere in una nuvola di schegge taglienti. Lo spavento li travolse paralizzandoli per qualche istante. Giusto il tempo di scorgere dall'altra parte della strada la banda avversaria e capire cosa stesse accadendo. Allora era cominciata la corsa a perdifiato. Altri due sassi, meno grossi. Uno, rimbalzando sui ciottoli del vicolo, aveva colpito Vittorio dietro una coscia sbilanciandolo in avanti. Andrea lo vide mulinare le braccia, nel miracoloso tentativo di restare in piedi e proseguire la sua corsa mentre le caldarroste gli rotolavano giù dalle tasche. "Bastardi!" Correvano veloci, Andrea e Vittorio, uno di fianco all'altro, e sapevano dove scappare. Era il loro quartiere, quello.

Avevano ormai il fiatone e le schegge di vetro, infilandosi nei colletti, si erano fatte largo nei vestiti tagliuzzando la pelle umida di sudore e resa insensibile dalla scarica di adrenalina. Li avevano staccati il giusto quando, nell'imboccare una traversa in quel dedalo di viuzze, Andrea si era voltato per la prima volta a guardare quanti fossero. Fu una frazione di secondo, un'esitazione fatale. Gli sembrò di schiantarsi contro un muro, invece era finito addosso a un asino che tirava un carretto carico di mobili. Il colpo lo aveva tramortito per qualche secondo. Si ritrovò ansimante, steso a terra sotto l'animale. Era in preda al panico. In bocca, il sapore metallico del sangue.

Gli inseguitori, rinvigoriti dalla scena, si avvicinavano rapidamente. Si sentì afferrare per un braccio, era Vittorio che lo aiutava a rialzarsi urlando parole incomprensibili. Confuso, Andrea aveva ripreso a correre, trascinato per la giacca dal suo amico. "Questi ci ammazzano" pensò.

Andrea sentiva i polmoni bruciare. Poco dopo si erano ritrovati esausti e senza fiato in un vicolo senza uscita. Un cancello di ferro alto un paio di metri completamente ricoperto di ruggine sbarrava loro la strada. Piegato con le mani sulle ginocchia, con l'alito che disegnava vortici nell'aria e il cuore che sembrava in procinto di esplodergli in petto, li sentiva avvicinarsi.

Aveva appena ripreso il controllo del respiro quando sollevando lo sguardo vide Vittorio che si toglieva la giacca.

«Non voglio scappare più.»

«Sono troppi.» Andrea era preoccupato.

«Tanto le prendiamo uguale. Almeno così qualche cazzotto riusciamo a tirarlo anche noi.»

Giunti a pochi metri da loro, i tizi che li rincorrevano si erano fermati e, spiazzati dalla vista di Vittorio che andava loro incontro tirando su le maniche, avevano preso a ridere e a darsi di gomito. Poi il gruppo si era diviso in due. I più robusti si erano disposti intorno a Vittorio, che agitava i pugni minaccioso. Gli altri si avvicinavano lentamente ad Andrea, che aveva avvolto la sciarpa a una mano dopo averla liberata alla meglio dalle schegge di vetro e aveva infilato l'altra nel cappello per proteggersi dalla ruggine. Mentre si arrampicava sul cancello, sentiva il suo amico lottare. Era quasi arrivato in cima, quando il primo sasso lo prese alla schiena facendogli sputare l'aria che tratteneva a fatica nei polmoni. Un istante dopo un'altra pietra gli centrò la mano, ma la sciarpa riuscì ad attutire il colpo. Andrea sentiva il rumore degli altri sassi che rimbalzavano sul ferro arrugginito e le urla, i colpi. Fu mentre scavalcava le punte del cancello che gli arrivò la botta alla tempia. Fece appena in tempo a far passare l'altra gamba prima di rovinare giù nel fango come un sacco di patate da quasi due metri. Il tonfo fu accompagnato da un dolore lancinante e da un'esultanza che suonava come la folla allo stadio quando suo padre lo portava a vedere l'Ambrosiana Inter. Da quel momento in poi tutto si fece confuso – macchie disordinate di suoni e luci – fino a quando si riscosse per le botte ripetute contro la parete di ruggine verso cui lo tiravano le mani allungate tra le sbarre.

Andrea si accorse che non riusciva a muovere il braccio destro. Gli occhi gli bruciavano a causa del sangue che – lo avrebbe capito più tardi – gli usciva copiosamente dalla testa. Aveva rinunciato a reagire quando udì distintamente la voce di Vittorio: «Fascisti di merda! In sei contro uno».

Riuscì a intravedere la sua sagoma confusa che si stagliava nella tenue luce all'altro lato del vicolo. Gli assalitori persero improvvisamente ogni interesse mollando la presa per lanciarsi urlando all'inseguimento del suo amico. La caccia era ripresa.

Sulla strada verso casa, Andrea si fermò a una fontanella pubblica. Passato l'effetto dell'adrenalina, ogni parte del suo corpo aveva cominciato a pulsare dal dolore. Perdeva ancora un po' di sangue dalla tempia. Bruciava molto, ma si trattava di un taglio superficiale. Aveva pianto lacrime di rabbia. Poi si era lavato via il sangue dalla faccia e dai tagli sul collo e si era liberato delle schegge di vetro più grandi usando la mano sinistra. Quella destra l'aveva infilata nella tasca della giacca per alleggerire il peso del braccio fratturato. Il fango che ricopriva i vestiti si stava asciugando e cominciava a sbriciolarsi. Nel frattempo, la foschia si era trasformata in una densa coltre di nubi e minacciava pioggia.

Davanti al portone di casa la signora Lucia, la portinaia, era intenta a cancellare dal terreno i segni del gesso lasciati dai bambini, per il ridicolo timore che potessero diventare obiettivi per gli aerei degli Alleati. Andrea salì le scale lentamente, tenendosi il braccio, e aprì la porta di casa con la mano libera. Scorse sua madre in camera da letto inginocchiata a sistemare la cotta da chierichetto di suo fratello e attese la reazione inevitabile.

«Cosa ti è successo?» Clara si precipitò da lui lasciando Ottavio in ostaggio della tunica tenuta insieme dagli spilli. «Cosa ti hanno fatto?»

«Sono caduto.»

«Perdi sangue.» Gli scostò il ciuffo dalla fronte e gli rovistò freneticamente tra i capelli alla ricerca della ferita, ma la penombra della stanza non era d'aiuto. Allora lo afferrò per il braccio per avvicinarlo alla finestra. Andrea non riuscì a trattenere l'urlo e si piegò in avanti dal dolore. Sua madre ritrasse la mano spaventata. «Ottavio, vestiti! Corri in osteria e di' a tuo padre che bisogna portare tuo fratello dal medico al Ca' Granda.»

Erano le dieci di sera quando tornarono dall'ospedale. Andrea sembrava la statua del Manzoni in piazza San Fedele. Una corazza di gesso stretta e pesantissima gli opprimeva il torace rendendogli complicato anche respirare. Non aveva dolore al braccio, anzi, quasi non lo sentiva più. Ma l'effetto della sedazione non sarebbe durato a lungo. Riusciva a stento a tenere gli occhi aperti. Si ricordò di Vittorio soltanto quando passò davanti alla sua porta.

La mattina dopo il dolore era tornato e non lo avrebbe abbandonato un attimo per l'intera settimana. Andrea aspettò che sua madre uscisse per recarsi al mercato. Infilare le scarpe si era rivelata un'operazione inaspettatamente complessa. Di annodare i lacci non se ne parlava, e a togliere la maglia di flanella del pigiama di suo padre non ci provò neppure. Si limitò a poggiare sulle spalle il cappotto, scese lentamente le scale e tirò due pugni secchi contro la porta di Vittorio. Sentì dei rumori all'interno, poi l'uscio si aprì cigolando. Fece fatica a riconoscere il viso completamente tumefatto e ancora incrostato di sangue. Il labbro superiore del suo amico gli conferiva uno strano ghigno e un occhio era praticamente chiuso. Aveva ancora gli abiti del giorno prima e una manica della giacca era completamente strappata. I due ragazzini restarono in silenzio per un po'.

Fu Andrea a parlare: «Andiamo su da me. Quando arriva mia madre ti portiamo dal dottore».

«Non serve» rispose Vittorio.

Andrea sapeva che i suoi genitori non se ne sarebbero occupati. Suo padre era un operaio alle acciaierie Falk, ed era stato licenziato per atti di ostentato sindacalismo. Nei rari momenti in cui non era ubriaco, si arrangiava riparando caldaie e macchinari di ogni genere. Il resto del tempo lo passava all'osteria a spendere i pochi spiccioli guadagnati. Sua madre invece non era una cattiva donna, ma anche lei aveva perso di recente il lavoro a causa del suo cognome di origine ebraica, nonostante fosse cattolica, perciò era caduta in una profonda crisi depressiva e se ne stava tutto il giorno a letto.

«Non possono cavarsela così» insistette Andrea.

«Falla finita. Quei balordi di Porta Ticinese sono riusciti solo a strapparmi la giacca.»

A quel punto il padre di Vittorio si affacciò sulla soglia. I suoi occhi rossi e gonfi facevano paura. Bastò uno sguardo perché il ragazzino rientrasse in casa senza dire una parola.

Andrea si chinò leggermente in avanti, poggiando la fronte sulla mensola davanti a sé con il braccio destro raccolto in grembo, e aspettò qualche secondo che il dolore si attenuasse. Poi fece un respiro profondo, sistemò il fascicolo nello scaffale e chiuse la serratura con la mano sinistra.

In archivio non c'era nessun altro. Girò il carrello e tornò lentamente verso i tavoli nella sala grande all'ingresso. La cartellina gialla aperta in bella vista sulla scrivania gli ricordò che doveva completare la relazione sullo stato dell'economia e del lavoro nelle regioni del Nord Italia. La settimana successiva sarebbe venuto per la prima volta in visita a Milano il nuovo segretario del PCI in occasione di un incontro con i sindacati. L'agitazione si era propagata nella federazione cittadina a ogni livello della linea gerarchica, fino agli uscieri.

Di mettersi a scrivere, Andrea non ne aveva proprio voglia. Aveva conservato una viva curiosità per le questioni economiche e per l'analisi sociopolitica, ma ormai aveva perso entusiasmo per la scrittura, semplicemente perché si era convinto che non servisse a nulla. Ciononostante, non aveva mai smesso di redigere la relazione mensile e le note sull'economia sovietica, però lo aveva fatto unicamente perché quello era un suo compito, anche se nessuno gli aveva chiesto di svolgerlo senza limitazione di orario. La verità era che Andrea in archivio stava meglio che a casa, specialmente di sera, quando rimaneva solo. Nel tempo aveva sviluppato una sorta di adattamento biologico al microclima di quello stanzone umido e mal ventilato.

Come faceva spesso quando si trovava di fronte a un foglio bianco in cerca di ispirazione, prese una delle caramelle dalla scatola di latta colorata portata da un collega di ritorno dall'Unione Sovietica. Faceva parte del pacco regalo che i compagni italiani ricevevano al loro arrivo a Mosca. Profumo di pessima qualità che nessuno osava mettere, una penna in metallo con il cappuccio colorato, un'agenda con la copertina in pelle di seconda scelta e l'immancabile scatola di caramelle. Questa volta la carta non veniva proprio via. Era come se la caramella provasse vergogna a farsi spogliare. Non gli restò che strapparla, quindi liberò le dita dai residui collosi leccandole una alla volta. Prese poi a scrivere di getto alcuni appunti a margine delle pagine dattiloscritte.

Dopo un po' cominciò a sentire freddo e si alzò a chiudere la grande finestra alle sue spalle. Si accorse allora che la luce della lampada da tavolo stagliava la sua ombra sulla parete opposta in una proiezione distorta dalla prospettiva, che finiva curiosamente per aggiustare il suo profilo in realtà tutt'altro che armonioso.

La sua altezza, quasi un metro e ottanta, il fisico asciutto ma con una precoce e testarda pancetta che aveva resistito a più di una dieta e le spalle leggermente curve disegnavano una sagoma che ricordava quella dell'omino della pubblicità della Lagostina. Anche il naso era lo stesso di quel personaggio del "Carosello" animato dalla penna che scorreva sullo schermo in bianco e nero. Tondo, come la forma del suo viso che incorniciava due occhietti vispi e un po' tristi. Le labbra affilate e il piccolo mento sporgente restituivano l'impressione di un perenne sorriso che gli conferiva un aspetto rassicurante. Nel tempo aveva accentuato quell'espressione in maniera inconsapevole, assecondando un puro riflesso pavloviano. Il suo modo di vestire poi non faceva che amplificare quell'aspetto allo stesso tempo anonimo e inconfondibile, con i pantaloni un po' larghi che poggiandosi sulle scarpe incurvavano all'indietro la linea delle gambe e la cintura di similpelle nera che portava allacciata stretta sotto la pancia come a reggerla.

Andrea badava quasi soltanto alla praticità, preoccupandosi di spendere il minimo indispensabile a mantenere un'apparenza dignitosa. Per questa ragione preferiva le giacche scure – ne aveva tre, tutte a quadretti, di fresco lana che usava sia d'estate che d'inverno – e le camicie con il taschino, per infilarci penne e foglietti. Sempre un passo indietro, quasi in disparte, tendeva naturalmente a mimetizzarsi con l'ambiente circostante. Si sistemava di continuo i grandi occhiali dalla forma rettangolare in metallo dorato pigiando a fondo sul ponticello, e quando ascoltava gli altri inclinava leggermente il capo in avanti per sbirciare sopra le lenti stringendo le labbra. Pareva quasi che stesse producendo uno sforzo fisico nel concentrarsi per scovare qualcosa d'interessante in mezzo al mucchio di banalità di cui erano capaci gli esseri umani.

Era quella l'espressione con cui si ritrovò a osservare il volto che si era appena affacciato alla porta. Si trattava di Duilio, il manutentore dell'archivio, che passava a chiudere le finestre e a innaffiare le due piante striminzite all'ingresso del corridoio.

«Sono le otto passate.»

«Ho del lavoro da finire.»

«Ti sei mai chiesto se qualcuno la legge quella roba lì?»

In effetti, Andrea non lo sapeva e in fondo non gli importava più, pensò fissando la cartellina sulla scrivania. Aveva da poco compiuto quarant'anni e si sentiva già vecchio, rassegnato al ruolo di uno dei minuscoli meccanismi della complessa macchina organizzativa del partito. Utile sì, ma facilmente sostituibile.

«Stasera c'è Svezia-Italia» riprese Duilio «e Valcareggi si è deciso a schierare Boninsegna e Prati in attacco.» Il manutentore sparì nell'ombra del corridoio prima ancora di terminare la frase.

Andrea ascoltò il rumore del silenzio per qualche secondo, poi prese da terra la ventiquattrore che era di fianco alla scrivania e la poggiò sul piano di lavoro, sbloccò la serratura ed estrasse una grande busta giallognola piena di fogli completamente bianchi. Li ispezionò fino a individuarne uno un po' più scuro, con una griglia di forellini che lo facevano sembrare il retro di una serie di francobolli. Staccò con cura due dei rettangoli e li infilò, ancora uniti, sotto la lingua. Il sapore leggermente metallico gli era familiare.

Infine, aprì l'armadio di fianco alla scrivania, tirò fuori un giradischi dotato di altoparlante e scelse un 33 giri dallo scaffale in alto.

La melodia del valzer n. 2 di Dmitrij Šostakóvič risuonò malinconica tra i corridoi dell'archivio. La luna proiettava sul pavimento la geometria deformata del telaio a quadri della finestra. Andrea spostò la sedia che interferiva con il disegno di luce e si stese sul pavimento freddo al centro del rombo. Nel portare le braccia lungo i fianchi, avvertì ancora una leggera fitta al braccio destro. Respirò profondamente e aspettò una decina di minuti, il tempo necessario affinché la sagoma della luna, inquadrata perfettamente dalla cornice della finestra, cominciasse ad animarsi. Ora poteva percepire distintamente l'odore umido della carta stipata sugli scaffali e non avvertiva più né il dolore al braccio né il freddo del pavimento, e neppure l'oppressione permanente alla bocca dello stomaco che lo affliggeva da tempo. L'LSD cominciava a fare effetto, e anche quella sera avrebbe visto la luna e le stelle ballare.

3

Erano da poco passate le due del pomeriggio quando il tesoriere della DC suonò il campanello del civico 11 di via di Propaganda, a ridosso di piazza di Spagna.

L'uomo all'interno del negozio era intento a leggere il "Corriere della Sera" mentre mangiava da un contenitore di latta il pranzo preparatogli quella mattina da sua moglie. La prima pagina apriva con la strage di Città del Messico, dove la polizia aveva sparato su un corteo del movimento studentesco. Il negoziante diede uno sguardo attraverso la spessa vetrina e, riconosciuto il cliente, azionò l'apriporta elettrico, poi sigillò il contenitore con il pranzo, lo ripose sul ripiano inferiore del banco e si passò approssimativamente il tovagliolo sulla bocca specchiandosi nel vetro antiproiettile. Ognibene salutò cortesemente e fu ricambiato con altrettanta gentilezza. Poggiò sul banco la valigetta gettando lo sguardo sulla tabella dei cambi per soffermarsi sulla quotazione del dollaro statunitense: 621,16 lire italiane, la più alta registrata in quel mese di giugno. Non era male, considerato che teneva conto di una generosa commissione di quasi il 6%. Il funzionario della DC sbloccò la serratura e aprì la valigetta per poi girarla verso il cambiavalute. Questi prelevò una mazzetta alla volta e contò tutte le banconote con l'aiuto della macchinetta che aveva sul banco. Convertì quindi l'importo in lire italiane e aprì la vistosa cassaforte alle sue spalle, dove ripose con precisione i dollari per poi prendere un certo numero di mazzette da centomila lire a cui aggiunse dei biglietti di taglio più piccolo che prelevò dalla cassa.

Ognibene trasferì i quasi quattrocento milioni di lire nella valigetta, la richiuse a chiave e salutò. «Alla prossima.»

«Mi trova qui.»

Un'ora più tardi i negozi nei dintorni di piazza di Spagna erano ormai aperti e i turisti affollavano la scalinata che scendeva da Trinità dei Monti ricoperta di fiori. Alcuni di loro si rinfrescavano la testa con il getto d'acqua della fontana della Barcaccia sotto lo sguardo pigro dei vigili urbani che, intorpiditi dalla calura, li lasciavano fare.

Il cambiavalute si accingeva a voltare il cartello in vetrina su APERTO-OPEN quando il campanello suonò nuovamente. Ancora un viso conosciuto, quello di Marco Fragale, il tesoriere del PCI.

Il rituale si ripeté identico. Questa volta, alla fine della procedura sul nastro della calcolatrice era stampato l'importo di un milione di dollari tondo che, tradotto in lire, corrispondeva a seicentoventun milioni e rotti. Terminata l'operazione, i due si salutarono. Fragale uscì dirigendosi verso la Barcaccia di piazza di Spagna dove la Fiat 128 lo attendeva per riaccompagnarlo al Bottegone.

Chiusa la cassaforte, il cambiavalute andò finalmente alla porta per girare il cartello e sbloccare la serratura appena in tempo per lasciar entrare il primo cliente del pomeriggio, un uomo d'affari italiano in partenza per gli Stati Uniti che necessitava di cambiare in dollari USA oltre venti milioni di lire.

«Dottore, immagino lei sappia che le norme vigenti sull'esportazione di valuta pongono limiti ben inferiori a questa cifra. E poi, al momento non dispongo di un tale quantitativo di dollari.»

«Sì, capisco, ma ho un affare importante da concludere. Non posso fare altrimenti, anche se questo mi dovesse costare una commissione superiore» disse l'uomo d'affari con il tono di sufficienza di chi avrebbe tollerato un sovrapprezzo cospicuo.

Pochi minuti dopo, s'incamminava verso la piazza con i dollari al sicuro nella sua ventiquattrore. Il cambiavalute richiuse la cassaforte, prese la cornetta del telefono e compose un numero di sole quattro cifre. «Buongiorno, sono Marinoni, avrei bisogno di parlare con Sua Eminenza. È questione di una certa urgenza.»

Ad aspettarlo nel suo ufficio di Botteghe Oscure, Fragale trovò Renato Miccio, proprietario delle omonime industrie che fornivano da quasi vent'anni la carta per le stamperie dei giornali del partito. Risolti i convenevoli, l'imprenditore recuperò alcuni fogli dalla sua borsa.

«Questa è la fattura di venti milioni, il resto del conto lo trovi qui. Fanno centoquaranta milioni tondi.»

Pagare in nero buona parte del dovuto conveniva a entrambi. Lo stampatore evitava le tasse e il partito poteva impiegare il denaro dei russi senza dare nell'occhio. Fragale si tolse la giacca impregnata di sudore e prelevò dalla valigia i contanti della differenza extracontabile. «Eppure, abbiamo ridotto la tiratura dei quotidiani» protestò commentando l'importo inaspettatamente alto.

«Sì, ma avete aumentato quella delle riviste. La carta è più pesante, costa di più.»

«Il peso della carta non conta, conta quello delle idee» commentò Fragale mentre compilava l'assegno da venti milioni della fattura.

«Allora perché vi ostinate a stamparle?» fu la provocazione inopportuna di Miccio.

Il tesoriere del PCI fissò il suo interlocutore per qualche secondo, poi strappò l'assegno dal carnet. «Perché, altrimenti, per imporle dovremmo cominciare a sparare. Costerebbe di più.»

4

Erano le prime giornate di sole dopo mesi di pioggia ininterrotta. Una trama d'acqua grigia, uniforme, immutabile, che affrettava il passo e inumidiva i pensieri. Ma la sua irragionevole insistenza non riusciva a impigrire l'operosità dell'infinita periferia industriale, tanto era caparbia e automatica l'ansia dei milanesi di produrre.

Andrea uscì dall'archivio alle sei di mattina tirandosi dietro a fatica la pesante porta di ferro. Era sabato e le strade erano deserte. Alzò il bavero del soprabito e s'incamminò lungo i due carrai di pietra chiara dell'acciottolato lombardo immersi nel tappeto scomodo di quei sassi maledetti che accorciavano la vita delle scarpe. Si fermò alla solita edicola dove sfilò la sua copia dell'"Unità" dalla risma ancora imballata con lo spago e si diresse verso casa.

Il rumore delle chiavi nella serratura si poteva sentire fin giù nell'androne. Andrea era certo che qualcuno lo stesse maledicendo. Ormai si era fatto giorno, ma come in ogni quartiere operaio il sonno del fine settimana era sacro per le famiglie che abitavano in quegli edifici anonimi.

Capì dall'odore di caffè che Sandra era già sveglia. La trovò seduta al piccolo tavolo di formica della cucina, avvolta nella sua vestaglia di flanella color ocra intonata con lo sfondo di piastrelle beige e rosso che metteva anche ad agosto. Era una specie di segnale. Finché la indossava era meglio non rivolgerle la parola. Aveva appena bevuto il suo secondo caffè e fumava la prima Diana della giornata. Andrea abbozzò un timido buongiorno, poi inclinò la testa in direzione della camera di Umberto.

«Dorme. È tornato poco più di un'ora fa e si è buttato sul letto senza neppure spogliarsi.» Sandra gli parlò a voce bassa mentre spegneva la sigaretta nel posacenere di plastica gialla, omaggio natalizio del liquore Strega.

Andrea entrò piano nella stanza di suo figlio. I raggi di luce del mattino filtravano tra le maglie della tapparella socchiusa svelando le particelle di polvere che si agitavano inconcludenti nell'aria. Osservò il sistematico disordine che lo circondava e si soffermò sulle riviste ammucchiate in precario equilibrio sulla scrivania comprata quando Umberto aveva tredici anni e ormai troppo piccola per lui. "Avanguardia operaia", "Quaderni Rossi", "Il Risveglio anarchico", un dissonante miscuglio di scontata solidarietà ed energica ribellione. Lesse poche righe dalla copia di "Lavoro Politico" aperta sul mucchio. Una critica ai filocastristi, "piccoli borghesi in cerca di emozioni", e verso l'avventurismo di "chi arriva a proporre azioni armate in Italia". Sistemò la rivista nel modo esatto in cui l'aveva trovata, il riflesso di sapersi un intruso in quel mondo alieno. Si soffermò nuovamente a guardare suo figlio. Notò le tracce di brufoli che ancora gli arrossavano gli zigomi, la coda dell'adolescenza che resisteva all'età adulta. Richiuse la porta e una volta nel corridoio si liberò del soprabito. Gli occorreva sempre un po' di tempo per decidersi a toglierlo, come se dovesse rassegnarsi all'ineluttabilità del fatto che gli toccasse restare a casa a lungo. Sandra si vendicava di quella fastidiosa abitudine aspettando ogni volta che si spogliasse prima di concedergli il saluto. Quando uscì dal bagno, lei si era vestita e stava indossando il soprabito.

«La discussione della tesina di politica economica è andata bene. Io pensavo saresti andato ad ascoltarlo, lui invece sapeva che non lo avresti fatto» disse Sandra, come ad autobiasimarsi per la sua testarda ingenuità, mentre infilava le chiavi nella piccola borsa grigia a tracolla.

«La prossima settimana arriva il Segretario. Sono tutti nervosi e hanno voluto la relazione in anticipo.» Andrea si giustificò senza troppa convinzione, sapendo che il partito era una scusa sufficiente per ogni cosa, e il lavoro il migliore diversivo per non parlare di loro. Aveva smesso da tempo di farla felice, ma non era il senso di colpa ad allontanarlo, quanto piuttosto lo sguardo di Sandra che lo metteva a disagio.

«La cena di ieri sera è in frigo.»

«Vai a scuola?»

«Torno dopo pranzo.»

«Anche di sabato?»

Sandra uscì senza dire nulla. Faceva così quando era contrariata. Le veniva naturale. Non era mai riuscita a liberarsi del tutto dell'imprinting della famiglia cattolica della buona borghesia mantovana in cui era cresciuta. Figlia unica in un mondo femminile rassegnato e silenzioso, almeno sulle questioni che riguardavano l'amore e il sesso. Sua madre le aveva insegnato che il matrimonio era indissolubile, il divorzio non esisteva e l'aborto era un reato. Suo padre le aveva chiaramente detto che avrebbe voluto un maschio al suo posto perché una femmina non era mai un buon investimento.

Aveva compiuto da poco dieci anni quando, attaccata alla porta della camera da letto di sua madre, aveva sentito le urla che dovevano porre termine a quella gravidanza complicata e regalarle un fratellino. Invece si trattava di due bambine che non avrebbero superato la notte. La mattina dopo, suo padre si era limitato a commentare sbrigativo: "Meglio così". Da allora sua madre era entrata in una depressione profonda e in breve tempo aveva rinunciato a parlare, e poi aveva smesso anche di mangiare. Sandra le stava accanto buona parte della giornata, leggendo ad alta voce i libri che prendeva di nascosto dalla biblioteca di suo nonno. Quando sua madre morì, suo padre non era presente. Tornato a casa una volta finita la guerra, le disse che avrebbe dovuto togliersi dalla testa l'idea di studiare visto che sarebbe stato tempo perso. Sandra non si era mai rassegnata a quella sensazione opprimente di aria stantia e sguardi malinconici che avevano accompagnato sua madre fin sul letto di morte. Per questa ragione, era rimasta letteralmente folgorata leggendo le parole di Marx che accusavano il borghese di vedere in sua moglie "null'altro che uno strumento di riproduzione". L'idea che la famiglia fosse unicamente "un contratto economico funzionale ad alimentare il capitalismo e l'oppressione della donna" le aveva rivelato la sua missione: il cammino di liberazione della donna come conseguenza inevitabile dell'abolizione della proprietà privata.

Due giorni dopo aveva preso la tessera del Partito comunista registrandosi con il cognome di sua madre e si era data subito da fare. Aveva organizzato il primo comitato femminile provinciale, il che le era valso la selezione per il programma del PCI di scambi culturali con l'Unione Sovietica. Così, tre mesi più tardi, di nascosto da suo padre e grazie all'aiuto di una sindacalista che l'aveva presa in simpatia, era partita per Mosca dove avrebbe potuto studiare scienze politiche. Era l'inverno del '52, Sandra aveva appena compiuto diciotto anni e lì avrebbe conosciuto Andrea. Accadde al parco di Novodevičij. Seduti su una panchina davanti al laghetto che aveva ispirato *Il lago dei cigni* a Čajkovskij, avevano conversato dieci minuti ostentando un pessimo russo prima di capire che erano entrambi italiani.

Non si era trattato di amore a prima vista. Sandra a quell'epoca aveva un fascino indecifrabile. Il suo fisico sottile e le gambe lunghissime si accomodavano naturalmente nelle maglie aderenti e nei pantaloni che amava ostentare come simbolo di emancipazione. I capelli di un nero profondissimo, della consistenza quasi innaturale della seta, erano spesso raccolti in una lunga coda e i suoi zigomi alti facevano da impalcatura a due occhi da cerbiatto sempre spalancati in un'espressione di apparente allarme che dichiarava una vulnerabilità in contrasto con i suoi modi risoluti. Era questa disarmante contraddizione a renderla un animale misterioso.

Andrea all'inizio la evitava, considerava le donne una distrazione superflua. Invece quel ventunenne pallido che aveva diretto con mano ferma la federazione giovanile di Milano del PCI, incuriosì Sandra sin da subito. Dimostrare a quel giovane intellettuale presuntuoso di che pasta fosse fatta divenne presto una sfida, e grazie alla sua tenacia Andrea scoprì la donna più impegnata e intelligente che avesse mai incontrato. Fu una passione totale, travolgente, capace di anestetizzare tutto il resto: la fatica dello studio, il peso delle aspettative riposte in loro e il freddo di Mosca, che quell'inverno sembrava essere sospesa in una surreale morsa glaciale.

Poco più di un anno dopo, entrarono all'ufficio anagrafe di Mosca, accompagnati da due testimoni pescati la mattina stessa tra i frequentatori del corso di laurea, per sposarsi e per registrare Umberto, nato due settimane prima. Poi, con il tempo, le convinzioni ideologiche e le virtù intellettuali avevano finito per prevalere su quelle amorose, il fervore politico aveva preso il posto della passione carnale e la compagna di lotta era finita per diventare la compagna di vita.

D'altra parte, l'amore non era tra le priorità dei giovani comunisti al tempo della Guerra Fredda. I compagni si sposavano quasi sempre tra di loro: "Il matrimonio, all'interno del gruppo sociale comunista, garantisce una regolare vita sessuale e introduce nella sua esistenza un ulteriore elemento di ordine e di disciplina". Andrea lo aveva letto, sedicenne, nella *Guida dell'organizzatore comunista*, una sorta di *Manuale delle giovani marmotte* del PCI. In fondo, la formazione di una famiglia regolare rappresentava un legame ancora più stretto con il partito che, in cambio, provvedeva ai suoi bisogni primari: stipendio, casa, medicine e vacanze.

Essere studentessa e madre non era stato affatto semplice per Sandra. Gli alloggi riservati ai laureandi stranieri erano confortevoli e spaziosi, di certo molto meglio di quanto potesse permettersi a quei tempi un operaio moscovita, ma non c'era la lavatrice e fare il bucato a mano, in particolare nei rigidi inverni di Mosca, era tra le incombenze più faticose, soprattutto per la quantità industriale di pannolini che Umberto sporcava. Nelle ore di studio Sandra chiudeva il bambino nella loro stanza per sottrarlo alle attenzioni delle compagne, incapaci di resistere all'istinto materno. Lei, invece, aveva una concezione rigorosa, quasi scientifica della maternità. I migliori testi sovietici dell'epoca, del resto, raccomandavano di rispettare rigidamente tempi e procedure. Solo quando scattava il momento della poppata, il neonato poteva essere preso in braccio, nutrito, lavato, pesato e cambiato. Un modello genitoriale che ben si accordava con l'agenda di studio sua e di Andrea e che, anche per questo, entrambi trovavano perfettamente ragionevole.

Accadeva, ogni tanto, che il piccoletto piangesse disperatamente ma Sandra, coerente con il metodo, evitava di sospendere lo studio per consolarlo. Le compagne osservavano la scena perplesse, più ammirate che turbate da tanta severità. Lei, a sua volta, le giudicava troppo tenere e poco disciplinate. D'altronde, l'impegno nell'apprendimento e l'applicazione rigorosa della dottrina comunista alla gestione familiare le avevano anche fruttato una medaglia al merito per gli studi universitari che aveva ricevuto in occasione dell'anniversario della Rivoluzione d'Ottobre.

Sandra era orgogliosa di eccellere in un sistema educativo d'avanguardia che tra i suoi meriti aveva quello di aver fatto uscire centocinquanta milioni di sovietici dall'analfabetismo in poco più di vent'anni, mentre in Italia erano ancora in molti a combattere quella che Giovanni Gentile aveva definito "l'invasione nelle università da parte delle donne".

Quando era tornata in Italia, il 1958 volgeva al termine e Sandra aveva ventiquattro anni. Grazie al partito, aveva trovato un lavoro d'insegnante presso la scuola serale degli operai della Falck. A trentasette anni appena compiuti aveva raggiunto buona parte degli obiettivi che si era prefissa: la laurea in scienze politiche, il matrimonio con un uomo che le riconosceva una certa dignità intellettuale, un figlio all'università, una casa decorosa e un lavoro che non era esattamente quello a cui aspirava ma che le consentiva di aiutare le operaie meno fortunate e di portare avanti il suo contributo al percorso di emancipazione della donna.

Il divorzio che era diventato legge pochi mesi prima e la battaglia per l'aborto, che stava raccogliendo consensi nel paese e alleati in parlamento, avevano reso le sue rinunce un sacrificio trascurabile. Eppure, a volte riconosceva nello specchio lo sguardo malinconico di sua madre. E rimaneva a fissarlo a lungo, spaventata ma incapace di reagire, rapita da quella avvolgente sensazione di familiarità che aveva il potere ipnotico di domare la paura e attirarla tra le fauci della bestia.

5

Per chi operava nelle istituzioni, il decennio appena cominciato si preannunciava assai difficile.

Alle 16.37 del 12 dicembre 1969, insieme alle diciassette vittime innocenti dell'attentato di piazza Fontana era morta anche l'Italia fiduciosa e spensierata del dopoguerra e dalle sue ceneri ne nasceva una nuova, decisamente più cupa e violenta. L'onda d'urto dell'esplosione si era propagata in tutto il paese sancendo il passaggio definitivo dalle spranghe alle rivoltelle, dalle chiavi inglesi alle bombe. Improvvisamente, era tornata la paura della guerra, una guerra diversa, contro un nemico invisibile che era ovunque e da nessuna parte.

Alla tensione sociale si sommava la preoccupazione degli alleati per la possibilità di un'offensiva sovietica che si faceva sempre più concreta alla luce della crescente rilevanza del PCI, un minaccioso monolito rosso da quasi due milioni di iscritti, quindicimila sezioni, ottomila solerti funzionari, un'artiglieria di carta stampata da oltre un milione di copie e una robusta rete di organizzazioni fiancheggiatrici forti di migliaia di potenziali guerriglieri addestrati in Cecoslovacchia e Bulgaria. Il Partito Rosso contava ormai otto milioni di voti ed era in costante crescita. Capire come annullare la minaccia comunista in Italia era diventata la principale preoccupazione per gli agenti dei servizi alleati.

L'ispettore Vincenzo Buonocore arrivò al palazzo del Viminale poco dopo le otto di mattina. Non era la prima volta che il suo capo mandava avanti lui quando si trattava di parlare con un ministro. I funzionari di intelligence di norma hanno una scarsa considerazione dei politici, li ritengono dei dilettanti arruffoni, mentre tendono a identificare se stessi come i custodi dei veri interessi del paese. In questo caso, però, c'era qualcosa in più, qualcosa di personale. Tra Maurizio De Paoli e il ministro dell'Interno Antonio Canta non correva buon sangue, specialmente da quando quest'ultimo aveva tentato senza successo di abolire l'Ufficio affari riservati.

Sotto la direzione di De Paoli l'Ufficio aveva assunto funzioni di vera e propria polizia politica, divenendo il più potente e opaco apparato all'interno delle istituzioni. L'accusa che veniva mossa a De Paoli era di averlo trasformato in una specie di pied-à-terre delle agenzie spionistiche di inglesi e americani e di usare le risorse a sua disposizione per orientare le commesse militari favorendo la grande industria d'oltreoceano. Qualunque fossero i suoi reali obiettivi, l'enorme mole di lavoro che il suo ufficio macinava aveva bisogno di uomini in numero sempre maggiore, e il maestro dello spionaggio italiano era riuscito a garantirsi costanti infornate di personale proveniente in larga misura dalle questure variamente dislocate sul territorio.

Vincenzo Buonocore si era distinto per le sue doti particolari nella raccolta di informazioni, anche grazie a una rete capillare di collaboratori diffusa in ogni ambito sociale. Non aveva costruito lui quella ragnatela di informatori, ma era riuscito a farla funzionare meglio di chiunque altro. Anche per questa ragione, quando De Paoli scoprì che Buonocore aveva organizzato di sua iniziativa una schedatura di tutti i politici italiani di sinistra e dei loro familiari, invece di allontanare quel funzionario troppo intraprendente aveva creato una nuova divisione a suo diretto riporto e gliel'aveva affidata. Così, con la necessaria copertura dall'alto, Buonocore aveva potuto continuare il suo lavoro con gli strumenti adatti ad allargare un po' il raggio d'azione. Da lì in avanti la sua carriera era decollata. La circostanza poi che fosse di Napoli come De Paoli aveva facilitato l'intesa e fatto di lui una specie di jolly da utilizzare per i compiti più delicati o rognosi. Certo, non gli sfuggiva il disegno di alcune scelte del suo capo, ma riteneva che tutto sommato gestisse l'Ufficio nell'interesse pubblico.

Dopo alcuni minuti di attesa trascorsi affondato in una scomoda poltrona di velluto rosso, la segretaria del ministro invitò Buonocore ad accomodarsi. La grande stanza dagli altissimi soffitti a cassettoni era immersa nella penombra. Entrando, Buonocore ebbe un brivido. Nonostante l'afa di quel periodo, quell'ufficio era particolarmente freddo e odorava d'incenso. Gli sembrò di trovarsi in una chiesa e pensò che quella sensazione fosse frutto di un disegno intenzionale.

«Si accomodi.»

«Buongiorno.» Buonocore accennò con il capo una specie di inchino.

Lo scricchiolio della sedia d'epoca risuonò distintamente nella stanza avvolta in un silenzio surreale, considerando che le sue finestre si affacciavano su una delle strade più trafficate della capitale. L'uomo seduto alla scrivania continuò a leggere il giornale per un po' come se il suo ospite non esistesse. Poi, senza sollevare lo sguardo, chiese: «Cosa pensa di questo nuovo segretario del PCI?».

Buonocore non rispose. Entrambi sapevano che era la cosa giusta da fare.

«Pare che non ami i russi» continuò il ministro «e che i compagni sovietici ricambino il sentimento.»

Buonocore si era rivelato sempre ben informato sul variegato mondo della sinistra italiana, ma anche molto misurato nei commenti personali, che limitava allo stretto indispensabile.

«Comunque, non impiegheremo molto a capire se è così. Purtroppo, però, i nostri amici d'oltreoceano non sono noti per la loro pazienza. Mi viene l'emicrania solo a pensare di dover ragionare con quei bovari su cosa è meglio tra l'avere a che fare con un pragmatico moderato oppure con un estremista rivoluzionario. Un ragionamento troppo colorato per la loro politica in bianco e nero. Penso sia questa la ragione per cui si trovano a loro agio con questi calcolatori elettromeccanici. Li chiamano computer, pensano come loro, non conoscono che uno o zero, bianco o nero, vero o falso. La politica è una faccenda molto più complicata, per nostra fortuna.»

Antonio Canta parlava continuando a sfogliare il giornale. Sollevava una pagina dopo l'altra con una spinta secca della mano destra, facendola ricadere morbidamente sulla precedente. Un movimento lento, cadenzato dal breve e intermittente crepitio della carta, quasi ipnotico.

Buonocore fu rapito dal titolo di un trafiletto su una pagina interna del "Corriere della Sera": *Il divario fra Nord e Sud verrà colmato solo nel 2020*. "Se ci arrivo, avrò quasi novant'anni" pensò dopo un rapido calcolo.

A ricondurlo nella conversazione fu il ministro: «Sa perché preferisco di gran lunga negoziare con un rivoluzionario piuttosto che con un pragmatico? Perché il pragmatico finge di voler cambiare le cose, ma in realtà è un borghese travestito da riformista. È un conservatore, impegnato innanzitutto a conservare se stesso. Per questo è così difficile toglierselo dai piedi. Il rivoluzionario invece è puro istinto, un romantico incallito. Accarezza le sue idee con lo sguardo languido che si riserva alla bellissima donna di cui si è follemente innamorati. Il vero rivoluzionario è talmente infatuato delle proprie convinzioni che è disposto a morire per esse. E spesso ci riesce, fortunatamente. Staremo a vedere. Che notizie mi porta?».

Finalmente potevano arrivare al sodo: «Abbiamo mandato uno dei nostri dal cambiavalute. I comunisti si rivolgono allo stesso utilizzato dalla DC». Fece una breve pausa, aspettando che Canta alzasse lo sguardo: «I dollari sono autentici».

«Avete controllato le banconote giuste?» chiese il ministro con tono di ovvietà.

«Le altre, quelle che venivano dalla CIA, erano segnate.»

«E la volpe che intenzioni ha?»

Buonocore capì che Canta si riferiva ironicamente a John Volpe, l'ambasciatore americano a Roma. «Nessuna in particolare. Qualche solerte funzionario di Washington gli aveva messo in testa che i sovietici stessero inondando il mercato di dollari falsi per montare una manovra inflazionistica ai danni degli Stati Uniti.»

Buonocore fece una pausa in attesa della domanda successiva che non arrivò. Il ministro si era incantato su un punto preciso del giornale.

«E noi, ministro? Cosa facciamo?»

Canta sembrò risvegliarsi e proseguì a sfogliare le ultime due pagine. Poi alzò lo sguardo, fissando Buonocore negli occhi per qualche secondo da dietro la pesante montatura degli occhiali. «Di quanto denaro si tratta?»

«Almeno cinque milioni di dollari l'anno. In tranche da un milione l'una.»

«Tutti soldi che entrano?»

«Tutti soldi che entrano.»

«Se gli americani non fanno nulla, non facciamo nulla neanche noi.» Canta sottolineò quella frase con una impercettibile scrollata di spalle.

«Li lasciamo fare il comodo loro a casa nostra, quindi?»

Il ministro fu sorpreso dall'accenno di dissenso di Buonocore, ma non ne restò infastidito. Il suo fervore anticomu-

nista avrebbe potuto tornare utile al momento opportuno.
«Le mosse altrui non accadono sempre e necessariamente a nostro discapito» rispose tranquillamente. «A volte basta non fare nulla perché le cose vadano nella direzione giusta.»

OTTOBRE 1971

6

Alla fine, la visita del Segretario attesa per giugno era saltata, ma questa volta sembrava quella buona. Era ormai fine ottobre e la città si era svegliata immersa in una nebbia che smussava le forme e spegneva i colori, disegnando un'atmosfera opaca capace di rendere a suo modo poetico anche il grigiore di Milano. Benché nessuno glielo avesse chiesto, ad Andrea sembrò ovvio premurarsi di arrivare piuttosto in anticipo alla sede della federazione cittadina in piazza XXV Aprile. Durante il tragitto in autobus aveva ripassato i punti salienti della sua relazione ritrovandosi a stringere nervosamente i pugni sudati come gli accadeva ogni volta che l'ansia prendeva il sopravvento.

La procedura prevedeva che il documento, prima di essere inviato a Roma dove molto probabilmente nessuno l'avrebbe letto, venisse approvato da Erminio Ginatta, il segretario della federazione meneghina, che ogni volta la parcheggiava sulla scrivania per settimane prima di decidersi a controfirmare la terza di copertina. All'inizio Andrea aveva interpretato quel modo di fare come un'attenzione verso il suo lavoro. D'altra parte, quando aveva provato a dirgli che ormai all'archivio aveva imparato quello che c'era da imparare e che gli sarebbe piaciuto provare a fare altro, Ginatta aveva escluso categoricamente che potesse lasciare quell'incarico perché "l'archivio senza di te si bloccherebbe subito e poi il partito ha in serbo cose più importanti, per cui devi avere pazienza".

Per capire che le cose stavano diversamente Andrea aveva impiegato qualche anno, forse per quella sua abitudine di cercare una spiegazione profonda a ogni cosa perdendo di vista ciò che di evidente gli capitava sotto gli occhi. D'altronde, la teorizzazione degli eventi in chiave di azione collettiva è l'ossessione di ogni politico, alimentata dal bisogno di prevedere il futuro, e non uno qualsiasi, ma il migliore possibile. Essendo Andrea intelligente e di vasta cultura, quella tendenza ad allargare lo sguardo lo aveva premiato con alcune intuizioni originali, ma il più delle volte lo aveva condotto a delle cantonate micidiali. Ovviamente tendeva a derubricare come insignificanti le seconde e a scolpire le prime nella corteccia cerebrale a imperitura memoria della sua sagacia. Questo perverso meccanismo gli era servito a giustificare l'attesa infinita di un ruolo che avrebbe finalmente consentito alla causa socialista di mettere a frutto le sue qualità, ma allo stesso tempo lo aveva reso incapace di giudicare fatti e persone semplicemente per quello che erano. Così, quando finalmente aveva capito che gli ingenui non erano gli altri, era caduto in uno stato d'inconsolabile frustrazione dal quale era emerso con la convinzione opposta, ovvero che i politici operavano quasi sempre in base ai loro istinti primari e che, a guardar bene, una scissione di partito si poteva giustificare con l'ego, una legge apparentemente inutile con un vantaggio per qualche generoso amico e l'incarico in un ufficio pubblico con un bel fondoschiena.

Scendendo dall'autobus, Andrea si ritrovò immerso nel fiume chiassoso di studenti delle medie che, cartella in spalla, confluivano verso il grande atrio della scuola a pochi metri dalla fermata. Si rese conto che avrebbe di gran lunga preferito assecondare il flusso della corrente di ragazzini piuttosto che affrontare la delusione che lo attendeva in federazione, e questo riportò la sua mente indietro nel tempo, al settembre del 1942.

Come ogni mattina, Andrea era arrivato a scuola alle otto in punto. La sua classe era molto grande e tutto sommato accogliente. Si trovava al secondo piano e aveva enormi finestre che davano sul cortile interno. L'altezza dei soffitti la rendeva fresca in primavera, ma d'inverno restava fredda anche quando il riscaldamento non era ancora contingentato. Di fronte alle file di banchi divisi in tre colonne, su una pedana alta mezzo metro c'erano la lavagna con la cornice di legno verde e la cattedra. Sulla stessa parete, la foto del re, quella di Mussolini e il crocifisso.

Ettore Gazzino, il secchione della classe, era come sempre al suo posto in prima fila, con il grembiule nero perfettamente stirato e il fiocco tricolore con i lembi della stessa esatta lunghezza. Andrea e Vittorio si erano avvicinati senza dire nulla e lui, appena li aveva visti, aveva chiuso istantaneamente il quaderno su cui stava ricopiando le frasi del sillabario. Vittorio glielo prese e cominciò a leggere a voce alta: «"Parte I, il Giuramento del Balilla. Nel nome di Dio e dell'Italia giuro di seguire gli ordini del duce e di servire con tutte le mie forze e, se necessario, con il mio sangue, la causa della Rivoluzione fascista!"».

«Ridammelo, si rovina!» Ettore strappò il quaderno dalle mani di Vittorio.

«Il maestro ha detto che quella parte dovevamo saltarla.»

«E chi lo dice che ha ragione lui?»

«Bravo, Ettore!» esclamò il maestro Ottolenghi entrando in aula con la sua borsa consunta a tracolla e alcuni libri sotto il braccio. «Dubita sempre, il dubbio è segno d'intelligenza, lievito per il sapere e, di questi tempi, anche un omaggio alla speranza. In Italia ormai esistono solo certezze, questo è il problema.» Posò i libri sulla cattedra e agganciò la tracolla della borsa allo schienale della sedia. «Sapete perché il preside non vuole che in questa scuola ai ragazzi più grandi si insegni la filosofia?» proseguì afferrando il cancellino per pulire la lavagna piena di figure geometriche su cui qualche studente con il piglio dell'artista si era esercitato con profitto per trasformarle in enormi falli e facce grottesche. «Perché pensa che la filosofia susciti i dubbi. Ed è vero, se viene studiata superficialmente. Ma se approfondita, i dubbi li dirada. Quindi, proibendo la filosofia, lui pensa di fare un piacere al regime, mentre in realtà gli fa un danno.»

«Ma perché un fascista non può avere dubbi?» chiese Vittorio.

«Perché dai dubbi nascono le idee e in questo paese le idee le deve avere uno soltanto. Tutti gli altri devono avere fede. Lasciate che Ettore studi quello che ritiene. E dubitate, sempre, soprattutto di quello che vi dico io.»

Ad Andrea Ottolenghi era piaciuto subito. Di norma gli scolari erano distribuiti in aula in ordine di statura e i ragazzi si erano disposti così il primo giorno in attesa del nuovo maestro. Ma lui, appena entrato e subito dopo essersi presentato, li aveva invitati a sedersi come preferivano. Quel giorno nessuno si era mosso da dov'era, però il giorno successivo si erano già formati i gruppetti e inevitabilmente chi era meno volenteroso era finito in fondo. Quelli più ambiziosi si erano scelti i banchi più vicini alla cattedra, mentre Andrea e Vittorio erano nel mezzo. Nell'insieme, un'istintiva dichiarazione di intenti, e allo stesso tempo un formativo esercizio di autogestione che non mancò di sollevare le proteste del preside. «Ottolenghi, io la tengo d'occhio!»

Ad Andrea bastò quella ramanzina dell'insopportabile Perotti a rendergli simpatico il nuovo maestro. Insieme a pochi altri, s'intratteneva con lui quando a fine lezione tirava fuori dal borsello dei piccoli libri consumati. Erano per lo più saggi di filosofia o di storia, biografie e brevi racconti che lasciava in prestito agli studenti più curiosi.

A sua madre, invece, Ottolenghi non era mai andato a genio. Non le piacevano le idee pericolose che quel presuntuoso rivoluzionario ficcava in testa ai ragazzini. Per non parlare del fatto che i libretti malandati con cui Andrea tornava a casa lo distraevano dal catechismo sottraendo tempo prezioso alla lettura del Vangelo.

A Ottavio, che aspettava suo fratello e gli altri trafficanti di idee strampalate per tornare insieme a casa, il ritardo sistematico dovuto alla contesa dei libretti non dava fastidio. Gli lasciava l'occasione di parlare qualche minuto in più con Laura Momigliano e suo fratello Giacomo. Il padre era un facoltoso commerciante ebreo di prodotti agricoli che aveva sposato una bellissima donna di origini boeme. Laura aveva il suo viso luminoso e gli stessi occhi azzurri. Era coetanea di Andrea e Vittorio ma sembrava più grande. A loro due le ragazze non interessavano ancora granché e si divertivano a prendere in giro Ottavio che, nel pieno del subbuglio ormonale della sua adolescenza, non aveva il coraggio di farsi avanti e si rifugiava in lunghe discussioni con Giacomo. Lei, consapevole di quella situazione, si divertiva a provocarlo con sguardi fugaci e sorrisi ammiccanti.

In quel periodo i Momigliano cominciavano ad avere un po' di problemi. I magazzini di famiglia erano stati più volte saccheggiati e sulla facciata della loro bella casa di via Cappuccio qualcuno di notte aveva scritto con la vernice nera: CREPATE SPORCHI EBREI!!! Andrea si era chiesto il perché di quei tre punti esclamativi, quasi come se la violenza di quella frase non fosse stata sufficiente a contenere l'odio di chi l'aveva scritta.

Un giorno di metà ottobre, Laura e Giacomo non si fecero trovare all'uscita da scuola. Il cuore di Ottavio sembrò andare letteralmente in frantumi quando una compagna di classe di Laura gli disse in lacrime che i Momigliano avevano lasciato la città il giorno prima. Non li videro più.

Andrea giunse davanti alla federazione del PCI proprio mentre Ginatta ne usciva in tutta fretta. Si spostò per non essere travolto. «Buongiorno, venivo da te per...»

Ginatta non gli lasciò terminare la frase: «Sto andando a prendere il Segretario a Linate».

«Non dovevamo prima guardare insieme i dati?»

«Sali, ne parliamo per strada» rispose sbrigativo il massimo dirigente cittadino mentre si infilava in auto. «E allora? Cosa aspetti?» aggiunse vedendolo esitare.

Andrea finalmente si diede una mossa e si sistemò sul sedile posteriore. L'autista partì mentre lo sportello era ancora aperto. Li seguiva l'auto del sindacato in cui viaggiavano il segretario della CGIL lombarda e quello della federazione giovanile del partito. Andrea prese il fascicolo dalla borsa e cominciò a elencare svogliatamente i dati sull'occupazione. Giunti al terminal dell'aeroporto, aveva letto poco più di metà della relazione ma gli era evidente che Ginatta non avesse ascoltato nulla, concentrato com'era sulla scelta delle parole giuste per le ultime uscite del Segretario sulla stampa. Non aveva mai smesso di fumare da quando erano saliti in auto, e si era acceso l'ennesima sigaretta.

«Quindi?» chiese Andrea dopo un po'.

«Quindi cosa?»

«La relazione. La leggi?»

«Ma figurati se oggi avremo tempo per quella roba. Tu tienila lì, poi vediamo.»

Andrea aveva passato due notti in archivio per completarla e si era anche perso l'esame di Umberto. Era sul punto di sbottare, quando l'altoparlante annunciò l'arrivo del volo. Pochi minuti dopo, dalla porta del varco doganale uscì la delegazione di Roma.

Ginatta fu sorpreso dal caloroso saluto del Segretario che lo abbracciò forte, e una volta saliti in macchina si accomodò sul sedile posteriore insieme al leader del partito. Ad Andrea non restò che prendere il posto di fianco all'autista, visto che gli altri due membri della direzione avrebbero viaggiato con l'auto del sindacato.

«Allora, compagno Ginatta, con chi gioca l'Inter domenica?» esordì il Segretario.

Colto alla sprovvista, Ginatta non riuscì a rispondere.

«Andiamo bene» continuò il Segretario, sorridendo. «Come lo facciamo questo grande partito popolare se non sappiamo neppure chi gioca a San Siro?»

«A dire il vero siamo stati distratti dal dibattito interno acceso dall'ultima tua uscita su "Rinascita". Non sono in pochi nel partito a pensare che il tuo piano di rinnovamento in chiave di apertura alle altre forze democratiche finirà per alimentare le frange della sinistra più estrema. Sappi però che io condivido in pieno la tua posizione. In fondo, è proprio quella che io e pochi altri sostenevamo già qualche anno fa.»

«In politica dire le cose due anni in anticipo è come dirle due anni in ritardo. Avete i dati sul lavoro?»

Ginatta rimase pietrificato da quella risposta e con un cenno del capo autorizzò Andrea a leggere la relazione. Lui consegnò una copia del fascicolo al Segretario e si limitò a elencare le poche informazioni degne di nota: «La crescita dell'occupazione al Nord rallenta, ma è un tratto comune a tutte le economie d'Occidente. Dopo il boom dell'immediato dopoguerra, i mercati tirano il fiato e si preparano a uno sviluppo meno disordinato. D'altra parte, il blocco delle repubbliche socialiste, seppure con modalità e per ragioni diverse, sembra soffrire di un problema analogo».

«Il centro studi della direzione invece mi dice che l'economia sovietica gode di ottima salute» obiettò il Segretario.

Andrea leggeva ogni settimana i dossier che arrivavano da Roma, li trovava sciatti, superficiali e troppo allineati alle aspettative di chi li aveva commissionati, per cui chiuse la cartellina e tornando a rivolgersi verso il parabrezza pensò: "Fossi in loro mangerei più caramelle".

«Caramelle?» chiese il Segretario aggrottando la fronte

perplesso. Fu allora che Andrea si rese conto che non l'aveva solo pensato. Quando trovò il coraggio di voltarsi, incrociò lo sguardo di Ginatta evidentemente fuori di sé. Era tardi per tirarsi indietro. Si rivolse allora al Segretario con tono esitante: «La produzione dolciaria sovietica è sempre stata un termometro affidabile dello stato di salute dell'economia nei paesi del Blocco. Quando l'economia soffre, la gente per prima cosa rinuncia ai dolci, per ultima all'alcol, così l'industria alimentare ristagna e ripiega su materie prime di minore qualità finendo per produrre dolci scadenti. E le caramelle scadenti si attaccano alla carta».

Ginatta osservava la scena terrorizzato, con un sorriso ebete stampato in viso.

«La scorsa settimana un compagno del sindacato è tornato da Mosca con la solita scatola di caramelle. La carta non veniva via.»

Il Segretario avvolse il fascicolo nella copia dell'"Unità" che aveva sulle gambe e nessuno disse più una parola fino all'arrivo in federazione. Andrea sapeva bene che il suo capo gliel'avrebbe fatta pagare cara.

Giunti in piazza XXV Aprile, Ginatta scese in fretta dall'auto e gli riservò uno sguardo minaccioso che lui ricambiò per qualche secondo, poi, con un gesto di sfida, si rivolse al Segretario urlando per sovrastare il brusio della piccola folla che si era riunita in trepidante attesa davanti alla sede del partito.

«Verona.»

Il Segretario si voltò perplesso mentre la carnagione del viso di Ginatta virava bruscamente dal grigio cenere al paonazzo.

«Domenica l'Inter gioca in casa con il Verona.»

Ginatta lo convocò il mattino dopo e gli comunicò che non avrebbe più messo piede fuori dall'archivio finché lui campava.

7

Ogni anno i responsabili dei partiti comunisti d'Occidente ricevevano il rituale invito a Mosca per negoziare l'ammontare della sovvenzione con cui l'Unione Sovietica concorreva a sostenere la causa socialista oltrecortina.

In realtà non c'era da svolgere alcuna trattativa. L'importo, deciso unilateralmente nelle settimane precedenti, veniva semplicemente comunicato all'inviato di turno al quale non restava che prendere atto e ringraziare. Tuttavia capitava non di rado che per esigenze straordinarie legate a campagne referendarie, elezioni inaspettate o altri imprevisti, nei mesi successivi giungessero a Mosca richieste ulteriori.

A Boris Nikolaevič Elembaev, direttore del Dipartimento internazionale del Comitato centrale del PCUS e unico gestore della più complessa operazione di condizionamento politico internazionale della storia, non restava che ascoltare pazientemente quelle pretestuose istanze per poi annodarle con maestria nel cappio che, presto o tardi, avrebbe finito per soffocare il questuante di turno.

Tutto era cominciato nel giugno del '50, quando Stalin ordinò la creazione di una provvista per il finanziamento dei partiti socialisti d'Occidente. Sin da subito quel fiume di denaro destò preoccupazioni in ogni direzione. Per la CIA, in particolare, rappresentava non solo un forte segnale d'allarme, ma anche la seccatura di offrire un facile pretesto ai partiti anticomunisti per sollevare a loro volta nuove pretese di sostegno finanziario.

Il PCI per Elembaev non era come gli altri partiti alleati. Da solo assorbiva più del cinquanta per cento delle risorse disponibili, ma i grattacapi che i compagni italiani erano in grado di generare erano più che proporzionali ai soldi che versava loro. Era questa la ragione che aveva reso assidui i suoi incontri con Simon Lebedev, da otto anni ambasciatore sovietico a Roma.

I due si conoscevano sin da ragazzi. Entrambi avevano ricevuto la rigida educazione dell'Istituto dei Professori Rossi, culla della classe dirigente sovietica. Lebedev aveva poi preso la strada della diplomazia, Elembaev invece si era fatto le ossa nel partito redigendo i verbali dei processi-farsa con cui Stalin aveva sistematicamente fatto piazza pulita dei dirigenti leniniani. Si era poi specializzato in questioni internazionali all'Istituto di Storia del Comintern e da lì in avanti aveva seguito la classica trafila dell'*apparatčik*, sempre pronto a riferire ogni sussurro con diligenza e adempiendo con efficienza a ogni incarico, incluse deportazioni ed esecuzioni di massa. L'uso sapiente della delazione aveva consentito al giovane Elembaev di emergere dalla massa indistinta di anonimi funzionari, ma il fardello dei segreti accumulati aveva impedito alla sua carriera di decollare. Fino a quando non aveva capito che, invece di riferire le preziose informazioni che gli capitavano a tiro in cambio di piccole gratifiche, poteva utilizzarle più proficuamente per disfarsi dei suoi concorrenti. Anni dopo avrebbe calcolato che per riuscire a farsi affidare il Fondo sindacale di assistenza alle organizzazioni operaie di sinistra aveva dovuto denunciare centoquarantasette funzionari, di cui centootto erano finiti nei lager siberiani da cui non avevano più fatto ritorno.

Lebedev era giunto a Mosca una settimana prima con il

pretesto delle celebrazioni della Rivoluzione di Ottobre per passare qualche giorno nella sua dacia fuori città. Fu lui a parlare per primo lasciando intravedere, fra i pochi denti sani, le capsule d'oro annerite dalla nicotina: «Il compagno Fragale chiede altri settecentomila dollari».

«Comincia a costarci caro. E poi il KGB mi riferisce che il suo comportamento sta diventando rischioso.»

A Lebedev non restò che prendere le parti dell'italiano: «La situazione a Roma è delicata. L'opposizione del Vaticano non è efficace come un tempo. I cattolici sono usciti sconfitti dalla battaglia sugli anticoncezionali e sono in difficoltà sul congedo di maternità, e i democristiani continuano a perdere colpi. Presto capiremo se il nuovo segretario del PCI è in grado di forzarli a una convivenza al governo. Nel frattempo gli americani di certo non staranno a guardare.»

«Fagli capire che neanche noi lo faremo.»

Elembaev aprì una cartellina gialla, ne estrasse alcuni fogli di carta leggera scritti a mano e scorse l'elenco spuntando le cifre con la matita: «Lo scorso anno i compagni italiani hanno ricevuto sei milioni e trecentomila dollari in contanti e almeno due milioni li hanno incassati dal commercio di legno, per non parlare del resto. Considerati i risultati, sei ancora convinto ne valga la pena?».

«Non è solo il più grande partito comunista fuori dal Blocco, è anche l'unico che non ha mai smesso di crescere dal dopoguerra. Una flessione sarebbe un segnale pericoloso per gli altri partiti comunisti in Europa, a partire da quello portoghese.» Lebedev non poteva consentire il declassamento della sua ambasciata.

Elembaev studiò i numeri in silenzio, poi richiuse la cartellina. «Avverti l'italiano che avrà i soldi, ma d'ora in poi non tollereremo più iniziative non concordate.»

In quell'autunno politicamente molto caldo la principale preoccupazione del direttore del PCUS in realtà non era Roma, ma i fronti aperti in Medio Oriente e il rapporto con

Pechino che andava sempre peggio. Mao Zedong, che avrebbe dovuto provvedere al dieci per cento delle provviste del Fondo, era restio ad affidare i denari alla gestione dei sovietici, e faceva di tutto per tenersi fuori dalla partita. A ciò si sovrapponevano il pessimo andamento dell'economia sovietica e l'Armata Rossa che continuava a spendere in armamenti e missioni spaziali quanto il Pentagono e la NASA messi insieme. In fondo, entro la fine di quell'anno le sonde Mars 2 e 3 avrebbero raggiunto il pianeta rosso e l'eccitazione per i nuovi traguardi extraterrestri dell'URSS oscurava ogni ragionevole allarme sui conti pubblici.

Per queste ragioni, Elembaev aveva previsto che l'afflusso di risorse destinate al suo dipartimento non sarebbe durato ancora a lungo e da qualche tempo aveva cominciato a costruire una riserva extracontabile da usare al bisogno. Ogni anno riusciva a mettere da parte tra uno e due milioni di dollari che venivano trasferiti a mezzo valigia diplomatica alla Banque Commerciale pour l'Europe du Nord, vera cassaforte del comunismo in Occidente, fondata nel 1921 a Parigi da banchieri russi fuggiti in Francia per paura della rivoluzione e poi acquisita, per ironia della sorte, dalla sovietica Gosbank nel '24.

DICEMBRE 1971

8

I Ferrante pranzavano insieme una volta la settimana, di domenica, e siccome la sveglia nei giorni lavorativi era sempre alle sei, nei festivi si poteva dormire un paio d'ore in più e ci si ritrovava a tavola all'una e trenta. Il rituale familiare prevedeva che Sandra preparasse l'ossobuco con il risotto, oppure il bollito, mentre Andrea comprava un vassoio di sei paste, due a testa, sempre le stesse. Quella domenica di dicembre non fece eccezione.

Umberto era ancora in camera sua mentre Sandra impiattava il risotto. Per Andrea suo figlio era un oggetto misterioso. Ormai aveva quasi vent'anni e si era fatto uomo senza che lui se ne accorgesse. Troppo impegnato a imitare i padri della patria, non aveva avuto il tempo, e in fondo neppure la voglia, di fare il padre di suo figlio. Sandra guardava Umberto con occhi completamente diversi. Non erano certo quelli della madre cattolica, apprensiva e allarmista, ma piuttosto quelli del pasticciere che ha seguito alla lettera una ricetta complicatissima, convinta che sarebbe bastato attenersi ai dosaggi prescritti, e ora osservava incerta la finestrella del forno in attesa di capire se avesse dato vita a un dolce perfetto oppure a un gran pasticcio.

La sua preoccupazione derivava dall'aver avuto modo di conoscere l'atteggiamento dei comunisti verso i propri figli. Troppo magri o troppo grassi, troppo timidi o troppo esuberanti, finivano inevitabilmente per diventare, per orgoglio o per dispetto, i primi della classe, oppure gli ultimi.

Umberto era un bel ragazzo, pensava Sandra sforzandosi di essere obiettiva, e aveva anche mostrato buone capacità nello studio, alimentate da una spiccata curiosità e da un'intelligenza vivace. L'unica sua preoccupazione era la sua indisciplinatezza. Quella sistematica riottosità a qualunque forma di autorità che lo aveva messo più volte nei guai con gli insegnanti.

D'altra parte, Umberto apparteneva a una leva assai diversa dalle precedenti. Cresciuta in una fase prolungata di sviluppo economico e fiducia nel futuro, era una generazione spaccata in due: da un lato i giovani delle zone rurali, che ancora rinunciavano alla scuola per i campi e facevano il bagno con le mutande, dall'altro gli universitari dei centri urbani, colti, informati, influenzati dai modelli nordeuropei e quindi più liberi, soprattutto sul piano sessuale. A questa straripante ondata di ormoni, esuberanza giovanile e aspettative crescenti, i governi democristiani fino a quel momento non avevano saputo opporre altro che una miscela esplosiva di morale ipocrita e repressione violenta. Umberto era il prototipo perfetto di quella gioventù testarda e appassionata e ciò faceva di lui il nemico perfetto per le istituzioni dello Stato.

Ad Andrea l'animo ribelle di suo figlio ricordava quello di Umberto Terracini, figura storica del socialismo italiano e tra i fondatori del PCI. A volte pensava che scegliere quel nome avesse influito sul carattere del ragazzo. La sua irrequietezza era la ragione per cui ogni volta che Andrea e Sandra ascoltavano notizie di scontri tra polizia e studenti al radiogiornale, chiamavano a casa con una scusa qualsiasi nella speranza che lui rispondesse.

Umberto li raggiunse in cucina quando il piatto era già a tavola. L'idea che imporre del tempo prestabilito per stare insieme tutti e tre bastasse a compensare la sistematica assenza di suo padre lo irritava. E il fastidio per la formalità di quei pranzi domenicali lo si leggeva nell'indolenza dei suoi movimenti e nell'espressione annoiata dietro i capelli lunghi che gli penzolavano disordinati davanti agli occhi.

Sandra aveva aperto leggermente la finestra per far uscire i vapori che appannavano i vetri e far entrare un po' d'aria fresca, mentre Andrea accendeva il piccolo televisore Voxson color crema poggiato sulla lavatrice per sintonizzarlo sul secondo canale della Rai dove era appena cominciato il telegiornale. L'immagine era nitida, quasi perfetta.

«Ecco, lo sapevo! Secondo me il tuo corpo funziona come una specie di amplificatore biologico del segnale» disse rivolto a Sandra ironizzando sul fatto che lo schermo fosse sempre disturbato se lei non era a casa. Quando invece era in cucina, l'effetto delle interferenze magicamente spariva. Sandra si limitava a non commentare, per nulla divertita da quella presa in giro.

«A che punto è la proposta di legge sulla maternità?» chiese Andrea senza un reale interesse alla questione.

«A grandi linee l'accordo con la DC sembra fatto. Ormai si discute solo sulla durata. Noi proponiamo sei mesi prima e sei dopo. Sul prima siamo disposti a negoziare.»

«Un anno di assenza pagata dal lavoro non mi sembra male. Questa volta il Vaticano potrà fare poco, non penso che gli industriali cederanno facilmente» osservò Andrea.

«Cederanno. La domanda interna è forte, quella estera in crescita. Sono troppo assetati di mercato per accollarsi scioperi a singhiozzo e rinunciare a mesi di vacche grasse» rispose sicura Sandra. «Se il partito ci avesse sostenuto davvero, avremmo già chiuso l'accordo da un pezzo. A che serve vincere le elezioni se poi non usiamo i voti per negoziare sulle questioni che contano per noi? Sempre che la questione delle donne conti ancora qualcosa per il PCI. Il Segretario sembra solo interessato a mandare messaggi concilianti a tutti e a schierare il partito contro la violenza.»

Parlando, Sandra non si accorse delle immagini di un servizio sull'ennesimo scontro tra studenti e forze di polizia. Umberto si lasciò scappare uno sbuffo.

«Se i nostri discorsi ti annoiano puoi andare a mangiare in camera tua» esclamò Andrea irritato.

A quelle parole Umberto sbottò lasciando cadere rumorosamente la forchetta nel piatto: «I celerini danno addosso agli studenti ogni giorno, a Roma, a Milano, a Trieste, a Genova, a Bologna e il partito non riesce a fare di meglio che manifestare con la DC contro la violenza».

«E tu cosa ti aspettavi? La rivoluzione?» gli rispose Andrea a brutto muso.

«Mi aspettavo il paradiso.»

Andrea lo guardò perplesso.

«"Perché il paradiso lo vogliamo in terra." Era scritto sulla tessera del partito quando ti ci sei iscritto la prima volta. Avevi sedici anni allora, e me l'hai mostrata quando io ne ho compiuti dodici» disse Umberto prima di rifugiarsi in camera sua sbattendo la porta.

Le immagini del telegiornale indugiavano sugli scontri all'Università di Udine, con la polizia che il giorno prima aveva sgombrato l'ateneo a forza di manganellate e lacrimogeni.

«Noi lo sappiamo cosa significa. Ci siamo passati» disse Sandra con tono assolutorio mentre copriva il piatto di Umberto nella speranza che più tardi tornasse a mangiare.

Andrea sapeva bene cosa avesse significato la mancanza di libertà sotto il fascismo. Gli tornò in mente quella volta in osteria, quando fecero la colletta per il Flavio. Era l'ottobre del '42.

Quel giorno per pranzo c'era il cotechino con le lenticchie, il piatto preferito dagli avventori dell'osteria perché era saporito, costava poco e riempiva. Andrea aveva rovesciato su un tavolo vicino alla porta della cucina il grosso boccale da birra pieno di monete e si accingeva a contarle. Nell'osteria di suo padre Pietro era in uso fare una colletta per la famiglia di chi si recava in soggiorno a Sanremo. In realtà Flavio, il marito della Gina, non si trovava in vacanza nella nota località balneare della Riviera ligure ma era un frequentatore assiduo di San Vittore, il carcere milanese costruito subito dopo l'Unità d'Italia per rimpiazzare conventi e castelli fino ad allora adattati allo scopo. Nel gergo popolare, lo scambio dei santi trasformava la sventura in un privilegio borghese, almeno nella sua rappresentazione pubblica, concedendo al disgraziato e alla sua famiglia un po' di dignità.

Andrea aveva appena finito di ordinare le monete in pile da dieci, venti e cinquanta centesimi, quando due uomini ben vestiti fecero il loro ingresso nel locale senza togliersi il cappello. Il tizio più basso salutò con un cenno del capo e lasciò cadere sonoramente sul banco la dispensa colorata che aveva in mano.

«Cinque lire!» esclamò, mentre il suo compare poggiava i gomiti sul banco, rivolto verso la sala in atteggiamento intimidatorio.

Pietro gettò un'occhiata al calendario. Sulla copertina il mezzobusto del duce sormontava una frase in corsivo: "È l'aratro che traccia il solco ma è la spada che lo difende!".

«Non ne ho bisogno» rispose con calma continuando ad asciugare i bicchieri che aveva raggruppato davanti a sé. Nella sala calò il gelo. Il silenzio sembrò durare un'eternità. A romperlo fu lo sfrigolio della tenda in cordoncini di bambù che dava sulla cucina. Ottavio, allarmato, aveva raggiunto suo padre al banco con un grosso coltello da macellaio in mano. Andrea strabuzzò gli occhi stentando a credere si trattasse di suo fratello. Alla vista del ragazzo il tizio più corpulento fece per estrarre la pistola dalla fondina, ma il suo compare, senza distogliere lo sguardo da Pietro, gli afferrò l'avambraccio ottenendo che riponesse l'arma: «Due vite non valgono cinque lire» disse poi rivolto a

Pietro e a suo figlio. Prese quindi il calendario e lo appese al muro vicino alla porta d'ingresso sovrapponendolo a quello con l'effigie della Madonna lasciato dal parroco durante l'ultima benedizione. Poi si avvicinò ad Andrea, gettò lo sguardo sul tavolo, infilò una mano nella tasca della giacca da cui estrasse una moneta e la poggiò sulla pila da cinquanta centesimi. Infine, i due uscirono senza dire nulla, accompagnati dal mormorio dei presenti.

«Torna di là!» ordinò Pietro a Ottavio, riprendendo a pulire il banco come se niente fosse accaduto. Poi raggiunse suo figlio in cucina.

«Cosa diavolo ti è saltato in testa? Cosa credi di fare con quello? Farci ammazzare?» disse con rabbia, cercando di tenere la voce bassa. Ottavio guardò suo padre in silenzio per qualche secondo, poi lasciò il coltello che cadde sonoramente sul pavimento e scoppiò in lacrime sotto lo sguardo attonito di Andrea, che si era infilato in cucina di soppiatto.

9

Giunto a Porta Sant'Anna, Victor Messina mostrò alla guardia svizzera una prescrizione medica, come fanno tutti i romani che vogliono acquistare in Vaticano medicinali altrimenti non reperibili in Italia. Una volta entrato nello Stato Pontificio, però, tirò dritto verso il Torrione Niccolò V che ospitava l'Istituto per le opere di religione. A parte il freddo intenso, nulla lasciava intuire che fosse la vigilia di Natale. Evidentemente chi celebrava più volte al giorno la nascita di Gesù Cristo non aveva bisogno di addobbi e luci colorate per ricordarne il compleanno.

L'istituto era nato nel 1887 per amministrare i beni lasciati dai fedeli alla Chiesa per le opere di carità, ma a partire dal 1942 lo IOR operava come banca a tutti gli effetti. Non avendo però mai firmato alcuna convenzione internazionale di assistenza giudiziaria, riusciva a garantire alla sua esclusiva clientela servizi anonimi e non tracciabili attraverso un comodo sportello nel centro della capitale al riparo da ogni norma antiriciclaggio.

Varcata la soglia della banca, l'americano si avvicinò al tavolo tondo al centro della grande sala circolare riscaldata dalla pesante boiserie in legno scuro, prese carta e penna e cominciò a scrivere sul retro di uno dei moduli prestampati. Alle tre del pomeriggio era l'unico cliente. Scelse uno sportello a caso, salutò gentilmente e consegnò il modulo.

L'impiegata lo lesse e sparì dietro una porta mimetizzata da cui riapparve pochi minuti dopo invitandolo a seguirla. Passarono insieme per uno stretto corridoio disadorno e poco illuminato, in fondo al quale una porticina si apriva sul maestoso portico dell'antico Palazzo Apostolico, che ora ospitava gli uffici del governo della Chiesa cattolica.

Non era la prima volta che Messina entrava in un ufficio governativo, ma era abituato alle morbide moquette in lana bouclé di Washington. Il meraviglioso pavimento in marmo di Carrara di quel portico gli incuteva un po' di soggezione, e senza accorgersene si ritrovò a modulare l'ampiezza dei suoi passi in modo da non calpestare le giunture del mosaico. Gli capitava sin da piccolo, ma lo psicologo della CIA gli aveva spiegato che avrebbe dovuto preoccuparsi solo se avesse sviluppato particolari fobie legate all'eventualità che sbagliando l'ampiezza della falcata potesse capitargli qualcosa di terribile.

La donna si fermò davanti a una delle porte che davano sul corridoio, bussò, attese che aprissero e accennò un inchino prima di andare via.

Una suora in abito bianco lo accolse in una grande stanza avvolta nella penombra. Qualcosa in quell'ambiente dai soffitti altissimi non gli tornava.

«Le posso offrire qualche genere di conforto? Dell'acqua, un succo di mandorle, uno scotch?» disse la suora evitando il suo sguardo.

«La Bibbia non condanna il consumo di alcol?»

«Quello è il Corano» rispose lei imbarazzata.

«Allora mi trovo nel posto giusto. Uno scotch va benissimo, grazie.»

Quando la suora lasciò la stanza, Messina riuscì a guardarsi intorno con maggiore attenzione e finalmente capì cosa non andasse. L'appartamento di un sacerdote avrebbe dovuto essere pieno di icone e quadri a tema sacro, croci, rosari e soprattutto libri, tanti libri. Quella stanza, invece, era assai spoglia. Pochi arredi, a parte la poltrona su cui era seduto, altre tre gemelle intorno a un tavolino in marmo, una credenza e un inginocchiatoio. Di fronte a lui, un'infilata regolare di stanze collegate da grandi porte tutte uguali.

«Buongiorno, signor Messina.»

L'americano si alzò in piedi voltandosi. Di fronte a lui c'erano due uomini in completo scuro. Uno teneva la mano sulla spalla dell'altro in un atteggiamento amichevole.

«Buongiorno» replicò lui.

Quando vide Messina, il più giovane dei due, che doveva aver superato da poco i quarant'anni, trasalì e per un momento si dimenticò di respirare. Esitò alla ricerca della reazione giusta, quindi decise di far finta di niente, si spostò di lato e introdusse l'altro sacerdote: «Sua Eminenza il cardinale Bonidy».

L'americano aveva riconosciuto a sua volta il giovane sacerdote e decise di reggergli il gioco, quindi gli strinse la mano senza aggiungere nulla.

«Io sono don Ottavio. Accomodiamoci, prego» disse indicando le poltrone.

Nel frattempo, la suora era tornata e aveva lasciato sul tavolino un vassoio con tre bicchieri di cristallo, una bottiglia di scotch e un secchiello ricolmo di ghiaccio. Entrambi i sacerdoti erano piuttosto in forma e i completi scuri erano di ottima fattura. Se non fosse stato per il collare bianco, sarebbero potuti tranquillamente passare per due uomini d'affari.

Messina si soffermò qualche secondo sui lineamenti di don Ottavio, passando rapidamente in rassegna l'archivio della sua memoria.

«Grazie, suor Maria.» Don Ottavio congedò la suora e versò lo scotch. Porse il primo bicchiere al cardinale, il secondo al loro ospite, il quale afferrò due cubetti di ghiaccio con la pinza.

«Fossi in lei lo berrei senza.» Messina guardò perplesso

il sacerdote che proseguì. «Questa bottiglia ha sessant'anni. L'età di Sua Eminenza. Gli è stata regalata dall'arcivescovo di Edimburgo. Viene da Aisla T'Orten, nelle Highlands. La fabbrica di liquori fu distrutta in un incendio il giorno stesso in cui venne distillato. Di quaranta botti se ne salvò soltanto una. Non crede sia opera del Signore?»

«Se il Signore si fosse occupato di questa vicenda, sono certo che non avrebbe lasciato bruciare trentanove botti di ottimo distillato scozzese» rispose Messina lasciando cadere i cubetti di ghiaccio che fecero risuonare il cristallo.

«La sua visita ci è stata annunciata dal cardinale Newman come un'occasione speciale. Lo conosce da molto?» chiese don Ottavio.

«Abbastanza da poter apprezzare le convinzioni politiche che ne fanno una solida barriera al dilagare del comunismo d'oltreoceano.»

«Non mi pare che negli Stati Uniti il comunismo sia prossimo ad affermarsi.»

«Dalle nostre parti non lo possiamo considerare una minaccia imminente, ma più a sud i socialisti si danno un bel da fare. Newman è convinto come il nostro governo che la questione sia troppo importante perché gli elettori cileni o argentini possano essere lasciati a decidere da soli» spiegò Messina rivolgendosi al cardinale per sollecitare una risposta che non arrivò.

A intervenire fu don Ottavio: «Infatti, nell'Angelus di qualche settimana fa, Sua Santità ha esortato i fedeli di quei paesi ad avere una relazione migliore con i governi e a non avvicinarsi a forze di opposizione ritenute violente».

«A giudicare dal clima di tensione, sembra che l'esortazione del papa non abbia avuto seguito. Forse occorrerebbe inviare in Cile qualcuno con idee più chiare e modi più convincenti.»

«Sembra che lei abbia una concezione della Chiesa un po' datata. Sebbene il papa abbia abolito ufficialmente l'Inquisizione meno di dieci anni fa, non usiamo certe pratiche da oltre trecento anni.»

«Avete abolito l'inquisizione nel '65, per la precisione, e lo stesso anno avete anche soppresso l'Indice dei libri proibiti. Ora i cattolici possono addormentarsi leggendo Marx ed Engels invece del Vangelo. Mi auguro che almeno la scomunica ai comunisti resti in vigore ancora per un po'.»

«Cos'è che la inquieta in questo modo, signor Messina?»

«Il PCI, don Ottavio. Questo PCI. Il Partito comunista uscito dalla guerra era un avversario irriducibile, ma anche recintato nella sua area di influenza. Questo nuovo partito, questo nuovo segretario per essere precisi, non ci è chiaro che animale sia. Manifesta spinte autonomiste da Mosca, ma non rompe su nessun fronte, ammette forme di economia mista, ma non le vota in parlamento, apre ai ceti medi ma resta classista. Però la cosa che ci preoccupa di più è la progressiva conquista di consensi, soprattutto tra i cattolici.»

«Allora dovreste mandare l'esercito, come a Berlino» fu la risposta provocatoria del sacerdote.

«Berlino è solo un simbolo. Una capitale per due Stati. Fortunatamente lì il problema lo hanno risolto i sovietici costruendo il muro. Qui invece i comunisti circolano liberamente senza che nessuno gli spari.»

«Se è per questo, a Roma di Stati ce ne sono tre. Lei ora si trova sul territorio del più antico che ha quasi milletrecento anni. Il secondo, l'Ordine di Malta, ne ha novecento. Di muri, poi, ce ne sono fin troppi, e come certamente saprà, da qualche tempo si spara anche qui.»

Il cardinale continuava a fissare Messina, il quale iniziava a sentirsi a disagio, una sensazione che non gli era familiare. Non c'era nulla che non andasse nell'aspetto dell'alto prelato, se non fosse che dal suo dossier aveva appreso che l'uomo più influente della Chiesa cattolica era cieco dalla nascita.

«Dubito sia volato fino a Roma per farci conoscere le sue preoccupazioni su qualche pecora smarrita» riprese don

Ottavio, mettendo finalmente del tutto da parte il tono formalmente conciliante.

Messina accettò con sollievo quell'invito alla franchezza, anche perché nel frattempo lo scotch cominciava a fare il suo effetto: «Il PCI alle ultime politiche ha superato otto milioni di voti. Ci risulta che gli iscritti siano arrivati a quasi due milioni ormai. E i nostri amici della Democrazia cristiana non sono riusciti a escogitare altro che questa inutile strategia del dialogo».

«E cosa potremmo fare noi per arginare la famelica orda comunista?»

«Loro hanno quindicimila sezioni, voi avete cinquantamila parrocchie.»

«Comprenderà bene come non sia semplice predicare contro chi promette di abolire la povertà.»

«Don Ottavio, se i comunisti abolissero la povertà le toccherebbe trovarsi un lavoro. Uno vero.»

Messina fece per alzarsi, lasciando intendere che la sua visita era terminata, quindi si rivolse con tono ultimativo al cardinale: «La nostra posizione è chiara. Occorre impedire la formazione di governi di ispirazione socialista in tutti i paesi dell'America Latina, così come in Europa. Gli Stati Uniti e i paesi alleati sono certi che il papa farà la sua parte. Ritengo che il cardinale Newman abbia avuto modo di spiegarle che i generosi sostenitori della Prefettura apostolica statunitense si aspettano che il Vaticano si adoperi con ogni mezzo per ostacolare la minaccia socialista e inviti tutti i suoi discepoli ad agire allo stesso modo. Vi auguro una buona giornata» concluse per poi incamminarsi verso l'uscita.

«Mister Messina.» Non era la voce di don Ottavio. L'americano allora si voltò verso il cardinale che gli parlava senza più fissarlo. «Sa che in tutta la Bibbia è narrato un solo episodio in cui gli Apostoli hanno agito in collegialità? Avvenne nel giardino del Getsemani, quando fuggirono tutti abbandonando Cristo.»

APRILE 1972

10

Vincenzo Buonocore arrivò al Portico di Ottavia all'una in punto. Era una bellissima giornata di aprile e il sole faceva risplendere i frammenti di colonne tra le rovine del Teatro di Marcello affollate di turisti. All'ingresso del ristorante esitò, controllò il nome sull'insegna, Sora Margherita. Varcata la porta a vetri, venne travolto da una zaffata pungente di aglio e di fritto. Quel posto non si poteva definire una taverna popolare, ma non era neppure il tipo di ristorante che Maurizio De Paoli era solito frequentare.

Il direttore sedeva, come di consueto, a uno dei due tavoli d'angolo da dove poteva osservare tutti i clienti e soprattutto tenere d'occhio i due accessi alla sala, l'entrata e la porta della cucina. Era uno dei tic del mestiere che aveva preso quando alla fine del '43 aveva cominciato a collaborare con la neocostituita divisione italiana dell'Office of Strategic Services. Fasciato nell'immancabile doppiopetto gessato di ottima sartoria dai caratteristici risvolti a lancia, con tanto di fazzoletto bianco che spuntava dal taschino con studiatissimo disordine, sarebbe stato un perfetto James Bond. Ma la corporatura tozza, gli occhi malinconici e il testone quadrato ricordavano più Ugo Tognazzi che Sean Connery. I suoi capelli folti, di un nero corvino esaltato dall'eccessivo strato di brillantina, e la pelle del viso tesa e curata gli attribuivano un'età di gran lunga inferiore a quella registrata all'anagrafe, e nonostante avesse quasi vent'anni più di Buonocore De Paoli sembrava un suo coetaneo.

Il poliziotto appese con qualche difficoltà l'impermeabile all'attaccapanni a parete sovrapponendolo alla massa indistinta di soprabiti ammucchiati e si fece largo nel labirinto di tavoli cercando il percorso più breve, come in uno di quei giochi della "Settimana Enigmistica".

«Non mi sembra ci sia molto da recensire qui» esordì guardandosi intorno. La critica enogastronomica era l'unico hobby che De Paoli si concedeva scrivendo sulla "Domenica del Corriere" sotto lo pseudonimo di Marco Gavio Apicio, il cuoco e scrittore romano che Plinio definì "il più grande scialacquatore e crapulone di tutti i tempi".

«Chi fa il tuo lavoro non dovrebbe lasciarsi ingannare dalle apparenze.»

«Spero tu abbia un buon motivo per costringermi a passare dalla lavanderia domattina per togliere questa puzza dai vestiti.»

«L'archivio funziona. Quelli che abbiamo beccato finora erano quasi tutti schedati. E "quasi" non basta più. Dobbiamo allargare ancora la copertura.»

Buonocore se lo aspettava. La tensione sociale stava registrando un'escalation senza precedenti. Il 3 marzo le Brigate Rosse avevano messo in atto il primo sequestro, un drammatico cambio di passo per una "fantomatica organizzazione extraparlamentare", così l'avevano definita i giornali. La televisione aveva diffuso le foto del rapito, un dirigente della Sit Siemens, con un cartello al collo – COLPISCINE UNO PER EDUCARNE CENTO. TUTTO IL POTERE AL POPOLO ARMATO! –, catapultando la realtà brigatista nelle case di milioni di italiani con un effetto devastante. E i politici, non sapendo che pesci prendere, si erano rivolti a De Paoli, il quale, in paziente attesa di quell'occasione, l'aveva sfruttata per ottenere accesso a risorse senza precedenti e ancora più autonomia di quella, assai ampia, di cui già godeva. In quel frangente, il sistema di schedatura ideato da Buonocore si era dimostrato uno strumento fondamentale ad affermare la capacità dello Stato di reagire all'aggressione terrorista.

«Allargare di quanto?»

«Quanto basta per riuscire a giocare d'anticipo. Non possiamo più aspettare di avere le prove di attività eversive per mettere qualcuno sotto osservazione.»

«Già che ci siamo potremmo schedare tutti gli italiani in età lavorativa. Una quarantina di milioni in tutto. Peccato non avere un archivio abbastanza capiente.»

La battuta era infelice, ma De Paoli lasciò correre. «Per il momento sarà sufficiente includere sindacalisti, giornalisti e iscritti ad associazioni studentesche.»

Vedendo arrivare il cameriere, De Paoli rimise il cappuccio alla Montblanc e chiuse il taccuino rilegato in pelle dove appuntava le note per le recensioni.

«Siamo pronti? Una bella pasta?» esordì il cameriere.

«Io sono venuto per la coda, ma prima mi porti un carciofo alla giudia.»

«Per me solo la coda alla vaccinara.»

«Dotto', j'apro 'n Sassicaia? Me so' rimasti er '66 ed er '67.»

«Il '66 va bene.»

Il cameriere recuperò i due menu e si reimmerse nella nebbia di sigaretta e vapori di cucina. Quel luogo era sufficientemente rumoroso da rendere impraticabile l'ascolto dai tavoli vicini come pure l'uso di microfoni ambientali, senza considerare quanto improbabile fosse che qualcuno pensasse di mettere sotto controllo un posto simile. Ciò nonostante, De Paoli nascose le labbra dietro il dorso della mano prima di continuare: «Gli americani dicono che i russi usano il PCI per finanziare i palestinesi. Che cosa ne pensi?».

«Penso che il Medio Oriente sia una faccenda troppo complicata per gli americani. Lo sanno tutti che l'OLP è una creatura del KGB. I russi non hanno bisogno di nessuno per finanziarli.»

«Le informazioni vengono da Gerusalemme.»

«Allora si sono rincoglioniti pure quelli del Mossad.»

«"Manda degli uomini a esplorare il paese di Canaan che sto per dare agli Israeliti. Un uomo per ciascuna tribù dei loro padri, ognuno scelto fra i loro capi"» recitò De Paoli in tono teatrale.

«Le dodici spie di Mosè. Roba superata, non credi?»

«Quelli avevano un servizio segreto quando noi vivevamo ancora nelle caverne e gli americani sugli alberi. Non sottovalutare mai gli ebrei.»

«Due carciofi alla giudia» irruppe il cameriere facendosi spazio tra i bicchieri per sistemare sbrigativamente i piatti sul tavolo. Buonocore non li aveva ordinati, ma lasciò fare. Aspettarono che aprisse il vino. Era un po' caldo, ma sufficientemente morbido e grasso da non soccombere alla famigerata nota di liquirizia del carciofo.

«Comunque, no. Non abbiamo notizie di roba del genere. Fragale ha una vita extrafamiliare piuttosto esuberante, ma, al di là di questo, dal PCI non ci risultano strane manovre. Il solito flusso di denaro da Mosca, in linea con le spese elettorali, e poco altro.»

«Il nostro uomo in Vaticano?»

«Alterna periodi di rimorso improduttivo a momenti di bulimia esternatoria. La schizofrenia tipica degli omosessuali repressi.»

«In Vaticano l'omosessualità viene solo condannata, mica repressa. Comunque, prova a sentire se ne sa qualcosa.»

«Quindi dovrei intrattenere rapporti con uno Stato estero per raccogliere informazioni su un soggetto politico di un altro Stato estero. Mi sembra una roba un po' fuori dal nostro perimetro.»

«Se c'è di mezzo il PCI, qualunque roba diventa roba mia.»

Buonocore provava un certo fastidio per il grado di personalizzazione che De Paoli adottava nella gestione dell'Ufficio, ma soprattutto per la disinvoltura con cui assumeva ogni decisione, sistematicamente al di fuori di ogni procedura. In fondo, anche se le sue convinzioni politiche lo portavano il più delle volte a condividere quelle decisioni, si considerava pur sempre un uomo delle istituzioni.

«Mi stai incaricando ufficialmente della questione?»

«Ti sembra un ufficio ministeriale, questo? Vincenzo, ascoltami bene.» De Paoli non usava mai il nome di battesimo, il che alzò il livello di guardia di Buonocore. «Sono contento di come stai lavorando, ma se vuoi andare avanti in questo mestiere ti devi ficcare nelle cervella che l'uomo di intelligence è ontologicamente non-democratico. È la natura stessa della sua funzione a non esserlo. Tu sei chiamato ad assumere decisioni segrete, basate su informazioni segretissime per ragioni che non deve conoscere nessuno, neanche tu. Tutto ciò esclude che i compiti che ti affido possano formarsi nel processo democratico ordinario. Perciò, non conta un cazzo quanto sia salda la tua lealtà costituzionale o quanto tu provi a non abusare dei tuoi poteri. E non contano un cazzo nemmeno le tue convinzioni politiche e le tue migliori intenzioni di difendere il paese. Se vuoi fare questo lavoro di merda, fallo e basta. Altrimenti puoi tornare a raccogliere le denunce di smarrimento alla questura di Napoli.»

AGOSTO 1972

11

Come ogni agosto i Ferrante trascorrevano le vacanze a casa di amici militanti, impegnati nell'organizzazione delle feste dell'Unità. Quell'anno gli era toccata quella di Livorno.

Andrea in virtù della sua alta specializzazione in macroeconomia si era dovuto preoccupare di far arrivare per tempo sessanta quintali di anguria, venti chili di caramelle alla frutta, quattromila bottiglie di Lambrusco e duemila coccarde. Ma a creargli qualche difficoltà era stato il chinotto, visto che all'ultimo momento la famigerata Coca-Cola era stata bandita obbligandolo a ripiegare in extremis sul più tradizionale equivalente nostrano. A Sandra invece era toccata l'organizzazione della rottura della pignatta per i più piccoli, delle gare di bocce per gli anziani e dei dibattiti serali per gli adulti.

Per la prima volta Umberto non era andato con loro. Nonostante il gran caldo aveva preferito restare a Milano a studiare. Sandra non aveva potuto obiettare, ma le mancava il potergli assegnare quei piccoli compiti che da ragazzino lo rendevano orgoglioso di dimostrarle quanto fosse in gamba. Osservando i piccoli corteggiamenti tra giovanissimi e le rivalità amorose intrecciarsi a quelle politiche, le tornò in mente suo figlio che, da piccolo, correva tra i chioschi illuminati dalle lampadine colorate. Alla festa di Bologna, non aveva ancora compiuto quattro anni quando si era innamorato di Chiara, una bellissima bambina bionda figlia di compagni emiliani, ma lei aveva occhi solo per un coetaneo francese arrivato con una delegazione del PCF. Sandra aveva insistito nel conoscere la ragione di quel muso lungo e Umberto si era limitato a guardarla e a dirle calmo: "Mamma, ti prego, non ne voglio parlare". Lei per qualche momento aveva addirittura considerato di andare a dirne quattro a quella streghetta.

A volte le era capitato di desiderare una vera vacanza, magari in montagna, ma le feste dell'Unità erano una consuetudine radicata che faceva parte del percorso a cui doversi attenere con disciplina, l'unica virtù davvero necessaria a un buon militante. E ad Andrea la disciplina non era mai mancata. Anche nell'organizzazione del tempo libero aveva seguito il tipico modello del buon militante: riunioni, assemblee, dibattiti e letture collettive nei giorni feriali, il sabato dedicato alle affissioni e la domenica alla diffusione della stampa di partito per cui aveva rinunciato persino ad andare a San Siro per vedere l'Inter. Non aveva mai considerato il suo impegno politico come un sacrificio, né aveva pensato di fare un torto a Sandra e a Umberto con la sua assenza. Per lui la frase tante volte ripetuta nei comizi e scritta nei manifesti, "Per noi e per i nostri figli", non era retorica. D'altra parte, l'appuntamento con la Storia era fissato, e anche se Andrea non poteva conoscerne l'ora esatta, presto o tardi il suo momento sarebbe arrivato.

Sandra invece aveva sempre vissuto per un'ora precisa. Per pochi obiettivi definiti, da perseguire con determinazione uno dopo l'altro, e soprattutto scelti da lei. Fino a quel momento era riuscita a raggiungerli tutti, o quasi. Ma poi ogni volta si sentiva svuotata. Era in quei momenti che le mancava una vita normale e arrivava a invidiare le famigliole piccolo borghesi che la domenica andavano in gita fuori porta con la 500 comprata a rate per oziare tutto il giorno su un prato. Una piccola esitazione che durava poco, giusto il tempo di portare Umberto dal medico, comprargli qualche vestito per sostituire quelli ormai troppo piccoli e accorgersi che Andrea era ancora lì, seppellito in archivio. Per uscire dallo sconforto, di solito le bastavano mezza bottiglia di vodka e un paio di comitati femminili utili a saltare sul treno in corsa della prima proposta di legge sulle donne che le fosse capitata a tiro.

Sandra non aveva avuto difficoltà a organizzare i dibattiti serali. Piccoli convegni all'aperto, tra salsicce e birra, che si svolgevano tutti più o meno allo stesso modo. Prima parlavano gli operai, poi i contadini e a seguire gli ex combattenti. Agli intellettuali toccavano le conclusioni, sempre scontate, secondo cui «al termine di un dibattito approfondito, i numerosi interventi hanno portato un utile contributo da cui scaturiscono considerazioni di massima per una nuova fase di dialogo...».

Tutto era filato liscio, a parte un teatrino inaspettato durante l'ultimo dibattito a cui Andrea aveva assistito seduto in ultima fila sotto il fresco dei pini, concedendosi un panino con la salsiccia e una Peroni ghiacciata. Sul palco, un ex partigiano impegnato in una critica aspra alla sinistra extraparlamentare era stato ripetutamente disturbato da un gruppo di giovani contestatori che lo interrompevano con domande provocatorie. Inizialmente, il veterano sembrava incassare senza scomporsi, ma al quinto "lei" aveva perso le staffe.

«Lei, lei!» urlò dal palco dopo essersi alzato mettendo una mano tra i riflettori e il volto per riuscire a distinguere i contestatori tra il pubblico. «Chi cazzo sei tu? Eh?! Io ho combattuto sulle montagne a meno dieci, ho digiunato per giorni, costretto a bere il mio piscio. Tu che cazzo hai fatto per darmi del lei?»

«Direi che il vecchio partigiano ha ragione» commentò in russo Tokarev che si era appena seduto accanto ad Andrea. Nel partito il "lei" non era solo un modo per mettere distanza, era considerato un dispregiativo da riservare a chi aveva un atteggiamento sospetto. I veri compagni si davano del "tu" e si chiamavano per cognome, mai per nome. Solo i partigiani usavano il nome, che per giunta era sempre falso.

«Un partigiano ha sempre ragione. Anche quando ti seppellisce in un sottoscala umido» rispose Andrea in un russo impeccabile.

«I tuoi studi a Mosca restano per noi un ottimo investimento. Evidentemente, i compagni italiani non hanno ancora compreso a fondo le tue doti.»

«Oppure le hanno comprese troppo bene» replicò sarcastico Andrea.

«Il rischio principale della modestia è l'invisibilità. Ne sai più tu di pianificazione economica che quelle mummie della Plechanov.»

«Quindi hanno spedito un ufficiale del KGB in una pineta sperduta sul Tirreno per offrirmi una cattedra in economia?» Andrea si concesse un sorriso amaro. «Mio figlio non mi ha seguito qui a Livorno, figuriamoci se gli dico di trasferirsi a Mosca. Cosa vogliono da me questa volta?»

«I documenti che ci fai avere servono a poco. La tua analisi delle elezioni politiche di due mesi fa non conteneva informazioni rilevanti.»

«Perché non ce n'erano. Il PCI resta dietro di oltre dieci punti.»

«Facciamo fatica a capire cosa succede a Roma. Sembra che il nuovo segretario ami fare di testa sua e segua malvolentieri i nostri suggerimenti. Sappiamo che lo conosci personalmente.»

I due uomini continuavano a chiacchierare con apparente indifferenza e con lo sguardo rivolto al palco, dove il moderatore cercava di ristabilire la calma.

«È passato quasi un anno da quando ci siamo parlati per

pochi minuti, e mi è pure costato caro.» Andrea provò a ostentare sicurezza, ma le affermazioni del russo lo preoccupavano. Da quando Ginatta gli aveva tolto anche l'incarico di redigere i rapporti sull'economia italiana, si era dovuto arrampicare sugli specchi per inventarsi della merce di scambio credibile con Mosca. Fece quindi un altro tentativo senza troppa convinzione: «Vi ho mandato un'analisi approfondita dei suoi articoli pubblicati su "Rinascita"».

«Certe cose ci piacerebbe saperle prima che accadano. Ti faremo avere dei documenti, con una certa regolarità. Vorremmo ti occupassi di farli arrivare sui giornali di riferimento del partito.»

Andrea sapeva che il KGB manteneva un filo diretto con quasi tutti gli italiani che avevano trascorso un certo periodo a Mosca, e non erano pochi. Alcuni di loro ricoprivano ruoli importanti all'interno del partito, del parlamento e della stampa. I russi non avrebbero di certo avuto difficoltà a recapitare loro qualsiasi notizia. Cosa diversa era far sembrare che venissero dall'interno. Non si trattava più di passare al KGB notizie e opinioni di carattere generale, ma di mettere quel po' di credibilità e di rapporti che gli restavano al servizio di un'operazione d'inquinamento a danno del segretario del PCI. Andrea, nel suo piccolo, si era dimostrato sempre disponibile nel contribuire a un clima di armonia tra PCI e PCUS, nella convinzione che solo marciando compatti i compagni avrebbero potuto affermare il socialismo reale come modello universale, ma la forzatura di dover scegliere tra gli interessi di russi e italiani lo colse completamente impreparato.

«Penso di non essere la persona giusta. Le informazioni che fino a qualche mese fa fornivo ufficialmente al partito non le leggeva nessuno, figuriamoci se comincio a passarle sottobanco.»

«Nessuna informazione è di per sé interessante. È il modo in cui se ne viene a conoscenza a renderla tale.»

«È poco probabile che dal buco in cui mi hanno seppellito venga fuori improvvisamente un tesoro. Ci vorrebbe molto tempo per costruire qualcosa di credibile.»

«In Russia l'inverno dura nove mesi. Siamo gente paziente.»

Tokarev andò via lasciando sulla sedia una cartellina blu scuro plastificata. Andrea la fissò per qualche secondo, poi alzò lo sguardo alla ricerca del russo che però era sparito. Allora prese l'involucro e allargò i lembi forzando leggermente gli elastici a cavallo degli angoli. Riconobbe immediatamente i fori che separavano i francobolli di LSD. I suoi battiti aumentarono. Si guardò intorno ancora una volta. La gente era distratta dalla querelle del partigiano che nel frattempo aveva accusato un malore e veniva portato via dal palchetto. Ne approfittò per andare spedito al parcheggio e riporre la cartellina sotto la ruota di scorta della vecchia 600 grigia presa in prestito per l'occasione da un amico.

Alla fine della serata, ai tavolini dell'ultimo chiosco ancora aperto, un variegato gruppetto di uomini si era riunito attorno a due ex partigiani che avevano bevuto qualche bicchiere di troppo e si erano messi a raccontare aneddoti della vita clandestina, rimandandosi l'un l'altro battutine via via più pungenti, fino a che uno dei due aveva accusato l'altro di antifemminismo.

«Scommetto che te eri contro il voto alle donne nel referendum del '46.»

Il pubblico improvvisato registrò lo scarto di tensione con curiosità. L'accusato non si scompose.

«Invece ti sbagli, ero assolutamente favorevole.»

«E perché mai, visto che ti sei anche opposto all'ingresso delle donne nella direzione del partito?»

«Perché se nel '48 non avessero votato le donne, la DC non avrebbe vinto e chissà cosa avremmo combinato noi comunisti con l'aiuto dei sovietici al governo di questo paese.»

La tensione dei presenti si sciolse istantaneamente in una

fragorosa risata che mise a rischio il già precario equilibrio delle instabili sediole da giardino. Andrea era tra i più divertiti, o almeno lo era stato fino a quando non aveva incrociato l'occhiata gelida di Sandra che si alzava per andar via. La seguì con lo sguardo mentre imboccava il viale di pini che portava al parcheggio, intenta a massaggiarsi le braccia nel tentativo di scrollarsi di dosso l'umidità calata nel frattempo. Ma non era l'unico a osservarla. Tokarev la vedeva andargli incontro dall'abitacolo dell'auto rivolta verso la chiassosa combriccola di tiratardi.

Nei giorni a seguire, Sandra e Andrea si rivolsero a malapena la parola. Lui si era reso conto di averla combinata grossa, ma non aveva idea di come uscirne. Così aveva preferito aspettare che le passasse. La sentiva sempre più lontana, però non aveva mai considerato la possibilità di poterla perdere, o meglio, si era semplicemente rifiutato di pensarci. Gli era capitato già una volta di sentirsi in colpa per aver perso un affetto.

Era il 25 ottobre del 1942, Andrea aveva undici anni, e quella data l'avrebbe ricordata per sempre. Il giorno prima, alle sei del pomeriggio avevano sentito il rombo basso e prolungato delle bombe in lontananza anticipare la sirena. Le scuole furono chiuse. Anni dopo seppe che nel bombardamento avevano perso la vita più di centocinquanta milanesi.

Andrea era preoccupato per Vittorio. Quella mattina non si era affacciato al suo fischio. Aveva provato invano a bussare alla sua porta e poi a cercarlo in giro, ma la foschia mattutina si era trasformata in una densa coltre di nubi che minacciava pioggia. Perciò era tornato a passo svelto a casa, dove il pensiero dell'amico era svanito alla vista di suo padre piazzato nel bel mezzo del cortile della palazzina in cima al rimorchio del vecchio furgone carico all'inverosimile.

«Va' su e aiuta tua madre!» gli aveva urlato il padre per sovrastare il fruscio del vento che aumentava sporcando l'aria di polvere e detriti, mentre Ottavio gli passava un grande cesto di vimini per poi voltarsi a sollevare il successivo.

«Dove andiamo?» aveva ribattuto perplesso Andrea, senza ricevere risposta. Allora aveva salito di corsa le scale e aveva trovato sua madre che legava stretta con lo spago una grande valigia malridotta. Ogni finestra era stata sigillata dall'interno con assi inchiodate e la stanza era impregnata dall'odore della naftalina degli indumenti tirati fuori in fretta e furia da armadi e bauli.

«Cosa succede?» aveva esclamato giunto sulla soglia.

«Sei già a casa. Dio ti benedica.»

«Ma perché questi bagagli? E le finestre?»

«Andiamo a stare dai nonni per un po'.»

«Un po' quanto?»

«Hai sentito tuo padre ieri sera. Ci saranno altri bombardamenti. Meglio se andiamo in campagna fino a quando le cose si sistemano.»

Ottavio era entrato a prendere l'ultima valigia. Con lui c'era Pietro, che li esortò a sbrigarsi. «Si mette brutto, meglio fare un pezzo di strada con la luce.»

«Senza Vittorio io da qui non mi muovo» aveva protestato Andrea.

«Tu fai quello che dico io!»

Il ragazzino era rimasto spiazzato da quel tono perentorio del tutto inusuale. Il padre l'aveva trascinato giù tenendolo per il braccio sano. Nel frattempo, sua madre chiudeva la porta di casa con il lucchetto e provava a tirare a sé la maniglia per controllare che la serratura tenesse. Non aveva idea se o quando sarebbero tornati.

Il furgone aveva il muso già rivolto verso il portone del cortile. Erano saliti tutti e quattro nella cabina. Il cielo era plumbeo. Il vento ora fischiava forte. Il ticchettio dei primi goccioloni sul parabrezza annunciava la pioggia. Pochi secondi dopo un violento rovescio aveva inondato con fragore il telone cerato che, assicurato con una corda, ricopriva il cassone posteriore. Suo padre aveva messo in moto, facendo sobbalzare le sospensioni. Dopo un paio di affondi sull'acceleratore aveva azionato il tergicristallo, spazzando via dal parabrezza l'effetto pittorico della diffrazione.

Era stato allora che Andrea aveva visto la figura di Vittorio in controluce, al centro del cortile, minuta, immobile sotto la pioggia come uno spettro che li fissava. I suoi abiti erano conciati male. Chissà cosa gli era capitato questa volta. Andrea era riuscito solo a sbattere il pugno sul finestrino. Più e più volte. Il nodo alla gola gli impediva di urlare e gli faceva mancare il respiro mentre il vecchio furgone avanzava protestando per lo sforzo inadatto alla sua età.

SETTEMBRE 1972

12

Già dal primo dopoguerra, il PCI aveva predisposto una procedura di emergenza nell'eventualità di tentativi autoritari di presa del potere. Il piano strategico in caso di guerra civile prevedeva che le oltre duecentoquarantamila unità dormienti tra funzionari, attivisti, militanti, ex partigiani e fiancheggiatori dislocati alla SIP, nelle ferrovie, negli uffici postali e nelle fabbriche, passassero all'azione nel giro di ventiquattr'ore. A dare l'allarme sarebbero stati i compagni delle squadre della Vigilanza rivoluzionaria i cui addetti garantivano il presidio ininterrotto di tutte le sedi del partito.

L'ultima domenica di settembre il compagno Aliperti era stato assegnato al turno di guardia pomeridiano presso la sede centrale del partito, e gli rodeva non poco perché avrebbe dovuto trovarsi a Genova. Il cielo di un azzurro intenso, proprio come quello della canzone di Celentano, e la leggera brezza di tramontana che in quel periodo portava l'aria fresca giù dalle Alpi erano la cornice perfetta per la prima giornata della stagione calcistica. A lui, figlio di un sindacalista dei portuali, cresciuto a Sampierdarena, tra Genoa e Sampdoria era toccato tifare per i blucerchiati – sua nonna li chiamava "i bruciacchiati" – che per la gara d'esordio affrontavano la Fiorentina di Liedholm. Il biglietto del treno lo aveva acquistato un mese prima, mentre quelli per il Marassi li aveva presi suo fratello. Ma era la prima volta che lo mettevano di turno presso la sede di Botteghe Oscure e sarebbe stato davvero sconveniente chiedere la sostituzione, per cui aveva dovuto abbozzare e, attrezzato con radio, thermos di caffè e schedina del Totocalcio, si era sistemato nella portineria del Bottegone pronto a quarantacinque minuti di eroica sofferenza. E l'esordio non era male. Il timbro nasale di Alfredo Provenzali aveva lanciato "Tutto il calcio minuto per minuto" ricapitolando i risultati dei primi tempi, con i Doriani che tenevano inchiodati i temibili Gigliati sullo zero a zero, e ben otto risultati indovinati sui tredici in schedina.

In principio, il ronzio metallico del campanello si era sovrapposto alla voce squillante del cronista impegnato a conferire epicità alla radiocronaca di una partita piuttosto noiosa. Poi l'insistenza dei pugni battuti contro il portone lo persuase a calare il volume della radio. Ma furono i colpi successivi che riecheggiarono nell'androne a convincerlo a occuparsene.

Due membri della direzione irruppero nell'atrio quasi travolgendolo, intimandogli in malo modo di tenere il portone aperto e stare in campana. Nel giro di venti minuti tutti i massimi esponenti del partito li avevano raggiunti. Mai vista una roba del genere, per giunta di domenica.

D'improvviso Aliperti realizzò. In un istante gli tornarono in mente gli insegnamenti dell'addestramento su come distruggere un ponte in muratura o sabotare una rotaia: "... per le locomotive si schiacciano i tubi di rame con la tenaglia, per i trasformatori basta un secchio d'acqua e per le caldaie... la terra, no, la cenere, cenere di carbone e tanto zucchero da versare nei serbatoi delle auto...". Sperò che il barile di legno che custodiva gli Sten e i Mauser dalla fine della guerra fosse ancora nel sottoscala del casolare di campagna di suo cugino, e i percussori e gli otturatori nella dispensa dell'annesso, conservati sott'olio tra i barattoli di peperoni e melanzane. Era in preda a un attacco di panico e respirava a fatica, per cui quando gli spiegarono che non c'erano allarmi da diramare restò a lungo senza parole. Nessun colpo di Stato. Il sollievo iniziale lasciò quindi il posto a un misto di delusione e sconforto che si fecero ancora più grandi quando tornò in portineria. La Fiorentina aveva battuto la Samp con una rete di Orlandini al settantaseiesimo. Controllò la schedina: undici punti. Ricontò altre tre volte. Erano proprio undici. Fu allora che fece volare la radio contro la parete di fronte frantumandola in mille pezzi.

I vertici del PCI si erano riuniti al gran completo nel salone al secondo piano. Quando furono arrivati tutti, il Segretario, che sedeva in fondo al lungo tavolo rettangolare, si accese una sigaretta e fece un cenno di invito a parlare al compagno Fabretti, responsabile dell'Ufficio organizzazione.

«Lo ha trovato D'Amico, alle otto circa di stamattina. Pare che fosse l'unico a sapere di quell'appartamento in Prati. Aveva aiutato Fragale a sistemarlo, pagava lui la pigione ogni mese e di tanto in tanto mandava qualcuno a fare le pulizie.»

Si era allarmato quando lo aveva chiamato Giovanna per dirgli che il marito non era rientrato a casa per la notte.

Il Segretario gli fece cenno con la mano di tagliare corto. Allora Fabretti lasciò la parola al professor Della Vedova, medico ufficiale del partito nonostante il cognome malaugurante e unico tra i presenti a non ricoprire un incarico in direzione o in segreteria: «Infarto fulminante. Deve essere successo tra le undici e l'una di stanotte. Lo abbiamo trovato accasciato sul letto».

«Cosa avete detto a Giovanna?»

Fabretti riprese la parola: «Nulla per il momento». Esitò un attimo. «Pensiamo che quando è morto fosse in compagnia» aggiunse poi, quasi vergognandosi. La sua tremolante cadenza pugliese era resa ancor più incerta dal contrasto con il linguaggio asciutto e il forte accento friulano di Della Vedova.

«Se fosse stato da solo sarebbe andato a dormire a casa sua» obiettò con tono di ovvietà uno dei presenti.

«Non è tutto.» Fabretti, in palese difficoltà, esitava.

Il luminare della medicina venne in suo soccorso: «Era vestito da Stalin».

Il Segretario guardò il medico con espressione incredula. Della Vedova proseguì: «L'uniforme con la giacca verde, gli stivali, il cappello... aveva pure i baffi finti. Uguale! E i pantaloni erano abbassati». Fece una breve pausa per consentire ai presenti di assorbire il colpo un po' alla volta. «Sotto l'uniforme indossava biancheria intima da donna. Roba fina, eh».

Il Segretario si era portato le mani sul volto. Il fumo che saliva dalla sigaretta accesa tra le dita sembrava uscirgli dal cervello. Tra i presenti si sollevò un brusio che si spense lentamente mentre il Segretario schiacciava nel posacenere la sigaretta, per poi cominciare a battere ritmicamente il fondo del pacchetto di Marlboro rosse fino a che ne spuntò un'altra. La accese e tirò una lunghissima boccata. Nonostante fumasse da quando aveva sedici anni, non riusciva a non socchiudere gli occhi quando soffiava fuori il fumo. Fabretti aveva il viso imperlato di sudore e lo guardava nervoso mentre con due dita allargava il colletto della camicia che gli sembrava sempre più stretto.

«Cos'altro?» chiese il Segretario quasi rassegnato, avendo intuito che non era finita lì.

«Aveva una roba infilata dietro.» Fabretti accompagnò la frase con un gesto della mano rivolta verso l'alto, appena accennato, come ad avvitare una lampadina.

«Dietro?» domandò il Segretario mimando il gesto. Fabretti non riusciva a spiegarsi.

Ancora una volta toccò al medico risolvere l'impasse: «Aveva una bottiglia infilata per tre quarti nel culo. Una bottiglia di Coca-Cola».

«Bòja fàuss!» Fu l'imprecazione di Salini, direttore dell'Ufficio per i rapporti internazionali, a rompere il silenzio in un misto di stupore e rabbia. Il compagno Fragale era libero di infilarsi dietro quello che preferiva, ma la Coca-Cola no, tantomeno vestito da Stalin.

Superato il punto più difficile, Fabretti si sbottonò il colletto e riprese la parola: «Quando siamo arrivati non rispondeva al campanello. Le chiavi erano nella serratura, ma all'interno. Così abbiamo dovuto sfondare la porta. Il trambusto di prima mattina ha agitato i vicini. Ma fortunatamente il compagno Della Vedova è arrivato subito. Nel frattempo, abbiamo dato una sistemata, gli abbiamo messo gli abiti normali e lo abbiamo ripulito come potevamo. Ma la bottiglietta non veniva via». Fabretti guardò Della Vedova.

«Per via del rigor mortis» precisò il medico stringendo il pugno in maniera esplicativa «la muscolatura perianale si era contratta e...»

«Va bene, va bene» lo interruppe il Segretario «risparmiaci i dettagli di come l'hai tolta.»

«Non l'ho tolta.»

«Non l'hai tolta?»

«Te l'ho detto che era infilata per tre quarti. Hai presente la forma di una bottiglietta di Coca-Cola?»

«E quindi?»

«E quindi l'abbiamo lasciata dov'era e l'abbiamo rivestito.»

«Bòja fàuss!» esclamò ancora una volta Salini con le mani tra i pochi capelli che gli erano rimasti.

Fabretti crollò sulla sedia sfinito e continuò, ora più leggero, asciugandosi il sudore con il fazzoletto.

«Dov'è adesso?»

«Alle pompe funebri. Abbiamo disposto la cremazione, ma occorre fare in fretta, prima che a qualcuno venga in mente di fare domande. Cosa diciamo alla Giovanna?»

Nessuno rispose. In quel momento, la moglie di Fragale era l'ultimo dei loro problemi.

13

Appena giunto al dipartimento Affari interni del ministero il piantone avvertì Buonocore che il direttore lo attendeva nel suo ufficio. Negli ultimi giorni la tensione crescente tra gruppi di estrema destra e studenti di sinistra impegnati nella propaganda a sostegno della legge sull'obiezione di coscienza avevano dato un bel da fare al suo capo, ma lui sospettava non fossero quelli i motivi della convocazione.

«Com'è che siamo venuti a sapere di Fragale soltanto due giorni dopo il fatto?» gli chiese De Paoli saltando ogni preambolo.

Buonocore non aveva esattamente l'aspetto di una spia, almeno non di una di quelle che s'incontravano nei film. La sua parvenza sgualcita era al limite della sciatteria. Il volto magro e mal rasato con i baffi che nascondevano quasi del tutto la bocca e i capelli castani sempre arruffati gli conferivano un'aria malaticcia e il colletto della camicia sempre sbottonato con la cravatta che ne teneva accostati i lembi, insieme al soprabito di una taglia troppo grande, restituivano l'idea di uno che aveva dormito con i vestiti addosso.

«Il custode del palazzo era in licenza matrimoniale. Ci ha chiamati appena tornato al lavoro.»

«Altro?»

Buonocore si limitò a scuotere leggermente la testa e a serrare le labbra.

«Sono passati quasi due giorni dalla scomparsa del tesoriere del Partito comunista e noi sappiamo solo che è morto?»

«Sono riusciti a tenere la cosa riservata.»

De Paoli abbassò lo sguardo sulla scrivania affranto e poi si mise in piedi minaccioso: «Hai con te un biglietto da visita, immagino».

Buonocore prese il portafoglio dalla tasca interna della giacca e ne tirò fuori uno. Aveva già capito dove il suo capo volesse andare a parare.

«Leggilo. Leggi cosa c'è scritto.»

«"Buonocore Vincenzo. Vicedirettore Ufficio affari ris..."»

«Riservati! Completò il direttore anticipandolo. «UFFICIO-AFFARI-DEL CAZZO-RISERVATI!» urlò in modo che lo sentissero su tutto il pianerottolo. «Allora, com'è che lasciamo fare ai comunisti quello che dovremmo fare noi?»

Il vicedirettore sapeva che doveva lascialo sfogare. Perciò rimise con calma il biglietto nel taschino della giacca, incrociò le mani dietro la schiena e attese pazientemente. A Bagnoli aveva gestito di peggio.

Buonocore aveva appena compiuto ventitré anni quando nel luglio del '54 gli americani lo avevano scelto insieme ad altri dodici funzionari di polizia.

Il suo profilo era perfetto: psicologicamente stabile, di saldi principi, cattolico e con famiglia. Insomma, tutti i fattori che definivano un individuo affidabile secondo i canoni di selezione allora in vigore.

Era stato sottoposto a sei mesi di addestramento intensivo presso il quartier generale della NATO alla periferia ovest di Napoli. Niente pause e permessi: non aveva potuto comunicare con nessuno all'esterno, neppure con i familiari. Ufficialmente i corsi erano stati cinque: sabotaggio, informazione, disinformazione, reclutamento e addestramento psicofisico. Quello da spia non veniva indicato esplicitamente nel programma. Aveva frequentato lezioni su storia delle ideologie, psicologia, comunicazioni radio, medicina da campo, disinnesco e tiro di precisione. Al primo allenamento gli erano toccate otto ore di marcia e uno zaino da quattro chili. Dopo cinque mesi aveva superato in scioltezza trentasei ore di marcia con il triplo di attrezzatura in spalla.

Buonocore aveva finito per classificarsi primo del suo corso, con zero penalità. A quel punto lo avevano rispedito alla questura di provenienza e nessuno si era fatto più vivo per i successivi sei anni. Il suo fascicolo, nel frattempo, era stato inviato a Langley.

Erano passati diciotto anni da allora, ma Buonocore non ne aveva mai parlato con il suo capo, dando per scontato che sapesse.

De Paoli non amava dover inseguire le notizie, era piuttosto il tipo che preferiva farle accadere: «Troppe rogne, con questi comunisti. Le rogne mi rendono vulnerabile e questo mi fa girare enormemente i coglioni. Dovrei mollare ora che sono ancora in tempo».

Entrambi sapevano che quelle parole non corrispondevano a una reale intenzione. Senza De Paoli l'Ufficio sarebbe stato chiuso in breve tempo, quel lavoro avrebbe cominciato a farlo qualcun altro e loro sarebbero diventati immediatamente il bersaglio migliore per i successori.

«Il ministro Canta vuole un rapporto entro quarantotto ore.»

Buonocore annuì, fece per andar via, poi tornò indietro: «Abbiamo fatto quella verifica in Vaticano. Non sanno nulla di soldi ai palestinesi».

«Non è una risposta che posso usare. Trovami qualcosa per tenere buoni gli americani.» Quindi lo congedò.

Buonocore fece per lasciare l'ufficio quando udì la voce di De Paoli ringhiare: «E occupati del tesoriere, anche di quello nuovo».

Nonostante avesse da poco compiuto trent'anni, il tenente Salsano aveva già una certa esperienza nella raccolta di informazioni. Per questa ragione Buonocore aveva incaricato lui di indagare sulla morte di Fragale: «Cos'hanno detto alla moglie?».

«Che ha avuto un malore in ufficio. Lei conferma, non so se per ingenuità o per convenienza. Comunque, se sa qualcosa non lo dà a vedere.»

«Cosa dice il referto medico oltre all'infarto?»

Salsano gli porse una cartellina gialla contenente un solo foglio con poche parole: «Nulla, solo orario e causa del decesso presunti».

«Abbiamo chiesto l'autopsia?»

«Non spetta a noi.»

«E a chi spetta?»

Salsano prese un foglio e cominciò a leggere: «"Allorché dalla morte di una persona si profila un sospetto di reato il Procuratore della Repubblica dovrà accertare la causa della morte ai sensi dell'art. 116 delle disposizioni di attuazione del codice di procedura penale, e quindi, se necessario disporre l'esame autoptico..."».

«E quindi? Mi stai spiegando come si chiede un'autopsia?» lo interruppe Buonocore.

«Manca il sospetto di reato.»

«Inventatene uno. Sospettare è il nostro lavoro.»

«Hanno cremato la salma alle sei di ieri pomeriggio.»

Salsano aveva la straordinaria capacità di innervosirlo. «E i funerali?» chiese Buonocore.

Salsano tirò fuori dalla sua cartellina un altro foglio di carta velina battuto a macchina. «"È mancato all'affetto dei suoi cari un uomo della classe operaia e del popolo, grande dirigente delle lotte e delle conquiste dei comunisti per il lavoro e la democrazia. Addio, compagno Fragale. Il corteo funebre..."»

Buonocore, spazientito, gli strappò il foglietto di mano e lo appallottolò per poi lanciarlo nel cestino mancando il bersaglio.

«I funerali si tengono a Botteghe Oscure. In questo preciso momento» concluse Salsano.

«E noi cosa ci facciamo qui?»

14

Come in tutte le grandi famiglie, anche nel Partito comunista italiano i segreti più imbarazzanti si custodivano dietro muri discreti di silenzi, omissioni e mezze bugie. Se trapelava qualcosa ci si limitava a etichettarlo come un pettegolezzo o una malignità che non trovavano mai conferma, ma neppure smentita. La verità di solito veniva fuori dopo molti anni, quando non aveva più alcuna importanza. Come per quei nipoti il cui bisnonno era stato in galera o la cui prozia aveva avuto una tresca col giardiniere. Loro lo avevano sempre sospettato, e un bel giorno, quando la vecchia zia era passata a miglior vita e del bisnonno non ci si ricordava neppure più il nome, qualcuno li metteva improvvisamente di fronte alla verità, come se fosse stata una cosa nota a tutti da sempre.

Marco Fragale era considerato unanimemente un ottimo dirigente. Si era fatto le ossa nella federazione di Milano e nel tempo era diventato un punto di riferimento nella direzione del partito, soprattutto grazie al potere che gli derivava dalla gestione dei soldi. Era a capo delle finanze del PCI da più di dieci anni. Marchigiano, secondo una tradizione che sembrava risalire ai tempi del governo pontificio, quando i papi si servivano di pittori e ragionieri fatti arrivare appositamente dalle colline sull'Adriatico per affrescare le cappelle e amministrare il denaro della Santa Sede. Considerata la delicatezza del ruolo, che recava in sé non pochi rischi, il partito gli aveva anche riservato un seggio in parlamento a mo' di gratifica, ma soprattutto di polizza vita.

Fragale era sposato da molti anni con Giovanna, una donna riservata e cordiale che lo trattava con la solerzia di un chierichetto che serve il prete all'altare. Avevano due figli maschi. Lei aveva dato la vita per la causa, e ora la grande famiglia del partito si sarebbe occupata delle esequie e presa cura di lei.

Qualunque sacerdote avrebbe celebrato quel funerale anche se avesse saputo delle reali circostanze della morte, bottiglietta di Coca-Cola inclusa, ma l'iscrizione al PCI era stata dichiarata illecita dal Vaticano nel 1949 sotto Pio XII, motivo per cui le esequie andavano celebrate con rito laico, come avveniva per tutti i compagni. Quasi tutti, a dire il vero. Era noto, infatti, il caso di un tale del PCI di Afragola, in provincia di Napoli, dal nome assai comune da quelle parti, Salvatore Esposito, morto lo stesso giorno di un omonimo impiegato al locale ufficio delle poste e democristiano esemplare. Il parroco aveva disposto senza indugio i funerali dell'Esposito postino, per il quale erano stati prontamente affissi i manifesti funebri con l'invito alla celebrazione. Allora i parenti dell'altro Esposito, lo scomunicato del PCI, si erano presentati in chiesa in anticipo con il proprio defunto usufruendo di un servizio di prim'ordine, al termine del quale avevano lasciato al sacerdote anche un'offerta per l'accorata omelia, per poi portare via la bara pochi minuti prima che arrivassero in chiesa i familiari del postino democristiano. Al parroco non era restato che ripetere la funzione e intascare il doppio obolo. In seguito, l'episodio avrebbe originato una produzione illimitata di barzellette sul compagno Esposito, che giunto in Paradiso ne avrebbe combinate di tutti i colori: dalla formazione del SAU, il Sindacato Angeli Uniti, al primo sciopero celeste.

Quel giorno, in mancanza di morti omonimi e preti distratti, a Fragale non restò che il rito laico. Ma nel suo caso la militanza ai vertici del partito era valsa un trattamento speciale con tanto di camera ardente al Bottegone e discorso di addio del Segretario in persona.

L'unica caratteristica che le esequie di un compagno avevano in comune con quelle di un cattolico era di riunire chi, proprio in virtù della dipartita, aveva una serie di decisioni da prendere. Era quello che avveniva per i dirigenti di un'impresa quando mancava l'amministratore delegato, oppure per gli appartenenti alle famiglie mafiose in occasione della morte di un boss, come aveva ben raccontato il film *Il Padrino* appena uscito al cinema.

Nel caso di Fragale, a riunirsi era stata la segreteria del partito che aveva da discutere il nome del suo successore. E la scelta era destinata a convergere su Mario D'Amico, negli ultimi cinque anni braccio destro del tesoriere defunto, che aveva dimostrato una tenacia e un'energia inaspettate e si era anche rivelato discreto e affidabile. Insomma, anche per il Segretario sarebbe stata la scelta più semplice, se non fosse stato per le carte contenute in un faldone che la vedova di Fragale aveva ritrovato in casa. Pagine di quaderno fotocopiate frettolosamente con un lunghissimo elenco di nomi e numeri. Al Segretario era bastata una rapida scorsa ai quaderni per capirne la gravità. Ignorava da dove provenissero e se D'Amico o altri ne fossero a conoscenza, ma non poteva correre il rischio che il tesoriere, o peggio, il partito, fossero coinvolti, per cui si adoperò personalmente per bruciarle il giorno stesso, anche se questo non bastò a tranquillizzarlo.

Nessuno, oltre a lui, aveva avuto modo di leggere i documenti ma tutti davano per scontato che trattassero di questioni di soldi. D'altra parte, di quello si occupava Fragale, e non è che fosse tutta roba formalizzabile in maniera trasparente. Una parte sì, quella relativa al tesseramento e ai proventi delle società controllate direttamente o indirettamente dal partito che prosperavano grazie ai monopoli nell'importazione di legno e metalli dall'Unione Sovietica e in virtù dell'esclusiva per l'organizzazione dei viaggi da e per i paesi del Blocco. Per il resto si trattava di finanziamenti non documentati, per i quali non esistevano contratti né obblighi di rendicontazione. Tra questi la parte più cospicua veniva dalla cosiddetta "valigetta".

La voce che si era inevitabilmente sparsa nei giorni successivi alla morte di Fragale riferiva genericamente di un ammanco nelle casse del partito, senza specificare di quale entità né che fine avessero fatto i soldi. Il che, tutto sommato, aveva anche aiutato a distrarre l'attenzione dall'imbarazzante realtà dei fatti. Ma nessuno aveva osato pensare a un interesse personale del compagno tesoriere. Se aveva sottratto dei soldi, di certo le motivazioni erano ideologiche. Un compagno non poteva rubare al partito. Questo era il pensiero comune, e a tutti in fondo conveniva pensare che fosse così, quindi nessuno si aspettava processi postumi, ma era evidente che il Segretario non poteva non tenerne conto nella scelta del successore.

Lo sapeva bene anche il compagno D'Amico, arrivato all'ufficio amministrativo due anni prima di Fragale, il quale contro ogni pronostico lo aveva confermato nel suo incarico affidandogli compiti di responsabilità crescente. Le uniche questioni in cui evitava di coinvolgerlo erano i rapporti con i russi e la contabilità delle entrate non ufficiali. Essendo le più rischiose, a D'Amico stava bene così, e non lo infastidiva neppure doversi occupare di alcune faccende personali di Fragale tra cui l'appartamento in Prati. Ma adesso tutta quella fiducia sarebbe stata la zavorra che lo avrebbe portato a fondo. Lo si capiva chiaramente dagli sguardi che i compagni gli avevano riservato durante il funerale.

A preoccuparlo non era però la sua carriera – nel partito

la rimozione di un funzionario era sempre e solo la conseguenza di un nuovo incarico, per cui il suo stipendio non era a rischio –, e non era triste per la scomparsa di Fragale. Per quanto gli avesse concesso fiducia, lo aveva sempre trattato da subalterno. A renderlo inquieto non era neppure l'idea che gli ultimi dieci anni di fedele servizio si sarebbero risolti in un nulla di fatto, ma piuttosto la consapevolezza di dover fare a meno della generosa paga extra che i sovietici gli corrispondevano in cambio delle informazioni che passava loro sul suo capo.

Che non potesse durare a lungo lo sapeva bene, ma in cuor suo pensava di avere più tempo. Eppure, avrebbe dovuto capire che le cose stavano cambiando. L'eccesso di spirito critico di Fragale non piaceva al nuovo segretario. D'altra parte, la distanza dalla linea del partito veniva sempre classificata come deviazione, qualunque essa fosse: se avveniva a sinistra era considerata estremismo, mentre a destra era etichettata come opportunismo. E neanche i russi erano contenti del tesoriere del PCI, il quale tornava dai suoi viaggi a Mosca sempre più nervoso. Per non parlare dei sindacati che avevano preso malissimo i pesanti tagli da lui paventati al personale dei giornali del partito. Se la logica della produttività si fosse imposta anche nelle aziende controllate dal PCI, sarebbe stato un "liberi tutti" per gli industriali del Nord. Lo avevano capito anche quelli dei gruppi extraparlamentari limitrofi all'estremismo armato. Un mese prima Fragale aveva ricevuto una lettera anonima: "Chi usa la tessera del Partito comunista per licenziare i compagni è un topo di fogna e avrà la giusta punizione quando meno se lo aspetta". Insomma, il defunto tesoriere di nemici non ne aveva pochi, ma D'Amico non si aspettava certo che lo facessero secco, anche se il modo in cui lo avevano trovato, più che a un delitto, lasciava pensare a un incidente, a una situazione sfuggita di mano.

Era lui che aveva preso l'appartamento in Prati tre anni

prima su richiesta del suo superiore e senza fare troppe domande. Un'idea se l'era fatta su cosa avvenisse in quella casa, soprattutto per via di alcune frequentazioni sempre più ricorrenti, e aspettava soltanto di raccogliere qualche dettaglio in più prima di informare i sovietici, ma ciò che si era trovato davanti quella domenica mattina andava ben oltre la sua immaginazione. Talmente oltre che aveva anche pensato a una messa in scena montata ad arte per screditare Fragale e il partito. Non era certo la firma dei terroristi, quella, ma non poteva escludere che dietro ci fossero dei professionisti.

Appena uscito dalla sede, dove il funerale era ancora in corso, D'Amico si accese una sigaretta rimuginando su cosa avrebbe raccontato a sua moglie. Giunto al semaforo di piazza del Gesù, affollata come al solito da turisti e sacerdoti, il suo sguardo fu catturato da una giovane donna bionda che lo osservava da lontano.

Il semaforo divenne verde e D'Amico fece per attraversare quando una persona alle sue spalle gli rivolse la parola con tono confidenziale riferendosi alla ragazza. «L'ho notata anch'io. Evidentemente non siamo i soli a interessarci a lei.»

Preso alla sprovvista, affrettò il passo. «Per uno come me non occorre che si scomodi il vicedirettore dell'Ufficio.»

«Non si sottovaluti. Lei è stato per anni il più stretto collaboratore di Fragale.»

«Sono certo che sapete già tutto. Quindi, anche che non ho nulla da dire su di lui.»

«Immagino, ma a me interessa parlare di lei. Fare il gregario per così tanto tempo deve essere motivo di grande frustrazione.»

«Nel partito siamo tutti gregari di qualcuno. Stare al proprio posto è la prima cosa che ci insegnano.»

«E lei in che posto stava nella notte tra sabato e domenica?»

«Al solito. A casa mia, con mia moglie e i miei figli. Senta, Buonocore, con me perde tempo.»

«Fragale gestiva in completa autonomia una decina di milioni l'anno, di cui buona parte in nero. Muore improvvisamente in un appartamento intestato a una società controllata dal PCI che importa legno per cartiere dalla Siberia e viene ridotto in cenere prima che la moglie riesca a vederlo, manco avesse la peste. Davvero si aspetta che ce la beviamo?»

«Giunti a questo punto, non mi aspetto proprio nulla. Le mie aspettative sono andate in cenere con lui.»

Ne frattempo erano arrivati in Salita de' Crescenzi, di fianco al Pantheon, sotto casa di D'Amico. «Io abito qui.»

«Non deve essere semplice mandare avanti una famiglia numerosa con uno stipendio da impiegato, anche per chi non ha vizi o costose passioni da coltivare.»

«Senta, Buonocore, questa è una vicenda più grande e complicata di quanto lei possa immaginare. Fragale non piaceva a molte persone. Però quelli che hanno tratto vantaggio dalla sua dipartita sono pochi.»

D'Amico prese la chiave dalla tasca e la infilò nella serratura.

«Ad esempio, il futuro tesoriere» suggerì Buonocore.

«Le auguro una buona giornata.»

D'Amico fece per chiudere ma il vicedirettore dell'Ufficio glielo impedì per un momento: «Ora che i russi non hanno più bisogno di lei, le occorreranno nuovi amici» disse porgendogli il suo biglietto da visita.

Il portoncino si richiuse rumorosamente alle sue spalle. Buonocore si era accorto della giovane donna dai tratti slavi con pantaloni e giubbotto di jeans sotto il portico del Pantheon, a una trentina di metri di distanza. Se ne stava lì, appoggiata a una delle sedici colonne di granito vecchie di duemila anni. I due si guardarono per un po'. Poi un serpentone di turisti si frappose tra loro. Una volta passato, la donna era sparita.

15

Secondo buona parte dei vaticanisti, a sessant'anni non ancora compiuti e nonostante la sua pesante menomazione, Christopher Bonidy aveva un peso nelle scelte politiche della Santa Sede che era secondo solo a quello del papa. Per tutti gli altri, il pontefice non aveva tutto quel potere.

Sottosegretario della Congregazione per gli Affari ecclesiastici, sostituto per gli Affari generali della Segreteria di Stato, presidente di Caritas Internationalis, segretario della Suprema sacra congregazione del Sant'Offizio e membro della Congregazione per il clero, del Pontificio consiglio delle Comunicazioni sociali e del Pontificio consiglio della Giustizia e della pace. Questi gli incarichi di maggior prestigio che gli consentivano di orientare a suo piacimento le scelte più importanti della Santa Sede. Il titolo a cui era più legato era però quello di Cavaliere di Gran Croce dell'Ordine Equestre del Santo Sepolcro di Gerusalemme. Quando gli avevano annunciato la nomina, il paradosso di un guerriero cieco a cavallo lo aveva fatto sorridere. Poi aveva imparato a dare un senso profondo a quel titolo che con il tempo era diventato la sua missione nella Chiesa di Roma.

Bartimeo, questo il soprannome attribuitogli in conclave dai suoi nemici porporati che alludevano al miracolo della guarigione del cieco narrato nel Vangelo, era nato negli

Stati Uniti da una famiglia di immigrati italiani originari di Francavilla, un poverissimo paesino dell'entroterra calabrese. Sua madre Angelica lo aveva partorito sul pavimento della Registry Room di Ellis Island nel maggio del 1913. Il protocollo dell'Immigration Act non aveva previsto quell'eventualità, per cui la famiglia Bonadio passò qualche giorno all'ospizio dell'isola in attesa di indicazioni.

Durante quelle interminabili giornate Angelica non smise mai di pregare. Suo marito Salvatore soffriva di asma e il medico aveva segnato una "P" sulla sua giacca a indicare una sospetta malattia polmonare, una delle tre cause di rimpatrio insieme all'insanità mentale e al tracoma, infezione degli occhi al tempo assai diffusa tra gli immigrati. Alla fine, il nulla osta era arrivato. Nel frattempo, il segno con il gesso sulla giacca di Salvatore si era sbiadito e la confusione generata dal nascituro aveva mandato in crisi la procedura. Così, la famiglia Bonadio al completo poté salire sul traghetto per Manhattan.

Due giorni dopo, il neonato fu battezzato nella parrocchia di Sant'Umberto con il nome di Cristoforo, in onore del santo protettore dei viaggiatori. Per Angelica era un segno inequivocabile che il Signore aveva grandi piani per suo figlio.

Era il giorno del suo primo compleanno quando i suoi genitori si resero conto che qualcosa negli occhi del bambino non andava. Cristoforo non riusciva a spegnere la candelina sul dolce che sua madre aveva preparato per celebrare quel giorno così speciale. Al quarto tentativo, fu chiaro che il festeggiato non era in grado di vedere la fiammella. Angelica non si perse d'animo, soffiò sulla candelina ed esplose in un'esclamazione di allegria battendo le mani mentre suo marito la guardava attonito.

Glaucoma congenito neonatale bilaterale. Dovette aspettare vent'anni per ricevere una diagnosi precisa. Fu in occasione di una visita al nuovo reparto di oftalmologia dell'Ospedale Gemelli di Roma finanziato dal Vaticano. Il medico in servizio all'ambulatorio del Bellevue Hospital di New York, il giorno seguente al suo primo compleanno, si era limitato a diagnosticare sbrigativamente un "occhio di bue". Il glaucoma, a quei tempi, non era ancora classificato come tale e nella letteratura medica la cecità infantile era spesso associata all'ingrossamento del bulbo dovuto alla pressione intraoculare.

Angelica fece nuovamente ricorso alla fede e si disse che anche quello era un segno del Signore. Grazie all'aiuto del parroco della chiesa di St Anthony, riuscì a far accogliere suo figlio al New York Institution for the Blind garantendogli l'istruzione che gli permise, una volta compiuti undici anni, di accedere al seminaretto dell'arcidiocesi di New York. L'unico posto disponibile era al St Joseph, nel Bronx, e lì gli italiani non erano graditi. Per questa ragione Cristoforo Bonadio sparì nel nulla e Christopher Bonidy fu ammesso al seminario da cui uscì sacerdote otto anni più tardi. Angelica con il suo impiego di ricamatrice e Salvatore che lavorava come manovale riuscivano a guadagnare abbastanza da poterlo mantenere agli studi. Lei lo accompagnava nel Bronx ogni mattina e tornava a prenderlo alle cinque del pomeriggio, fino a quando Salvatore si ammalò e pochi mesi dopo morì. La polvere di calce che aveva respirato nei cantieri aveva finito per aggravare la sua insufficienza polmonare. A quel punto, i soldi non bastarono più. Angelica aveva bisogno di dedicare maggior tempo al lavoro e Christopher, che nel frattempo aveva compiuto sedici anni, imparò a tornare a casa da solo attraversando ogni giorno Manhattan da sud a nord e viceversa.

Il giorno dell'ordinazione a sacerdote, udì sua madre singhiozzare mentre gli carezzava il viso. Era la prima volta che la sentiva piangere e ne rimase assai colpito. Sul momento lo attribuì alla sua decisione di proseguire gli studi a Roma su suggerimento del cardinale Newman, che lo aveva preso sotto la sua protezione. Fu soltanto due mesi più tardi, quando gli fu recapitata al Pontificio Collegio americano del Nord la lettera che annunciava la morte di Angelica, che capì che sua madre quel giorno era soltanto felice.

Padre Bonidy aveva imparato da Newman a leggere le complesse trame politiche della Chiesa cattolica, acquisendo una certa sensibilità alle posizioni anticomuniste del suo mentore. Era consapevole del fatto che, senza l'aiuto dell'arcivescovo di New York, un prete cieco e solo al mondo non avrebbe potuto fare molta carriera in Vaticano. Fu anche grazie a quella protezione se a ventisette anni aveva conseguito tre lauree, tutte con lode, in filosofia, teologia e diritto canonico, e ad appena trenta era entrato nella Segreteria di Stato.

Sin dagli anni del seminario aveva imparato quanto poteva avvantaggiarsi del fatto che gli altri lo sottovalutassero. E avendo compreso in anticipo sui tempi che la Chiesa non si governava con le Ave Maria, in pochi anni era diventato il regista dei rapporti tra Stati Uniti e Vaticano, garantendo l'afflusso imponente di donazioni dei fedeli d'oltreoceano. Così, quando alla morte di Giovanni XXIII le offerte crollarono, il nuovo papa, Paolo VI, aveva individuato in quel sacerdote menomato e taciturno l'uomo giusto per risanare le finanze della Chiesa facendone il più giovane presidente che la Banca Vaticana avesse avuto.

Come ogni mattina, don Ottavio bussò alle sette in punto alla porta dell'appartamento del cardinale per sbrigare le pratiche urgenti e fare l'agenda della giornata. E come ogni mattina lo trovò in tuta da ginnastica e asciugamano sul collo, impegnato nei suoi quarantacinque minuti di cyclette durante i quali si svolgeva la prima parte della riunione. La grande finestra era aperta sul tetto della Biblioteca vaticana oltre il quale s'intravedevano i lussureggianti giardini del papa. In lontananza, oltre le mura pontificie, il rumore sordo del traffico della capitale.

«Buongiorno, Eminenza, nella posta di oggi nulla di urgente. Ieri l'ha cercata Marinoni, il cambiavalute. Ho raccolto il suo messaggio.»

«Quell'uomo mi annoia, con tutti quei nipoti questuanti. Chi vuole un lavoro meglio pagato, chi un appartamento a un canone irrisorio, chi una grazia, un giorno sì e l'altro pure. Occupatene tu. Altro?»

«È tornato quell'avvocato. Voleva disporre alcune operazioni oltre i limiti ordinari. Allo sportello hanno preso tempo. Dicono fosse piuttosto contrariato, al punto di alzare la voce creando un certo turbamento tra i presenti. Ha chiesto ripetutamente di lei.»

«Come va la sua salute?»

«È combinato piuttosto male, il che di certo ne accentua il nervosismo.»

«Ma cosa ci deve fare uno come lui, nelle sue condizioni, con tutti quei soldi?»

Ottavio non rispose.

«Prendi tempo e affidiamoci alla misericordia di nostro Signore.»

Pur sapendo che il pragmatismo del cardinale poteva a volte scivolare nel cinismo, Ottavio preferì interpretare quella frase in maniera cristiana e passò oltre. «Stamattina ha chiamato il senatore Bellasio. Attende sue indicazioni sulla proposta di legge sull'obiezione di coscienza.»

«Qual è il quadro?»

«L'MSI è per prolungare pesantemente la durata del servizio civile rispetto a quello militare, penalizzando chi lo sceglie, comunisti e radicali invece sono per la parità di trattamento.»

«Dobbiamo prendere tempo.»

«Il nostro mondo è assai sensibile alla questione. Eminenza, mi perdoni se insisto, i fedeli si aspettano un intervento risolutivo di Madre Chiesa entro Natale, perché i giovani renitenti possano essere scarcerati in tempo per trascorrere le festività in famiglia. E poi va considerato il turbamento di molti sacerdoti per la prospettiva che le domande presentate dai giovani obiettori siano valutate da una commissione. Già parlano di "tribunale civile delle anime".»

«Per noi il problema non è il Natale in famiglia, e neppure il timore dei sacerdoti di perdere il monopolio sul giudizio delle coscienze. Qui la vera questione in ballo è se l'obiezione risulti un beneficio concesso dallo Stato oppure un diritto acquisito, come vogliono i radicali. E se passa la seconda posizione, la battaglia sull'aborto sarà persa prima ancora di iniziare. Di' a Bellasio che sei o otto mesi in più per il servizio civile sono un buon compromesso e vai a parlare con il vescovo di Milano. Cerca di capire che aria tira da quelle parti.»

Bonidy smise finalmente di pedalare e attese che la respirazione tornasse a un ritmo naturale mentre si asciugava il sudore dal viso. Ottavio lo aiutò a scendere dalla cyclette e gli porse la spremuta di arance preparata da suor Maria con le primizie fatte arrivare dalla Sicilia. Il cardinale si accomodò sulla poltrona accanto alla scrivania, bevve la spremuta e poi si accese un sigaro a cui diede due tiri profondi. Qualcuno bussò alla porta. Ottavio andò ad aprire trovandosi di fronte una ragazzina di circa quindici o sedici anni, con una cascata di boccoli castani che precipitavano disordinatamente sulle spalle e lo sguardo triste. Era magra, ben vestita e aveva in mano la custodia di uno strumento musicale. Un flauto, pensò il sacerdote.

«Mariangela?»

Alla voce del cardinale, la ragazza spostò leggermente il capo da un lato per sbirciare nella stanza. Bonidy non attese la risposta. «Vieni avanti.»

«Eminenza, se non ha bisogno di altro...» Ottavio aveva imparato da tempo a capire quando la sua presenza era di troppo.

«Vai, vai pure.»

Il suono del flauto traverso riecheggiò distintamente nel lungo corridoio dalle ampie volte a vela. Ottavio riconobbe la *Serenata op. 41* di Beethoven. L'aveva sentita la prima volta che suo fratello Andrea lo aveva portato alla Scala di Milano.

16

Andrea era arrivato in autobus all'appuntamento nel centro di Milano, attraversando quella che lui definiva la giungla di fili: linee aeree dei tram che disegnavano geometrie astratte sullo sfondo irregolare delle nuvole, cavi elettrici intrecciati a quelli del telefono, sostegni ondeggianti dei lampioni sospesi a cavallo dei viali e corde per stendere i panni nelle case di ringhiera. Aveva un po' di ritardo quando giunse al bar Camparino. Ottavio era già lì intento a leggere l'"Avvenire".

Le giornate si erano accorciate e il fresco dell'autunno stava arrivando, ma i milanesi non rinunciavano ad affollare i tavolini all'aperto vista Duomo per godersi quella coda di estate. Era felice di rivedere suo fratello, l'ultimo pezzo di famiglia che gli restava.

Il padre era tragicamente mancato nel '45, poco dopo il loro ritorno a Milano. Lo avevano trovato morto in osteria per una ferita d'arma da fuoco. La polizia aveva liquidato la faccenda in mezza giornata. Dissero che si era trattato di una rapina finita male, ma i soldi erano nella cassa. La voce che girava era di una vendetta per aver collaborato con i partigiani fornendo informazioni utili per l'individuazione dei fascisti. Nel frattempo, gli immobili in centro si erano rivalutati oltre ogni aspettativa. Così, la famiglia aveva venduto i locali di via Santa Marta e acquistato un piccolo appartamento di edilizia popolare a Sesto San Giovanni. Con il resto, Ottavio e Andrea si erano mantenuti agli studi. La loro madre era tornata in campagna e li andava a trovare ogni due settimane portando con sé uova, olio, conserva di pomodoro e insaccati, tutti di produzione locale, ma anche zucchero e caffè. E non serviva a nulla spiegarle che a Milano lo zucchero e il caffè erano reperibili con una certa facilità. Per chi usciva dalla guerra rappresentavano ancora un privilegio, e regalarli era un gesto di affetto. Clara restava pochi giorni in città, quelli sufficienti a sistemare la casa e a trascorrere un po' di tempo in loro compagnia per farsi raccontare come procedessero le cose in sua assenza.

Aveva sempre avuto un aspetto dimesso, quasi sofferente, e non si era mai ripresa del tutto dalla morte del marito, ma fu dopo la partenza improvvisa di Andrea che si ammalò. Adorava entrambi i suoi figli, però era da lui che si aspettava grandi cose. Ottavio, secondo lei, aveva bisogno di una guida, di un approdo sicuro al riparo delle sue debolezze. Era una fervente cattolica come lo era stata sua madre e per questo aveva insistito affinché trovasse protezione tra le braccia accoglienti di Santa Madre Chiesa. L'ultima volta che era tornata a Milano era stato il giorno in cui il vescovo aveva chiamato Ottavio a ricevere i Sacri Ordini. Ormai stava in piedi a fatica.

«Perdonami, sono dovuto passare in federazione a prendere i biglietti del treno» esordì Andrea arrivando alle spalle di Ottavio.

«Non pensavo di farti scappare venendo a Milano.» I due si abbracciarono affettuosamente.

«Vado a Roma, sono stato convocato in direzione. Comunicazioni urgenti, dicono. Sarà opera di Ginatta.»

«Avrà deciso che è ora di tirarti fuori da quella caverna.»

«Figurati. Da quando secondo lui ho mancato di rispetto al Segretario non perde occasione per farmela pagare.»

«Ah, l'uomo del cambiamento. E quando lo avresti offeso?»

«Ci ho parlato pochi minuti quando è venuto a Milano un anno fa. Gli ho detto quello che pensavo senza neppure rendermene conto. Avessi visto di che colore è diventato Ginatta» disse Andrea lasciandosi scappare un accenno di sorriso. «Il giorno dopo mi ha revocato l'incarico di redigere le relazioni sullo stato dell'economia. L'unico che mi restava e che avesse un senso. Lo hanno affidato a uno fresco di laurea.»

Andrea sentiva di aver toccato il fondo e pensava che dopo quel demansionamento non avrebbe avuto più nulla da perdere, ma si sbagliava. Di lì a poco avrebbe perso anche il sonno.

Erano ormai tre mesi che dormiva male e poco. Pochissimo. Inizialmente aveva usato i francobolli di LSD, ma ormai li aveva quasi finiti. La mancanza di sonno era stata la giustificazione perfetta con se stesso per coprire una verità ben più dolorosa. La vita, quella reale, era diventata un luogo troppo grigio e inospitale. Quindi, appena poteva, scappava via nell'altro posto, quello pieno di colori, profumi e leggerezza. Riusciva a essere assente anche quando tornava dai suoi viaggi chimici. Fortunatamente, quella situazione era insostenibile anche per Sandra, che faceva in modo di non trovarsi a casa quando c'era lui. Umberto lo vedeva sempre meno e quando s'incrociavano gli rivolgeva la parola a stento. "Meglio così" aveva pensato Andrea. Nel frattempo, si era adoperato a far circolare nel PCI le carte che gli arrivavano da Mosca. Inizialmente si era limitato a notizie poco rilevanti per sondare il terreno e osservare le reazioni. Poi aveva preso a passare informazioni via via più interessanti in base al ruolo che il destinatario ricopriva nel partito: un rapporto della NATO sulle testate nucleari nella base di Aviano da dimenticare sulla scrivania di un redattore dell'"Unità", o la trascrizione di una conversazione a cena tra i vertici di Confindustria da recapitare a un amico del sindacato con la scusa della richiesta di un parere sulla sua attendibilità.

«Mi dispiace. Pensi di fare qualcosa?» Ottavio era preoccupato di quella situazione apparentemente senza uscita.

«Vuoi sapere se ho intenzione di lasciare il partito?»

Il sacerdote inclinò leggermente il capo e strinse le labbra come a dire: "Cos'altro?".

Andrea accennò un sorriso amaro. «Ho passato quattordici anni lì sotto. Se avessi commesso un omicidio sarei uscito prima. Ma anche gli ergastolani alla fine si abituano al carcere. È il mio posto, non ne ho altri e non riesco a pensarmi fuori.»

«E questo segretario? Che impressione ti ha fatto?»

Andrea scrollò le spalle. «È il segretario del PCI. Per un burocrate di provincia come me, lui è per metà una bandiera e per l'altra metà una divinità.»

«E per mio fratello Andrea?»

«È uno che non le manda a dire. Ma è anche capace di un pensiero profondo, fuori dagli schemi, direi. Tu, piuttosto, cosa mi racconti? Ti vedo in forma.»

«Non me la passo male. Come sai, il cardinale Bonidy mi ha scelto come segretario, e adesso oltre che di insegnamento mi occupo di finanza allo IOR.»

«La mamma sarebbe orgogliosa di te.» Andrea si toccò il braccio destro, quasi come se quel pensiero avesse riaperto vecchie ferite.

«Ti tormenta sempre» osservò Ottavio alludendo alla vecchia frattura.

«Mi ricorda chi sono.»

«I ricordi a volte fanno male.»

«In quel caso prendo qualcosa.»

«Basta che il rimedio non faccia più male dei ricordi.»

Andrea si chiese se fosse un'altra allusione o solo una frase di circostanza.

«Sandra e Umberto?»
«Umberto studia. Non parliamo molto. A dire il vero neanche con Sandra. Lei sta bene, è sempre impegnata nelle sue crociate. Ora è il turno dell'aborto. Sappiamo tutti che sarà la madre di tutte le battaglie.»
«Mi risulta faccia molto proselitismo nelle fabbriche.»
«In questo paese noi del PCI siamo ancora una comunità di perseguitati. Come i primi cristiani. Abbiamo uno sconfinato orgoglio e una gran voglia di convertire gli altri.»
«Quindi alla fine Marx ha solo copiato Gesù Cristo?» chiese provocatoriamente Ottavio.
«Oppure è Gesù Cristo che è risorto reincarnandosi in Marx. Nel qual caso, ti saresti scelto il capo sbagliato.»
«Se ci fosse stata nostra madre qui ti avrebbe mollato un ceffone. Glieli tiravi dalle mani.»
«Facevo del mio meglio. Avevo imparato che un minuto dopo il ceffone arrivava la carezza più dolce.»
Ottavio pensò che ogni volta che si rivedevano finivano per parlare della madre, ma mai di loro padre. Le poche volte che aveva sollevato l'argomento con un ricordo o una battuta, Andrea aveva fatto finta di niente ed era passato ad altro. Era come se di fronte al pensiero di suo padre lui provasse vergogna o un dolore da cui fuggire.
Allora Ottavio si risolse a sciogliere quell'imbarazzo. Per un momento era stato tentato dal riferirgli dell'incontro inatteso con Messina in Vaticano, ma come il giorno in cui era accaduto era giunto alla conclusione di lasciar perdere. Avrebbe dovuto spiegare troppe cose. Allora, guardò l'orologio e si alzò: «Mi aspetta il vescovo di Milano e non è un tipo paziente. Stammi bene. E fai attenzione a Roma. L'ultima volta che ti hanno convocato per delle "comunicazioni importanti" sei sparito per più di sei anni».
La mente di Andrea andò automaticamente a quel pomeriggio di ventun anni prima, quando si era recato, come ogni venerdì, alla sede della federazione milanese del PCI

per riferire al compagno Oreste le ultime novità sul fronte del movimento giovanile cittadino che coordinava da qualche mese.

In realtà, non si chiamava Oreste. I partigiani continuavano a usare il nome di battaglia al posto di quello vero anche dopo la guerra. Era il sintomo più evidente della passata clandestinità, come l'abitudine di leggere libri di politica coprendo la copertina con quella di romanzi popolari. Poi c'era la puntualità quasi maniacale, un riflesso involontario del fatto che in guerra ogni ritardo era ragione di allarme. Quel misto di mentalità cospirativa e sindrome del complotto era come un virus che, sopravvissuto all'armistizio, aveva contaminato il partito in ogni sua espressione, dall'organizzazione del lavoro, sempre schematica e con compiti ripetitivi da svolgere in gruppi di poche persone, alla vita privata che si risolveva tutta all'interno della comunità di compagni. Tutto ciò aveva concorso a radicare una cultura del sospetto seconda solo alla paranoia che permeava il PCUS.

Era la fine di settembre del '51 e non era passata neanche una settimana da quando due poliziotti avevano fermato Andrea mentre attaccava manifesti del corteo studentesco sul muro di cinta dell'università. Inizialmente aveva incassato il rimbrotto e anche un paio di insulti, poi quando gli sbirri gli avevano intimato di lasciare i volantini e i manifesti aveva resistito offrendo la scusa ai due per tirare fuori i manganelli. A quel punto la questione si era fatta seria. Non ricordava bene come fosse arrivato in commissariato. A giudicare dai lividi alle gambe e dal dolore al costato non doveva essere stata una passeggiata. Lì lo avevano interrogato, poi spedito a San Vittore dove aveva trascorso quattro giorni in attesa che il Tribunale di Milano si occupasse di lui.

Arrivato alla sede della federazione, Andrea aveva incrociato il compagno Oreste sulle scale.

«Scusa il ritardo, ma il tram ha messo sotto il carro di un oste e mi è toccato fare un bel tratto a piedi. Dove ci mettiamo che ho un po' di cose da dirti? All'università è un casino, i socialisti premono per l'accordo e noi non abbiamo ancora i nostri nomi per le liste congiunte.»

L'ex partigiano lo interruppe con tono serio. «Andrea, di quello parliamo dopo, ora ti vogliono su all'Ufficio quadri. Non farti aspettare.»

"All'Ufficio quadri?" Andrea trasalì. "Vorranno sapere del mio interrogatorio in questura" pensò mentre cercava nello sguardo di Oreste un indizio che non arrivò.

L'Ufficio quadri governava la selezione e la formazione dei funzionari e ne custodiva la moralità "garantendo con severità e riservatezza che la poderosa struttura del partito non deviasse mai dai valori fondanti del comunismo". Così era scritto nelle prime pagine del *Manuale dell'attivista*. Senza altre parole, ma con un po' di ansia che montava, Andrea salì al secondo piano. Nella penombra della stanza dalle pareti verde chiaro e dallo scarno arredamento, il vecchio compagno Maurizio Sacco, nome di battaglia Sandro, leggeva il giornale seduto dietro una piccola scrivania. Un altro uomo gli dava le spalle guardando fuori dalla finestra da dove si scorgeva uno scorcio piovoso di Milano.

«Andrea, vieni. Siediti.» Sandro gli indicò una sedia di fronte a lui. Andrea era preparato ai soliti preamboli sulla situazione politica. Invece gli chiese di raccontargli la sua storia.

«La mia storia? E cosa volete che vi racconti?» replicò lui con un certo imbarazzo.

«Parlaci della tua famiglia, di dove siete?»

Dopo alcuni secondi di esitazione Andrea prese a raccontare: «Be', io vengo da una famiglia di contadini. I miei nonni sono del Monferrato. Vivono ancora lì. I miei genitori invece si sono trasferiti qui nel '38. Avevo sette anni quando siamo arrivati a Milano...».

Dopo pochi minuti, l'uomo che era alla finestra si voltò. Era magro, con occhiali dalla montatura spessa, e Andrea lo riconobbe subito. Era Fabio Grandi. Nome di battaglia, Sirio. Ufficialmente non aveva nessun incarico di responsabilità nel partito, e per quanto lui ne sapesse si occupava di sovraintendere gli archivi del PCI, un lavoro noioso e pressoché inutile, ma tutti, anche i più anziani, si rivolgevano a lui con una punta di attenzione, quasi di deferenza.

Del compagno Sirio si conosceva l'attenzione maniacale con cui divorava rubriche marginali sui quotidiani locali per poi fornire segnalazioni su piccoli paesi o quartieri di periferia dove era meglio che il partito stesse in campana. Un'infaticabile opera di microscopico monitoraggio che poco si addiceva a uno dei leader dell'insurrezione antifascista in Lombardia, noto soprattutto per essere stato a capo del commando che aveva catturato Mussolini per poi fucilarlo insieme alla sua amante e ai suoi gerarchi davanti al cancello di Villa Belmonte a Como.

«Va bene, può bastare.» Grandi interruppe Andrea con tono risoluto avvicinandosi lento alla scrivania. Si soffermò pochi secondi a studiare il volto del ragazzo. A lui sembrò un tempo lunghissimo. Poi raddrizzò la schiena e in tono solenne gli disse: «Abbiamo pensato che sia meglio tu prosegua i tuoi studi all'estero».

Andrea rimase spiazzato da quelle parole. «Ma veramente io sto già studiando. Mi sono appena iscritto a filosofia.»

«Il partito per te ha altri progetti.»

Il partito. La spersonalizzazione della questione e quella formula assertiva con cui Grandi liquidava ogni dubbio gli fecero capire che si trattava di una decisione già presa di cui, peraltro, si doveva sentire onorato.

«In realtà non mi sarebbe difficile. Quando dovevo scegliere la facoltà ero indeciso se fare fisica» disse Andrea, quasi a giustificarsi, per poi accennare a qualche timida domanda sul dove e sul quando.

«Ferrante, tu devi andare all'estero. Un paio d'anni. Occorre che impari cose che servono alla politica, che siano utili alla causa» tagliò corto Grandi, quasi seccato. Andrea era rimasto senza parole.

A quel punto intervenne Sandro: «Ascolta, Andrea. In futuro ti dovrai occupare di questioni importanti. Contiamo molto sul tuo impegno, ma anche sulla tua riservatezza. Domani va' in questura e fai richiesta per il passaporto. Per ora non dire niente a nessuno. A nessuno, chiaro?».

Andrea guardò entrambi gli uomini, però non riuscì a dire nulla. Nonostante mille domande gli affollassero la testa, sapeva bene che le risposte le avrebbe trovate altrove, in un altro momento, forse. Allora si alzò, rimise a posto la piccola sedia e lasciò la stanza chiudendo la porta dietro di sé.

«Tu sei convinto che sia la cosa giusta da fare?» Sacco si rivolse a Grandi mentre si accendeva una sigaretta.

«È il modo migliore per tenerlo lontano dai guai, per fargli passare la voglia di fare l'eroe, altrimenti fa la fine di suo padre. Se poi siamo fortunati, impara anche qualcosa e magari potrà esserci pure utile in futuro.»

Andrea aveva lasciato la sede della federazione in totale confusione e due mesi più tardi aveva attraversato a piedi e di notte la frontiera con la Svizzera insieme al suo amico Arturo Gavi.

A Lugano si incontrarono con il loro contatto locale, che anni dopo avrebbe saputo essere un uomo della Stasi, il quale li portò in auto fino a Budapest. Si salutarono all'ingresso dell'aeroporto della capitale ungherese.

«Questi sono i biglietti del volo delle diciotto per Mosca. Verranno a prendervi in aeroporto per portarvi alla Plechanov, una delle università più prestigiose del paese, dove avrete un alloggio nella residenza dei fuorisede. A proposito, dovrete laurearvi in economia politica. Il corso dura cinque anni, ma di solito quelli bravi ne impiegano sei.»

«Sei anni? Ci avevano detto due!» esclamò preoccupato Gavi. «A me mancano due anni per laurearmi in legge.»

"Sei anni! La mamma la prenderà malissimo" pensò Andrea.

Clara morì un anno dopo per un'emorragia cerebrale. Ottavio aveva supplicato suo fratello di tornare a Milano prima che spirasse, ma se Andrea avesse rimesso piede in Italia non avrebbe mai ottenuto il visto per tornare a completare gli studi a Mosca. Gli bastò l'espressione di Ottavio, quando poco più di un anno dopo i due finalmente si incontrarono sulla Piazza Rossa, per capire che non avrebbe più rivisto sua madre.

17

L'appuntamento presso la direzione centrale del partito era per le nove e trenta del 27 settembre. Per risparmiare gli avevano preso il biglietto del notturno e, nonostante gli avessero riservato una cuccetta, Andrea non era riuscito a chiudere occhio. Un po' per la tensione, un po' per la scomodità della sistemazione, ma soprattutto per il dolore al braccio che non lo aveva mollato un minuto, anche perché non aveva con sé i suoi francobolli magici per non rischiare che lo fermasse la polizia. Un compagno non poteva essere arrestato in flagranza di reato con la tessera del partito in tasca.

Era arrivato alla stazione Termini alle sette del mattino, ampiamente in anticipo, per cui decise di raggiungere la direzione a piedi dopo aver fatto colazione a un chiosco piazzato esattamente davanti agli enormi blocchi delle mura serviane.

La sede nazionale del PCI si trovava alle spalle dell'Altare della Patria. Nonostante fosse oggettivamente un brutto palazzo, ad Andrea il suo aspetto austero e noioso non dispiaceva. Lo trovava una buona metafora del rigore e della solidità del partito, con quella facciata assai seria color rosso mattone e le quattro colonne di marmo a sorreggere il lungo e stretto balcone del primo piano, dove si affacciava il segretario nelle occasioni speciali.

Quando varcò l'androne con la stella d'oro a cinque punte incassata nell'opus incertum del pavimento si accorse che era un po' in anticipo. La grande bandiera della Comune di Parigi faceva bella mostra di sé esposta nella teca sistemata sulla parete di fronte all'ampio ingresso.

«Buongiorno. Sono Andrea Ferrante, vengo dalla federazione di Milano. Sono stato convocato in segreteria, non so altro» disse infilando sotto il vetro della portineria la busta gialla stropicciata ricevuta pochi giorni prima.

I due custodi si guardarono. Il più anziano, dopo una rapida occhiata al plico, gli spiegò che doveva salire al secondo piano.

Andrea era stato altre volte in quel palazzo. Al primo piano, dove c'era la Commissione esteri, all'Amministrazione che si trovava al terzo piano, al quarto, convocato periodicamente all'Ufficio quadri. Il quinto piano era quello dove si era recato più spesso, alla Commissione per il lavoro. Una volta lo avevano anche portato sulla terrazza dove era nascosta una mitragliatrice che non funzionava più da anni e che era divenuta ormai una reliquia, meta di pellegrinaggio dei funzionari in visita a Roma. Al secondo piano, però, no. Lì non c'era mai stato. Ospitava il segretario del partito e gli uffici dei suoi diretti collaboratori. Si avviò allora verso l'ascensore in fondo al corridoio di sinistra quando il più giovane dei due uscieri lo chiamò dalla portineria.

«Ferrante!» Gli fece cenno con la mano di tornare indietro e prendere l'altro ascensore, al quale si accedeva direttamente passata la vetrata dell'ingresso. Era riservato ai membri della direzione e portava ai loro uffici. La prima volta che li aveva visti, quei due ascensori erano stati un piccolo colpo al cuore per lui che ingenuamente ancora pensava che il partito avesse il compito di realizzare al suo interno i principi dell'uguaglianza che pretendeva di imporre al resto della società. In realtà, anche a Mosca era stato testimone di piccoli ma significativi segnali di una divaricazione di status. Il più evidente veniva dagli ufficiali dell'esercito, i quali, dopo un lungo periodo in cui non si distinguevano per nulla dai soldati semplici, né per la divisa né per il rancio o gli alloggi, avevano cominciato a indossare controspalline e decorazioni sempre più grandi e colorate a sottolineare il prestigio del rango conquistato.

Andrea obbedì perplesso. Giunto al secondo piano, trovò ad attenderlo una delle addette alla segreteria uscita dall'enorme stanza vicino all'ascensore. La donna corpulenta e di bassa statura, con i capelli corti di un improbabile biondo platino, gli riservò un sorriso accogliente dicendogli di seguirla.

Camminando lungo il corridoio, Andrea lanciava occhiate alle fotografie dei partigiani disposte con regolarità lungo le pareti, quando il suo sguardo fu catturato da una in particolare che lo costrinse a fermarsi. Era l'uomo che lo aveva mandato a studiare a Mosca vent'anni prima. La didascalia sotto la foto in bianco e nero del giovane combattente recitava: "Fabio Grandi, nome di battaglia Sirio, ispettore del comando generale delle Brigate Garibaldi".

La donna lo esortò a proseguire. Giunti davanti alla stanza in fondo al corridoio, bussò due volte e senza preoccuparsi della risposta invitò Andrea ad accomodarsi. La targa di plastica beige sulla porta recava la scritta SEGRETARIO in caratteri maiuscoli impressi in rosso scuro. Andrea esitò prima di affacciarsi timidamente sotto lo sguardo benevolo dell'assistente. Lei, che di funzionari paralizzati di fronte al segretario ne aveva visti a decine, sorrise e s'incamminò lungo il corridoio per tornare alle sue incombenze.

Il leader indiscusso del Partito comunista italiano, leggermente abbronzato, con i capelli più radi e più magro di come lo ricordasse, era seduto al tavolo da riunione di fronte alla scrivania.

«Eccolo! Vieni, vieni Ferrante» disse uno dei tre uomini seduti con lui.

Andrea impiegò qualche secondo per riconoscere due di loro: erano i dirigenti che avevano accompagnato il Segretario durante la sua visita a Milano. Entrambi con occhiali spessi, abiti tristi e di pessima fattura in lana pesante a quadretti, cravatte improbabili e una calvizie avanzata. Era una sorta di uniforme di servizio per chi entrava in direzione. Il terzo era Ginatta, ovviamente. Fumavano tutti.

«Stavamo discutendo di queste iniziative dei radicali in tema di aborto, si tratta di una questione assai delicata. Sappiamo che tua moglie è tra le promotrici più attive nei distretti industriali del Milanese e del Bresciano» esordì uno dei due dirigenti.

«Dove c'è da tutelare i diritti delle donne, Sandra è sempre schierata in prima linea.»

Andrea notò che sul tavolo c'era una copia della relazione che aveva lasciato al Segretario quando gli aveva riassunto il contenuto in auto. Aveva un aspetto usurato.

«In Vaticano non saranno per nulla contenti» aggiunse provocatoriamente Ginatta.

Andrea si irrigidì sulla sedia. «Milano è lontana dal Vaticano. Certamente ne sapete più di me qui a Roma.»

«Le mura vaticane sono spesse abbastanza da non lasciar trapelare voci, e purtroppo nessuno di noi ha un fratello ai vertici della Chiesa.»

Il Segretario, nel frattempo, aveva spento quel che rimaneva della sigaretta nel posacenere di vetro pieno di cicche e aveva preso alcune caramelle da un barattolo di metallo rosso brillante, sistemandole di fronte a lui sul tavolo. Erano le Rossana. Un cuore cremoso racchiuso in un guscio di caramello e incartato in una velina di plastica rossa e lucida. Andrea le conosceva bene. Erano le sue preferite da bambino. Venivano prodotte a Castagnole delle Lanze, un paesino nel Monferrato non lontano dalla casa di suo nonno Gianni, che un giorno aveva portato lui e Ottavio lì in sella al trattore invitandoli a mangiare tutte le caramelle che volevano. I due fratelli lo avevano preso alla lettera e il mal di pancia conseguente era durato tutta la notte.

«Prendine una» lo invitò il Segretario, togliendolo dall'imbarazzo dell'affermazione di Ginatta. Andrea tirò le estremità della caramella facendola ruotare su se stessa. L'involucro venne via facilmente. Quando era bambino la teneva in bocca lasciando che il guscio si sciogliesse lentamente in modo che la piacevole attesa della crema durasse il più a lungo possibile. Un piccolo esercizio di autodisciplina che gli veniva piuttosto naturale. Questa volta invece fece come Ottavio che, a differenza sua, non riusciva a trattenersi dal masticare subito per liberare il cuore zuccheroso.

«Cosa ne pensi dell'economia italiana? Ci dobbiamo aspettare una ripresa della domanda?»

Nonostante avvertisse la pressione dello sguardo di Ginatta che fumava ostentando indifferenza in evidente attesa di un minimo passo falso, dopo un momento di esitazione Andrea azzardò una risposta sincera. Ormai aveva poco da perdere, nel peggiore dei casi lo avrebbero lasciato a marcire in archivio.

«Non credo che il problema sia la domanda di mercato, ma piuttosto il fatto che gli imprenditori del Nord sono spaventati. La spinta inflazionistica fa salire i prezzi rapidamente riuscendo a compensare ampiamente l'aumento del costo del lavoro, ma non abbastanza da convincerli a fare gli investimenti necessari per ammodernare gli impianti. Piuttosto che lasciarli in fabbrica, i soldi preferiscono portarli in Svizzera. È più semplice e più sicuro. Al Sud, invece, non è una questione di volontà ma di capacità. Anzi di incapacità. Il modello produttivo agricolo è inefficiente e troppo frammentato.»

«È un modello assai simile a quello dell'Unione Sovietica» obiettò Ginatta.

«Se lì avesse funzionato, i compagni del PCUS non avrebbero avviato la riforma verso l'industria pesante. Hanno capito anche loro da tempo che il modello della microproduzione va bene per uscire dalla fame, ma non garantisce sviluppo nel lungo periodo. Per sostenere la crescita occorrono materie prime, materiali da costruzione, macchinari ed energia. Tutto in grandi quantità.» Andrea si rese conto di essere andato ben oltre la sincerità. Aveva dato degli incompetenti ad alcuni tra i massimi dirigenti del partito, la qual cosa, inaspettatamente, lo faceva sentire bene.

«Cosa ne dici di assumere l'incarico di sovrintendente alle finanze del partito?» tagliò corto il Segretario. La sua, ovviamente, non era una domanda.

«Mi sembra prematuro» reagì Ginatta di scatto.

«Effettivamente si tratta di un incarico delicato, andrebbe discusso nella riunione di segreteria e comunque dobbiamo pensarci bene prima di scartare la candidatura naturale di D'Amico che è lì da anni» aggiunse De Rosa.

«Al compagno D'Amico può essere affidata qualsiasi altra responsabilità» disse il Segretario prendendosi una pausa per aspirare una boccata di fumo «purché non abbia a che fare con i sovietici e con i soldi.» Il suo tono era spazientito e non ammetteva repliche. «Allora?» disse rivolto ad Andrea.

Nella stanza tutti lo guardavano in attesa della risposta. Andrea era sorpreso e confuso. Non si aspettava nulla di ciò, o meglio, non se lo aspettava più. Perché lui? Perché ora? E se si fosse saputo quello che faceva per i russi? Avrebbe voluto fare mille domande. In fondo il partito lo aveva già fregato una volta. Avrebbe voluto prendere tempo, riflettere sui rischi, discuterne con Sandra, e per un istante gli era anche passato per la testa di rifiutare, così solo per ripicca verso chi lo aveva lasciato marcire tra le carte muffite. Poi incrociò lo sguardo di Ginatta e gli bastò la sua espressione livida a sciogliere ogni esitazione.

«Per me va bene.»

«Ottimo. Benvenuto in direzione!» Il Segretario gli strinse la mano. Lo stesso fecero gli altri. Quando fu il suo turno, Ginatta distolse lo sguardo. Andrea ringraziò e fece per andare via.

«Aspetta, Ferrante.» Il Segretario gli porse la sua relazione. «Ogni tanto a distanza di tempo vale la pena rileggere quello che scriviamo. Ci ricorda da dove veniamo e anche come siamo arrivati dove siamo.»

18

Andrea era stato congedato dall'ufficio del segretario senza particolari informazioni. Qualcuno, nei giorni a venire, avrebbe provveduto a istruirlo su come procedere. Uscendo, per abitudine aveva usato l'ascensore sbagliato e una volta premuto il tasto del piano terra aveva preso a sfogliare la relazione sgualcita. Lo sguardo gli era immediatamente caduto su una nota scritta a penna di traverso sul margine di una delle prime pagine. Era la sua grafia, senza alcun dubbio, ma non ricordava di aver scritto quella frase sottolineata da qualcuno con la matita rossa: "... il sistema economico sovietico poggia su un equilibrio precario tra paura e disperazione. Quando la disperazione diventerà più forte della paura, il sistema verrà giù trascinando con sé ogni cosa...". Doveva averlo fatto sotto l'effetto dell'LSD.

Erano quasi le undici quando lasciò il palazzo, ed era piuttosto frastornato. Così, per schiarirsi le idee decise di fare una passeggiata in direzione del Ghetto, lungo il dedalo di stradine alle spalle di via delle Botteghe Oscure. Era uno spicchio di Roma che amava, fatto di palazzi pericolanti ingabbiati in impalcature di tubi arrugginiti, bambini che si rincorrevano gridando e vecchie donne dietro i banchi delle mercerie sovraccariche di stoffe e minutaglie di ogni tipo.

Dopo un po' si ritrovò in piazza Margana, uno degli scorci più caratteristici del centro, con una piccola torre antica, una trattoria, un corniciaio e un glicine che si arrampicava rigoglioso e profumato sulla facciata di una vecchia casa evidente frutto di costruzioni successive. Era proprio dietro la rumorosa piazza Venezia, a pochi passi dai Fori Imperiali, ma sembrava di stare nel centro antico di un paesino di provincia dove il tempo scorreva a rilento. Andrea decise di fermarsi all'unico bar che dava su uno dei suoi lati irregolari.

Vezio, l'anziano proprietario, era un ex gappista e aveva arredato l'angusto locale con una grande bandiera delle Brigate Garibaldi, un tricolore italiano con la stella rossa al centro, decine di foto di compagni della Resistenza e dirigenti del partito e le prime pagine delle edizioni straordinarie dell'"Unità" conservate dietro il vetro polveroso di sottili cornici nere. Fu proprio il vecchio partigiano a raggiungerlo claudicante per prendere l'ordinazione. Andrea, che si era seduto a uno dei tavolini di legno scuro all'esterno del locale, chiese dell'acqua e un caffè. Non riusciva a togliersi di testa lo sguardo rancoroso di Ginatta mentre il Segretario lo piazzava sulla sua testa. Molto più su.

Non gli era affatto chiaro perché avesse scelto lui per quell'incarico in direzione dove, tra l'altro, sarebbe stato il più giovane. E poi di economia ne sapeva, ma non aveva nessuna esperienza di gestione finanziaria. Era allo stesso tempo orgoglioso e spaventato. Come quella volta in campagna da suo nonno.

Era l'agosto del '43. I Ferrante avevano lasciato Milano da quasi un anno. Ma la guerra e la carestia si avvertivano anche in campagna, dove erano tutti impegnati a lavorare la terra per l'inverno. E oltre ai bisogni familiari, suo nonno si dava anche da fare per mettere da parte un po' di grano in più da portare, insieme a qualche uovo e della carne di maiale secca, alle famiglie più bisognose della zona.

Ad Andrea piaceva aiutare suo nonno Gianni nelle faccende quotidiane. Quel giorno gli era toccato attaccare le etichette dell'impresa di famiglia alle bottiglie di vino che suo padre vendeva ai negozi del centro di Milano. Nella sua osteria, invece, lo stesso vino si serviva sfuso, spillato direttamente dalle botti. Era un lavoro ripetitivo ma, a differenza dei campi dove fino alle quattro del pomeriggio faceva un caldo umido da far mancare il respiro, nella cantina della vecchia casa nel Monferrato si stava freschi.

«Posso?» chiese Andrea a suo nonno, il quale, dopo essersi assicurato che fossero soli, gli sorrise complice. Avevano appena ultimato di sistemare tutte le bottiglie e alla fine di ogni lavoro gli erano concessi un sorso o due di vino, era un piccolo segreto tra loro due.

Mentre Andrea si attaccava furtivamente alla bottiglia di Barbera, un fischio lo fece trasalire e il vino gli andò di traverso facendolo tossire. Guardò allora suo nonno come a chiedere permesso.

«Vai, vai. Qui finisco io.»

Andrea non se lo fece dire due volte. Si erano fatte le cinque e a quell'ora si arava il campo. Il suo compito era quello di tenere saldamente la corda legata al collo del bue per guidarlo nel solco di terra da rivoltare.

«Arrivo!» urlò.

«E tienilo forte il bue» si raccomandò il nonno mentre lui correva via.

Arrivò al limitare del campo scapicollandosi lungo il crinale della collina. Suo padre si stava asciugando il sudore con il fazzoletto.

«Il nonno ti ha fatto bere di nuovo il vino?»

Andrea fece cenno di no con la testa, clamorosamente smentito dalle macchie rosse sulla canottiera.

«Forza, su, al lavoro!» ordinò suo padre infilandosi il fazzoletto bagnato nella tasca dei pantaloni, resi più chiari dal ginocchio in giù dalla terra polverosa sollevata dall'aratro.

Lui si avviò a testa bassa al suo posto, davanti al bue, e afferrò la corda legata al collo dell'animale.

«Ma dove vai? Oggi non compi dodici anni?» Andrea annuì. «E allora ormai sei un uomo. Da oggi tieni l'aratro.»

Lui sorrise orgoglioso e corse ad afferrarlo. Le impugnature erano distanti e dovette allargare le braccia più che poteva per reggerle saldamente. Eccola, la fitta. Fece finta di nulla, ma suo padre se ne accorse e si mise alle sue spalle per aiutarlo e assicurarsi che non si facesse male. Quando fu certo che il bambino si fosse sistemato, cominciò a urlare e a frustare l'animale incitandolo a muoversi. Una volta che il bue prese a camminare e che Andrea ebbe acquisito confidenza con i movimenti, Pietro passò avanti a tenere la corda. «Bravo, continua così. Spingi in basso più che puoi.»

Andrea quel giorno si sentì un uomo fatto. La sera a cena sua madre gli chiese come fosse andata con l'aratro e lui rispose scrollando le spalle: «Bene. È stato semplice». Pronunciò quelle parole ostentando una sicurezza che strappò uno sbuffo di risata a suo padre. Non lo vedeva ridere quasi mai e ne fu talmente felice da dimenticare il dolore al braccio.

La sosta da Vezio era stata una buona idea. La calma della piazzetta e l'odore dei lieviti appena sfornati lo avevano distratto per un momento dai suoi pensieri. A quell'ora c'era solo un cliente seduto all'esterno, intento a leggere "La Gazzetta dello Sport" sulla cui prima pagina campeggiava l'immancabile apertura sulla Vecchia Signora.

Andrea avvicinò con cautela alla bocca la tazzina bollente, quando udì una voce familiare alle sue spalle. «E tu che diavolo ci fai qui?»

Voltandosi, riconobbe Giulio Acquaviva. Non lo vedeva da qualche anno.

«*Tu* cosa ci fai qui?» rispose Andrea alzandosi per abbracciarlo.

«Io ci abito.» Giulio indicò la casa con il glicine sul lato stretto della piazzetta.

«Non te la passi male, allora. Dimmi, sei ancora un compagno da barricata, oppure ti sei ritirato a fare la bella vita?»

«Non sono ricco come un tempo, ma le mie finanze mi permettono ancora di fare il comunista. Tu invece, cosa mi racconti? Perché sei a Roma?»

«Sono stato in direzione.»

Si sedettero al tavolo. Giulio ordinò un cappuccino e un cornetto. Apparteneva a una famiglia nobile di origini pugliesi trasferitasi a Milano nel dopoguerra per via degli interessi immobiliari di suo padre Fulco, che aveva moltiplicato il suo già cospicuo patrimonio investendo nella ricostruzione dei quartieri bombardati dagli Alleati. Sua madre, la principessa Olympia Firmian Ezenberg, era una fervente cattolica. Il nome che compariva sulla sua carta d'identità era Giulio Acquaviva d'Aragona, ma il doppio cognome non lo usava mai, sarebbe stata un'ostentazione inopportuna per i compagni. Figuriamoci il nome nobiliare completo. Una volta, mentre era mezzo ubriaco, Giulio gli aveva recitato i titoli che non risultavano all'anagrafe e includevano quelli di conte di San Valentino e di Conversano, marchese di Bitonto, duca di Atri, principe di Caserta e di Teramo.

Andrea aveva conosciuto Giulio quando era rientrato a Milano dopo la fine della guerra.

Nell'agosto del '43 in campagna era giunta notizia della prima delle due grandi incursioni degli Alleati sulla città. Centotrentotto Lancaster della RAF avrebbero sganciato tonnellate di bombe esplosive e ordigni incendiari sulla rotta tracciata dai *pathfinder* che li precedevano. Si sarebbero contati ufficialmente duemila morti. In realtà fu subito evidente che i numeri veri erano altri. Il giorno dopo, le scuole sarebbero state chiuse a tempo indeterminato anche per mancanza di docenti e di combustibile per il riscaldamento. Poi era cominciato il razionamento dell'elettricità e a quel punto la città si era svuotata. Fu soltanto per questo che le successive terribili incursioni del mese di agosto non fecero una carneficina.

L'annuncio del maresciallo Badoglio era arrivato l'8 settembre: "... il governo italiano, riconosciuta la impossibilità di continuare la impari lotta contro la soverchiante potenza avversaria, nell'intento di risparmiare ulteriori e più gravi sciagure alla Nazione ha chiesto un armistizio al generale Eisenhower, comandante in capo delle forze alleate anglo-americane. La richiesta è stata accolta".

A Pietro però non era bastato e si era deciso che potevano tornare a Milano soltanto due mesi dopo la resa incondizionata firmata dal generale delle SS, Wolff.

Erano passati quasi tre anni dalla frettolosa fuga in campagna. Al loro rientro a Milano, i Ferrante avevano miracolosamente trovato casa e osteria tutto sommato in buono stato. Il quartiere era stato tra i più danneggiati e nel complesso la città era ridotta a cumuli di macerie. Niente era più come lo avevano lasciato, a cominciare dalle persone. Molti degli inquilini della casa di ringhiera non erano più lì. Il geometra comunale del primo piano si era trasferito con sua moglie e il bambino da suo fratello a Polignano, e della signorina riservata di nome Barbara che riceveva giovani amici nel monolocale lì di fianco non si avevano notizie. Il piccolo e malandato appartamento di due stanze dove viveva Vittorio era disabitato ed era stato messo sottosopra da qualche sciacallo alla ricerca di oggetti dimenticati nella fretta di lasciare la città. La portinaia, invece, non si era mossa di lì. Disse che il padre di Vittorio era stato portato via dai fascisti, forse in galera, e sua madre era stata ricoverata per un malore. Da allora non ne avevano più avuto notizie. Vittorio era rimasto solo in quella casa fino a pochi mesi prima, per poi sparire nel nulla dopo l'ingresso degli americani in città.

Andrea era andato a cercarlo a scuola dove aveva saputo della deportazione del maestro Ottolenghi nei campi di concentramento in Polonia, da cui non era più tornato. Allora aveva girato tutti gli ospedali finché aveva trovato una suora che aveva curato la madre di Vittorio e gli aveva dato da mangiare quando lui andava a trovarla. Neanche lei aveva notizie.

La perdita di Vittorio aveva lasciato un vuoto enorme nella vita di Andrea. A volte riusciva a non pensare a lui per due o tre giorni, poi cambiava il tempo o faceva un movimento brusco e una fitta lancinante al braccio destro riapriva la ferita. Solo che il dolore passava dopo qualche minuto, mentre il pensiero dell'amico gli rimaneva in testa molto più a lungo.

I compagni di classe che Andrea aveva conosciuto al liceo non gli andavano a genio. Troppo ubriachi dell'ingiustificata euforia subentrata alla paura dei bombardamenti. C'era un paese da ricostruire, ed era responsabilità di quella generazione che percepiva solo l'entusiasmo della ripartenza.

Giulio Acquaviva era diverso, con lui aveva legato subito. Si erano conosciuti a una manifestazione dei sindacati in piazza Duomo. Dopo circa un'ora, il corteo era stato assalito da un gruppo di fascisti, poi il fragore di una potente esplosione era rimbombato tra le facciate dei palazzi e in un istante il fiume di manifestanti era rapidamente piombato nel caos. Andrea si era ritrovato dietro dei cassonetti per l'immondizia insieme a un coetaneo sconosciuto.

«Sei fascio?» gli aveva chiesto quel ragazzo guardandolo dritto negli occhi, terrorizzato almeno quanto lui.

Andrea era rimasto in silenzio non sapendo cosa rispondere. Il sudore gli scendeva dalla schiena sin nelle mutande.

«Neanch'io» aveva azzardato allora l'altro senza attendere replica. «Mi chiamo Giulio.»

A complicare la situazione era arrivata la polizia che aveva cominciato a lanciare lacrimogeni e a dar giù di manganello senza distinguere tra assaliti e assalitori. Nel pieno della confusione, i due ragazzi avevano visto rotolare in strada una bomba a mano. Giulio l'aveva afferrata e aveva staccato la spoletta per lanciarla, ma non aveva fatto in tempo. Era dovuto scappare per l'arrivo dei blindati della celere tenendola stretta in mano mentre riparavano verso la sezione del PCI di San Babila, un circolo minore della piccola borghesia di sinistra che di lì a qualche anno avrebbe chiuso lasciando che la piazza divenisse presidio dei fascisti. Quando l'effetto dell'adrenalina era passato, qualcuno aveva notato la bomba sul tavolo. Giulio aveva spiegato che pensava sarebbe esplosa soltanto cadendo a terra. Allora erano usciti di corsa dalla stanza e avevano chiamato il Giovannino che aveva fatto la Resistenza e sapeva maneggiare quella roba.

«Era marcia, altrimenti sarebbe già esplosa» aveva spiegato loro il reduce di guerra.

Da allora in poi, Andrea e Giulio si erano rivisti in occasione dei sempre più frequenti cortei studenteschi ed erano finiti per diventare amici. Giulio era il delegato del gruppo di sinistra del Manzoni. Un rappresentante apparentemente anomalo, considerata la famiglia di provenienza. Ma le sue origini e i modi da libertino impenitente, invece d'ispirare diffidenza, alimentavano l'ammirazione dei coetanei ed esercitavano un certo magnetismo sulle compagne del movimento.

Dopo una delle feste che Giulio organizzava alla fine delle interminabili e tesissime assemblee liceali, in cui gli animi accesi dal dibattito si abbandonavano alla musica e alla birra – un rituale liberatorio di cui lui era il sommo sacerdote –, si erano recati in sezione per iscriversi al Partito comunista. All'improvviso Andrea gli aveva chiesto perché avesse scelto quella tessera e non un'altra, e questi, senza esitazione, gli aveva risposto che lo aveva fatto per le ragazze.

«Per le ragazze?»

«Certo. Le ragazze nel PCI sono più numerose, più carine e soprattutto più libere. Ho studiato tutto l'arco costituzionale femminile, formazioni extraparlamentari incluse, dai gruppi della sinistra rivoluzionaria fino ai monarchici» aveva continuato Giulio, articolando le ragioni della sua scelta come frutto di un lungo e accurato esperimento di scienze sociali. «A destra, converrai con me, le donne sono rare. I fasci sono in larga parte frustrati e ginecofobici. Per il resto, froci repressi che si rifugiano nel machismo per reazione. E questo processo di autoselezione esclude di per sé la presenza femminile. Nella DC invece le donne sono per lo più bruttine e bigotte. Insomma, i cattolici scopano poco e male, si sa. Che quelle più belle e disinibite fossero a sinistra l'ho capito al primo anno di liceo, ma le assemblee» aveva detto sospirando «sono state una vera rivelazione.»

Andrea lo guardava con un misto di incredulità e divertimento.

«Amico mio, se vuoi fare sesso sei nel partito giusto, fidati.» Giulio aveva tirato il volantino dalla tasca della giacca e aveva mostrato con l'indice la frase stampata sul davanti: "Proletari di tutti i paesi unitevi". «A me basta unirmi con le proletarie.»

Da allora erano passati quasi venticinque anni e Giulio non sembrava affatto cambiato.

Andrea aveva chiesto a Vezio un altro caffè.

«Scrivi ancora le tue relazioni per la Commissione Lavoro? Lo sai vero che non le legge nessuno?» Sebbene l'approccio di Giulio fosse stato sempre diretto, quell'aria da sublime gaglioffo non lo rendeva mai offensivo.

«Il Segretario vuole che prenda il posto di Fragale e non ho capito perché. Perché io, intendo.»

A quelle parole Giulio si fece serio in volto e raddrizzò la schiena per guadagnare la distanza giusta per farsi sentire a bassa voce: «Sai che quella è una questione complicata, vero?».

«In realtà non so proprio niente di quella questione.»

«Si tratta dei soldi. Ma non dei tesseramenti, roba semplice. La gestione delle società partecipate è già più complessa ed è al limite della legalità, ma è un rischio gestibile. La parte complicata è la valigetta.»

«Intendi i soldi che arrivano da Mosca?»

«Tu pensi che il partito lo governi il Segretario. Invece era nelle mani di Fragale. Il PCI senza quei soldi non esiste. L'"Unità" e tutti gli altri giornali senza la valigetta avrebbero chiuso da un pezzo. Per non parlare dell'esercito rosso.»

Chiunque nel partito era a conoscenza di quell'organizzazione clandestina, così come era evidente a tutti che il tesseramento e i rimborsi elettorali non fossero sufficienti a sostenere i costi della mastodontica macchina comunista. Ma nessuno si azzardava a fare domande al riguardo.

«E perché dovrebbero affidarla a me questa valigetta?»

«Questa è una buona domanda. Non lo so, però ho un'idea del perché il Segretario abbia tagliato fuori D'Amico.»

Giulio era riuscito ad aggiungergli ulteriori motivi di preoccupazione.

«Vogliono che mi trasferisca qui a Roma la prossima settimana.»

«E Sandra?»

«Sta bene. Per lei non dovrebbe essere un problema. Insegna ancora alla scuola serale, ma viene spesso a Roma per seguire più da vicino i retroscena dei lavori della Camera sulle questioni femminili.»

«È sempre tosta?»

«Diciamo che i tappeti del parlamento non sono riusciti ad ammorbidirle il carattere. No, il problema è Umberto, non sarà semplice portarlo via da Milano.»

I due amici rimasero per qualche minuto senza parlare a godersi il venticello che nel frattempo si era alzato portando con sé l'odore dolciastro del glicine che cominciava a sfiorire. Si scambiarono solo uno sguardo d'intesa divertito quando l'unico altro cliente del bar ripiegò "La Gazzetta dello Sport" per dedicarsi alla lettura di "Lo Stadio".

Fu Andrea a rompere il silenzio. «Credi che io sia adatto per questo?»

«Amico mio, nessuno è adatto a gestire il potere» sentenziò Giulio rimettendosi gli occhiali da sole per poi accendersi una sigaretta a scacciare il profumo dei fiori.

A un paio di metri di distanza, l'agente Salsano piegava il quotidiano sportivo, lasciava duecentocinquanta lire sul tavolino e s'incamminava verso piazza Venezia.

19

A Mosca erano da poco passate le undici di mattina e Tokarev era seduto da più di un'ora su una delle sedie rivestite di raso verde scuro nel corridoio al quinto piano della sede del PCUS. Un militare in divisa dietro una piccola scrivania in fondo al corridoio guardava fisso nel vuoto. Benché i due fossero a pochi metri di distanza, non si erano detti una sola parola, né si erano degnati di uno sguardo. Era normale fare anticamera quando si era convocati da un direttore, faceva parte della liturgia del potere. Tokarev la trovava un'inutile perdita di tempo, l'orpello anacronistico di un mondo decadente, quello dell'onnipresente e dominante gerontocrazia del Politburo, un club esclusivo di eletti dell'età media di oltre settant'anni, per lo più gente incapace di gestire alcunché e che spesso ricopriva più incarichi per ciascuno dei quali riceveva il salario completo. Come molti nel KGB, Vladimir li considerava i principali responsabili della spirale di declino in cui si era irrimediabilmente avvitato il paese.

Lui invece apparteneva alla nuova generazione di russi, incarnava il prototipo moderno degli agenti segreti, tutti laureati, tecnicamente preparatissimi e capaci di parlare almeno quattro lingue tra cui un inglese impeccabile, senza alcun accento. Una leva di giovani intellettuali, ideologicamente invasati, ossessionati dalla *signals intelligence* e convinti della loro superiorità sugli omologhi d'Occidente. D'altra parte, i sovietici erano in vantaggio nella gara tutta tecnologica alla conquista dello spazio ed erano sicuri di poter battere gli americani anche in quella dello spionaggio. Gli omicidi erano diventati meno frequenti, sebbene nel KGB persistesse la dottrina Stalin secondo cui i problemi erano sempre causati dagli uomini e solo la morte era in grado di risolverli completamente: "niente uomini, niente problemi".

Vladimir era stato attenzionato prima ancora di laurearsi. Dopo l'addestramento venne assegnato al Servizio Atlantico, addetto all'infiltrazione nei paesi oltrecortina. Per ottenere l'incarico si era dovuto sposare. Aveva conosciuto Katja all'università e le era sembrata adatta allo scopo. Alla fine, le si era anche affezionato. Poi inaspettatamente era arrivata una figlia, Elena, che invece aveva amato dal primo giorno. Con gli appoggi giusti era riuscito a farsi assegnare al Dipartimento internazionale, dove avrebbe potuto continuare a operare all'estero. Molte delle sue missioni consistevano nel recapitare valigie piene di soldi e documenti presso le ambasciate sovietiche d'Occidente e alcune banche di fiducia a Parigi e Zurigo. Era in quel ruolo che aveva conosciuto Elembaev, il quale aveva apprezzato la sua efficienza fino a chiederne il distaccamento permanente presso il suo ufficio.

Finalmente la segretaria gli disse che poteva entrare. Tokarev trovò il direttore dietro la sua scrivania immerso nella penombra. La nuvola di fumo della sigaretta disegnava ampie volute sotto la luce della lampada d'ottone. Lo salutò con un cenno del capo e prese posto dall'altro lato della scrivania.

«Allora, cosa mi dici delle pressioni USA su Roma?» esordì Elembaev saltando ogni preambolo.

«Quest'anno nelle sale italiane sono stati proiettati quasi il doppio dei film prodotti a Hollywood rispetto allo scorso anno. E gli incassi vanno molto bene. Per le operazioni sul campo invece preferiscono ancora usare i servizi italiani, anche se li considerano poco affidabili. Per questa ragione la CIA ha infiltrato uomini un po' ovunque, inclusa la sinistra extraparlamentare. Di recente hanno anche aumentato gli aiuti economici alla DC.»

Elembaev sapeva che i democristiani erano andati a battere cassa quando erano stati informati degli aiuti supplementari che lui aveva concesso al PCI.

«La propaganda a colpi di democrazia non mi preoccupa. Gli americani sbandierano orgogliosi la loro costituzione liberale, ma sanno bene che una minaccia militare credibile e una spinta politica costante sono molto più efficaci di un pugno di diritti e di quel covo di omosessuali e lesbiche che è Hollywood. Altrimenti non costruirebbero missili e neanche finanzierebbero la CIA. Mi interessa sapere come pensano di gestire la crescita del PCI. E voglio informazioni sul tesoriere.»

«A Berlino e a Praga affermano di non saperne nulla, ma non ci dicono tutto. Registriamo troppo movimento all'ambasciata della DDR a Roma. Negli ultimi tre mesi hanno rimpiazzato il sessanta per cento del corpo diplomatico con personale della Stasi. Lo stesso hanno fatto i cubani, ma perché temevano defezioni in Occidente. Nel loro caso è comprensibile, per la Stasi no, è l'unico servizio da cui non è mai uscito nessuno. Vivo, intendo. I miei dicono che da qualche mese c'è un insolito traffico di armi dalla Cecoslovacchia verso l'Italia. Materiale di provenienza militare. E poi i cecoslovacchi continuano ad addestrare gli estremisti italiani nei loro campi. Se questa cosa venisse alla luce, ne avremmo tutti un danno enorme.»

«A loro ci penso io. Quanti uomini abbiamo in Italia al momento?»

«Tra diretti, infiltrati e informatori possiamo contare su centoquaranta effettivi, più della metà è a Roma. Poi c'è la rete di spionaggio industriale che è del tutto separata ed è concentrata invece al Nord.»

«I conti con gli italiani non tornano. Sono convinto che già da un po' spendano molti meno soldi di quanti non ne partano da Mosca.»

Sarebbe bastato fermare i pagamenti per capire cosa stesse succedendo. Se Elembaev non lo aveva già fatto, evidentemente aveva altro in mente. Quindi Tokarev lo lasciò continuare.

«Fragale indulgeva in qualche debolezza nel privato, però nel lavoro era tutt'altro che uno sprovveduto. D'Amico non è stato in grado di dimostrarci che a fare la cresta fosse lui e neanche di dirci chi può aver preso quei soldi. Ci ha solo parlato di documenti importanti di cui Fragale era venuto in possesso, ma nulla di più. Il nuovo tesoriere, piuttosto. Pensi sia affidabile?»

«Finora lo è stato, ma si trattava soltanto di far arrivare notizie ai giornali. D'ora in avanti è un'altra partita. Vuoi che lo metta alla prova?»

«Aspettiamo che sia lui a fare la prima mossa.»

«E con D'Amico cosa facciamo?»

«Non credo ci potrà essere utile ora che lo hanno messo da parte. Vediamo se è in grado di farci avere quei documenti e assicuriamoci che ne parli solo con noi.»

«Ci penserà l'agente Kira. Anche se contavo di riallocarla da subito su un nuovo incarico.»

Tokarev si riferiva a Nastja Volkov, nome in codice Kira, appunto, una giovanissima agente del KGB che aveva agganciato D'Amico nel corso di una delle sue sporadiche visite a Mosca.

«Limiti?» chiese Tokarev alludendo al livello di autonomia decisionale e di pressione che poteva esercitare, e soprattutto se dovesse considerare esclusa l'eliminazione fisica di eventuali ostacoli all'operazione. Non che gli facesse piacere uccidere, ma non lo aveva neanche mai preoccupato più di tanto. Per lui faceva parte del lavoro. E quando scegliere dipendeva da lui, ne faceva una pura questione di convenienza. Da piccolo sua madre aveva provato a spiegargli il senso della giustizia, l'onestà, la generosità verso il prossimo. Poi, però, l'alienante e brutale quotidianità sovietica aveva smentito puntualmente quegli insegnamenti confondendogli le idee e indurendogli il cuore. L'unica certezza era sempre stata suo padre. Era lui che gli aveva insegnato a usare il coltello per ammazzare e scuoiare i visoni selvatici che barattava con carne, uova e vodka pregiata. E poco importava se quest'ultima gli sarebbe valsa una buona dose di cinghiate sulle gambe e la schiena, tanto suo padre si sarebbe ubriacato comunque. Almeno con la vodka buona avrebbe bevuto più in fretta e sarebbe crollato prima. Così, una volta ubriaco, Vladimir lo provocava per farsi picchiare per primo in modo che sua madre avesse qualche possibilità di rimanerne fuori.

Quelle poche volte che ci aveva avuto a che fare da sobrio, suo padre lo aveva allenato a sopportare il freddo e a resistere al dolore e gli aveva spiegato che occorreva colpire per primi, puntando dritti agli occhi e alla gola. Gli aveva anche insegnato che i buoni e i disperati meritavano rispetto, per cui quando andavano ammazzati occorreva farlo in fretta. Si era ricordato di quella lezione quando gli era toccato uccidere un tipo di cui non sapeva proprio nulla. Lo aveva aspettato nel buio delle scale di un palazzo fatiscente dove abitava gente senza speranza. Lo aveva chiamato per nome, quello si era limitato ad abbassare la testa, consapevole di cosa fosse venuto a fare. Vladimir gli aveva sparato in testa senza esitazione. Fino ad allora aveva ammazzato cinquantaquattro persone, tutti uomini. Teneva il conto meticolosamente, segnando su un quaderno data, nome, luogo, mandante e un piccolo dettaglio sconosciuto a chi fosse stato estraneo a quel fatto. Era importante annotare tutto. A suo padre avevano attribuito personalmente più di ottocento omicidi mentre in realtà ne aveva commessi poco più di seicento, questa era la verità.

«Fai quello che devi» gli disse Elembaev quasi seccato, scacciando con la mano quella domanda inopportuna. Il fastidio però lasciò immediatamente il posto a un'espressione insolitamente preoccupata. «Il nuovo segretario, la morte di Fragale, il nervosismo degli americani e le manovre del Vaticano... La situazione in Italia non mi piace per niente, ci sta sfuggendo di mano. Voglio che te ne occupi subito.»

A Tokarev non restò che annuire, ma quando si alzò per salutare il direttore gli fece cenno di restare seduto. «Prima di partire per Roma ho bisogno che tu faccia dell'altro.» Pronunciò quelle parole quasi si trattasse di un compito di rilevanza marginale. «Serve che tu acceda all'archivio del Politburo e tiri fuori la contabilità del Fondo di assistenza.»

«Di che periodo occorre estrarre le copie?»

«Gli ultimi dodici anni. Ma devi procurarti gli originali.»

Entrambi conoscevano il motivo di quella richiesta. Il gruppo dirigente era la parte più importante della costruzione sociale marxista, ma anche la più fragile, quella più esposta alla corruzione e quindi la maggior fonte di rischio per il socialismo reale. Ciò la rendeva oggetto di periodiche epurazioni motivate con la necessità di proteggere gli stessi dirigenti da ogni tentazione. In realtà, dietro quella nobile funzione assolta nell'interesse del popolo sovietico si nascondeva la sistematica opera di pulizia dei nemici, reali, presunti o anche solo possibili, frutto dell'incontrollabile paranoia che aveva caratterizzato il periodo stalinista e, sebbene in tono minore, i governi successivi.

Elembaev era tra i dirigenti più longevi e potenti del PCUS, ma in Unione Sovietica, morto Stalin, nessuno lo era abbastanza da considerarsi intoccabile. Perciò, nel caso un giorno avessero deciso di liberarsi di lui, ostacolare il lavoro della procura generale gli avrebbe consentito di guadagnare tempo per tentare la fuga.

«Una volta recuperati i documenti, vanno depositati nella cassetta della BCEN di Parigi insieme a quella» disse Elembaev, indicando la valigetta sul tavolino da tè accanto alle poltrone. Poi premette un pulsante vicino alla lampada. Pochi secondi dopo, aprì la porta la segretaria, che teneva in mano una cartellina. L'incontro era terminato. Tokarev raccolse la valigetta e salutò con un cenno del capo.

20

Accadeva spesso che il ministro Canta venisse invitato a Villa Taverna, dal dopoguerra residenza ufficiale del massimo rappresentante statunitense in Italia. La prima volta non aveva ancora compiuto trent'anni e accompagnava l'allora presidente del Consiglio italiano di cui era caposegreteria. Da lì in avanti era diventato ospite abituale delle sfarzose cene organizzate dalla moglie dell'ambasciatore di turno in onore degli ospiti americani in visita a Roma. Alla tavola del grande salone affrescato che affacciava sull'elegante giardino all'italiana gli era capitato di insegnare a Frank Sinatra le parole di *Nel blu dipinto di blu*, spiegare la ricetta della carbonara a Tyrone Power, annacquare il vino ad Audrey Hepburn e offrire a Jacqueline Kennedy il fazzoletto per asciugarsi le lacrime di nascosto.

A causa dell'emicrania di cui Canta soffriva da quando era bambino, i medici gli avevano proibito di avvicinarsi al vino, ma in quelle occasioni non poteva esimersi dal bagnarsi le labbra per fingere convivialità durante gli immancabili brindisi. Quella sera erano bastati due sorsi di Brunello a scatenare uno dei suoi soliti attacchi, per cui alla prima occasione era uscito in giardino a prendere una boccata d'aria fresca e sottrarsi alla tortura del tintinnio delle posate.

Era una serata gradevole, un po' umida ma rinfrescata

da una leggera brezza che trasportava dal vicino zoo l'afrore degli animali. Non di rado, lì gli era capitato di ascoltare strani versi che si divertiva a indovinare. Era in quel modo che aveva scoperto il ruglio dell'orso e il landito della giraffa. In quel particolare momento poteva distinguere chiaramente la risata di una iena.

«Almeno qualcuno ancora capisce che stare in gabbia non è poi così male. In fondo ha i suoi vantaggi.»

Canta aveva sentito avvicinarsi alle sue spalle dei passi attutiti dall'erba. L'accento che allungava le vocali apparteneva a un italiano oriundo che non riusciva a collocare esattamente.

«In molti durante la guerra avevano talmente paura che speravano di finire in galera. Le mura erano solide, si stava caldi e si mangiava la zuppa due volte al giorno» continuò l'uomo, che nel frattempo l'aveva affiancato.

«La guerra è lontana. Oggi chiedono tutti più libertà. Operai, studenti, donne, persino i detenuti. Ormai in questo paese le gabbie non piacciono più a nessuno. Sono troppo scomode, troppo strette» replicò il ministro.

«E voi dategli gabbie più grandi.»

«Ci abbiamo già provato, ma dura poco. Una volta abituate a un po' di libertà, le persone finiscono inevitabilmente per chiederne subito dell'altra.»

«Sono Victor Messina.» L'americano tese la mano al ministro, che finalmente si voltò per ricambiare.

«Sì, la conosco. E lei conosce me.»

«Come procede la lotta contro i cattivi?»

«E chi sarebbero i cattivi?»

«I comunisti, ovvio. Altrimenti voi democristiani non potreste mica impersonare i buoni.»

«La questione è un po' più complicata» affermò Canta con un sorriso che si risolse in uno sbuffo dal naso.

«Voi italiani amate complicare le cose.»

«Voi italiani?» domandò retoricamente il ministro a sottolineare le chiare origini di Messina, per poi proseguire: «Non si accontenti di qualche dispaccio d'ambasciata per giudicare un popolo. In questo paese, con chiunque lei parli di politica troverà sempre molte certezze e poche semplici idee. Provi a chiedere a un sociologo e le dirà che il quadro è scomponibile in due fazioni, una classista, guidata dalla sinistra, e una interclassista che va dalla DC ai monarchici. Una divisione vecchia e senza soluzione, legata al problema della distribuzione della ricchezza. Se invece chiede a un filosofo, le parlerà di un'area cattolica, di una laica e di una terza che potremmo definire paraconfessionale in cui troverà fascisti e monarchici. Un funzionario dei servizi invece le spiegherà che tutto è riconducibile a un blocco centrale, interno al sistema, quello di governo per intenderci, in contrapposizione a una pericolosa area destabilizzante controllata a sinistra dal PCI e a destra dall'MSI, anche se i servizi s'illudono a loro volta di condizionarle entrambe. Se infine chiede a un diplomatico, le dirà che la politica italiana è polarizzata in un gruppo d'impronta occidentalista, votata all'adesione alla NATO e alla Comunità Europea, e un altro, formalmente neutralista ma prettamente filosovietico. Vede, amico mio, con chiunque lei parli, le dirà che la politica italiana è una roba semplice, ma per capirci qualcosa le tocca parlare con tutti».

«Se diamo alla Democrazia cristiana sette milioni di dollari l'anno è proprio per non dover parlare con tutti.»

«Ce li date perché vi lasciamo piazzare le testate nucleari nel cuore del Mediterraneo e perché i sovietici al PCI ne danno di più.»

«Mi sta suggerendo di mandarvi più soldi?»

«Lo ha detto lei, bisogna allargare la gabbia, costruirne una più grande, più comoda. Qualcuno dovrà pur pagarla.»

La iena aveva ripreso a ridere.

OTTOBRE 1972

21

Ad Andrea era stata assegnata una stanza al terzo piano di Botteghe Oscure, con tanto di tavolo per le riunioni, pianta in vaso di misura media e fotografia incorniciata di Togliatti alla parete dietro la scrivania, nella posizione in cui nelle stanze dei dirigenti pubblici veniva collocata quella del presidente della Repubblica. Si toccò il braccio mentre ripensava all'umidità dell'archivio. Le due stanze attigue alla sua, riservate alla segreteria e ai due funzionari previsti per il suo staff, al momento erano vuote perché chi aveva lavorato con il suo predecessore era stato assegnato ad altro incarico.

La prima volta che era entrato nel suo nuovo ufficio ci aveva trovato la moglie di Fragale, Giovanna, che sistemava gli oggetti di suo marito in due scatole di cartone aperte sulla scrivania. "Fai con comodo" le aveva detto imbarazzato, per poi uscire senza che lei rispondesse.

Sul tavolo, il nuovo tesoriere aveva trovato l'ultima edizione dei principali quotidiani e alcune riviste. Sulla scrivania c'era invece una cartellina azzurra con i curricula di una decina di compagni da considerare come potenziali collaboratori e un mucchio di lettere indirizzate a lui. Andrea aprì la cartellina e sfogliò i curricula. Non conosceva nessuno di quei nomi e si riservò di guardarli meglio in seguito. Passò quindi alle lettere. In buona parte erano messaggi di congratulazioni, quasi tutti di persone che non conosceva, almeno personalmente. Quelle pubblicamente note si firmavano con il nome, mentre gli sconosciuti ostentavano i titoli più improbabili. Tutte usavano il tono di chi aveva sempre scommesso sul suo successo e sulle sue capacità. L'unica lettera su cui Andrea si soffermò qualche minuto recava il timbro dell'ambasciata sovietica. Due spighe di grano dorato abbracciavano il globo terrestre sotto le immancabili falce e martello e la stella rossa a cinque punte. Un testo asciutto e formale, come prevedibile. Passò quindi alle altre lettere: proposte di partecipazione come relatore a convegni dal titolo altisonante e alle tavole rotonde più disparate, alcune delle quali di un certo prestigio, l'invito alla cerimonia inaugurale di una mostra su Caravaggio che avrebbe fatto felice Sandra e quello alle celebrazioni ufficiali presso le ambasciate di Ungheria e Israele.

Andrea ripose le missive nella sua ventiquattrore. Si spostò quindi al tavolo da riunioni per sfogliare i quotidiani a cominciare dall'"Unità". A pagina 4, un trafiletto dedicato alla nomina del nuovo tesoriere del PCI. Fu allora che squillò il telefono.

Dalla portineria gli annunciavano la visita di un "prete". Il compagno di turno aveva usato quella parola in modo dispregiativo, come a dire "prima ci scomunicano e poi si presentano alla direzione dell'inferno come se niente fosse".

Andrea raggiunse l'atrio scendendo le scale di fretta, prese sottobraccio Ottavio che osservava la scena divertito e insieme si diressero al bar Italia, in piazza d'Aracoeli, invece che al solito locale di Vezio, al quale probabilmente sarebbe venuto un infarto vedendolo confabulare con il nemico.

«Allora avevi ragione tu. Alla fine, ne valeva la pena» esordì Ottavio davanti al caffè.

«Questo non l'ho ancora capito. So solo che all'improvviso sono entrato nella rubrica di tante persone, alcune delle quali molto importanti.»

«È il prestigio del nuovo incarico. Anche in Vaticano si parla di te. Il cardinale Bonidy non vede l'ora di conoscerti.»

«Sono certo che avrai avuto modo di fargli un quadro dettagliato sul mio conto.»

«Andrea, il mio non è un invito fraterno. Come forse ti hanno già spiegato, avevamo un rapporto cordiale e assiduo con il tuo predecessore.»

«A dire il vero, mi hanno dato poche spiegazioni sul mio predecessore. E non ho ancora avuto modo di farmi un'idea sulla ritualità di questi incontri. Cosa ti aspetti che faccia?»

«Nulla. La Santa Sede ti farà pervenire l'invito ufficiale.»

«Mi sembra un formalismo eccessivo.»

«Non per un'udienza privata dal papa.»

Dopo che Ottavio fu andato via, Andrea rimase seduto a metabolizzare la botta di notorietà che lo aveva travolto. Fu mentre osservava le cordate di turisti che si apprestavano a scalare la vetta del Campidoglio nella rigorosa uniforme pantaloni corti e sandali allacciati sui calzini bianchi che vide Giovanna Fragale, davanti alla fontana troppo grande che dominava la piazzetta, seduta sulla ringhiera in ferro che circondava la piscina ovale. E sembrava che stesse osservando proprio lui.

«Un altro caffè?»

L'uomo che gli si parò di fronte aveva l'aspetto stropicciato di chi non era solito perdere tempo nella cura delle apparenze. L'approccio diretto e il distintivo aperto davanti ai suoi occhi a risolvere rapidamente ogni formalismo confermavano in pieno che non si trattasse soltanto di un'impressione superficiale.

Andrea lesse il nome sul tesserino ministeriale e lo invitò ad accomodarsi. Quell'incontro inaspettato lo infastidiva parecchio. Non aveva ancora svolto alcun atto tecnicamente illegale, ma era consapevole del fatto che alcune delle attività dell'ufficio di cui era stato appena messo a capo configuravano molteplici forme di reato. A renderlo nervoso però era il fatto di non avere ancora idea di come gestire situazioni del genere. Avrebbe avuto tutto il tempo per prepararsi, per chiedere, per capire, e invece aveva commesso il primo errore di sottovalutazione nonostante gli avvertimenti di Giulio. La prima cazzata della sua nuova vita. Allora ordinò un caffè per il suo ospite e un Crodino per lui, cercando di riordinare le idee. Infine, optò per la soluzione più ovvia: cercare di capire e prendere tempo. «Come posso aiutarla, dottor Buonocore?»

«Non sono dottore e le confesso che non lo so ancora. A meno che non mi sappia dire come è morto il suo predecessore.»

Ecco, subito la seconda cazzata. In principio, la morte di Fragale non lo aveva incuriosito. Certo, gli aveva fatto un certo effetto perché lo conosceva, seppure non così bene, ma in fondo un infarto non era cosa rara a quell'età. Poi, mentre provava a ricostruire le informazioni sul funzionamento dell'ufficio, si era chiesto: possibile che delle questioni così delicate vengano gestite con tale superficialità? Però di Fragale nessuno parlava volentieri e lui da buon ultimo arrivato non voleva dare l'impressione di volersi impicciare o di essere in difficoltà nel fare il suo lavoro. Quindi si era rimboccato le maniche rinunciando a fare altre domande. Seconda cazzata, appunto.

«Dicono sia morto d'infarto.»

«Lei lo conosceva? Personalmente intendo. Venite entrambi dalla federazione di Milano, mi risulta.»

«Sì, lo conoscevo. Come si possono conoscere due persone che si sono parlate cinque o sei volte al massimo.»

«E di cosa avete parlato?»

Ad Andrea non piaceva la piega che stava prendendo quella conversazione. Sembrava un interrogatorio. Decise quindi di cambiare strategia. «Se mi dice dove vuole arrivare forse risparmiamo tempo entrambi.»

«Cerco di stabilire se ci sia un nesso tra la morte di Fragale e la sua improvvisa quanto improbabile ascesa da un sottoscala polveroso al vertice del partito. È anche il più giovane in direzione, o mi sbaglio?»

«L'ultima volta che ho parlato con lui è stato proprio quando mi ha spedito in quel sottoscala. È successo molti anni fa. Secondo lei questo costituisce un nesso con la sua morte?» Andrea era certo che se avessero scavato ci sarebbe voluto poco perché qualcuno raccontasse di quell'episodio, per cui aveva preferito giocare d'anticipo. A quel punto era chiaro che l'intento del funzionario dei servizi era di innervosirlo per ottenere qualche informazione. Allora si impose di evitare la terza cazzata, bevve il resto del Crodino, lasciò cinquecento lire sul tavolo e si alzò accennando un sorriso di cortesia.

«Come può immaginare, ho molto lavoro da fare. Ne parliamo un'altra volta.»

«Ne può stare certo.»

Andrea si voltò e andò via. Buonocore restò a osservarlo mentre si allontanava in direzione di Botteghe Oscure con un'andatura resa incerta dallo strettissimo e sconnesso marciapiede che costeggiava via d'Aracoeli. Poi si girò e vide una donna. Riconobbe Giovanna Fragale dalle foto nel fascicolo che gli aveva procurato Salsano.

Per i loro spostamenti quotidiani, i membri della direzione del partito avevano a disposizione un'auto di servizio con tanto di autista fisso che fungeva anche da guardia del corpo. Una prassi nata alla fine della guerra per ragioni di sicurezza e che nel tempo aveva assunto i connotati di un privilegio borghese a cui i compagni che ne beneficiavano, nonché le rispettive consorti, facevano presto a adeguarsi, finendo rapidamente per trasformare l'autista in un famiglio tuttofare.

Andrea aveva ereditato l'autista di Fragale, Paolo Soardi, unico della cerchia del precedente tesoriere a essere rimasto al proprio posto. Un omone sempre disponibile e di buonumore, con un casco di capelli nerissimi e un borsello di cuoio marrone a tracolla. Suo fratello era un importante sindacalista di Castellammare di Stabia che, assillato dalla madre per le sue frequentazioni poco raccomandabili, aveva ottenuto di farlo assumere a Roma: "Va bene qualunque cosa, anche pulire i cessi. Basta che vada via da qui". E così Paolo, giovanissimo, aveva cominciato a lavorare a Botteghe Oscure come manutentore. Dopo neppure un mese era entrato senza esitare nella stanza del segretario per innaffiare le piante di filodendro, nonostante dal corridoio si distinguessero chiaramente le voci concitate del pesante diverbio in corso al suo interno. In direzione si alzava la voce di rado, e ancora più raramente ciò avveniva nella stanza dei dirigenti, figuriamoci in quella del massimo esponente del partito. Ma Paolo non si era fatto alcuno scrupolo ed era entrato per adempiere doverosamente al suo compito. I presenti vennero presi alla sprovvista dall'apparizione del giovane manutentore e si zittirono, rimanendo a osservare increduli la flemma con cui quel goffo ragazzone in tuta da lavoro dosava sulla sommità del bastone ricoperto di muschio i millilitri necessari a mantenere umide le radici ed evitare al contempo il ristagno nel sottovaso. L'operazione creò due minuti di surreale sospensione, al termine dei quali Paolo uscì tirandosi dietro la porta senza neppure accennare un saluto. Un attimo dopo, nella stanza scoppiò una fragorosa risata. Di lì a poco l'impavido manutentore venne promosso a consegnare i giornali e la corrispondenza ai dirigenti, e successivamente divenne autista, il primo in quel ruolo a non avere un passato da sopravvissuto ai campi di battaglia.

Nel corso di quegli incarichi era venuto a conoscenza di candidature elettorali prima del diretto interessato e di arresti eccellenti prima dei giornali. Gli era toccato assistere imbarazzato a furibonde liti coniugali, cercando di restare immobile per mimetizzarsi con l'arredo, e al pianto incontenibile di autorevoli dirigenti che incutevano terrore al solo passaggio nei corridoi. E poi, essere l'autista di un membro della direzione del PCI equivaleva a fare da scorta a un ministro democristiano. Le forze dell'ordine ormai consideravano Paolo una specie di collega, uno di loro che faceva lo stesso lavoro, solo per una diversa autorità. E quello status parapoliziesco gli consentiva di arrotondare lo stipendio svolgendo piccoli e redditizi traffici che venivano in genere tollerati, anche se in passato gli avevano creato qualche imbarazzo.

Ora si sarebbe occupato del giovane e sconosciuto funzionario chiamato da Milano a sistemare i conti del partito. D'altra parte, ogni volta che c'era da mettere a posto qualcosa veniva chiamato uno dal Nord. Paolo avrebbe dovuto accompagnarlo in giro per Roma, risolvere piccole incombenze quotidiane, assicurare la sua incolumità e prevenire situazioni problematiche o sconvenienti riferendo prontamente in direzione, come d'altronde aveva sempre fatto, ogni comportamento anomalo o frequentazione sospetta.

Andrea lo aveva invitato a pranzo il giorno stesso in cui li avevano presentati. Con quel gesto di cortesia intendeva instaurare un clima informale e liberarsi dall'imbarazzo di chi era cresciuto con l'idea che il lavoro di autista fosse degradante. Così aveva prenotato un tavolo da Corsi, una piccola osteria a conduzione familiare dietro piazza del Gesù che gli ricordava molto quella di suo padre, con i poster ingialliti della Cinzano, le tovaglie a quadretti e gli scaffali di metallo pieni di bottiglie impolverate. A mezzogiorno erano i primi clienti nel locale. Sebbene fosse autunno, le due grandi porte a vetri che davano sul vicolo angusto erano spalancate.

La conversazione doveva servire a conoscersi, giusto il

minimo indispensabile per partire con il piede giusto, visto che di lì in avanti avrebbero trascorso più tempo insieme che con le rispettive famiglie.

«Mi hanno detto che posso rivolgermi a te anche per questioni burocratiche. Presto potrei aver bisogno di un visto per Mosca.»

«Occorrerà qualche giorno» disse Paolo con il tono sicuro di chi in passato si era già occupato di pratiche simili.

«Potrebbe non essere così semplice» obiettò Andrea, pensando ad almeno una decina di motivi per cui il ministero dell'Interno avrebbe potuto negargli il lasciapassare.

«Non sarà qualche giorno di gabbio da minorenne o un espatrio illegale a impedirti di ottenere il visto. Puoi andare dove vuoi, sei il tesoriere del PCI. A loro basta solo sapere sempre dove sei e con chi.»

«A loro, chi?»

«A loro tutti. La polizia, il partito, i russi, gli americani.»

«Per questo mi hanno assegnato un autista che sa tutto di me?»

«Ti hanno assegnato un autista perché, se non te ne fossi accorto, ora sei una specie di istituzione, l'equivalente di un ministro, quello del Tesoro per la precisione.»

«Non mi risulta che gli autisti dei ministri raccolgano informazioni riservate sul loro conto.»

«Credo che ormai resti ben poco di riservato sul tuo conto. Conosci il teorema Vitali?» Andrea aspettò che Paolo continuasse. «Secondo il compagno Vitali, il modo migliore per incardinare un'idea nel dibattito del PCI o per costruire il consenso su una linea politica è andare da Luciano, il barbiere di fianco all'ingresso della direzione. Mentre sei sulla sua poltrona in balia del rasoio affilato, ti lasci scappare un sentito dire, una confidenza, il senso di una discussione a cui avresti assistito, ed ecco che nel giro di poche ore tutto il partito fino alle sezioni dei paesini di confine sarà informato di ogni dettaglio. Quello che so io sul tuo conto, lo sapranno tutti entro questa sera.» Paolo si sistemò i capelli con la mano per poi continuare. «Quindi, sulla base del teorema Vitali, possiamo affermare che qualcuno che ti conosce bene deve essersi tagliato i capelli di recente.»

Andrea visualizzò involontariamente Ginatta mentre usciva dal barbiere con il suo ghigno stampato sul viso ancora paonazzo.

Fu in quel momento che Paolo tirò fuori dal borsello una piccola pistola e dopo essersi guardato intorno gliela passò con molta discrezione e con la raccomandazione di portarsela sempre dietro.

Andrea, colto alla sprovvista, la prese senza capire cosa fosse. «E cosa ci dovrei fare con questa?»

«Se ci ferma la polizia la dai a me, in caso di necessità, invece, spari. Il caricatore è pieno, il colpo è già in canna e la sicura è inserita. È così che dovrebbe essere sempre.»

Andrea l'aveva tenuta per un po' tra le mani raccolte sulle gambe sotto il tavolo, osservandola con diffidenza. Era una Browning calibro 6.35, un residuato bellico, ma comunque un'efficace arma da difesa. Ripensò allora agli avvenimenti degli ultimi mesi. Giangiacomo Feltrinelli era rimasto ucciso da un'esplosione avvenuta in circostanze poco chiare, il commissario Calabresi era stato assassinato e durante gli scontri in piazza, sempre più frequenti, c'erano stati diversi morti... Insomma, l'atmosfera si era fatta pesante però ad Andrea quell'arma, oltre che inutile, sembrava una reazione esagerata.

«Uno disposto a sparare deve essere anche disposto a farsi sparare. E io per quello non sono ancora pronto. Poi, se mi volessero far fuori ci riuscirebbero comunque» disse infine avvolgendo l'arma nel tovagliolo e riconsegnandola a Paolo, il quale la infilò nel borsello richiudendo a fatica la cerniera difettosa.

22

Buonocore trascorse una ventina di minuti godendosi il sole di quella piacevole mattina di ottobre mentre fumava in paziente attesa che la messa terminasse. Quando il ministro Canta scese i gradini della chiesa di Sant'Ignazio, buttò via la sigaretta e lo affiancò nella prevedibile passeggiata in direzione del vicino parlamento. A pochi metri da loro c'erano i due uomini della scorta.

«Lei è cattolico?» domandò il ministro a bruciapelo.

«Direi di no.»

«Considerato che non è neppure comunista, lei non serve nessuna fede.»

«Servo le istituzioni.»

«Allora serve anche Dio, visto che è la più importante delle istituzioni.»

Canta era di media statura, esageratamente magro e con una pelle perfettamente levigata, di un pallore malsano, quasi livido. I capelli radi, color cenere, erano sempre perfettamente sistemati all'indietro. Indossava un paio di occhiali dalla montatura pesante dietro cui brillavano due occhi piccoli e intensi. La mancanza di sopracciglia e le labbra sottili e grigie non lasciavano trasparire alcuna emozione, neanche quando il ministro accennava un sorriso forzato che si risolveva immancabilmente in una sorta di ghigno.

Nell'insieme, un involucro freddo e inospitale, inadatto ad accogliere un essere umano.

Buonocore lo trovava angosciante, ma non per il suo aspetto. Aveva conosciuto persone all'apparenza più inquietanti. Erano il suo atteggiamento e il suo modo di esprimersi a mettergli ansia. Sin dalla prima volta che gli aveva parlato, aveva avuto l'impressione che il ministro sapesse tutto in anticipo. Sembrava quasi che le domande che Canta rivolgeva al suo interlocutore non servissero a ricevere informazioni, ma piuttosto ad analizzare le reazioni dell'altro. Le sue risposte invece erano sempre spiazzanti, mai scontate. Era proprio quella monotona imprevedibilità che metteva a disagio il funzionario dell'Ufficio. Per questa ragione, come sempre, non vedeva l'ora di riferirgli quanto dovuto per congedarsi il prima possibile.

Canta ancora una volta sembrò leggergli nel pensiero. «Che informazioni ha sui gruppi studenteschi di Trento e Udine?»

«Vengono per lo più da famiglie piccolo borghesi. Bene istruiti e piuttosto annoiati, passano il tempo a discutere dei movimenti di ribellione sudamericani alla ricerca di un nemico. Non abbiamo trovato armi, ma a Trento abbiamo sequestrato oltre un chilogrammo di sostanze psicotrope.»

«Lasci pure che gli studenti ascoltino la musica rock, che facciano sesso liberamente e fumino tutta l'erba che vogliono. Avranno meno tempo per pensare alla rivoluzione. Novità su Fragale?»

«Nulla di rilevante, per il momento.»

«Lei pensa che i nostri amici americani c'entrino qualcosa?»

«Non sarebbe la prima volta che agiscono a nostra insaputa. Ma la considererei una mossa azzardata.»

«E del nuovo tesoriere, cosa mi dice?»

«Sappiamo chi è e poco altro.»

«E chi è?» Accadeva raramente che Canta non fosse informato su una nomina di Stato o di un partito.

«Si chiama Andrea Ferrante. Piemontese, cresciuto a Milano, prende la tessera del partito a sedici anni. A diciassette viene arrestato per affissione illegale e si fa tre giorni a San Vittore. Archivista alla Camera del lavoro per quattordici anni. Non è schedato tra gli attivisti rilevanti e non ci risulta abbia legami con il segretario o con altri membri della direzione. Ho già avuto modo di incontrarlo. Il profilo è quello di un anonimo funzionario di provincia.»

«Mi sta dicendo che per guidare l'apparato più importante del PCI si sono affidati a una lotteria?»

«Sul fatto che abbiano voluto dare un segnale ai russi tagliando di netto con il giro di Fragale non ci sono dubbi, ma sulla scelta del successore non abbiamo ancora una chiave di lettura. Prevedo di raccogliere altro sul suo conto nel giro di qualche giorno.»

«Si procuri anche qualcosa di utilizzabile all'occorrenza.»

«Qualcosa di vero?»

Stavano per lasciare la piazza passeggiando lentamente. Buonocore aveva caldo. Il ministro si voltò per un momento a guardare il frontespizio barocco della chiesa.

«Lo sa perché vengo a pregare in questa chiesa?» Ancora una volta non si trattava di una vera domanda. «Perché appena si entra si avverte la potenza divina. Ogni pietra, ogni raffigurazione è un tributo alla grandezza di nostro Signore. Ma il merito principale è del meraviglioso affresco realizzato da Andrea Pozzo alla fine del Seicento che decora il soffitto della navata. Il cardinale Ludovisi sognava una chiesa grandiosa al centro di Roma ma non aveva i soldi per una cupola, così l'artista si inventò una straordinaria illusione ottica che sembra sfondare la volta facendola apparire alta il doppio. Uno dei maggiori capolavori del Barocco italiano, oltre che una simulazione perfettamente riuscita. Vede, Buonocore, conta poco il fatto che la cupola in realtà non ci sia. L'importante è che i fedeli la percepiscano.» Il ministro fece una breve pausa per amplificare la teatralità delle sue parole. Buonocore gli lasciò il tempo di concludere. «In genere non sono ostile alla verità, ma ho fatto politica abbastanza a lungo per aver maturato un certo grado di indifferenza verso questo concetto. Ormai nel giudicare una notizia non mi domando se sia vera o falsa, ma solo se è utile, e a chi.»

Arrivati sulla piazza di Palazzo Montecitorio, Canta si congedò porgendo la mano a Buonocore, il quale, stringendo quelle dita fragili e fredde, finse di ricordare solo in quel momento un dettaglio da riferirgli.

«A proposito di informazioni utili. Suo fratello, quello di Ferrante intendo, si chiama Ottavio.» Il poliziotto restò in attesa che il ministro rovistasse nell'archivio della sua memoria.

«Quell'Ottavio?»

Buonocore annuì. «Cosa facciamo?»

«Per il momento teniamolo fuori.»

Andando via, Buonocore ripensò a quella conversazione convincendosi che il ministro non l'aveva bevuta. Anche se non ne avevano mai parlato esplicitamente, non gli era sfuggita l'efficienza che l'ufficio diretto da De Paoli aveva dimostrato quando si trattava di informative sui politici di sinistra. Troppi dati, tutti di buona qualità e in così poco tempo, dovevano essere il frutto di un lavoro di raccolta preventiva. Non potevano essersi persi uno come Ferrante.

Buonocore aveva pensato la stessa cosa quando due giorni prima era passato all'archivio. Erano trascorse le dieci di sera, era stato a cena a casa di amici all'Olgiata e di rientro a Roma si era fermato all'appartamento sulla Cassia. Il fascicolo di Ferrante era archiviato correttamente, ma c'era qualcosa di strano. Annotava che era uscito dall'Italia quando aveva vent'anni e che era tornato sei anni dopo ma non diceva dove fosse stato. A preoccuparlo, però, non era quel buco. L'archivio si trovava in un palazzetto usato soltanto dall'Ufficio, in fondo a una strada senza uscita e, mentre risaliva in auto, passata la mezzanotte, aveva visto dei fari avvicinarsi. Era l'agente Dattoli.

L'agente aveva parcheggiato ed era entrato nel palazzo per uscirne più tardi con alcuni fascicoli in mano. Quindi Buonocore lo aveva seguito fino a un gruppo di palazzine signorili sull'Aurelia antica. Sul citofono aveva letto lo stesso cognome del prestanome intestatario dell'appartamento di via Cassia, il che escludeva potesse trattarsi di un'iniziativa autonoma di Dattoli.

La sera dopo, era tornato in quel posto. Non era stato complicato forzare il portone. Invece la porta blindata dell'appartamento aveva richiesto dieci minuti buoni di lavoro. Una volta accesa la luce, si era trovato di fronte la copia esatta dell'altro archivio. Lo stesso modello di scaffalature disposte nello stesso modo, le stesse luci al neon. Anche il sistema di archiviazione era il medesimo. Però Buonocore aveva contato il doppio delle stanze, il che implicava un volume di schedature assai maggiore. Ma soltanto sfogliando a caso alcuni dei fascicoli si era reso conto che si trattava di parlamentari di ogni schieramento, membri del governo, militari, funzionari pubblici, giornalisti delle testate più diffuse e dirigenti delle principali industrie italiane. C'erano anche calciatori, soubrette, attori e intellettuali di ogni orientamento.

Ecco spiegato come mai De Paoli non gli avesse più fatto pressioni sull'estensione indiscriminata della schedatura. Ora restavano da chiarire una serie di altre questioni: che fine avevano fatto le informazioni mancanti nel dossier di Ferrante? Chi le aveva sottratte e perché? Dato che a quel punto era chiaro si trattasse di una questione interna all'Ufficio, non gli restava che occuparsene personalmente.

23

I Ferrante si erano trasferiti nella capitale giusto in tempo per godersi le famose ottobrate romane. Sandra sembrava averla presa abbastanza bene. Il nuovo lavoro presso la redazione dell'"Unità" le piaceva. Tenere i rapporti con sindacalisti e deputati di sinistra per garantire al giornale un afflusso costante di articoli autorevoli era molto stimolante, e poi le consentiva di continuare a occuparsi di diritti delle donne rendendo più semplice le sue incursioni al parlamento. Il suo unico motivo di preoccupazione restava Umberto, che era rimasto a Milano a studiare. Aveva considerato la possibilità di passare alla Sapienza ma alla fine aveva preferito continuare alla Statale. Andrea riteneva che restare a Milano per qualche mese sarebbe stato un buon esercizio di indipendenza per Umberto. Per Sandra invece non era ancora pronto. In cuor suo non avrebbe voluto lo fosse mai, glielo diceva l'istinto materno, che col tempo e con l'età aveva prevalso sulla letteratura pedagogica. Ma non avrebbe mai costretto suo figlio a sacrificare alcunché soltanto per spegnere le sue preoccupazioni di madre. In fondo, se all'età di Umberto lei studiava all'estero ed era incinta, era soltanto frutto delle sue scelte. Così aveva preso a fare la spola tra la capitale e Milano un fine settimana sì e uno no.

L'Ufficio organizzazione del PCI aveva trovato per loro una sistemazione nel quartiere di Montesacro, la zona nordest della città che alternava gli eleganti villini dalle origini alto borghesi dei primi del Novecento agli anonimi palazzoni popolari costruiti nel dopoguerra per ospitare la forte immigrazione.

Il rango da membro della direzione garantiva ad Andrea e alla sua famiglia una delle case del patrimonio immobiliare del partito, un appartamento più grande di quello di Sesto San Giovanni, al quarto piano di una palazzina dalla facciata piuttosto anonima in intonaco graffiato color ocra, posta alla sommità di una collinetta senza edifici intorno, il che lo rendeva assai luminoso. Lo stato dell'immobile era un po' trascurato e dovevano comunque pagare un affitto, ma si trattava di una cifra simbolica, di certo fuori mercato. Sandra si dedicò a sostituire i mobili più scadenti, cambiare la carta da parati e aggiungere delle tende nuove. Comprò anche un televisore per il soggiorno. Furono settimane faticose al termine delle quali era sfinita.

Se ne era reso conto anche Andrea quando un pomeriggio, tornato prima dal lavoro, salendo le scale l'aveva trovata che cercava di inserire le chiavi nella porta dell'appartamento del piano di sotto.

NOVEMBRE 1972

24

Andrea sapeva bene che amministrare le finanze del partito non sarebbe stato un lavoro semplice, ma salire su quel treno in corsa, oltretutto senza alcun passaggio di consegne, si era rivelato più complesso di quanto previsto. In principio aveva faticato a garantire il pagamento puntuale degli oltre cinquecento stipendi e a negoziare le dilazioni con i fornitori che pensavano di approfittare del nuovo arrivato, però aveva tenuto botta anche se le questioni da risolvere erano ancora molte. Tra queste, andava verificata l'attendibilità dei registri dei tesserati da cui stranamente mancava il nome di suo figlio Umberto, sebbene fosse iscritto da almeno tre anni.

Curiosità e pignoleria gli avevano spesso creato problemi e anche in quella situazione si era già fatto qualche nemico. Così, dopo soltanto un mese di lavoro, quando il Segretario aveva chiesto di parlargli, era convinto di avere un'idea precisa di quello che funzionava e di ciò che andava cambiato. L'urgenza della convocazione e la scelta del parlamento come luogo dell'incontro gli fecero pensare che si trattasse di una questione urgente e riservata. Di norma quelle conversazioni avvenivano negli uffici della direzione ma due anni prima, in preparazione di una visita del segretario generale del PCUS, gli uomini del KGB si erano recati al Bottegone per una bonifica. Era bastata meno di un'ora per scoprire che l'edificio era pieno di microspie e che il grande negozio di stoffe dall'altra parte della strada era una centrale dell'intelligence militare italiana da dove venivano sparati dei dardi contenenti microfoni che si conficcavano nelle pareti, trasformando il palazzo in una gigantesca centrale d'ascolto.

Andrea si affacciò nell'enorme corridoio del Transatlantico. In realtà si trattava di un vero e proprio salone, con bellissimi pavimenti in marmo policromo siciliano e al centro un lunghissimo tappeto rosso. Ai suoi lati erano disposti con regolarità i salottini dove i deputati si riunivano per parlare tra di loro o con i loro ospiti. Ciò avveniva soprattutto in quei giorni di novembre, quando la discussione della legge di bilancio attirava a Roma procacciatori di voti ansiosi di riscuotere la loro ricompensa, corruttori seriali attrezzati di borsone con il contante e ogni altro genere di avvoltoio pronto a banchettare con la carcassa dello Stato.

Il Segretario si trovava in fondo al corridoio. Solo, seduto di fianco a una pila di quotidiani sgualciti, alzò la mano per farsi notare. Andrea lo raggiunse con passo svelto e si sistemò alla sua sinistra, affondando scomodamente nell'enorme poltrona in velluto rosso damascato.

«Allora, come procede?»

«È un rompicapo. Mancano le informazioni più elementari. Fragale delegava a D'Amico solo questioni marginali, mentre gestiva personalmente gli incassi. E poi scriveva poco, soprattutto quando si trattava di russi.»

«Neppure i compagni sovietici mettono per iscritto le cose importanti, dovresti saperlo.»

«Per il momento mi sono fatto un'idea delle questioni interne. Le spese correnti, il sistema del tesseramento, le aziende partecipate e le società editrici. Ora posso cominciare a occuparmi del resto.» Era chiaro a entrambi che "il resto" era l'Unione Sovietica. «Ho in mente un paio di persone per la gestione dell'ufficio e penso di andare a Mosca entro la fine del mese.»

«Era proprio di Mosca che volevo parlarti. Avrai letto i miei ultimi articoli su "Rinascita". E saprai del dialogo in corso con una parte della DC.»

Il Segretario prese fiato prima di continuare. «Non sono il solo a pensare che i tempi sono maturi per abbandonare la logica della contrapposizione a ogni costo. Il consenso che raccogliamo nel paese ci impone ormai nuove responsabilità.»

Andrea, come tutti in direzione, era a conoscenza del dialogo assiduo imbastito con Stefano Speroni, più volte presidente del Consiglio e capo della più importante corrente democristiana.

«In qualità di segretario sono disposto a prendermi i rischi che questa scelta comporta, anche quello di perdere un pezzo del partito e di alimentare le frange extraparlamentari, ma non mi farò dettare l'agenda da chi piazza bombe e spara a giudici e giornalisti.»

«Hai già un accordo per entrare al governo?»

«Ci sono vicino, però non posso concluderlo senza un'autonomia credibile dai sovietici. Non sto pensando a una chiusura completa, ma a uno sganciamento graduale, a cominciare dalle questioni economiche. Dobbiamo poter fare a meno dei loro soldi.»

In un istante Andrea realizzò il paradosso: aveva atteso a lungo e diligentemente la sua occasione per servire il socialismo e questa si manifestava, ormai inaspettata, con l'obiettivo di smontare l'alleanza con la Madre Russia, un dogma per ogni buon comunista, figuriamoci per uno come lui che aveva trascorso un pezzo di vita a Mosca.

Sia chiaro, Andrea non pensava certo che l'Unione Sovietica fosse il paradiso in terra. Di dubbi sul comunismo reale ne aveva maturati a sufficienza, specialmente dopo Praga. Le immagini del telegiornale con i carri armati in colonna nelle vie del centro erano state rese ancor più drammatiche dalla notizia, filtrata un po' per volta, di uno studente di filosofia che si era dato fuoco in piazza senza un lamento. Soltanto dopo diversi tentativi era riuscito a parlare con il suo vecchio amico, Arturo Gavi, con cui era partito per andare a studiare Mosca e che dopo la laurea alla Plechanov aveva deciso di trasferirsi a Praga dove gli avevano proposto una posizione interessante al Centro studi del KSC, il Partito comunista cecoslovacco. "Non ho alcuna intenzione di tornare in Italia ed essere complice dello sfruttamento capitalistico della ricchezza collettiva" gli aveva detto Arturo con granitica certezza, subito dopo la seduta di laurea.

"Ma cos'è successo, che roba è questa?" aveva chiesto comunicando via radio con il suo amico tra una scarica elettrostatica e l'altra. "Una roba che fa schifo. L'esatto opposto di quanto ci avevano promesso" gli aveva risposto Arturo.

Il Segretario stava ancora parlando, ma Andrea si chiedeva soltanto se staccarsi da Mosca fosse la cosa giusta.

«Quanto tempo ho?»

«Il tempo che occorre, ma muoviti con prudenza.»

«I russi non ne saranno felici.»

«Sono più preoccupato degli americani.»

Andrea rimase inizialmente stupito da quella risposta, ma uscendo dal palazzo del parlamento, ripensandoci, capì il perché di quel timore. Il rapporto economico con Mosca non era un gran segreto e se veniva tollerato dagli americani era proprio perché rappresentava un impedimento concreto all'ingresso del PCI al governo. Per uno Stato membro della NATO un ministro che prendeva soldi dai russi era inimmaginabile.

Andrea passò due giorni a ripensare alla conversazione con il Segretario. Gli avevano insegnato che il popolo dei lavoratori doveva marciare unito verso l'appuntamento con la Storia. E per unito s'intendeva sotto la bandiera sovietica.

La pulsione autonomista del Segretario non sarebbe stata tollerata da Mosca. Quindi, prima di schierarsi definitivamente in quel conflitto rischioso e dall'esito incerto, aveva bisogno di capire che piega avrebbe preso la partita.

Dalla direzione all'ambasciata sovietica la Lancia Fulvia impiegò meno di venti minuti. Paolo aveva chiesto la versione Coupé HF, come quella che aveva vinto il rally di Montecarlo, e sebbene gli avessero affidato una normalissima berlina lui la guidava perennemente su di giri come se stesse affrontando gli insidiosi tornanti alpini di Notre-Dame du Laus. Giunti davanti al grande cancello in ferro battuto di Villa Abamelek, Paolo suonò due brevi colpi di clacson. Dal gabbiotto uscì un uomo in mimetica che riconobbe l'auto e aprì il cancello per poi richiuderlo alle loro spalle. Andrea si era presentato in ambasciata senza preavviso. Sapeva di potersi permettere quella pesante violazione del protocollo in considerazione del suo nuovo ruolo nel partito, ma soprattutto perché conosceva bene l'ambasciatore, anche se non lo vedeva da quasi quindici anni.

Andrea aveva incontrato Simon Lebedev per la prima volta nel gennaio del '58 durante un ricevimento presso l'ambasciata italiana a Mosca in occasione della festa della Repubblica. Glielo aveva presentato Davide Lo Storto, un suo compagno di studi alla Plechanov che forniva al russo fotografie oscene, introvabili in Unione Sovietica e per questa ragione assai richieste. Per ognuna di quelle immagini di contrabbando, l'astro nascente della diplomazia sovietica pagava mezzo rublo, quasi quanto un biglietto per il Bol'šoj.

Andrea e Davide avevano accettato con non poche perplessità l'invito dell'ambasciatore italiano. Erano ben consapevoli di essere giunti entrambi a Mosca violando i limiti del passaporto, che prevedeva restrizioni di circolazione per gli studenti e per chi non aveva ancora prestato servizio militare. Ma, incuriositi dall'avvenimento e allettati dal menu che includeva pizza napoletana e Dolcetto piemontese, avevano indossato l'abito buono e si erano presentati in perfetto orario a Villa Berg, in Denežnyj pereulok. Dopo aver chiacchierato amabilmente con gli altri invitati negli splendidi saloni e nel fresco del bellissimo giardino, un solerte funzionario li aveva accompagnati nello studio dell'ambasciatore, dove aveva consegnato loro un'autorizzazione speciale di permanenza in Russia per motivi di studio. Erano tornati raggianti nel salone delle feste. Fu allora che Davide gli presentò Lebedev. Quell'uomo alto, dal fisico atletico e dagli occhi penetranti, aveva maniere eccessivamente cordiali ed era insolitamente elegante per un russo. I tre finirono inevitabilmente per discutere di politica. Pochi giorni prima il "Time" aveva nominato Nikita Chruščëv persona dell'anno. Il riconoscimento arrivava in seguito al discorso pronunciato durante il XX Congresso del PCUS sul Rapporto segreto sui crimini di Stalin – diffuso in Occidente solo alcuni mesi dopo – in cui denunciava le atrocità commesse durante la Grande Purga, dando finalmente avvio al processo di destalinizzazione. La copertina della prestigiosa rivista statunitense, evidentemente imbeccata dalla CIA favorevole all'ascesa dell'"uomo nuovo", aveva irritato non poco i sovietici.

«Si tratta di un'intollerabile strumentalizzazione. Gli americani non vedevano l'ora di poter gettare fango su Stalin per poter attaccare il sistema sovietico.» Davide ostentò il suo acceso antiamericanismo un po' per convinzione e un po' per compiacere il suo cliente più redditizio.

«È un'intromissione fastidiosa e, a mio parere, del tutto inefficace. Ma in fondo gli americani dicono la verità» commentò allora Andrea piuttosto ingenuamente.

La reazione di Lebedev non si fece attendere. «Compagno, la musica è verità, la matematica è verità, la fisica è verità. Per questa ragione noi sovietici abbiamo i migliori scienziati e i migliori musicisti. Noi abbiamo loro, loro hanno la verità, noi abbiamo la verità.»

Toccò a Davide sciogliere l'imbarazzo del momento esibendo con orgoglio il prezioso documento con lo stemma della Repubblica Italiana: «Le autorità italiane ci hanno concesso il nulla osta. Finalmente si sono arrese alla volontà del popolo. Non siamo più dei clandestini».

«Allora, benvenuti ufficialmente in Unione Sovietica!» aveva esclamato Lebedev, per poi proseguire: «Ora che hanno messo nero su bianco la vostra presenza a Mosca, possono rifiutarvi un nuovo visto quando sarete tornati in Italia.» Quindi alzò il bicchiere per brindare: «*Na zdorov'e!*».

Davide non si rese davvero conto delle parole del russo. Andrea invece le prese molto male. Era il primo vero scivolone in cui incappava da quando era a Mosca. Sin dal suo arrivo, infatti, aveva fatto il possibile per distinguersi dal resto degli studenti italiani, e non soltanto nell'applicazione allo studio. Voleva a tutti i costi che i russi lo notassero. Aveva cercato di tessere rapporti con gli ambienti della politica, della cultura e delle famiglie più influenti in città e fino a quel giorno ci era riuscito. A tormentarlo non era tanto l'errore di valutazione in cui era caduto accettando quell'autorizzazione, ma piuttosto il fatto che a fargli notare l'ingenuità fosse stato un giovane emergente dell'establishment sovietico come Lebedev. Trascorse così il resto della serata in uno stato di profonda frustrazione che lo fece indulgere in qualche bicchiere di troppo.

Quando Marco Fragale gli si parò davanti, era seduto a rimuginare su una sedia di fianco al buffet. Si erano conosciuti a Milano, ai tempi del movimento studentesco. Fragale allora era già un funzionario influente nella federazione milanese. Gli era sembrato un tipo sveglio, anche se non mancava di ostentare il suo peso con i più giovani.

«Ti ricordi di me?»

«Certo, Marco. Cosa ci fai qui?»

«Faccio parte della delegazione arrivata per il tour nelle fabbriche della cintura industriale di Mosca.»

Andrea si alzò con qualche difficoltà di equilibrio e gli strinse la mano. Parlarono a lungo della situazione del partito a Milano, finché Fragale gli spiegò di essere venuto in possesso di alcuni documenti interessanti che intendeva mostrargli. Li aveva lasciati in albergo, a pochi passi dall'ambasciata, e lo invitò a proseguire lì la loro chiacchierata. Andrea, incuriosito da quel fare cospirativo, accettò la proposta.

Giunti nella sua camera, Fragale gli mostrò quelle che sembravano carte nautiche piuttosto dettagliate del fondale marino prospiciente il golfo di Napoli. Tra la terraferma e le isole di Ischia e Procida spiccava un passaggio sottomarino, chiaramente evidenziato e corredato da una miriade di informazioni sotto forma di numeri e frecce. Il canale si ricongiungeva a una fitta rete di percorsi in mare aperto analogamente documentati che disegnavano un'accurata mappa stradale sommersa. Ad Andrea non sfuggiva che su quello specchio di mare, arroccato sul promontorio di Agnano, si affacciava il quartier generale della NATO in Europa.

Fragale non seppe fornirgli molte spiegazioni. Si limitò a dirgli che si trattava di cartografia militare e che l'aveva portata con sé, certo che i russi l'avrebbero trovata interessante. Reduce dalla figura meschina di poco prima, Andrea intravide immediatamente l'opportunità di riscatto e si propose di occuparsene. A Fragale tanto bastò e due giorni dopo Andrea incontrò Lebedev per consegnargli il prezioso carteggio. Che la cosa aveva funzionato lo capì solo qualche giorno dopo, quando il russo lo invitò a pranzo allo Jar di Leningradskij Prospekt, il ristorante preferito di Čechov e uno dei luoghi simbolo dell'élite sovietica.

Andrea attese una decina di minuti nel grande atrio di Villa Abamelek sotto l'occhio vigile di un addetto alla sicurezza. A riceverlo fu il segretario personale dell'ambasciatore che lo invitò a seguirlo ma, invece di prendere la scala monumentale che portava agli uffici, infilò una portafinestra che dava sul giardino e da lì, seguendo un sentiero in ghiaia, lo condusse a una grande serra.

«Non sono in molti a potersi permettere di venire qui senza farsi annunciare» esordì Lebedev, che in grembiule e guanti da giardinaggio gli dava le spalle chino su un grande vaso in cui aveva appena piantato una talea di gelso.

Andrea si avvicinò facendo attenzione ai vasi ammucchiati sui tavoli di legno e lungo i rettangoli di pacciamatura. L'ambasciatore si tolse il guanto sorridendo e lui, ricordando la sua stretta vigorosa, affondò con decisione la presa. Riuscì in quel modo a salvare le dita, ma lo scossone che Lebedev diede al suo braccio prima di baciarlo tre volte, secondo l'usanza russa, gli provocò una fitta lancinante. L'ambasciatore sembrò notare l'espressione dolente e amplificò il gesto, come se provasse un sadico piacere.

«Hai fatto molta carriera da quando ti ho conosciuto.»

«A quanto pare, anche tu, Simon Ivanovič. Quella di Roma è la *residentura* più importante dopo Washington e Berlino.» Andrea non solo aveva scelto di tenere quella discussione in russo, ma in omaggio all'interlocutore aveva anche usato il suo patronimico. Da ragazzo aveva divorato i romanzi di Tolstoj e Dostoevskij i cui personaggi si rivolgevano l'un l'altro usando il nome ereditato dal padre perché erano nobili e beneducati, ma fu quando giunse in Russia che capì il valore reale di quell'usanza dalle radici profonde.

«A Mosca eri tra gli studenti più brillanti del tuo corso e ora sei il tesoriere del principale partito comunista d'oltrecortina. Vedi che il sistema d'istruzione sovietico dà i suoi frutti a lungo andare?»

Nel frattempo, erano usciti dalla serra e si erano sistemati sulle comode poltrone di vimini sotto un fresco pergolato di vite. Accanto a loro, uno degli assistenti aveva sistemato un carrello con dei bicchierini, una bottiglia di vodka e tante piccole ciotole. Lebedev gli fece cenno di lasciarli soli e riempì i due bicchieri fino all'orlo.

Andrea era preparato anche a quello. Aveva imparato da studente che la vodka non è né un aperitivo né un digestivo, ma un liquore da pasto. Era quella la ragione delle ciotole con i sottaceti, i funghi in salamoia, il pane di segale e il caviale nero. La vodka era un elemento cardine della cultura sovietica, si diceva che facesse bene alla salute, ma in realtà era utilizzata come sistema di controllo sociale. Di gran lunga più economica di qualsiasi altro alcolico ed estremamente efficace per sbronzarsi, era il rimedio perfetto per i mali del corpo e soprattutto per quelli dello spirito. Per questa ragione Andrea si era concesso un pranzo abbondante da Corsi in compagnia di Paolo il quale, ignaro, aveva commentato con una battuta il suo forte appetito.

Lebedev gli passò il bicchiere. «Un tempo reggevi la vodka come un minatore ucraino.»

«Forse non ho più il passo di un minatore, ma me la cavo ancora meglio di un falegname.» Andrea si riferiva a una barzelletta che l'ambasciatore gli aveva raccontato ai tempi dell'università. Narrava di un falegname russo ricoverato per un grave problema ai reni a cui il fratello porta in ospedale una bottiglia di vodka. Il malato la beve e ovviamente muore. E quando il medico chiede chi avesse portato la bottiglia, il fratello si fa avanti orgoglioso. "Se non fossi arrivato in tempo, quel pover'uomo sarebbe morto sobrio!"

Lebedev apprezzò il riferimento a quella storiella che tuttora andava raccontando durante i ricevimenti in ambasciata, quindi sollevò il bicchiere. «Alle vecchie amicizie! Alla gioventù! *Na zdorov'e!*»

«*Vaše zdorov'e!*»

La vodka era di ottima qualità. Limpida e quasi del tutto insapore.

«Come stanno Sandra e Umberto? Mi ricordo di lui appena nato, ormai sarà un giovane uomo, come noi quando ci siamo conosciuti, più o meno.»

Il riferimento a suo figlio mise Andrea in allarme. La famiglia, nella logica sovietica della gestione del potere, era uno dei principali strumenti di ricatto.

«Frequenta l'università. Mi ricorda noi alla sua età, un integralista spregiudicato. È sempre tutto giusto o tutto sbagliato, ma col tempo maturerà anche lui i suoi dubbi.» Andrea vuotò il suo bicchiere d'un sorso e venne al sodo. «Conto di andare a Mosca a breve per fare il punto della situazione. Avrò bisogno del visto.»

«Sei sempre il benvenuto a Mosca, lo sai. Il compagno Elembaev sarà ben felice di rivederti. È curioso di conoscere l'opinione di un laureato della Plechanov su questo momento complesso per i nostri rapporti.»

«Complesso?»

«L'amicizia dei nostri partiti non è solo una formalità. I toni antisovietici del vostro segretario hanno creato qualche preoccupazione a Mosca e non è chiaro in che direzione stia guidando il partito.»

«Mi occupo di questioni più banali» minimizzò Andrea.

«Sei milioni di dollari l'anno non mi sembrano una questione banale.»

Al suo arrivo in direzione, Andrea aveva trovato nelle casse del partito poco più di ottanta milioni di lire. Ovviamente gli avevano spiegato della valigetta che arrivava ogni due mesi da Mosca, ma nessuno gli aveva mai parlato di cifre simili.

Il russo notò la sua esitazione. «Ti vedo deluso. Pensavi fossero di più?»

L'evidente tentativo di comprare Andrea alla prima occasione fu una mossa quasi obbligata per Lebedev. Se l'italiano avesse accettato, si sarebbero risparmiati entrambi un mucchio di pensieri.

«Qualunque sia la cifra, ce la faremo bastare.»

Lebedev prese atto che il rapporto con il nuovo tesoriere non sarebbe stato una passeggiata. Allora cambiò strategia. «Mi spiace che insieme all'incarico il Segretario non ti abbia affidato anche un seggio in parlamento.»

«I parlamentari del PCI sono quasi trecento, mentre in direzione siamo trenta. Un privilegio incomparabile.» Ad Andrea era chiaro dove il russo volesse andare a parare, ma non aveva ancora capito se si trattasse già di una minaccia o solo di un avvertimento. L'immunità parlamentare era la polizza vita di chi nel partito doveva maneggiare questioni delicate come quelle finanziarie. Non a caso tutti i suoi predecessori avevano goduto di candidature blindate in collegi sicuri. Ma le ultime elezioni politiche si erano tenute a maggio e gli eventi che avevano portato al suo incarico erano precipitati subito dopo. Per candidarsi al parlamento avrebbe dovuto aspettare la tornata elettorale successiva. Quasi cinque anni, nella peggiore delle ipotesi, durante i quali Andrea avrebbe dovuto muoversi con estrema cautela. «Comunque, nessuno sa esattamente dove il nuovo segretario voglia portarci. È evidente però che non intende star fermo. Basta leggere quello che scrive sui giornali.»

«Il pensiero di un leader di partito non si capisce da quello che scrive sui giornali, ma dalle leggi che fa votare.»

«Se ti riferisci alla proposta di legge per l'uscita dell'Italia dalla NATO, la potete considerare morta.» Andrea pronunciò quelle parole guardando Lebedev negli occhi.

Qualunque movimento del PCI dall'attuale posizione completamente allineata a Mosca rappresentava un segnale di allarme per il PCUS. Questo lo sapeva bene, per cui riteneva di aver dato al suo interlocutore un messaggio chiaro senza spingersi a rivelare informazioni specifiche che preferiva tenere per sé, almeno per il momento.

«Ovunque voglia andare, occorrono soldi per arrivarci. Ma ora, con te in direzione, siamo certi che il nostro dialogo sarà più semplice.»

«Perché, con Fragale non lo è stato?»

«Con lui abbiamo lavorato bene per un lungo periodo, però negli ultimi tempi sembrava invecchiato, aveva le idee confuse.»

«Ne parlano tutti come di un compagno leale.»

«La lealtà non è di per sé un pregio, occorre essere leali verso la causa giusta. E comunque il cambiamento, oltre che inevitabile, spesso è necessario.» L'ambasciatore indicò un cespuglio fiorito a pochi metri da Andrea. «È la varietà di rose che preferisco. Baron Girod de l'Ain. Non è una pianta fragile, ma ha bisogno di cure per crescere rigogliosa. Come tutte le varietà rifiorenti, se non si eliminano i fiori appassiti la pianta non dà nuovi boccioli.» Erano già al secondo bicchiere di vodka. Lebedev riempì a entrambi il terzo e aggiunse. «Brindiamo alla memoria del compagno Fragale. Purtroppo, nel suo caso, l'immunità parlamentare non è bastata.»

L'ambasciatore inspirò, mandò giù il distillato in un sorso solo, poi prese un pezzo di pane nero e lo annusò. Andrea fece un respiro profondo. C'era ancora una questione da affrontare. Il vero motivo per cui si era recato lì.

«Dimenticavo. Vi è chiaro che nella posizione in cui mi trovo ora, non sarò più in grado di continuare a passare notizie di straforo.»

«Con il tuo nuovo incarico sarà più semplice far arrivare le informazioni giuste nelle stanze della direzione.» Lebedev si allungò a prendere la busta marrone imbottita dal ripiano inferiore del carrello di fianco a lui. «Tu non ti dimentichi di noi, e noi non ci dimentichiamo di te.»

Ad Andrea la minaccia apparve evidente. Si alzò in piedi e prese la busta. Non aveva bisogno di aprirla per sapere cosa contenesse. Il sapore metallico dell'LSD gli si era materializzato in bocca in un riflesso primitivo.

Paolo aveva fatto manovra per mettere l'auto nel verso di marcia giusto come gli avevano insegnato al corso d'addestramento, e partì senza esitazione per una nuova tappa del suo interminabile rally.

Andrea sedeva al suo fianco, piuttosto scosso da come si era concluso il colloquio. «Cos'è successo a Fragale?»

Paolo, incuriosito dalla busta che il suo passeggero teneva sul fianco opposto, quasi a nasconderla, non si aspettava quella domanda a bruciapelo. «Perché, cosa ti ha raccontato il russo?»

«Allusioni che sapevano di minacce.»

«Infarto, dice Della Vedova. Non so con chi fosse quella sera, non fui io ad accompagnarlo dove è successo il fatto, ma sanno tutti che non era solo.»

«E siete sicuri che si sia trattato di un incidente?»

«Fragale aveva i suoi segreti, come ognuno di noi. E aveva anche dei nemici, come ogni persona che maneggia tutti quei soldi. Ne avrai presto anche tu, più di quanti immagini.»

Paolo rappresentò in poche parole ad Andrea la scena che si erano ritrovati di fronte poche settimane prima nell'appartamento segreto di Fragale.

«Tutto qui?»

«Nientedimeno! E che altro doveva succedere, il terremoto di Casamicciola? Comunque, meno se ne parla e meglio è.»

Paolo si fermò in una stradina stretta che scendeva dalle pendici del Gianicolo, davanti a quella che sembrava una specie di officina, e tirò con forza il freno a mano. Andrea lo guardò perplesso.

«Solo un minuto» disse uscendo dalla macchina. Tornò subito dopo con una grossa scatola di cartone che sistemò con accortezza nel portabagagli. Una volta alla guida, fece per abbozzare una spiegazione ma Andrea scosse la testa e lo bloccò con un gesto della mano per mantenere le distanze da qualsiasi informazione potesse metterlo in imbarazzo.

Da lì impiegarono un quarto d'ora per tornare a Botteghe Oscure. Andrea si rendeva conto che sapere con certezza cosa fosse successo a Fragale era essenziale per decidere i suoi prossimi passi. E Paolo non gliela contava giusta. Giunti davanti al Bottegone, scese dall'auto. Paolo fece per ripartire, ma sentì la portiera dal lato del passeggero che si riapriva. Era sempre Andrea. «Portami alla redazione dell'"Unità".»

25

In quel periodo il PCI finanziava tre quotidiani: "l'Unità", "Paese Sera" e "L'Ora" di Palermo, a cui si aggiungevano varie riviste e collane di libri. Un colosso editoriale da mille dipendenti e oltre trecentomila copie che generava poco più di due miliardi l'anno di perdite, tutte extracontabili, puntualmente ripianate con i soldi di Mosca.

Andrea varcò la soglia della storica sede in via dei Taurini, nel quartiere di San Lorenzo, pensando di passare inosservato. L'addetto alla portineria lo fissò per qualche secondo, poi prese il telefono interno e compose il breve numero della segreteria di redazione. «È arrivato Ferrante.» Attese la risposta e lo invitò a salire indicando le scale. «Secondo piano.»

Mario Giovannini era nato a Palermo. Figlio di un marinaio, ne aveva seguito le orme imbarcandosi per la prima volta a quindici anni. Si trovava a Genova quando, ventiduenne, scelse la clandestinità per combattere i tedeschi, e per questa ragione venne imprigionato e torturato. Fuggito dal carcere, si era distinto per aver costruito e gestito con efficienza la rete informativa della Resistenza nel Nordovest del paese, e svolgendo quel ruolo fondamentale aveva sviluppato un rapporto di fiducia con i servizi di informazione alleati. Al termine del conflitto era stato assunto come corrispondente da Genova dell'"Unità". Successivamente era stato trasferito a Milano e poi a Mosca come inviato, per poi rientrare nella sede centrale di Roma.

«Che tempismo!» esclamò Giovannini alzandosi dall'enorme sedia in pelle reclinabile in cui affondava nascosto da pile di quotidiani stropicciati e libri da recensire. «Ho appena finito di discutere con i tipografi che chiedono una nuova macchina da stampa a colori ed ecco entrare il tesoriere del partito.»

«Mi fa piacere vederti» disse Andrea abbracciandolo calorosamente.

«Anche a me, però non mi aspettavo che ti facessi vivo così presto.»

«In realtà, neanch'io. Sono venuto a chiederti aiuto.»

«Mi spiace, sono stato sempre una frana con i numeri. Se avessi capito i dati che i sindacati mi inviavano, non sarei stato costretto a leggere le tue noiose relazioni.»

Giovannini invitò Andrea al grande tavolo rettangolare dove teneva le chiassose riunioni di redazione mattutine e si accese una sigaretta. Per cortesia gliene offrì una, anche se ricordava che non fumava. Andrea rifiutò con un gesto della mano e andò dritto al punto. «Ho bisogno di sapere cos'è successo a Fragale.»

Giovannini lasciò uscire lentamente dalle narici tutto il fumo che aveva nei polmoni, disegnando una nuvola densa animata dalla luce tremolante del neon.

«Con tutto quello che hai da fare, che senso ha perdere tempo con le questioni private di Fragale?»

«È proprio per quello che ho da fare che è importante che io sappia cos'è successo. Mario, devo sapere che partita sto giocando, di chi posso fidarmi e da chi mi devo guardare le spalle.»

«E pensi di poterti fidare di me?»

«Ti sei fatto due anni di carcere pur di non fare nomi. Di chi altro posso fidarmi?»

Giovannini si rabbuiò a quel pensiero. «Ora sei il tesoriere del partito. Sei solo, come lo era Fragale.»

«In realtà, pare che quando è morto non fosse solo.»

«Nessuno sa davvero com'è andata ed è meglio così, credimi.»

Andrea raccolse una delle copie dell'"Unità" dal tavolo e stropicciò la carta tra le dita. «Novanta grammi. Roba costosa.» Poi sfogliò il quotidiano soffermandosi sulle foto delle pagine di politica e degli esteri. «Quadricromia su otto pagine.»

Il direttore accettò il brusco cambio di registro della conversazione. «La grammatura la possiamo abbassare fino a ottanta, poi la trasparenza riduce la leggibilità. Il colore lo vogliono gli inserzionisti. La pubblicità in bianco e nero non si vende più.»

Andrea aveva deciso di andare fino in fondo e fece la sua mossa. «Dobbiamo snellire la redazione e concentrare la stampa a Milano. So che Fragale te ne aveva già parlato qualche mese fa.»

«Non sarà semplice. Per i sindacati è un pessimo segnale. Ti accuseranno di nordismo e di volermi condizionare per appiattire la linea su quella del Segretario. Serve più tempo se non vuoi che il quotidiano del PCI non arrivi in edicola per sciopero.»

«Mi accuseranno in ogni caso. Correrò il rischio. Sul ridimensionamento farò del mio meglio per limitare i tagli e cercherò di ritardarli il più possibile, ma mi aspetto che tu mi dia una mano. Dovremo mandare a casa una cinquantina di giornalisti e più di cento poligrafici, a partire dal Sud.»

«Se chiudiamo le tipografie del Sud, come ci arriviamo sulle isole?»

«In aereo.»

«Così mi toccherà mandare il giornale in stampa almeno due ore prima.»

Andrea non rispose. Sapevano entrambi che era un sacrificio inevitabile. Tutto sommato era un buon accordo. Consentiva a Giovannini di salvare buona parte dell'organico e gli dava il tempo necessario per gestire i sindacati. Andrea, dal canto suo, incassava un risparmio di almeno seicento milioni l'anno.

«Convocherò il comitato di redazione e un'assemblea dei poligrafici per la prossima settimana. Ti sosterrò, ma verrai di persona a spiegare la cosa.»

Andrea già immaginava la reazione. Per un momento aveva sperato che Giovannini potesse sbrigare da solo la faccenda.

Il direttore spense la sigaretta, si alzò e aggiunse: «Quanto a Fragale, circolavano molte voci. Era nervoso e si era fatto tanti nemici. Quello che mi suonava strano erano certe frequentazioni con il giro della Roma bene. Le avevo derubricate a pettegolezzi messi in giro per screditarlo, ma per come sono andate le cose, se fossi in te, comincerei a cercare da lì».

«Ti ringrazio. Ci vediamo la prossima settimana.»

Andrea gli strinse la mano e lui aggiunse: «Ti è chiaro che non riuscirai a venirne a capo, vero?».

Nessuno dei due precisò a quale delle due questioni si riferisse.

26

Come ogni mattina Andrea scese di casa alle otto in punto. Il buonumore di Paolo dovuto all'inatteso pareggio del Napoli con la Juventus si tradusse in una guida ancor più briosa del solito, per cui impiegarono soltanto dieci minuti per giungere in direzione. Andrea, invece d'imboccare l'ingresso del Bottegone, s'incamminò lungo via dei Polacchi, la stretta traversa di fianco alla sede del partito. Giunto in piazza Margana, si sedette a uno dei tavolini del bar di Vezio e ordinò un caffè. Gli toccò aspettare quasi un'ora prima di vedere Giulio Acquaviva uscire dal portone di casa. Il glicine che copriva la facciata aveva perso tutto il fogliame. Lo scheletro della pianta secolare ormai spoglia e il cielo plumbeo conferivano un'atmosfera insolitamente malinconica alla piazzetta medievale.

Giulio si diresse automaticamente verso il bar con un'andatura lenta che non si capiva se dipendesse dal fardello degli immancabili François Pinton, gli occhiali da sole con la pesante montatura tartarugata resi famosi da Aristotele Onassis. O forse a rallentarlo era il fastidioso pensiero che lo assaliva appena li indossava, di essere stato lui a scovare quella maschera avvolgente in un negozietto di Nizza e che il magnate greco li avesse scoperti vedendoglieli sul viso in occasione di un'uscita in barca con Agnelli.

Quando vide Andrea si fermò un istante, quasi a dover mettere a fuoco l'immagine per essere sicuro che si trattasse del suo amico, ma non riuscì a sorridere. Aveva sempre avuto la carburazione lenta. Era questo il motivo per cui si limitava a sedersi al bar senza spiccicare parola aspettando che Vezio, come d'abitudine, gli portasse in rigida sequenza un espresso, un cappuccino chiaro accompagnato da un cornetto caldo e, infine, un espresso doppio.

Andrea attese rispettosamente che il suo amico svolgesse quel rito e che fosse lui a parlare per primo dopo essersi acceso la prima delle tante sigarette della giornata.

«Come posso aiutarti?»

«Buongiorno, principino. Cosa ti fa pensare che sia venuto a chiederti aiuto?»

«Non ti ho mai visto seduto a un bar senza far nulla alle nove di mattina. Anzi, a dire il vero, non ti ho mai visto stare senza far nulla a nessun orario.»

«Cosa sai della morte di Fragale?»

Giulio impiegò un po' per rispondere. «Non deve essere stata noiosa, stando alle voci che circolano.»

«Mi hanno detto che ultimamente avesse frequentazioni altolocate. Ti risulta?»

«Chiunque conti qualcosa qui a Roma ha frequentazioni altolocate.»

«Ho bisogno di sapere chi incontrava e perché.»

La carriera politica non aveva impedito a Giulio di coltivare i rapporti con la nobiltà cosmopolita di mezza Europa ereditati in gioventù, quando accompagnava sua madre a matrimoni e battesimi. Aveva sempre esercitato un certo ascendente sull'entourage aristocratico della capitale composto da *brasseurs d'affaires*, sedicenti artiste, inesperti ufficialetti assetati di sesso, anziani industriali un po' rimbambiti, generali a riposo e galanti monsignori che non sapevano a quale vocazione dare la precedenza. Inizialmente era stata la novità del nobile difensore del proletariato ad affascinare quella composita fauna che adorava ostentare un improbabile afflato di vicinanza al popolo. Col tempo, la comodità di un palchetto affacciato sul palcoscenico della politica italiana aveva fatto di lui un'attrazione fissa delle riunioni mondane, dove principi e signore facevano la fila per conoscere le ultime novità sui retroscena della Guerra Fredda. E il "Principe rosso", così lo chiamavano, dispensava innocue fandonie a quel pubblico avido di storielle sull'eterna lotta tra comunismo e capitalismo. Tutta quell'attenzione in fondo gli faceva piacere, anche perché gli garantiva una corsia preferenziale tra le lenzuola delle giovani e meno giovani aristocratiche in cerca di avventura. Oltre a una vita sessuale appagante, quelle frequentazioni erano per lui una fonte inesauribile di preziose informazioni che utilizzava come pregiata merce di scambio, nel partito e fuori da esso.

«Facciamo due passi?» disse Giulio alzandosi.

Andrea prese lo scontrino da sotto il piattino del caffè.

«Lascia stare. Vezio lo metterà sul mio conto.»

«Preferisco pagare.»

Andrea infilò una banconota da cinquecento lire sotto il posacenere. Poi aprì goffamente la ventiquattrore e unì lo scontrino agli altri raggruppati da una graffetta. Giulio si chiese divertito per quale ragione uno che maneggiava contanti non tracciati per svariati miliardi si prendesse la briga di conservare gli scontrini del bar.

«Fragale frequentava molte persone al di fuori del partito, anche aristocratici. I comunisti sono sempre stati di moda tra noi nobili. Animali esotici da mostrare agli amici nelle occasioni conviviali. Quando dissi a mia madre che avevo preso la tessera del partito avevo paura che mi punisse, invece organizzò un tè per poche amiche alle quali dovetti raccontare come ci fossi riuscito.»

«Chi frequentava Fragale di preciso?»

«Eranc in molti, che io sappia. Io ero uno di questi.»

«Lo vedevi al di fuori delle questioni di partito?»

«Lo incontravo più spesso durante le feste a Palazzo Ferrajoli che alle riunioni del Bottegone. A differenza di sua moglie, fervente cattolica, lui da vero socialista cercava la sua ricompensa in questa vita. Per questo si era concesso delle deroghe al manuale del buon funzionario indulgendo in qualche debolezza.»

«E perché questo avrebbe dovuto riguardarti?»

«I miei amici sanno sempre dove trovare pillole e polverine per animare le occasioni conviviali. Fragale era un consumatore abituale di sostanze illegali, come molti nel partito, d'altra parte.»

Andrea incassò il colpo.

«I soldi non ti sono mai serviti. Cosa ricevevi in cambio?»

«A dire il vero non sono più così benestante come una volta. Comunque, non gli procuravo nulla. Gli presentavo qualcuno che poteva. In realtà non so neppure di preciso quali fossero le sue preferenze. Penso che non si trattasse solo di droga. A ogni modo, tenere un filo diretto con lui per me era un po' come far parte della direzione del partito.»

Andrea sapeva bene che Giulio, nonostante fosse iscritto al PCI, non avrebbe mai potuto aspirare a un consesso rigorosamente riservato a partigiani, operai, contadini e ai loro figli, da cui perfino gli intellettuali erano esclusi. «C'è qualcos'altro che dovrei sapere sulla sua morte? Qualcosa di rilevante per quello di cui mi occupo o per la mia incolumità?»

«Amico mio, la tua incolumità non dipende da quello che ha fatto Fragale, ma da quello che intendi fare tu.»

«Io intendo fare esclusivamente gli interessi del partito.»

«E ci sarà sempre qualcuno che avrà interessi opposti. Fossi in te non mi preoccuperei troppo finché c'è chi trova convenienza nel lasciarti fare il tuo lavoro.»

Nel frattempo, erano giunti in piazza del Gesù. Giulio si fermò all'edicola, comprò "l'Unità" e si voltò verso la parte opposta della piazza indicando con il giornale arrotolato l'austera facciata in travertino della basilica. «Imponente, vero? Fu costruita nella seconda metà del Cinquecento grazie a un finanziamento di Francesco Borgia, a quel tempo generale della Compagnia di Gesù. Lo stesso Borgia da cui discende la mia famiglia. Ti trovi di fronte a un vero simbolo del potere. Non è un caso che la Democrazia cristiana, finita la guerra, abbia scelto questa piazza per la sua sede nazionale. Per lo stesso motivo, qui si sono insediate anche la Gran Loggia d'Italia e l'Associazione Bancaria. Ora capisci perché, con tutta la città a disposizione, il PCI ha scelto di comprare il rudere alle spalle di questa piazza per costruirci la sua direzione nazionale?»

Il mattone rosso del Bottegone spiccava a pochi metri di distanza. Andrea ascoltava perplesso la pièce da guida turistica di Giulio.

«Il fatto che i servizi segreti si siano piazzati nel palazzo di fronte al nostro è solo una conseguenza incidentale» continuò Giulio. «Sta di fatto che questo è il vero centro della Guerra Fredda. Davanti ai nostri occhi c'è un muro, solo che a differenza di quello che divide Berlino, questo lo vedono solo gli addetti ai lavori e dicono sia maledetto.»

Andrea si lasciò scappare un sorriso, ma Giulio continuò serio. «A questa piazza è legata una delle più antiche leggende di Roma. Hai notato che qui c'è sempre vento?» Effettivamente ogni volta che Andrea passava di lì doveva usare una mano per mantenere il basco fermo in testa a evitare che gli volasse via, ma fino ad allora aveva attribuito quel fenomeno di correnti d'aria al fatto che la piazza si trovasse al centro di cinque vie e ai piedi del colle del Campidoglio. Lasciò che Giulio proseguisse. «Si narra che il Diavolo, mentre passeggiava con il vento, gli chiese di aspettarlo qui. Poi entrò nella chiesa e non ne uscì più. Da allora il vento è rimasto ad attendere il suo ritorno.»

«E cosa avrebbero a che fare queste storie con Fragale?»

«Lascia stare le cose come stanno, Andrea. Lascia che il

vento continui a soffiare. Non è il momento di far uscire il diavolo dalla chiesa.»

«Non sono venuto a Roma per occuparmi di diavoli e sui muri sai bene come la penso.»

«Amico mio, importa poco come la pensi tu. In questa città se non stai da questa parte oppure dall'altra, allora il muro sei tu. E in quel caso, sì che dovrai preoccuparti.»

27

Dopo qualche giorno, Andrea ricevette una telefonata dall'ambasciata russa. Documenti da ritirare. Gli fu immediatamente chiaro che si trattava dei soldi, ma non aveva la minima idea di come procedere. Fece in modo che Paolo lo raggiungesse in ufficio.

«Come va fatta questa cosa? E quando?»

«Domani. Ci chiameranno un'ora prima dell'appuntamento. Fino alla consegna so cosa fare, ma da lì in avanti se la sbrigava Fragale da solo.»

Andrea lo guardò affranto. «Io da solo non faccio niente, e tu devi guidare. Ci serve qualcuno che possa dare una mano.» Paolo suggerì: «Occorre qualcuno che capisca di...» fece il segno del denaro sfregando le dita della mano destra alzata «e che abbia rapporti in Vaticano, per cambiare i dollari. Meglio se non ha bisogno di soldi.»

Andrea aveva passato la notte senza riuscire a chiudere occhio. La mattina dopo si era alzato per salutare Sandra che usciva al solito orario per andare al lavoro e poi si era disteso nuovamente sul letto per un momento. Un'ora e mezza più tardi era stato svegliato di soprassalto dal citofono che suonava insistentemente. Era Paolo, preoccupato per quel ritardo inusuale.

Andrea si era vestito frettolosamente ed era sceso senza neanche prendere il caffè. Sotto il palazzo, Paolo e Giulio come al solito discutevano. Avevano passato gli ultimi venti minuti a questionare di cinema e musica. Paolo amava il rumore degli schiaffi di Bud Spencer e i cori in falsetto dei Pooh, Giulio invece i silenzi dei film di Antonioni e lo stile poetico di De André. Alla fine, avevano trovato una convergenza su Gassman e Battisti. A rasserenare gli animi era intervenuto il consenso unanime sulla minigonna, ma subito dopo avevano ripreso a battibeccare sull'abbigliamento.

Paolo vestiva un giaccone di finta pelle marrone dalle maniche troppo corte sopra un improbabile pullover turchese eccessivamente aderente e un vistoso paio di jeans a zampa d'elefante. Giulio, al riparo del suo golf bordeaux 12 fili cachemire e dei pantaloni di velluto spesso a coste color ocra, sorrideva a denti stretti e provocava Paolo mentre fumava una St Moritz alla menta.

«Ma tagliati i capelli che a fare il capellone alla tua età sei ridicolo.»

«Non capisci neanche la differenza tra capellone e beat.»

«Perché tu che saresti, beat?»

«Eh, io so' beat!»

«Ma vai a cagare» lo liquidò Giulio.

«Eccolo qua, si è svegliato 'o nennillo. Noi qua sotto stiamo gelando da due ore» disse Paolo alla vista di Andrea che usciva dal portone. Quando era arrabbiato, il suo accento napoletano si faceva più marcato. Giulio gettò via la sigaretta.

«Andiamo» disse impaziente Andrea, guardando l'orologio per l'ennesima volta mente saliva in auto.

«Un momento, mi dici cosa dobbiamo fare? Io ero nella pace totale su un ghiacciaio a duemila metri. "Questione di vita o di morte" mi ha detto al telefono l'uomo Michelin per convincermi a scendere in quest'inferno di cemento.»

Andrea si affacciò dal finestrino. «Sai meglio di me cosa

faceva Fragale, sai dove cambiare i soldi e non hai bisogno di fregarmi. Da oggi lavori con me in tesoreria.»

Giulio lo guardò fisso cercando di capire se stesse facendo sul serio. Guardò anche Paolo in attesa che la sua espressione tradisse uno scherzo maldestro, ma niente. Allora fece un gran sorriso. «Io me ne torno a sciare.» Quando si voltò, si ritrovò faccia a faccia con Paolo. Dal suo sguardo fu chiaro che non sarebbe andato da nessuna parte.

L'abitacolo dell'auto era ghiacciato e Paolo dovette usare l'avambraccio per disappannare il parabrezza il minimo indispensabile. La solita guida briosa però scaldò il motore in fretta e il riscaldamento ripristinò una temperatura accettabile che fece riacquistare l'uso della parola ad Andrea. «Mi sono poggiato un attimo sul letto e sono svenuto. Mai successo» disse per giustificarsi del ritardo. «Non so Sandra come faccia. Ieri si è addormentata come me alle quattro e stamattina alle otto e un quarto, quando l'ho salutata mentre usciva, era fresca come una rosa.»

Paolo incrociò lo sguardo di Giulio nel retrovisore. Nessuno dei due l'aveva vista uscire dal palazzo ed entrambi, stupiti e imbarazzati, non dissero una parola al riguardo.

All'inizio era andato tutto liscio. Incontrata la staffetta russa, prese la borsa e le chiavi, firmata la ricevuta. Quaranta minuti in tutto. Poi, davanti alle Terme di Caracalla, il posto di blocco della polizia. Allo sventolare della paletta Andrea smise di respirare. Paolo accostò invitando lui e Giulio a stare calmi, spense il motore e tirò energicamente il freno a mano. Sembrò riconoscere gli agenti, ma non pareva sollevato. «Me ne occupo io. Datemi i documenti.» Quindi scese dall'auto e si avviò verso la volante. Uno dei due agenti raccolse i documenti e tornò alla volante, l'altro iniziò a discutere animatamente con Paolo.

«Ecco, adesso finiamo tutti in galera» commentò Andrea.

A una cinquantina di metri di distanza, accostati alla destra nel controviale dell'arteria che entrava a Roma da sud, c'erano Buonocore e Salsano.

«Andiamo a vedere» disse Buonocore dopo aver sbuffato rumorosamente.

«Ma così capiranno che li stavamo seguendo.»

«Questa cosa non mi piace.»

Salsano si fermò poco prima della Fulvia e rimase vicino all'auto. Buonocore uscì e avanzò in direzione dei poliziotti mostrando il distintivo.

«Ecco, lo sapevo che facevo meglio a tornare sulle piste» mugugnò Giulio alla vista dell'uomo dei servizi.

Paolo si passò la mano sulla fronte. La faccenda si complicava.

«Affari riservati» esordì Buonocore con la mano tesa a esporre il tesserino.

Non correva buon sangue tra i funzionari dell'Ufficio e gli agenti in servizio ordinario. Questi ultimi nutrivano, in genere, un misto di invidia e diffidenza verso i privilegi di cui godevano quelli dei servizi. Buonocore non si aspettava quindi grande cordialità e ricambiò a malapena l'accenno di saluto.

«Di che zona siete?»

«Ostia.»

«E vi capita spesso di fare posti di blocco a trenta chilometri dal distretto di competenza?»

«Noi saremmo colleghi» replicò l'agente in divisa, a sottolineare l'inopportunità di quelle domande.

«Appunto. Sono qui per dare una mano a due colleghi. Facciamo che me ne occupo io.» Non era un invito di cortesia.

I due poliziotti si guardarono interdetti mentre valutavano la situazione. Osservarono Salsano dietro allo sportello dell'Alfetta bianca, poi la Fulvia e infine si trovarono a incrociare lo sguardo con Buonocore. La tensione era palpabile. A rompere l'impasse fu una chiamata dal commissariato alla radio dei due agenti. Uno dei due raccolse allora i documenti e li consegnò a Buonocore, poi fece cenno al collega, salutarono, risalirono in auto. La volante fece inversione a U tagliando la doppia striscia continua di mezzeria in direzione EUR. Salsano memorizzò la targa dell'auto.

Buonocore andò incontro ad Andrea, che nel frattempo era sceso dall'auto, per restituire i documenti. «Quando ho sentito i nomi alla radio ero poco distante da qui e mi sono detto: faccio un salto così do una mano e forse è l'occasione per recuperare.»

«E cosa dovremmo recuperare?»

«La falsa partenza. L'ultima volta sono stato un po' inopportuno, lo ammetto.»

Andrea sapeva benissimo che quell'incontro non era casuale. Era certo fossero stati seguiti e poi fermati su indicazione di Buonocore, ma non era sicuro che sapesse della borsa con i soldi nel bagagliaio dell'auto. «Quindi adesso la dovrei ringraziare per il suo intervento tempestivo.»

«Anche se lo starà pensando, quegli uomini non agivano per conto mio, e siccome non credo alle casualità, sì, penso che dovrebbe ringraziarmi.»

Andrea restò interdetto da quella risposta. Lanciò uno sguardo a Paolo che era tornato verso l'auto.

«Allora, come procede il nuovo incarico? Non deve essere affatto semplice.»

«In realtà la devo deludere. È tutt'altro che complicato, basta saper far di conto. Non è che mi si chieda di prendere decisioni, ma di garantire la gestione ordinaria. In verità è un lavoro ripetitivo, quasi noioso.»

«Lei non mi delude affatto. Questa era esattamente l'idea che mi ero fatto del lavoro del tesoriere di un partito, qualunque partito. Cerca di non buttar via soldi, tieni a bada i fornitori e paga gli stipendi. Poi però mi hanno incaricato di occuparmi della morte di Fragale. Infarto fulminante. Eppure non era una persona a rischio. In famiglia dicono facesse una vita assai regolare. Non beveva, non fumava, non soffriva di pressione alta e diabete, colesterolo al limite. Le confesso che mi ero convinto che a fregarlo fosse stato lo stress lavorativo. E invece no, almeno stando a quanto mi conferma lei.»

«Ma lei ha idea di quante persone muoiono ogni anno d'infarto in questa città?»

«Quattordicimila, più o meno, stando agli ultimi dati del ministero della Salute. E lei ha un'idea di quanti di questi vengono cremati in fretta e furia senza che la famiglia possa vedere la salma?»

«Questo le sembra ripartire con il piede giusto?»

«Dovrebbe essere anche suo interesse sapere come è morto Fragale.»

«Così la smette di sospettare di me?» Andrea era stanco di tergiversare, voleva soltanto liquidare quella conversazione e andare via.

«E cosa le fa pensare che sospetti di lei?»

«Altrimenti perché mi starebbe col fiato sul collo?»

«Magari per salvarle la pelle.»

«Buonocore, lei è un ufficiale della polizia politica di un paese NATO, io sono un dirigente del Partito comunista. Quelli come noi non si parlano.»

«E chi lo ha deciso?»

«È una regola.»

«In vent'anni di polizia ne ho arrestati tanti di criminali, ma i delitti peggiori li ho visti commettere a quelli che seguivano le regole.»

Buonocore gli restituì i documenti. Andrea s'incamminò verso l'auto tirando un sospiro di sollievo.

«Ferrante!» Buonocore alzò il tono della voce perché anche Giulio e Paolo potessero sentire. «Stia attento a quel giovanotto» disse indicando Paolo e poi guardò il bagagliaio della Fulvia. «Non vorrei la mettesse nei guai. Buona giornata.»

Andrea attese che fossero andati via, poi raggiunse Paolo. «Adesso mi dici chi erano quelli e cosa volevano?»

«Quella era la camorra.» Paolo lo disse come se fosse una cosa normale.

«Ora i camorristi si fingono poliziotti?» commentò scettico Andrea.

«E chi ha detto che fingevano?»

Nel tardo pomeriggio Giulio, insospettito dalla sparizione di Sandra, era tornato a casa di Andrea mentre lui era ancora in ufficio. Il palazzo aveva un solo ingresso e non c'era nessuna possibilità che si fossero persi Sandra che andava in redazione. Era riuscito a entrare aiutando un'anziana inquilina con le pesanti borse della spesa. Mentre saliva le scale lentamente, seguito dalla vecchina che si aggrappava alla ringhiera per rendere il passo meno faticoso, la sua attenzione era stata catturata dalla musica di un carillon proveniente da uno dei due appartamenti al piano inferiore a quello abitato da Andrea. Aveva bussato ripetutamente all'appartamento dei Ferrante senza che nessuno aprisse. Riscendendo, aveva accostato l'orecchio alla porta da cui proveniva il suono del carillon ed era rimasto ad ascoltare per qualche minuto la melodia e una voce di bambina dall'accento slavo.

28

Negli ultimi due anni Vladimir Tokarev si era occupato della rete di spionaggio industriale del KGB in Italia, Francia e Germania Federale, attraverso cui l'Unione Sovietica si era impadronita di tecnologie chiave nei settori in cui scontava maggiore ritardo. Allo scopo aveva reclutato progettisti frustrati, ambiziosi dirigenti d'impresa, piccoli imprenditori in difficoltà e avidi funzionari degli uffici brevetti. Ognuno di loro aveva una differente motivazione di fondo, ma a convincere tutti erano i soldi, tanti soldi.

Questa volta Tokarev era arrivato a Roma con una squadra di dodici uomini e una serie di ingombranti valigie schermate con il piombo, piene di dispositivi elettronici. Si erano sistemati all'ultimo piano di palazzo Brancaccio, situato in un'angusta traversa di Botteghe Oscure a pochi passi dalla direzione del PCI. L'edificio era ormai di proprietà dello Stato, ma nell'atto di cessione l'ultimo piano era stato lasciato in usufrutto a vita a un discendente della nobile famiglia che lo aveva posseduto, il quale, a corto di quattrini, lo aveva messo a disposizione del KGB lavandosi l'anima con l'alibi della causa del popolo.

Nell'arco di due mesi Tokarev aveva messo in piedi una sofisticata rete d'intercettazione che includeva le automobili di importanti politici democristiani, gli appartamenti di alcuni membri della direzione del PCI e persino l'ufficio di De Paoli. Ma quello di cui andava più orgoglioso era la cimice piazzata in una statuina di legno raffigurante la Madonna in bella vista nell'appartamento del papa.

Il russo sapeva che il lavoro più complesso sarebbe stato isolare le poche informazioni davvero utili dal rumore di fondo. Occorreva avere una vaga idea di cosa cercare e un buon intuito nella comprensione dell'animo umano. Ma una volta scovate le notizie, vere o false che fossero, andavano utilizzate con profitto. Per questa ragione era l'unico ad avere pieno accesso ai dati raccolti.

Aveva imparato sin da piccolo quanto fosse importante la gestione delle informazioni. In un certo senso poteva considerarsi figlio d'arte, visto che suo padre era il prototipo ideale del funzionario cekista, un obbediente servitore del partito forgiato dal maglio dell'aspra repressione stalinista, per il quale difendere il comunismo dall'aggressione dell'imperialismo capitalista era un privilegio enorme, motivo di orgoglio e ammirazione, ma innanzitutto un dovere che veniva prima di ogni cosa.

"Una volta entrati, si resta nei servizi per sempre. Non esiste un ex ufficiale" si sentì dire il piccolo Vladimir quando gli chiese se si sarebbe mai tolto l'uniforme. Suo padre la indossava sempre, sabati e domeniche compresi, anche il giorno che si era inginocchiato accanto al suo letto piangendo mentre gli chiedeva scusa. Era ubriaco come tutte le sere, ma quella volta non aveva picchiato né lui né sua madre. Quando pochi minuti dopo sentì il colpo secco della pistola attutito dall'abbondante nevicata, Vladimir corse fuori in canottiera e rimase a guardare la macchia di sangue che si allargava a colorare il manto bianco intorno alla testa di suo padre come l'aureola dei santi nelle icone ortodosse. Aveva dieci anni, e avrebbe dovuto attenderne altri venti per trovare una spiegazione a quel gesto.

Fu in seguito alla prima indagine che condusse appena

arruolato nel KGB. Non aveva impiegato molto a scoprire che, come molti altri ufficiali, suo padre era entrato in servizio prendendo parte ai rastrellamenti di derrate e animali ordinate da Stalin per "spezzare la schiena alla classe contadina" e garantire il progetto di collettivizzazione delle terre al centro del suo programma di riforme. Secondo le testimonianze che Vladimir aveva raccolto tra i funzionari anziani ancora in servizio, nelle fosse collettive erano finiti più di cinque milioni di kazaki e ucraini, morti letteralmente di fame. E suo padre era stato tra i rastrellatori più efficienti. Così, dallo sterminio dei contadini era stato promosso all'epurazione dei cospiratori, ovvero di chiunque fosse considerato ostile al partito o ai suoi dirigenti.

All'apice della sua carriera Michail Tokarev era a capo delle indagini svolte nell'ambito della faida interna al PCUS e scatenate dall'arrivismo politico dell'ultima fase stalinista. Il suo compito era raccogliere informazioni vere o verosimili sulla vittima designata e passarle al magistrato giusto.

Vladimir ricordava perfettamente le parole di suo padre mentre litigava con i fantasmi di tutti quegli uomini condannati a morte, urlando e scacciandoli con la mano mentre nell'altra teneva stretta la bottiglia di vodka. Però non lo aveva mai giudicato. Sapeva bene che per un funzionario del KGB il partito era Dio e in quanto tale non poteva essere messo in discussione, neppure se ti chiedeva di scendere a patti con il diavolo. Ma la cosa più interessante che aveva scoperto nel corso di quell'indagine furono i nomi dei mandanti. I dirigenti, uno in particolare, che avevano fatto carriera speculando sulle vittime di quelle epurazioni e sui loro carnefici. Fu allora che si era dato da fare per passare al Dipartimento internazionale. Elembaev era diventato uno degli uomini più potenti dell'Unione Sovietica, e lavorare al suo fianco gli avrebbe offerto la possibilità di studiare da vicino colui che riteneva essere l'assassino di suo padre in attesa di un passo falso.

Per il momento non gli restava che assecondare i piani del direttore e capire se D'Amico fosse in grado di procurargli i documenti ritrovati da Fragale e soprattutto se avrebbe tenuto la bocca chiusa sul lavorio svolto nel Partito comunista per conto del KGB. Affidò quel compito all'agente Kira che, oltre a tenerlo d'occhio, avrebbe dovuto alzare progressivamente le sue pretese di vita agiata aumentando così il bisogno di denaro del suo amante.

Erano passati due mesi dalla morte di Fragale, e Buonocore non aveva fatto alcun progresso. Il suo istinto gli diceva di seguire la pista del nuovo tesoriere, il grigio funzionario piovuto dal Nord. Nel frattempo, De Paoli gli aveva dato da gestire una rogna ulteriore. Due mesi prima, una ragazzina era sparita nel nulla. Di norma l'Ufficio non si occupava di queste cose ma il padre della ragazza era un alto dirigente dello IOR e tanto era bastato per alimentare le storie più improbabili di vendette della mafia, ricatti di logge massoniche e regolamenti di conti all'interno delle mura vaticane, tutta roba di cui i giornali andavano ghiotti. Ma era passato troppo tempo. L'esperienza maturata in questura gli aveva insegnato che a due mesi dalla denuncia di sparizione le probabilità di ritrovare la ragazzina viva erano praticamente nulle. Per cui decise che per il momento la risoluzione del giallo poteva aspettare e concentrò buona parte degli sforzi, suoi e della sua squadra, sui due tesorieri, con l'idea che solo indagando su quello vivo avrebbe compreso più cose su quello morto.

Così aveva affidato a un paio dei suoi il compito di controllarne i movimenti fuori dall'ufficio, e a conferma della teoria che le informazioni più interessanti sulle persone si raccolgono dalla loro vita privata, tre giorni dopo aveva trovato Salsano ad aspettarlo nel suo ufficio di prima mattina con una busta gialla in mano.

«Quelli del KGB arrivati a Fiumicino con le valigie schermate si sono sistemati a casa del conte Brancaccio.»

«E come l'abbiamo saputo?»

«Dal Brancaccio in persona. È rimasto incastrato in una retata in un locale per scambisti e mi ha fatto chiamare. Una mano lava l'altra... Facciamo un blitz?»

«Tu leggi troppi polizieschi. Assicurati che il conte tenga il becco chiuso. Ce ne occuperemo al momento opportuno. Quella cos'è?» chiese Buonocore indicando la busta gialla.

«Il nuovo tesoriere. Comincia a rimanere qualche sassolino nel setaccio. Non sono ancora pepite, ma sembra che stiamo cercando nel posto giusto.»

«Di cosa si tratta?»

«Abbiamo piazzato due dei nostri a Montesacro in un appartamento di fronte a quello di Ferrante con un paio di microfoni direzionali e un teleobiettivo. Quell'uomo è più noioso di "Tribuna elettorale".»

«Salsano, ho passato cinque anni a fare appostamenti. Ne so qualcosa. Arriva al punto.»

«I ragazzi si erano portati anche una radio a onde corte, lo fanno sempre.»

«Così sentono le partite, so anche questo.»

«Una mattina, verso le otto, cambiando frequenza, hanno beccato un *buzz*.»

«Un che?»

«Un *buzz*.» Salsano prese a leggere da un foglio che aveva tirato fuori da una cartellina. «Un ronzio a tono fisso, breve e intermittente, dalla durata di 1,5 secondi a un intervallo di 1 secondo ripetuto 24 volte al minuto trasmesso in modulazione a banda laterale singola con soppressione della banda superiore su frequenza di 4.625 kHz...»

«Minchia!» esclamò Buonocore spazientito.

«Una specie di sonar, un tono elettrico emesso da una stazione a onde corte. Si tratta di un marcatore, serve a mantenere una certa frequenza sempre occupata rendendola inutilizzabile ad altri. Si sono fermati ad ascoltare e dopo neppure dieci minuti è partita la musica di un carillon. *Lo*

Schiaccianoci, opera 71 di Čajkovskij. Per l'esattezza: il terzo movimento, detto *Valzer dei Fiori*» precisò Salsano sbirciando un altro foglio.

«Andiamo avanti.»

«Di solito le trasmissioni in codice cominciano dopo una musica. E infatti dopo un minuto esatto è partita la voce di una bambina che recitava nomi e numeri, in russo.»

«Abbiamo una trascrizione?»

Salsano cominciò a leggere i numeri e le lettere battuti a macchina sull'altra faccia del foglio: «"MMV, MDJ, 78, 2, 72, 2, Miša, Ivan, Roman, Ivan, Pavel, Uljana, 2, 5, 97, JDR, 2, 45..." Subito dopo si sente una sequenza di numeri in codice Morse. Sulla prima parte, quella della bambina, i nostri ci stanno ancora lavorando. Invece la parte in codice Morse pensiamo trasmetta coordinate navali.»

«Fammi sapere immediatamente se ne tirano fuori qualcosa di più interessante.» Buonocore gli restituì il foglio lasciando intendere una certa insoddisfazione per quel risultato assai parziale.

«C'è dell'altro. I nostri sono saliti sul tetto e hanno fotografato questa.» Salsano tirò fuori delle fotografie.

Buonocore prese a osservarle aggrottando le sopracciglia di fronte a quella che sembrava una strana antenna televisiva, più grande di quelle comuni, formata da due enormi pettini a denti larghi sovrapposti. Non venendone a capo, rivolse al suo sottoposto uno sguardo interrogativo.

«È un'antenna Yagi.»

Buonocore attese che Salsano proseguisse. Lui prese l'ennesimo foglio e cominciò a leggere. «"Un'antenna a banda stretta composta da riflettore, dipolo e direttori paralleli, con una lunghezza d'onda di circa $\lambda/2$..."»

Lo sguardo di Buonocore divenne un'occhiataccia che convinse Salsano a tagliare corto.

«È un'antenna a onde corte per trasmissioni a lunga distanza.»

«E quindi torniamo alla trasmissione di prima.» Buonocore gli restituì le foto deluso.

«Sì, ma con questa antenna oltre che ricevere si può trasmettere.»

«Fino a dove?» Buonocore aveva improvvisamente ritrovato interesse nella questione.

«Le aperture più sicure sono al sorgere del sole e al suo tramonto, quando i segnali Dx scompaiono, soffocati dalla regione D...» Questa volta Salsano si rese conto da solo che doveva piantarla. «Con un po' di pratica si può trasmettere fino in Russia.»

DICEMBRE 1972

29

L'udienza privata dal papa era prevista per le undici e sarebbe stata l'ultima del 1972. Un'ora prima, Paolo si fece riconoscere dalla guardia svizzera che piantonava Porta Sant'Anna e andò a parcheggiare come da indicazioni nello spiazzo di fianco a piazza Pio XI. Andrea e Sandra furono accompagnati all'ingresso della Sala Clementina, lo splendido salone al secondo piano del Palazzo Apostolico accessibile unicamente in circostanze particolari come quella. Lì furono accolti da una delle suore deputate ad assistere il Santo Padre, che li invitò ad accomodarsi visto che ci sarebbe stato da attendere qualche minuto.

Sandra, costretta a indossare uno scomodo tailleur accollato acquistato per l'occasione, rimase senza fiato di fronte alla bellezza del salone, un trionfo abbagliante di affreschi e mosaici geometrici. Andrea, che per quell'incontro aveva cercato di dare tono a uno dei due abiti del suo risicato guardaroba arricchendolo con una cravatta troppo costosa per i suoi standard, si era ritrovato inconsapevolmente a stringere la mano della moglie, stupita dal suo inusuale nervosismo. "In fondo è la prima volta che veniamo ricevuti da un capo di Stato" si ritrovò a giustificarlo lei. Ma quello che la colpì maggiormente fu lo scatto con cui si alzò in piedi mentre si apriva la grande porta decorata. Sulla soglia apparve Ottavio, seguito da uno stuolo di suorine dietro le quali spiccava la sagoma bianca del pontefice. Intorno a lui tre cardinali in tunica porpora e un uomo in abiti civili con una grossa macchina fotografica a tracolla.

Andrea si ricordò in extremis del protocollo e lasciò che fosse Sandra a salutare per prima il papa, il quale le prese entrambe le mani nelle sue mentre lei si esibiva controvoglia in un accenno di inchino. Il pontefice le rivolse un sorriso benevolo e le sfiorò il viso con una carezza, poi si voltò verso il tesoriere e gli tese la mano con il palmo rivolto verso il basso. Le spalle leggermente incurvate su cui poggiava la mantella bianca e il viso tondo dall'espressione gioviale e dalla carnagione rosea più accesa sulle guance componevano un ritratto perfetto di pace e accoglienza. Andrea pensò che Dio non avrebbe potuto scegliere candidato più credibile a interpretare il ruolo di suo rappresentante tra gli uomini.

«Andrea, abbiamo sentito belle cose su di te.»

Inaspettatamente, sentire il papa pronunciare il suo nome gli fece un certo effetto. Il colloquio durò pochi minuti, il tempo sufficiente a ribadire la posizione antisovietica del Vaticano. «A cosa serve lottare per la libertà degli oppressi se il giorno dopo ci trasformiamo in oppressori?» fu la retorica, quanto attesa, domanda del papa.

Al termine del cerimoniale che si concluse con un paio di fotografie e una benedizione non richiesta, Ottavio e il cardinale Bonidy proposero agli ospiti una visita ai Giardini Vaticani. Il cardinale prese sottobraccio Andrea mentre Ottavio chiacchierava con Sandra, accelerando il passo per lasciare suo fratello solo con il suo superiore. L'udienza con il pontefice aveva avuto come unico scopo quello di mettere in soggezione Andrea. Il vero colloquio si sarebbe tenuto con Bonidy.

«Siete molto diversi, lei e suo fratello.» Quelle parole suonarono strane in bocca a un cieco.

«Lui è la parte sana della famiglia» replicò ironicamente Andrea.
«E lei quale parte è?»
«Quando deciderò di confessarmi, glielo farò sapere.»
«Perché, cos'ha contro la confessione?»
«È una debolezza. Noi comunisti non ci liberiamo mai del peso dei nostri errori confessandoci. Preferiamo il dibattito pubblico. Per questo stampiamo tanti giornali.»
«Per stampare tanti giornali occorre un'organizzazione costosa.»
«Quello è lo scopo principale del mio incarico.»
«Trovare soldi?»
«Finanziare la macchina della propaganda.»
«Quindi secondo lei è solo questione di propaganda. Non pensa di sottovalutare la capacità di giudizio delle persone?»
«Vostra Eminenza» il tono di Andrea suonava come un invito alla franchezza «le persone credono a qualunque cosa se ripetuta un numero sufficiente di volte. È per questo che vi siete inventati la messa.»
«Facciamo così, sarò io a confessarmi con lei. L'ultima volta che ho incontrato Fragale ho usato parole di cui mi sono pentito. In fondo era una persona perbene.»
«In fondo?» Ad Andrea scappò un sorriso. «Mi dica, cardinale, cosa possono mai avere da discutere il presidente dello IOR e il tesoriere del PCI?»
«Di molte cose. Della necessità di essere artefici del proprio destino, ad esempio. Di decidere, quando le circostanze lo richiedono.»
«Quelli come me e Fragale sono al servizio di un disegno, si attengono alle regole. Le decisioni le prendono altri.»
«Al servizio di un disegno!» A Bonidy scappò una risatina. «Lei parla proprio come un prete. A noi queste cose insegnano a dirle al seminario.» L'alto prelato fece una pausa e tornò serio. «Io l'ho fatto a New York. Una città bella ma difficile, soprattutto per un cieco, e specialmente se solo.

La capisco, sa, ho imparato presto cosa significa non avere qualcuno con cui condividere il fardello dei propri pensieri.» Quelle parole evocarono nella mente di Andrea gli incubi che riguardavano suo padre. Restò in silenzio lasciando che il cardinale continuasse il suo ragionamento mentre camminavano a passo lento. «Ritrovarsi soli ci obbliga a prendere delle decisioni. Mi ricordo bene quando non trovai mia madre ad aspettarmi come tutti i pomeriggi all'uscita dal seminario. Avevo sedici anni, mio padre era appena passato a miglior vita e sapevo che lei da quel giorno non sarebbe più venuta a prendermi. Avrei dovuto attraversare da solo tutta Manhattan. Aspettai quasi dieci minuti sulla gradinata della chiesa prima di mettermi in cammino. Poi finalmente mi decisi. Anche se conoscevo bene la strada mi persi quasi subito e restai bloccato a un incrocio affollatissimo. Ero confuso, spaventato dal rumore dei clacson, dalle urla dei venditori di hot dog, dal rombo delle auto. Per la prima volta in vita mia mi sentii veramente solo. Aspettai qualche minuto, in attesa che qualcuno mi notasse e mi aiutasse ad attraversare. Ma niente. Fu proprio quando mi convinsi a chiedere aiuto che sentii toccarmi il braccio con gentilezza. Il sollievo durò pochi secondi. Si trattava di un altro cieco. Un signore anziano che tremava e stava a malapena in piedi.» Il cardinale si fermò. Sembrò rivivere fisicamente quel momento. «Gli dissi di tenersi a me, gli presi la mano e attraversammo insieme. Fu il momento più emozionante della mia vita. E anche quello più rivelatore.»

Andrea ritrovò Sandra alla Galleria Lapidaria dove si congedarono da Bonidy.

Mentre attraversavano il corridoio con quella sconfinata biblioteca di busti ed epigrafi sepolcrali, le cui pareti incorniciavano oltre tremila testimonianze del passato funerario di Roma, lo sguardo di Andrea cadde sulla lapide del *Procurator patrimonii Caesaris,* il gestore delle ricchezze dell'imperatore. «Avete una certa tradizione nella frequentazione dei tesorieri altrui» disse provocatoriamente rivolto a Ottavio. «Osservò la sua reazione e poi continuò. «Mi hai detto che conoscevi anche tu Fragale, ma non mi hai spiegato di cosa discutevate.»

«Come puoi vedere abbiamo molto a cuore il ricordo dei defunti» gli rispose suo fratello rivolgendo un ampio gesto all'impressionante collezione di pietre incise «e il modo migliore per farlo è rispettare la loro memoria col silenzio e la preghiera.»

«Il rispetto, certo. Trasuda dalle frasi sulle lapidi. A leggerle tutte, uno si domanda dove siano finiti i cattivi.»

«Fragale era una persona generosa, aveva un gran cuore.» Ottavio sembrò redarguire Andrea, che restò interdetto dalla sua partecipazione emotiva.

«È facile riempirsi il cuore svuotando le tasche altrui.» Andrea pronunciò quelle parole più per reazione che con l'intenzione di accusare il suo predecessore di appropriazione indebita.

«Hai sempre avuto una spiegazione per ogni cosa, ma non sei mai riuscito a trovare una risposta al tuo dolore. Una che non fosse di natura chimica, intendo.»

Andrea accusò il colpo.

Giunti al termine della galleria i due fratelli si salutarono freddamente. Il tesoriere s'incamminò con Sandra alla macchina senza parlare e si rese conto che qualcosa in lei non andava.

«Cos'hai?»

«Quelle suore, le hai viste anche tu.»

Andrea sapeva già dove lei volesse andare a parare. «Mi sembravano a dir poco entusiaste» disse provando a spegnere sul nascere la prevedibile intemerata.

«Certo, come può essere entusiasta una donna prigioniera tra le mura di uno Stato dove le leggi le fanno solo gli uomini.»

«Non sono prigioniere. Nessuno le ha costrette, Sandra.»
«Non essere costrette non significa essere libere. Le chiamano "madri" quando sono solo zitelle. Questo posto è un'enorme presa per il culo confezionata in un trionfo di marmi colorati.»
Giunti alla macchina la trovarono chiusa.
«Eccomi!» Era la voce di Paolo che usciva dall'edificio di fronte arrancando affannosamente verso di loro con due grandi sacchetti bianchi con una croce verde. Li poggiò a terra davanti al cofano dell'auto e a fatica tirò fuori le chiavi dai jeans troppo stretti. «Ho pensato di prendere qualche medicina che non si trova fuori» disse indicando la fila davanti alla Farmacia Vaticana.
Fu osservando quella variegata processione di vecchietti sofferenti e sfacciati contrabbandieri di medicinali che Andrea scorse Giovanna Fragale. Era in piedi in cima alla breve scalinata di travertino, fuori dalla fila, e guardava nella sua direzione. Montò in auto continuando a fissarla. La Fulvia si avviò verso l'ingresso di Sant'Anna e lei la seguì con lo sguardo.
Victor Messina aveva assistito alla scena affacciato al quarto piano del Palazzo Apostolico. Era arrivato dieci minuti prima per incontrare il cardinale Bonidy e stava aspettando che l'alto prelato rientrasse in ufficio. Quando la Fulvia lasciò il cortile, tornò a sedersi sulla panca di legno scuro poggiata alla parete del corridoio. Fissò le grandi finestre di fronte a lui, altissime, come quelle di molti anni prima a Milano dietro cui aveva intravisto le sagome dei tedeschi.

Il 21 aprile del '45 c'era stata la svolta nell'offensiva degli Alleati con la conquista di Bologna, mentre più a occidente la prima divisione corazzata Old Ironsides bloccava la ritirata dei nazisti verso l'Austria. Otto giorni dopo i carri armati americani sfilavano davanti al Duomo.
Il capitano Michael Messina arrivò in città la sera stessa

per negoziare la resa di una trentina di tedeschi asserragliati nell'Hotel Regina, fino ad allora comando cittadino della *Sicherheitspolizei*. La folla in preda all'euforia assediava il palazzo minacciando di dargli fuoco, mentre i partigiani accovacciati dietro i mezzi corazzati alleati tenevano sotto tiro le finestre.

I tedeschi non intendevano trattare. Non è che Messina avesse particolarmente a cuore la vita di quel manipolo di giovani impauriti e senza scampo, ma non poteva permettere che l'incendio mandasse in cenere i documenti con i piani di occupazione nazisti e gli elenchi della rete collaborazionista. E non poteva neanche aspettare rischiando che l'idea di bruciare le carte venisse a uno dei tedeschi in un momento, seppur improbabile, di lucidità.

Era seduto a terra con la schiena poggiata alla ruota di un blindato e lo sguardo perso nel vuoto. Aveva un mozzicone di sigaro acceso nella mano sinistra mentre con la destra si attorcigliava i capelli sulla fronte. Era un gesto che faceva sin da piccolo, lo aiutava a pensare, così aveva continuato a farlo, sfregando i polpastrelli tra di loro, anche se i capelli gli erano spariti da un pezzo. La calvizie precoce da stress traumatico era frequente tra i militari al fronte.

Un ragazzino di tredici o quattordici anni al massimo gli si era piazzato davanti osservando quello strano gesto. Montava una bici arrugginita che sembrava dovesse cadere in pezzi da un momento all'altro. Le ruote e il manubrio erano storti e arrugginiti e dal sellino fuoriusciva una lanugine marroncina. Quando si accorse di lui, il capitano provò lo stesso vulnerabile imbarazzo di quando sua madre lo beccava con le dita gustosamente infilate nel naso. Allora fece finta di sgranchire i muscoli della mano, quasi a doversi giustificare.

«Sei tu il comandante?» gli chiese. Evidentemente lo aveva visto poco prima con il megafono in mano mentre tentava l'infruttuoso negoziato con gli assediati. Messina capiva bene l'italiano anche se, senza rendersene conto, lo parlava mescolandolo con il dialetto come sua nonna Assunta, emigrata dalla Sicilia a Manhattan quarant'anni prima, oltre che con un accento improbabile.

«Una *spice*. Tu chi sei?»

«So come entrare lì dentro» disse il piccolo ciclista indicando l'Hotel Regina.

Il capitano si alzò in piedi spingendosi con le spalle contro il mezzo blindato e fece segno al ragazzino di spiegarsi.

«Un tempo in quell'albergo ci consegnavo il vino. Dall'altra parte del palazzo c'è la botola del magazzino.»

Messina mise il mozzicone di sigaro tra i denti, aprì la portiera del blindato e si rivolse in inglese ai due uomini al suo interno: «Venite con me. Armi leggere». Poi, al ragazzino: «Vedimme questa botola».

Lui spinse indietro il pedale della bici per lanciarsi in uno scatto ma l'americano lo fermò: «*Caruso, the bike has to stay here*».

Il giovane ciclista lo fissò perplesso.

«La bici ha da resta' 'ccà» ribadì convinto di parlare un italiano corretto.

Il ragazzino si guardò intorno. Decine di mezzi pesanti e un numero imprecisato di uomini armati affollavano l'angusta via che portava in piazza della Scala. «E se la rubano?»

La bici fu messa nel blindato, affidata alla custodia del suo autista, e il gruppetto dei quattro s'incamminò lungo via Santa Margherita. Imboccarono quindi via Silvio Pellico e dopo qualche metro l'improbabile guida si fermò davanti a una grande botola chiusa. I militari si avvicinarono con prudenza. Il ragazzino afferrò senza esitazione uno dei maniglioni saldati sulle lastre di ferro brunito e fece per sollevare il pesante sportello riuscendo a malapena a muoverlo, ma bastò a mostrare loro che era aperto. Messina guardò in alto per essere sicuro che da quel lato dell'edificio non ci fosse nessuno a osservarli. Quindi spostò il ragazzo dietro di sé facendogli segno di far silenzio, poi aprì faticosamente lo sportello. I due militari sollevarono il cane delle Colt M1903 semiautomatiche e si calarono con una certa cautela nel budello nero. Una volta in fondo alla scala di ferro, uno dei due accese la torcia e si guardò intorno. Nel frattempo, anche Messina era sceso nel magazzino. Sotto l'unica porta che dava nell'hotel si intravedeva una lama di luce. Occorsero più di quindici minuti per raggiungere il salone al secondo piano dove erano asserragliati i tedeschi. Nessuno di loro reagì quando Messina intimò con tono calmo di gettare le armi mentre puntava la pistola alla tempia della sentinella sulla porta e i suoi due compagni tenevano sotto tiro gli altri. Gli assediati lasciarono cadere a terra i fucili. Sembravano addirittura sollevati.

I due soldati americani raccolsero le armi da fuoco. Uno dei due si affacciò alla finestra avvisando con un lungo fischio che l'assedio era finito. La tensione si allentò rapidamente, ma mentre i prigionieri esausti si lasciavano raggruppare verso l'enorme camino in fondo alla sala senza opporre resistenza, la sentinella si portò con cautela dietro Messina estraendo lentamente la baionetta dal fodero sul retro della cintura. L'eco di uno sparo prodotta dalle volte a botte amplificò lo spavento dei militari, che si abbassarono istintivamente stringendo le spalle.

La sentinella tedesca crollò pesantemente sulle ginocchia. I suoi occhi erano sgranati e un fiotto di sangue gli usciva copioso dal collo. La baionetta gli cadde dalla mano rimbalzando rumorosamente sulle mattonelle di cotto. Dietro di lui, il giovane ciclista teneva le braccia tese in avanti e la vecchia pistola che stringeva con entrambe le mani sembrava enorme. Il suo viso era punteggiato dagli schizzi di sangue.

Messina si avvicinò lentamente al ragazzino, con la mano protesa in avanti, afferrò con cautela la canna ancora calda della pistola e attese qualche secondo che lui lasciasse la presa mentre lo fissava negli occhi.

«Dove 'a pigghiasti, chista?»

«Era di mio padre. È morto.»

«Come ti chiami?»

«Vittorio.»

Messina lo prese come un buon auspicio.

30

Andrea era arrivato a Mosca la sera prima. Mancava ancora qualche minuto alle otto ed era già fuori dall'albergo. Aveva sete d'aria. Fece un respiro profondo e sentì narici e polmoni bruciare per la miscela gelata di ossigeno, azoto e gas di scarico di pessimo gasolio mal combusto dagli oltre due milioni di veicoli che intasavano la città.

Rimase in attesa sotto la sgraziata pensilina di ferro smaltato che faceva da palcoscenico al nome dell'albergo: grandi lettere dorate sovrastate dalle quindici bandiere delle Repubbliche Socialiste dell'Unione. In una mano la valigetta, nell'altra il biglietto di cortesia dell'albergo, in pratica l'unico documento che aveva con sé dal momento che il suo passaporto gli era stato ritirato sotto la scaletta dell'aereo con il pretesto di facilitare il disbrigo delle pratiche doganali.

Undici gradi sotto lo zero non era una temperatura insolita per Mosca in dicembre. Non poté fare a meno di notare che a quell'ora il marciapiede era già stato liberato dal ghiaccio accumulatosi di notte. Il trattamento speciale di spalatura continuativa era riservato ai palazzi governativi, ma l'Arbat non era un albergo qualsiasi. Costruito nel 1960 in Plotnikov pereulok, era stato scelto da subito dal KGB per alloggiarvi gli ospiti di riguardo in modo da unire comfort, riservatezza e un certo grado di controllo.

La Gaz-24 nera si fermò puntuale davanti a lui con una frenata morbida. Uno dei due funzionari scese per aprire lo sportello posteriore senza dire una parola, Andrea salì a bordo e l'auto partì immediatamente. Era la tipica efficienza del KGB che aveva imparato a conoscere da studente.

Tutto era cominciato per scherzo nel tentativo di animare le noiose giornate alla fine dei corsi. Tra compagni universitari era di moda cercare notizie riservate. E uno di loro, in particolare, giocava a fare la spia. Si chiamava Silvio D'Orazio e il suo incessante lavorio faceva comodo ai servizi occidentali, così l'MI6 britannico lo aveva reclutato tra i suoi informatori. Silvio faceva domande di continuo su qualunque argomento e provvedeva ad annotare puntualmente le sue improbabili congetture mettendo insieme le informazioni più disparate. Quel suo fare cospiratorio era fonte di ilarità tra i compagni di corso, che decisero di giocargli uno scherzo.

Era l'inizio del '58, il periodo dei successi degli Sputnik, e la formulazione del loro prodigioso carburante era il Graal di tutti i segreti. Nessuno sapeva se si trattasse di propellente liquido o solido, se fosse a base di idrocarburi oppure di ammonio. Andrea e i suoi compagni convinsero l'apprendista spia che uno di loro, Aldo Forte, che frequentava il corso di fisica del grande professore Sergej Pavlovič Korolëv, artefice dei successi spaziali russi, fosse in possesso dei preziosi segreti della missilistica sovietica e che da appassionato di vodka diventava loquace dopo qualche bicchiere. Così, il gruppo di amici organizzò una riunione serale e Silvio comprò cinque bottiglie di distillato allo spaccio della mensa universitaria allo scopo di far ubriacare il compagno. A fine serata, Aldo chiese biascicando carta e penna e, fra prolungate esitazioni e finti ripensamenti, scrisse una lunghissima formula simile a un'equazione algebrica composta da lettere latine e greche, numeri, parentesi e segni di ogni tipo. Poi il giovane fisico staccò esausto la penna dal foglio e bisbigliò: «... propellente solido ad alto potenziale».

In realtà si trattava della formula chimica del gulash, copiata da un testo universitario che la utilizzava come ironico esempio di articolata catena molecolare. Silvio si avventò sul foglio e la sera stessa corse all'ambasciata inglese dove, in preda all'eccitazione, avviarono prontamente uno studio che coinvolse anche un esperto fatto venire appositamente da Londra. Questo, dopo aver compulsato la complicatissima sequenza di simboli, chiese ironicamente di poterla portare con sé al rientro per sottoporla alla sua cuoca di origini ungheresi.

Purtroppo, lo scherzo era andato oltre le intenzioni. Il KGB, informato da un infiltrato presso l'ambasciata inglese, aveva seguito la vicenda con la tipica paranoia sovietica e aveva immediatamente espulso Silvio, prelevando dagli alloggi universitari Andrea, Aldo e gli altri partecipanti alla burla per interrogarli. Fu in quell'occasione che Andrea capì cosa significasse avere a che fare con il Comitato per la sicurezza dello Stato. Aveva sentito raccontare molte storie sulle torture perpetrate dal KGB. Per questa ragione, lui e i suoi amici avevano varcato in preda al panico il grande portone della Lubjanka, il sinistro edificio in mattoni gialli sede dei servizi di sicurezza sovietici di cui, nonostante i soli sei piani, si diceva fosse il più alto di Mosca perché "dalla sua sommità è facile vedere la Siberia". Fortunatamente quel giorno non sarebbe stato torto un capello a nessuno di loro.

Andrea fu portato in una stanza pulita e confortevole con il pavimento in parquet coperto da spessi tappeti e le pareti rivestite di carta damascata di un'intensa tonalità di verde. A occuparsi di lui furono due uomini. Quello più anziano si era tolto la giacca e aveva arrotolato le maniche della camicia mentre armeggiava chino su una valigetta poggiata su un tavolino basso. L'altro, molto più giovane, dal viso affilato e imberbe, quasi adolescenziale, osservava la scena seduto di sbieco alla scrivania, con una gamba allungata a terra e l'altra sospesa.

Il più anziano gli aveva detto con tono piatto di togliersi giacca e camicia e di sedersi. Poi gli aveva bloccato le mani dietro la schiena con un pezzo di stoffa morbida, annodato due volte ma non troppo stretto, e gli aveva appiccicato sulla spalla un grande cerotto blu piuttosto freddo. Andrea, forse nel tentativo di stemperare la tensione, dopo essersi guardato intorno aveva tentato una battuta accennando un sorriso. «Non vedo gli spaventosi macchinari da tortura in dotazione al KGB.»

A rispondere fu il più giovane. «Il mio amico è un tipo sentimentale. Il padre era un bravo artigiano, gli ha insegnato che le mani restano lo strumento migliore. E lui preferisce portare avanti le tradizioni di famiglia.»

L'uomo anziano gli aveva controllato le pupille con una piccola torcia mentre Andrea lo osservava a sua volta. Il volto dai lineamenti irregolari e il modo di fare lento e preciso di chi aveva svolto quella procedura migliaia di volte avevano un effetto ipnotico, quasi rassicurante. In fin dei conti era piacevole guardare qualcuno che svolgeva con perizia il proprio lavoro. Aveva immaginato potesse essere un medico, per questa ragione gli sembrò strano quando cominciò a caricare un carillon che intonò il valzer n. 2 di Šostakóvič, uno dei suoi compositori preferiti. E fu ancora più stupito quando l'uomo tirò fuori dalla valigia un aspersore a pompetta con il quale spruzzò nell'aria un intenso profumo di lavanda. Nel frattempo, il dolore della vecchia ferita al braccio, risvegliato dalla posizione in cui era costretto, stava sparendo.

Quel giorno Andrea aveva provato per la prima volta gli effetti del dietilamide-25 dell'acido lisergico, la cui capacità di amplificare sia le sensazioni sgradevoli che quelle positive era tra le ragioni che facevano dell'LSD l'allucinogeno preferito dai funzionari del KGB per indurre un soggetto informato a collaborare. Non si rese conto esattamente di quanto tempo avesse trascorso in quel posto. Potevano essere state poche ore o qualche giorno. Ricordava una piacevole sensazione di beatitudine. Un caleidoscopio ipnotico di luci intense e bizzarre e forme geometriche profumate che amplificava i colori accesi della stanza danzando sulle languide note del carillon. E poi le strane domande del giovane agente. Andrea avrebbe rivisto Vladimir Tokarev soltanto alcuni anni dopo, una volta rientrato a Milano.

L'autista della Gaz-24 si fermò esattamente davanti alla sede del PCUS. Andrea varcò l'enorme atrio dove un addetto alla portineria lo annunciò dal telefono interno. Prese uno dei due angusti ascensori rivestiti in finta radica di noce e salì al quinto piano. Il corridoio era ricoperto da una lunga passatoia di spessa moquette rossa. Lo accolse un giovane militare che gli fece segno di seguirlo e lo invitò ad accomodarsi mettendosi a sua volta seduto dietro una piccola scrivania. Andrea restò in attesa di essere ricevuto per una decina di minuti, fino a quando sentì aprirsi la porta alle spalle e vide scattare in piedi il giovane in divisa. Boris Elembaev era apparso sulla soglia.

Il grande ufficio dal pesante arredamento in legno scuro era immerso nella penombra. Il russo era un uomo dalla corporatura massiccia, di carnagione chiara, con una fronte spaziosa e occhi tondi color nocciola sormontati da ampie sopracciglia. I pochi capelli scuri erano raccolti con cura in un riporto del tutto inefficace e un accenno di baffi colmava l'ampio spazio tra il naso e la bocca sottile.

Affrontate le immancabili considerazioni preliminari di carattere politico, Elembaev staccò da un blocco di carta un foglio color ocra senza alcuna intestazione, scelse con attenzione una delle matite, tutte uguali e perfettamente appuntite, e come era solito fare scrisse lentamente la cifra in dollari. Sei milioni. Andrea, che non aveva idea del budget concordato dal suo predecessore, fece un cenno di assenso con la testa e aggiunse: «Intendo fare un po' d'ordine nelle finanze del partito, a cominciare dalle società partecipate. Potremmo finire per cederle alla Lega delle Cooperative». Si riferiva alla Restital e alla Italturist, fino ad allora utilizzate dal PCI come forma sussidiaria di finanziamento essendo le uniche imprese italiane a cui fosse consentito svolgere attività d'import-export con l'URSS in una posizione di monopolio di fatto.

«In questo modo per noi sarà più difficile aiutarvi» osservò il russo per niente turbato.

«Non intendiamo rinunciare all'aiuto di Mosca, ma abbiamo bisogno di governare meglio i canali di comunicazione. Il nostro partito cresce nei consensi ma anche nell'organico. Ormai contiamo più di tremila funzionari e non possiamo perdere il controllo della macchina che guidiamo.»

«Compagno Ferrante, considerati tutti i soldi che vi paghiamo, non ci interessa chi guida la macchina, ci basta solo che vada nella direzione giusta.»

Tre ore dopo, Andrea era di rientro a Roma. Erano passati diversi anni dall'ultima volta che era tornato da Mosca e ora gli aerei erano molto più comodi e sicuri, ma volare per lui restava motivo di ansia.

Nel 1958, del ventenne dallo spirito rivoluzionario partito per la Svizzera zaino in spalla di notte e a piedi era rimasto poco. Quello che rientrava a Milano in volo dopo aver fatto scalo a Monaco di Baviera si sentiva ormai un giovane uomo e aveva grandi aspettative. Padre di famiglia, una laurea in economia politica, un russo fluente e tante amicizie importanti a Mosca. Erano davvero in pochi nel partito a poter contare su quel profilo da perfetto dirigente, avevano tutti il doppio della sua età e già sedevano in direzione.

L'aereo atterrò alle dieci di mattina e ad attenderli a Linate trovò Ottavio. Non si vedevano da quando, cinque anni prima, aveva raggiunto Andrea a Mosca per fargli visita e per dirgli della scomparsa della loro madre. Sandra allora era in dolce attesa e adesso Ottavio poteva finalmente conoscere suo nipote.

Il taxi si fermò sotto la casa di Sesto San Giovanni dove i Ferrante avrebbero abitato, visto che l'appartamento era vuoto da quando Ottavio si era trasferito a Roma per completare gli studi alla Pontificia Università Gregoriana. Andrea tirò fuori le valigie con l'aiuto del tassista. «Con i bagagli sono cinquecentocinquanta lire.»

«Aspetti un momento» rispose Andrea e poi si rivolse a Ottavio: «Aiuti tu Sandra a sistemarsi? Io dovrei passare in federazione».

Sandra gli regalò uno sguardo assolutorio. Così, senza aspettare la risposta di suo fratello, Andrea montò in auto sollecitando il tassista che aveva ascoltato durante il tragitto gli ultimi due anni di vicissitudini dei Ferrante ed era il più stupito di tutti. «Oh, signur dei puarit!» esclamò mettendo in moto.

La Milano in cui tornava Andrea era assai diversa da quella in preda all'euforia alienante del boom economico da cui era espatriato clandestinamente. Gli entusiasmi cominciavano ad affievolirsi e il progresso del paese aveva perso l'impulso necessario a liberarsi dei suoi fantasmi più antichi. Accadeva ancora spesso che un operaio scivolasse nel vuoto da un'impalcatura, che una famiglia fosse vittima dell'incendio di una baracca e che una moglie ci restasse secca per le botte dovute a una maglietta troppo aderente. Per non parlare del marito che finiva per cavarsela con le attenuanti, previste dalla legge, per l'offesa a lui arrecata dalla condotta disonorevole. Erano le bolle di ruggine croccante sotto la vernice lucida del miracolo italiano. Ma Andrea, preso dal fervore dell'agognata ricompensa, se ne sarebbe accorto soltanto qualche mese più tardi. Quel giorno Milano per lui odorava di avvenire.

Che in federazione molte cose fossero cambiate lo capì dalla portineria, dove si aspettava di essere accolto dal faccione sorridente del compagno Oreste. «Mio padre è morto più di tre anni fa» disse svogliatamente il giovane piantone senza neppure alzare lo sguardo dal fumetto che leggeva. «Chi cercavi?»

«Conosco la strada» rispose laconicamente Andrea prendendo le scale.

Al primo piano vide una targa che indicava l'Ufficio organizzazione. Doveva essere una nuova funzione introdotta di recente. Arrivato al secondo, continuò fino alla stanza in fondo al corridoio. La porta era aperta e lui bussò senza accorgersi del nuovo nome sulla targa. La stanza era cambiata. Mobili nuovi, le fotografie di Togliatti e Longo alle pareti, scaffali pieni di carte e una grande scrivania dietro la quale Marco Fragale lo guardava sopra gli occhiali da lettura con espressione sorpresa. «Andrea!»

Lui scorse la targa sulla porta e si rese conto dell'errore. «Cercavo l'Ufficio quadri, scusa.»

«Ora si chiama Ufficio organizzazione. È di sotto, al primo piano.»

«Semmai dopo ci prendiamo un caffè» disse Andrea salutandolo.

«Aspetta, dove vai? Siediti, chiudi la porta.»

Parlarono per più di un'ora. Andrea raccontò brevemente i suoi anni a Mosca, vantando le sue conoscenze eccellenti, e Fragale lo aggiornò sul PCI milanese. Molti dei vecchi partigiani erano morti, altri erano messi male e si vedevano solo in rare occasioni come la festa della Liberazione. In compenso, il partito in città andava alla grande e dal suo modo di porsi si capiva che ormai Fragale aveva in pugno la federazione provinciale. Esauriti i convenevoli, vennero al punto.

«Insomma, di cosa ti vorresti occupare?» Sembrava una domanda sincera.

«Mi avete mandato a studiare a Mosca, ditemelo voi. Immagino ci sia tanto da fare qui.»

«È vero, ma le posizioni che avrebbero un senso per uno come te sono già occupate. È un'organizzazione rodata. E poi non so se ti troveresti bene.»

Andrea prese atto di quella palese manifestazione di diffidenza e decise di assecondare Fragale. D'altra parte, al momento non aveva alternative. «Tu cosa faresti al mio posto?»

«Uno con le tue competenze economiche e la tua padronanza del russo potrebbe essere una risorsa preziosa per l'Ufficio studi del sindacato.» Andrea lo guardò senza replicare. «Potresti rimettere in piedi l'archivio e riorganizzarlo. Insomma, non ti annoieresti di certo. E comunque, si tratterebbe di una cosa momentanea. Una soluzione di passaggio.»

Una volta nel corridoio, ancora scosso dalle affermazioni di Fragale, Andrea udì la voce familiare di Grandi. Allora si avvicinò alla porta per sentire meglio. «... all'archivio. Ci pensa Fragale.»

Mentre ascoltava quelle parole, la porta si chiuse. Visto che era già stato tutto deciso, non gli restava che accettare. E pensandoci su, in fondo aveva bisogno di un po' di tempo per rientrare nel giro, mancava da troppo per pretendere di più. Poi riorganizzare l'archivio del sindacato sarebbe stata una bella sfida e comunque un'occupazione temporanea. Il tempo necessario affinché si liberasse qualcosa di più interessante, una posizione più in linea con i piani che certamente il partito aveva per lui.

L'estate successiva, Marco Fragale era stato chiamato a Roma per entrare in direzione come tesoriere del partito.

31

Ormai Andrea riceveva così tanti inviti che aveva dato indicazione di segnalargli solo quelli di un certo rilievo. Tra questi, i seminari del Cespe, il centro studi di politica economica del PCI. Il titolo del convegno a cui partecipava quel giorno era "Gli investimenti statali a sostegno della crescita economica".

Si trattava di un tema scivoloso perché l'andamento globale dell'economia negli ultimi vent'anni sembrava dar ragione al massimo teorico dell'intervento pubblico in economia, John Maynard Keynes, il quale aveva definito il comunismo "un insulto alla nostra intelligenza" spingendo persino i socialisti ad accettare una parte del suo pensiero.

Alla fine, Andrea riteneva di aver risolto brillantemente il suo intervento. Lo aveva capito dagli sguardi attenti e dalle espressioni rilassate di quel pubblico esigente che aveva studiato con attenzione mentre leggeva con tono monocorde, l'unico di cui era capace, le trentotto pagine battute a macchina fronte retro.

Vagando con lo sguardo aveva incrociato quello di Buonocore, che gli aveva riservato un cenno di saluto con il capo. Stava appoggiato a una delle quattro colonne di marmo in fondo all'auditorium con le braccia conserte e quella sua solita aria stropicciata.

Al termine del convegno Andrea si era trattenuto a stringere un po' di mani, ricambiare il saluto dei numerosi compagni che avevano assistito al dibattito e a svincolarsi dagli immancabili seccatori con l'aiuto di qualche battuta.

Buonocore gli si affiancò non appena imboccò il lungo corridoio verso l'uscita. «Complimenti, lei è riuscito a parlare per quaranta minuti senza dire nulla.»

«Non ho avuto abbastanza tempo per prepararmi un discorso più breve e altrettanto innocuo.»

«Se non lo considerassi dannoso, quello che lei fa sarebbe solo noioso.»

«A giudicare dal suo aspetto non direi che il suo lavoro la diverta molto» contrattaccò il tesoriere.

«Infatti, non mi diverte per niente. Ma è un lavoro che va fatto.»

«Finalmente qualcosa che ci accomuna.»

«Non ci provi, Ferrante, io e lei non abbiamo nulla in comune.»

«Buonocore, ma lei cosa spera di ottenere da me?»

«Le confesso che non lo so ancora. Il mio istinto mi dice che lei è pericoloso. Spero di capire il perché strada facendo.»

«Allora quando lo avrà capito mi faccia sapere, che sono curioso. Ora mi scusi, ho del lavoro da fare.» Andrea gli porse frettolosamente la mano a segnare la fine di quella conversazione.

Buonocore prolungò la presa guardandolo dritto negli occhi. «Ma lei crede davvero in quello che fa? Pensa davvero sia la cosa giusta?»

«Un partito è una macchina complessa e la politica è una materia difficile, a volte imprevedibile. Io mi limito a mettere in atto decisioni prese da altri.»

«Da uomo delle istituzioni, la lezione più difficile da imparare è stata quella di obbedire agli ordini che ritenevo sbagliati.»

«Io invece sono un uomo del popolo. Agisco nel suo esclusivo interesse.»

«Troppo facile rifugiarsi dietro l'entità astratta del popolo.» Buonocore fece una breve pausa, poi continuò: «Le rivelo un piccolo segreto del mio mestiere. Quando devo reclutare qualcuno per prima cosa faccio in modo che si senta in debito con me, che mi sia riconoscente. Allora gli risolvo un problema economico o lo tolgo da un impiccio in cui magari l'ho ficcato io stesso a sua insaputa. A quel punto gli dico cosa deve fare per me. È la regola del contraccambio ed è una delle più potenti armi di persuasione, perché fa leva sul concetto di reciprocità che è alla base della cultura umana. È a causa di questa ragnatela di debiti che quasi tutti gli agenti che ho reclutato, pur sapendo che le loro azioni avrebbero avuto delle conseguenze spiacevoli su altre persone, hanno continuato a lavorare per me. Ed è per questa ragione che ognuno di loro in breve tempo ha trovato il suo alibi. Sa qual è quello più ricorrente? L'inconsapevolezza. "Obbedivo per un interesse superiore, eseguivo un comando", se qualcosa era sbagliato era sbagliato l'ordine».

«Io devo andare.» Andrea era stanco di quei giochetti.

«Lei sa che alimentare una disinformazione sistematica a mezzo stampa e tenere in piedi un'organizzazione paramilitare attiva in un paese, qualsiasi paese, oltre che essere illegale ha delle conseguenze?»

«Potrei dire lo stesso di lei, visto che lavora per gli americani anche se prende ordini da superiori italiani.»

«Ha ragione. Ma io posso scegliere se e quando smettere. Lei può? Mi faccia sapere se riesce a liberarsi dalla ragnatela in cui è impigliato.»

32

Le cerimonie più importanti celebrate al Quirinale erano la festa della Repubblica e gli auguri di fine anno. Alla fine del mese di dicembre il presidente riceveva le principali cariche dello Stato e del corpo diplomatico in un'udienza collettiva, a cui seguiva un rinfresco per un ulteriore gruppo di ospiti selezionati. Almeno due settimane prima, il cerimoniale inoltrava agli invitati una nota in cui venivano precisati i termini di svolgimento.

> Il presidente della Repubblica è lieto di invitare il dottor Andrea Ferrante e la sua consorte al ricevimento per gli auguri di Natale e di fine anno che avrà luogo nel Salone dei Corazzieri presso il palazzo del Quirinale il giorno giovedì 21 dicembre 1972. Abito scuro.

Quell'invito, in genere riservato ai vertici delle istituzioni, delle forze armate e dei ministeri, Andrea a quel giro se lo aspettava, ma provò comunque un certo imbarazzo a esserne così compiaciuto. Sandra invece la prese meno bene. In quelle occasioni le donne erano considerate poco più di elementi di arredo, e poi non le andava di buttare via soldi per qualcosa che avrebbe messo una o due volte. Aveva optato allora per un semplicissimo tailleur di seta scura a fiori che in seguito avrebbe potuto spezzare abbinandolo a qualcosa di meno serio.

La Sala Regia del Quirinale era di una bellezza da togliere il fiato e Andrea vi riconobbe la stessa magnificenza che lo aveva impressionato quando era stato in udienza dal papa. La sua attenzione fu catturata da uno stemma dipinto al centro di una lunetta in marmo: "*Virtus in Periculis Firmior*" era il motto che campeggiava sotto le zampe di due leoni dorati.

«Il coraggio diventa più forte nel pericolo.» La voce stridula alle sue spalle era inconfondibile.

Andrea aveva sviluppato sin da subito una certa diffidenza nei confronti del ministro Canta, ma entrambi si preoccupavano di ostentare una sufficiente dose di cordialità.

«Il coraggio non è sfidare il pericolo ma riconoscere qualcosa di più importante oltre l'ostacolo» rispose Andrea voltandosi.

«A volte occorre più coraggio a lasciare le cose come stanno.»

«Sei la seconda persona che me lo dice.»

«Be', un po' poco considerando la rilevanza della questione. Ti consiglierei di rivedere le tue frequentazioni.»

I loro discorsi partivano sempre da questioni universali che servivano a prendere le misure, e tutto sommato ad Andrea quelle conversazioni non dispiacevano. Riconosceva al ministro democristiano una cultura vasta, un pensiero affilato e anche una certa dose d'ironia. Perciò di solito gli dava spago in guardinga attesa che facesse la sua mossa. E anche quella volta non dovette attendere a lungo.

«Ho appena finito di parlare con il tuo segretario. Finalmente mi ha spiegato per bene la sua idea di comunismo di matrice europea.»

«Suppongo non sia riuscito a convincerti.»

«La ritengo una contraddizione in termini, frutto di una profonda confusione ideologica e culturale, così come la bizzarra idea, sua e anche del nostro segretario, di mettere insieme comunisti e clericalisti, la somma di due guai. Tu che hai studiato a Mosca dovresti avere gli strumenti necessari per capire quando ti trovi di fronte a un'aberrazione politica.»

In realtà, più che l'idea in sé, a rendere concretamente realizzabile quell'ambizioso progetto era la strategia di transizione morbida dei due leader, che passava per un appoggio esterno al governo da parte del PCI. Andrea aveva capito bene il rischio potenziale di quel terremoto politico e cercava di tenersi a una certa distanza dall'epicentro.

«Non sta a me decidere la linea del partito. È il segretario che sceglie dove scavare la trincea. A quelli come me tocca soltanto difenderla.»

«Capisco. Ma fai attenzione, perché a stare troppo tempo giù in trincea si finisce per non capire da che parte soffia il vento.»

«I nostri partigiani in trincea ci hanno lasciato la pelle e almeno noi teniamo la nostra posizione, non quella degli americani.»

«Ecco, gli americani! Ma potete stare tranquilli, non piacciono neanche ai fascisti, e neanche a me, a dirla tutta. Bifolchi senza storia. Quanto ai valorosi partigiani, la verità la conosciamo bene entrambi. Se nel '43 non fossero sbarcati gli Alleati in Sicilia, io e te stasera ci saremmo fatti il saluto romano. E invece eccoci qui, a celebrare il Natale e a farci allegramente finanziare i partiti da due potenze straniere.»

«Noi siamo diversi. Noi quei fondi li usiamo per il bene di tutti. È vero, in passato ci è capitato di pizzicare qualcuno dei nostri che ha provato a infilarsi un po' di soldi in tasca, ma lo abbiamo messo da parte, in silenzio. Invece i vostri li avete promossi e qualcuno di loro oggi fa il ministro.»

«Quindi tu prendi soldi da una nazione straniera schierata in aperta opposizione al nostro governo democraticamente eletto, lo fai in violazione acclarata delle leggi vigenti decise da tutti noi in parlamento, e ti basta avere le tasche vuote per sentirti a posto con la coscienza.»

Effettivamente quel ragionamento non faceva una piega, pensò Andrea. Un attimo dopo, lo squillo fragoroso di un campanello interruppe la conversazione per annunciare il brindisi del presidente della Repubblica. Tutti i presenti si erano voltati in direzione del palchetto in fondo alla sala e il brusio si era immediatamente dissolto.

«Grazie a tutti voi per essere qui in un clima di amicizia e rispetto. Possa l'Italia unita per la concordia dei suoi figli e per il senso di responsabilità degli uomini chiamati ai posti più impegnativi realizzare una fase nuova e incisiva nella strada del progresso e del benessere. Auguri di buon anno agli italiani!»

Andrea si era messo in cerca di Sandra per brindare insieme stentando a districarsi in quella foresta di uniformi militari, tuniche cardinalizie, smoking e abiti di *haute couture*. La individuò accanto a una delle tante finestre che davano su via del Quirinale. Aveva un bicchiere in mano e discuteva animatamente con un uomo piuttosto alto. Era di spalle, ma chiunque fosse, era riuscito a innervosirla parecchio. Oltre che dall'espressione del viso, lo capiva dal fatto che continuava a grattarsi nervosamente il collo come faceva ogni volta che era fuori di sé. Allora si spostò in direzione opposta fino a riconoscere Fabio Grandi, ma mentre si chiedeva di cosa avesse da discutere sua moglie con uno dei capi della Resistenza partigiana, il suo sguardo fu rapito dalla figura dietro di loro. Il fantasma del bambino abbandonato nel cortile della sua vecchia casa d'infanzia trent'anni prima lo guardava con insistenza dall'altro lato della sala. Quando capì di essere stato notato, alzò il calice di spumante e gli sorrise.

Bastò mezz'ora per riempire un blackout durato una vita. A parlare fu per lo più Victor, come si faceva chiamare adesso Vittorio. Gli raccontò della morte di suo padre, cui era stata recisa la carotide con una bottiglia rotta durante una rissa in carcere due settimane dopo la partenza dei Ferrante. Poco tempo dopo era venuta a mancare anche sua madre.

Per quasi un anno lo aveva accudito Barbara, la signorina che viveva al primo piano della grande casa di ringhiera, poi la portinaia. Infine erano arrivati gli americani e lui aveva incontrato il capitano Messina che era tornato in America portandolo con sé. Non aveva figli e per qualche anno Vittorio aveva vissuto con lui e la moglie a Detroit, poi la signora era morta di cancro e il capitano, che nel frattempo era diventato colonnello ed era continuamente in missione, lo aveva mandato in un college a proseguire gli studi e da lì al campus universitario del Caltech di Pasadena. La CIA era stata una scelta naturale, l'Italia un incarico inevitabile.

Victor invece sapeva quasi tutto del suo amico d'infanzia, almeno riguardo al suo lavoro e al rapporto con i russi. Ad Andrea bastò raccontare di Sandra, indicandola tra gli invitati mentre si allontanava da Grandi voltandogli le spalle sdegnosamente, di Umberto e di Ottavio, che invece aveva sposato Gesù Cristo. Victor omise di dire che aveva incontrato suo fratello in Vaticano.

«Quindi ora fai la spia per gli americani?»

«Io *sono* americano. E il mio lavoro è assicurarmi che un paese alleato liberato trent'anni fa resti libero.»

«Agli americani interessa solo la libertà, mai la disuguaglianza.»

«Anche la disuguaglianza è una forma di libertà.»

«Quando c'è disuguaglianza tra due uomini, uno dei due non è libero.»

«Mi stai dicendo che i russi sono liberi? Senti, Andrea, potremmo andare avanti per ore e nessuno dei due cambierebbe idea. Cosa ne dici se la chiudiamo qui?»

«Mi dispiace di averti lasciato a Milano.»

«Non devi scusarti. Ricordi da dove vengo. Hai visto cos'era quel posto che chiamavo casa. Guardami ora.» L'americano si toccò il risvolto dello smoking, poi rivolse la mano verso la sala sfarzosa e continuò. «Siamo quello che ci succede e quello che ci succede è anche frutto di quello che siamo. Se avessi lasciato Milano, non avrei incontrato lui.» Victor indicò un uomo calvo e basso con un sigaro in mano. Era di spalle e gesticolava platealmente mentre arringava un gruppo di persone tra le quali il presidente della Repubblica. Fu però l'uomo accanto a lui a catturare la sua attenzione. Sebbene fosse notevolmente invecchiato, riconobbe immediatamente il fascista che gli aveva lasciato la moneta quel lontano giorno in osteria dopo aver attaccato il calendario di Mussolini al muro.

Paolo lasciò Andrea e Sandra sotto il portone di casa all'una di notte. Durante il tragitto verso Montesacro nessuno disse una parola. Una volta entrati in casa, si liberarono dei soprabiti e si sedettero sul divano. Fu Sandra ad affrontare l'argomento prendendo Andrea in contropiede.

«È mio padre.»

Andrea impiegò qualche momento per capire che si riferisse a Grandi. «Mi avevi detto che tuo padre era morto.»

«Per me lo è. Dal giorno stesso in cui è mancata mia madre.»

«E da quando litighi con i morti?»

«Da sempre. I miei morti sono testardi, e molesti. Mia madre viene a trovarmi ogni giorno, per pochi minuti, solo per ricordarmi chi sono. Mio padre invece sparisce per anni, poi quando penso di essermi finalmente liberata di lui, ricompare per tormentarmi.»

«Non mi hai mai detto niente.»

«Ti ho detto quello che ti interessava sapere.»

Andrea incassò il colpo. In fondo, tanti anni prima, gli erano bastate poche spiegazioni alla domanda sui suoi genitori.

«Non mi ha mai considerato una figlia.» Sandra aveva lo sguardo fisso nel vuoto a scrutare lontano nel buio il suo passato. «Ero solo una sua proprietà. Sono fuggita a Mosca per liberarmene e mi sono ritrovata a lavorare per lui senza neppure saperlo. Così, dopo vent'anni che non lo vedo, scopro che si è intromesso in tutte le mie scelte: l'università, il lavoro a Milano e ogni altro mio traguardo non erano altro che una sua decisione.» Poi guardò Andrea come se avesse avuto una rivelazione. «Le uniche mie scelte in cui non è riuscito a entrare siete tu e Umberto.»

Lui la ascoltava sopraffatto. Non gli capitava di frequente di restare letteralmente senza parole. Alla fine, Sandra scoppiò in lacrime voltandosi nell'altra direzione, nel tentativo di mascherare il disagio di chi non piange mai.

Andrea si rese conto che erano sposati da quasi vent'anni e non l'aveva mai vista così fragile. Non sapeva come reagire. Avrebbe voluto farle mille domande, mostrarle il suo risentimento, avrebbe voluto urlare di rabbia. E invece rimase in silenzio ad ascoltare il pianto di sua moglie seduta al suo fianco con le mani sul viso e i gomiti poggiati sulle ginocchia. Quando finalmente smise di singhiozzare, cominciò a dondolare avanti e indietro senza rendersene conto. Andrea le prese la mano e lei si fermò.

MAGGIO 1974

33

La primavera era esplosa all'improvviso in una nevicata di polline che regalava alla capitale un'atmosfera fiabesca ed esauriva le scorte di antistaminici delle farmacie. Quella mattina Andrea arrivò al parlamento alle otto in punto, starnutendo. Come ogni venerdì, quasi tutti i parlamentari erano tornati a casa, quindi il palazzo era praticamente vuoto ma i due blindati nella piazza antistante Montecitorio raccontavano un clima di forte tensione.

Un anno prima, il 16 aprile del '73 per l'esattezza, c'era stato il rogo di Primavalle. Alle tre di notte un commando di Potere Operaio aveva dato fuoco alla casa del segretario della sezione locale dell'MSI. Due dei suoi figli, Virgilio di ventidue anni e Stefano di otto, erano bruciati vivi. Negli stessi giorni a Milano una bomba a mano lanciata dai fascisti durante una manifestazione aveva ucciso un poliziotto scatenando l'ansia di Sandra che aveva preso il treno per raggiungere Umberto e provare a convincerlo a trasferirsi a Roma.

Il Segretario aveva dato appuntamento ad Andrea nell'ufficio di uno dei questori della Camera, il vecchio Pasotti, ma invece dell'ex partigiano il tesoriere lo trovò in compagnia del presidente del Consiglio, Stefano Speroni. Trascorsero insieme alcuni minuti a parlare amabilmente, e il

Segretario non mancò di elogiare Andrea e il delicato lavoro che stava svolgendo per allentare il cappio di Mosca. Malcelando una certa soddisfazione per le sue parole di fronte al leader della Democrazia cristiana, Andrea si schermì dietro la modestia di chi sta solo facendo il proprio dovere e rassicurò i due che avrebbe utilizzato ogni espediente possibile per riuscire nel suo compito. Alzandosi per salutarli, Speroni si rivolse al tesoriere: «Naturalmente comprendo tutte le difficoltà del caso, però non occorrono sotterfugi, ma atti di coraggio. Si tratta di vivere il tempo che ci è stato dato con le sue difficoltà, senza pensare alle prossime elezioni ma alle prossime generazioni. Lei ha figli?».

«Un maschio, studia scienze politiche a Milano.»

«Allora quando avrà dei dubbi, perché li avrà, non pensi a noi due o al partito, pensi a suo figlio.»

Andrea restò molto impressionato dalla raffinatezza umana e culturale del presidente del Consiglio, ma soprattutto dalla serenità che trasmetteva, quanto di più lontano dall'idea che si era fatto dei democristiani.

Con il Segretario passarono ad affrontare le questioni urgenti. Erano trascorsi quasi due anni dal suo incarico e si cominciavano a vedere i primi risultati. Aveva ristrutturato il sistema del tesseramento, portando un sensibile aumento degli iscritti e quattrocento milioni in più nelle casse del partito, e trasferito alla Lega delle Cooperative la proprietà delle società partecipate senza rinunciare ai benefici del monopolio sul legno siberiano. C'era ancora molto da fare, soprattutto sul fronte dei costi, ma era piuttosto soddisfatto del risultato complessivo.

«Molto prima e molto meglio di quanto mi sarei aspettato. Ma non ho capito come hai fatto a evitare che tutta questa roba finisse sui quotidiani.»

«I giornalisti avevano altro a cui pensare, e non faceva gioco neanche a loro portare in piazza i disastri prodotti dai loro privilegi.»

Il Segretario sorrise, essendo stato lui stesso iscritto all'ordine quando era più giovane e conoscendo le prerogative della categoria, a partire dai benefici della cassa di previdenza costruiti sull'ormai anacronistico pretesto della libertà di stampa. Passò allora alla questione successiva. «Cosa ne pensi del referendum?»

«Penso bene. Finiremo per superare il 55% dei *no*.»

Più che la previsione, il Segretario era rimasto sorpreso dall'ostentata sicurezza di Andrea, il quale era convinto che avrebbero raggiunto il sessanta, ma in realtà si era tenuto basso per prudenza.

Era la prima volta che in Italia si teneva un referendum abrogativo e per lui era importante misurare la crescita del partito per riuscire a stimare l'aumento futuro dei contributi elettorali. La settimana seguente, quando l'esito avrebbe confermato la legge sul divorzio con un 59% abbondante, Andrea avrebbe spiegato al Segretario, con un certo grado di compiacimento, di come aveva escogitato un sistema di proiezione del voto semplice e veloce, che poi si era anche rivelato estremamente efficace.

Aveva individuato un paesino in provincia di Milano che contava milleduecento abitanti aventi diritto al voto, il numero massimo di iscritti a una sezione elettorale. Calvignasco, questo il suo nome, aveva una caratteristica particolare. Nelle ultime cinque tornate elettorali la composizione del voto dei suoi cittadini aveva ricalcato in maniera incredibilmente precisa quella del risultato nazionale. Insomma, Andrea riteneva di aver trovato il campione elettorale perfetto. Allora sarebbe bastato mandare un compagno ad assistere allo scrutinio per poi comunicarne l'esito chiamando su una linea telefonica attivata unicamente a quello scopo. Lui e il Segretario ne avrebbero riso a lungo, ironizzando sull'inefficienza della poderosa macchina di rilevazione del Viminale che il giorno dopo la chiusura delle urne parlava ancora di risultati parziali.

«Andrea, vorrei che ti occupassi dell'organizzazione del partito. Cosa ne pensi?»

Era senz'altro un ruolo di prestigio, ma Andrea non aveva nessuna voglia di rinunciare al suo incarico attuale.

«Penso che Fabretti stia lavorando bene e mi restano da risolvere un mucchio di cose.»

«Fabretti va a occuparsi di Affari esteri. E non ho mica detto che devi lasciare la gestione delle finanze.»

Non era mai accaduto nella storia del partito che a una sola persona fossero affidate due direzioni, per giunta tra le più importanti. Accettando sarebbe diventato l'uomo più potente nel partito dopo il suo leader, e faticò non poco a contenere l'eccitazione. Quindi, considerato che come al solito il Segretario aveva già deciso, si tolse anche il lusso di ostentare un misto di sorpresa, prudenza e umiltà, un grande classico del funzionario comunista. «Non so cosa dire. Non so se posso riuscire a far tutto.»

Il Segretario gli riservò un sorriso bonario e gli diede una leggera pacca sulla spalla. «Cartesio diceva che l'insorgere del dubbio è l'inizio della saggezza.»

«Vuoi dire che sto diventando vecchio?»

«Noi non possiamo invecchiare. Non ancora, almeno. Abbiamo un compito importante da portare a termine.»

34

L'esperienza insegnava che la categoria di informatori che agiva nell'aspettativa di ricompense economiche era la più nutrita e anche la più semplice da gestire, insieme a quella dei sedotti da relazioni trasgressive.

Vendetta, delusione, ego e fascinazione del pericolo erano invece la spinta che connotava le personalità più instabili, per le quali occorreva una certa esperienza nel dosare opportunamente minacce e ricompense. Nel tempo poi maturavano tutti una sorta di dipendenza dall'adrenalina che spesso finiva per prevalere sul resto. Perciò la ricerca di defezionisti si concentrava sulle persone ferite dal destino, tra i poveri erano preferibili quelli ambiziosi, i brutti erano più fragili se romantici, i mediocri funzionavano meglio quando nutrivano rancore. Insomma, era una caccia agli sconfitti, anime alla ricerca di un risarcimento da parte di chi aveva successo nella vita.

Giulio Acquaviva era uno di quelli semplici. Agiva principalmente per soldi, anche se la convinzione che i suoi nobili natali gli avessero impedito di entrare nella direzione del partito aveva avuto un peso rilevante, sebbene meno consapevole, nella scelta di entrare nel commercio delle informazioni. D'altra parte, sin da ragazzo aveva capito che raccontare storie, peraltro non necessariamente vere, potesse essere assai redditizio. Passare le notizie giuste agli spioni si era rivelato di gran lunga più semplice e remunerativo, almeno fino a quando si era limitato ai russi. Dopo un po' aveva capito che le stesse informazioni potevano essere interessanti per quelli della Stasi, che si guardavano bene dal condividerle con i cugini del KGB, e con qualche piccolo adattamento anche per gli americani.

Per un certo periodo aveva funzionato egregiamente. Per giunta, l'idea di truffare i presunti maestri dell'inganno lo gratificava non poco. Poi, quando De Paoli lo aveva beccato e obbligato a lavorare per l'Ufficio, le cose si erano oltremodo complicate e un paio di volte aveva pure rischiato la pelle. Aveva anche provato a uscirne, ma una volta nel giro ci rimanevi per sempre. E poi aveva continuo bisogno di soldi per l'affitto, le giacche destrutturate in cachemire e soprattutto per le medicine e le altre spese sanitarie di sua madre che non era stata educata al valore del denaro ed era all'oscuro delle misere consistenze del patrimonio di famiglia.

Quando Giulio aveva finito l'università suo padre era mancato da un anno e, con sua sorpresa, il notaio gli aveva comunicato che del cospicuo patrimonio di famiglia restava ben poco. Per evitarle una delusione, Giulio lo aveva nascosto a sua madre, la quale, non avendo altre ragioni per rimanere a Milano, aveva deciso che si sarebbero trasferiti a Roma accettando la cortese ospitalità della principessa Maria Luisa Doria Pamphilj Landi. A distanza di vent'anni, Giulio era andato a vivere da solo mentre sua madre abitava ancora l'appartamento dell'antico palazzo nobiliare tra via del Collegio Romano e via del Corso. Maria Luisa era passata a miglior vita da molto tempo, ma gli eredi non avevano avuto il coraggio di mandar via la vecchia amica di famiglia.

L'appartamento, ricavato all'ultimo dei quattro piani in

quelli che un tempo erano stati i dormitori della servitù, si sviluppava in un'infilata tortuosa di stanze collegate da angusti corridoi scavati tra i muri portanti dell'enorme palazzo. Quel labirinto sospeso nel tempo era malmesso, inutilmente grande e difficile da riscaldare. In compenso, affacciava su un bellissimo giardino settecentesco. A Giulio occorrevano meno di dieci minuti per spostarsi a piedi da casa sua a Palazzo Doria. Andava a trovare sua madre ogni mattina fermandosi in un bar anonimo in via della Gatta, a pochi metri dall'ingresso laterale del palazzo nobiliare, per prenderle brioche e cappuccino in modo che le arrivassero ancora caldi. Ne prendeva due di brioche, l'altra era per Vittoria, che faceva da dama di compagnia a sua madre da sessant'anni. Avevano la stessa età ed era l'unica delle persone di servizio rimasta con lei perché ormai non sapeva dove altro andare.

Il bar sotto casa era ricavato da una parte di quelli che un tempo erano i magazzini del palazzo. Semplice, quasi spoglio, aveva una saletta da tè con quattro tavolini di fronte al banco della pasticceria. Fu lì che Giulio trovò seduto Buonocore quando si avvicinò alla vetrinetta delle brioche.

«Buongiorno, prendiamo un caffè?»

«Buongiorno, già fatto, grazie.»

«Una spremuta allora, accomodati.» Buonocore spostò la sedia di fianco alla sua. Giulio si unì a lui di malavoglia. Erano soli nella saletta.

«Quello che c'era da sapere su Fragale l'ho già riferito a Salsano a suo tempo. Non ho altre notizie. Riguardo ai russi, basta leggere i giornali.» Non voleva perder tempo in inutili preliminari e non gli andava di far aspettare sua madre.

«Fragale non interessa più a nessuno.»

«Immagino. Adesso vi interessa Ferrante.»

«È da troppo tempo che gli stiamo dietro senza ricavarne nulla o quasi. Le informazioni sul suo conto sono poche, difficili da reperire e a volte spariscono anche. Tu lo conosci dai tempi del liceo e lavori nel suo ufficio da quasi due anni. Devi darmi qualcosa.»

«È un massone.» La risposta a bruciapelo di Giulio lasciò interdetto Buonocore, che lo guardò perplesso. «Anzi, no, è un pedofilo» continuò Giulio «ed è un assiduo consumatore di LSD.»

Buonocore si poggiò sconfortato allo schienale della sedia che scricchiolò.

«Tanto mica vi interessa che sia vero. Se avete deciso di fotterlo, importa poco il modo in cui lo farete. E poi, una volta incastrato Ferrante cosa farete? Fotterete quello dopo di lui e quello dopo ancora?»

«Preferisci che fottiamo te?»

«Io sono già fottuto.»

«Fino a oggi non ti sei lamentato, né del pagamento dei tuoi debiti, né dei soldi per le cure di tua madre. A proposito, come sta?»

«Mi sta aspettando» disse Giulio guardando l'orologio.

«Da oltre un anno teniamo sotto controllo il palazzo di Ferrante e intercettiamo messaggi criptati tra una radio installata lì e la cittadina di Naro-Fominsk, settanta chilometri a sudovest di Mosca in prossimità di una base militare russa, però le trasmissioni non sono nitide.»

Giulio rimase in silenzio. Sembrava seccato, ma Buonocore non aveva nessuna intenzione di andarsene a mani vuote. «Con chi comunica Ferrante ogni mattina? Il partito ne è a conoscenza?»

Giulio non ne poteva più. «Non è lui quello che cercate, ma Sandra.»

«Sandra?»

«La moglie di Ferrante. È lei che usa la radio. Riceve istruzioni dai russi e passa loro informazioni.»

«Che tipo di informazioni?»

«Non ne ho idea. Ma sono sicuro che saprai a chi chiedere.»

«Lui ne è al corrente?»

Giulio si alzò e si avvicinò al banco. Il ragazzo gli infilò le brioche in un sacchetto di carta. «Metto sul conto?»

«Sì, metti tutto sul conto e portalo al signore» rispose Giulio rivolto a Buonocore prima di uscire.

Una volta fuori, infilò il portone buio a pochi metri dal bar e salì pazientemente i gradini di pietra bassi e consumati dell'ingresso di servizio del palazzo. Giunto al quarto piano sospirò, vestì il sorriso migliore di cui poteva disporre e aprì la piccola porta. «È una bellissima giornata di sole!» esclamò ad alta voce dirigendosi verso la cucina. Il pavimento in vecchie cementine esagonali bianche e rosse si lamentava instabile sotto i suoi passi. In quella casa faceva sempre freddo, anche d'estate.

«Dovresti uscire a prendere un po' d'aria, mamma.» Giulio la baciò sulla fronte. Era perfettamente pettinata, come sempre, e indossava uno dei suoi ricchi vestiti di pizzo ormai consunti. Vittoria le stava leggendo i necrologi funebri dal quotidiano del giorno prima. «Il giardino è bellissimo stamattina» insistette Giulio.

«Tra un po' arrivano i turisti. Non li sopporto. Mi fotografano come fossi una statua del Bernini.»

Vittoria aveva messo i cornetti in un piatto di porcellana decorata, uno degli ultimi pezzi rimasti interi di un servizio francese assai pregiato che era appartenuto a Paolina Bonaparte, poi mise un foglietto sul piano della cucina. Ogni sera e ogni mattina misurava la pressione alla principessa. Giulio lesse i valori e la guardò preoccupato.

«Pensavo che la primavera sarebbe un buon momento per andarmi a operare in America. Il viaggio in piroscafo mi peserebbe meno. E avrei il tempo di sistemare le cose qui a casa con la servitù. Se non li tengo d'occhio questi scansafatiche mandano tutto in malora. Palazzi, terre, animali.»

«Certo, mamma.»

«Vittoria, convoca tutta la servitù nel salone.»

«Possiamo farlo anche domani» rispose paziente la donna.

«Vedi, Giulio? Anche lei mi contraddice. Sono stanca, è come se non contassi più nulla. Sono pur sempre una principessa.»

Lui le prese il viso tra le mani. A ottantanove anni aveva la pelle di una bambina, rosa e senza una ruga. «Sì, mamma, sei la mia principessa.»

35

Andrea tornò a casa su di giri. Mentre si toglieva la giacca sentì un rumore di piatti. «Sandra, non crederai a cosa mi ha proposto il Segretario!» Entrando in cucina trovò un ragazzo con i capelli lunghi chino sulla pattumiera a svuotare un piatto. Gli occorse qualche secondo per riconoscerlo.

«Ciao.»

«E tu quando sei arrivato?» Andrea si avvicinò a Umberto e gli tastò le braccia quasi a verificare fosse vero. Non lo vedeva da quasi un anno.

«Ieri.»

«E dove sei stato?»

«Da amici.»

Quella sera andarono a cena fuori, tutti e tre. Sandra non smise un istante di guardare suo figlio mentre raccontava dell'università, degli esami e della decisione di trasferirsi alla Sapienza per proseguire il corso di studi in scienze politiche. Di tanto in tanto spostava i capelli dal viso con la mano per riuscire a mangiare. Erano troppo lunghi, pensò lei, ma d'altra parte quel modo di portarli era diventato tra i suoi coetanei un simbolo di rottura con la società adulta e di critica al sistema.

Sandra si era sempre fidata di Umberto, sin da piccolo lo ascoltava con il credito che si riserva a un adulto, e aveva smesso di imporgli i suoi gusti dall'età di dodici anni, da quando cioè quel simpatico ometto aveva cominciato a manifestare la volontà di scegliere per sé. Anche per questa ragione si era astenuta da ogni commento sulla sua capigliatura mentre lo scrutava dalla testa ai piedi all'avida ricerca di dettagli in cui riconoscere suo figlio.

Con quei pantaloni a zampa d'elefante e gli stivaletti Chelsea, più adatti a un dandy che a uno studente universitario, Umberto le ricordava un cantante pop inglese, uno dei Beatles. Nessun gesto, espressione, odore, neppure il suono della voce riconosceva più. A parte la vertigine sulla fronte che gli era comparsa quando aveva due anni, era ormai un uomo fatto. Eppure, per lei restava un bambino.

Andrea gli raccontò del lavoro alla direzione del partito e degli incontri con le personalità più importanti del paese. «Siamo anche stati al Quirinale per il brindisi di fine anno. Avresti dovuto vedere tua madre! Sembrava fosse lei la moglie del presidente.»

Sandra, infastidita da quel commento, sebbene l'intenzione di Andrea fosse di farle un complimento, preferì cambiare argomento. «Come mai hai deciso di venire a Roma?»

«Tutto il gruppo di studenti con cui ho preparato gli ultimi esami si è trasferito qui. Dicono che scienze politiche alla Sapienza sia meglio.»

«E c'è anche qualche ragazza interessante?» Umberto non raccolse l'invito di suo padre. «Comunque, penso anch'io che la Sapienza sia una buona università. Ci insegna anche il presidente del Consiglio» continuò Andrea, dopo uno sguardo severo di Sandra che lo redarguiva in silenzio per l'infelice allusione alla vita sentimentale di suo figlio. «Ho avuto modo di conoscerlo. Un uomo notevole, ti piacerà averlo come insegnante.»

«E cosa può insegnarmi uno così? A prendere tangenti dalle multinazionali e ordini dagli americani?»

Andrea fu spiazzato dall'ostilità della risposta e reagì

d'istinto. «Questo paese sta cambiando, Umberto, alza la testa dai libri ogni tanto. Parli come un vecchio partigiano, come se avessi fatto la guerra.»

«Noi *siamo* in guerra. L'ha dichiarata lo Stato. Capisco che delle istanze del proletariato non se ne parli nei circoli eleganti della borghesia imperialista, ma allora mi chiedo a cosa ti siano serviti tutti quegli anni a Mosca, o quelli in cui ti sei seppellito in archivio a studiare, se poi non riesci a vedere cosa ti succede intorno.»

Quella frase fu come un pugno allo stomaco per Andrea e Sandra, non tanto perché esprimeva tutto il risentimento che Umberto covava per suo padre, ma perché lo faceva usando i codici lessicali diffusi negli ambienti extraparlamentari di sinistra, dove il terrorismo stava trovando terreno fertile.

Trascorsero il resto della cena quasi in silenzio. Arrivati sotto casa, Umberto diede un bacio a sua madre. Lei prima sorrise, pensando a un gesto affettuoso, poi, al pensiero che fosse un saluto, si rabbuiò e lo trattenne in un abbraccio insolitamente lungo.

«Ci vediamo nei prossimi giorni» le disse lui, lasciando intendere che bastava così.

«Dove vai a stare?»

Umberto si era girato a guardare una persona ferma dall'altra parte della strada. Indossava un parka verde militare con il cappuccio ed era in sella a una Lambretta malridotta. «Te l'ho detto, da amici. Con gli altri compagni di studi abbiamo preso un appartamento al Pigneto. È piccolo, ma c'è tutto.»

Andrea prese dal portafoglio una banconota da cinquantamila lire, ma Umberto non era disposto a concedere nulla. «Correggo le bozze per un piccolo editore e sono entrato a far parte della redazione di una rivista. Mi basta per pagarmi l'affitto. Se mi occorrerà qualcosa vi chiederò una mano.»

«Vieni a cenare a casa domani?» Sandra fece per dargli una carezza sulla guancia.

Lui si spostò per evitarla. «Non lo so, mamma, vediamo.» Quindi attraversò la strada e salì sulla Lambretta mentre la persona alla guida metteva in moto. Dovette azionare il pedale più volte. Finalmente il vecchio motore partì con un borbottio di protesta. Dopo qualche centinaio di metri, Umberto tolse il cappuccio al guidatore. Il vento gli gettò negli occhi i lunghi capelli biondi di Lavinia. Lui si sporse in avanti per baciarla sulla guancia, costringendola a ritrovare l'equilibrio con il manubrio.

«È l'ultima volta che ti ci porto» disse lei imbronciata.

Umberto e Lavinia si erano conosciuti in occasione di una manifestazione alla base NATO di Miramare a Rimini. Nelle ore seguenti, un nutrito gruppo di compagni provenienti dai comitati unitari di base della Pirelli, della Breda, dell'Alfa Romeo e dai collettivi operai-studenti aveva deciso che era giunto il momento di superare lo spontaneismo e avviare il processo rivoluzionario colpendo le istituzioni al cuore. A quel punto la clandestinità era diventata una condizione indispensabile, così come un certo grado di mimetizzazione nel grigiore metropolitano.

Avevano trovato una naturale copertura nel variegato mondo dell'attivismo universitario, dove ostentare atteggiamenti consoni a dei rivoluzionari professionisti era il modo migliore per non essere notati. Capelli lunghi, baffi, pantaloni logori, gonne indiane e un generale gusto poverista erano più efficaci di qualsiasi uniforme. Alloggiavano in una casa occupata abusivamente: piatti quasi puliti, caffè quasi bevibile e biancheria quasi lavata. In pochi mesi si erano perfettamente integrati in quel limbo vorticoso di anime perse, una specie di realtà parallela fatta di percorsi obbligati, sguardi bassi, incontri prestabiliti, telefoni pubblici e infiniti silenzi interrotti da fiammanti discussioni notturne. Un mondo sospeso, animato da orfani invecchiati in fretta, in cui il sospetto era la regola e il dubbio una necessità, dove per non essere guardati era meglio non guardare.

Umberto si era anche procurato una pistola. Quando l'aveva mostrata fiero e un po' impaurito a Lavinia, lei era scoppiata a ridere e lo aveva fatto sentire un idiota. Ma non l'aveva messa via. Il peso dell'arma in tasca gli ricordava che non poteva andare ovunque o essere chiunque. Lo teneva in uno stato di perenne allerta, una tensione vigile che con il tempo si era trasformata in bruciore allo stomaco e lo aveva obbligato a sostituire il caffè con gli inibitori di succhi gastrici.

Nell'ambiente Lavinia e Umberto non erano due qualunque. Lei aveva qualche anno più di lui e apparteneva a una facoltosa famiglia romana. Suo padre era un filosofo e professore universitario con importanti legami con il Vaticano e con la Democrazia cristiana. Il patrimonio ereditato dal nonno paterno, il primo a scommettere sullo sviluppo immobiliare fuori dalle mura della capitale, la metteva in condizione di prestare alla causa l'uso di appartamenti, auto e denaro quando gli espropri proletari non bastavano. Umberto, invece, essendo figlio di uno dei più importanti dirigenti del PCI, era considerato una fonte preziosa di informazioni anche se non ne aveva mai prodotta una. Per la stessa ragione, gli veniva riconosciuta una certa dose di coraggio nonostante nelle accese dispute dei comitati la più combattiva fosse di gran lunga Lavinia.

La segretezza rendeva assai difficili le relazioni sentimentali fuori dal giro stretto della colonna brigatista, per cui le relazioni di coppia vivevano di profonde intese intellettuali mentre i corpi si abbandonavano all'intreccio di una fluida promiscuità. In quella galassia di legami improbabili, Lavinia e Umberto, uno satellite dell'altro, avevano trovato la loro orbita solitaria, convinti che fosse il resto a girare intorno al loro.

La prima volta che avevano provato l'eroina fu dopo

una lunghissima e tesa discussione su un atto dimostrativo presso una sezione dell'MSI. C'era chi voleva piazzare l'ordigno artigianale di notte per lasciare un messaggio senza rischiare morti e chi invece, considerandolo sintomo di debolezza, voleva farlo di giorno. La riunione si era conclusa con un nulla di fatto. Alcuni dei partecipanti erano andati via, altri erano rimasti a leggere poesie e a fumare erba. Quando a notte inoltrata uno di loro tirò fuori la polvere d'oppio né Lavinia né Umberto ci fecero caso. Ad attirare la loro attenzione fu la fiamma dell'accendino sotto il cucchiaio piegato, finché lei si ritrovò in mano la siringa senza sapere cosa fare. La ragazza al suo fianco le sollevò la manica della camicia e le strinse delicatamente intorno all'avambraccio la fascia di stoffa per i capelli. Lavinia guardò Umberto mentre l'ago le iniettava la miscela calda in vena. L'euforia del rush fu simile a un lungo orgasmo. Poi il suo corpo fu avvolto nell'ovatta e il mondo intorno e dentro di lei rallentò. Quando sei ore dopo si svegliò, pensava che fossero passati pochi minuti. Umberto era di fianco a lei e dormiva, il suo braccio ancora scoperto.

MARZO 1975

36

Quando al suo arrivo in ufficio Buonocore vide il foglio sulla scrivania, capì immediatamente che lo aveva lasciato Salsano. Sembrava scritto col normografo tanto la sua grafia era precisa. "L'ha cercata D'Amico." Sotto, un numero di telefono.

Si accordarono per incontrarsi di domenica pomeriggio a Tor di Valle. Raggiunto il bar dell'ippodromo, il vicedirettore dell'Ufficio vi trovò il funzionario del PCI che, spalle al muro e visibilmente preoccupato, scrutava la sala in sua attesa. Il pavimento era coperto di carte appallottolate, le ricevute delle giocate perse, e dalle tribune dell'impianto giungeva il fragore della folla per la partenza dei cavalli.

«Non mi aveva dato l'impressione di uno che gioca d'azzardo.»

«A meno che non mi abbiano seguito, qui è difficile imbattersi nel KGB.»

La conversazione si era fatta immediatamente interessante. «Cos'ha per me?» disse Buonocore facendo il gesto di chi chiede da fumare.

«E lei, cos'ha per me?» D'Amico prese due sigarette dal pacchetto e accese per prima quella del suo interlocutore.

«Immunità, soldi e protezione. Le basta o vuole che le reciti tutto il catalogo?»

«E come faccio a sapere che posso fidarmi di lei?»

«Non può, ma nella situazione in cui si trova non vedo molte alternative.»

«Esistono dei documenti» spiegò D'Amico, poi esitò alcuni istanti prima di proseguire. «Rovistando tra le carte di Fragale in cerca di informazioni per i russi ho trovato un appunto. Parlava di quaderni, non spiegava di preciso cosa contenessero, ma sono certo che si tratti di roba pesante.»

«Quindi non ha niente da offrirmi?»

«Non sono in mio possesso ora, ma penso di sapere dove si trovano gli originali.»

Buonocore fece per alzarsi, infastidito da quella perdita di tempo.

«Come vuole. Mi toccherà rivolgermi ai russi.»

D'Amico aveva dovuto alzare la voce per sovrastare il crescendo di esortazioni dei giocatori che spingevano i cavalli verso la linea del traguardo.

«È per questi documenti che è morto Fragale?»

«Lui c'entra ma non è per questo che è morto. Fossi in lei, cercherei le sue risposte fuori da questo paese.»

Un'esplosione prolungata di esultanza interruppe la conversazione. Subito dopo, i primi spettatori delusi dall'esito della corsa scesero i gradini delle tribune e cominciarono ad affollare i picchetti di fronte al bar, abbandonandosi alle peggiori bestemmie mentre si accingevano a buttare via altri soldi.

«Dovremo convincere chi è sopra di me a scommettere su di lei. Non sarà semplice.»

La mattina dopo Buonocore raccontò di quell'incontro a De Paoli, il quale ostentò un certo scetticismo. Secondo lui la fonte non era affidabile. Ma gli disse anche di tenerlo aggiornato nel caso ci fossero stati sviluppi.

Era passato quasi un anno da quando Umberto si era trasferito a Roma e i suoi genitori lo avevano visto tre o quattro volte. Sandra non nascondeva la sua preoccupazione per quanto fosse cambiato in così poco tempo. Aveva sempre avuto un carattere insofferente, ma lo spirito ribelle e curioso sembrava essersi involuto in un animo tormentato. Lei non riusciva a non attribuirne la responsabilità a Lavinia. L'aveva incrociata due volte e non le aveva mai parlato, ma le era bastato lo sguardo pieno di disprezzo che quella giovane donna le aveva riservato da lontano per farsi un'idea di cosa le ribollisse nella testa.

Andrea pensava invece si trattasse di una fase di passaggio, e immerso nel lavoro neanche si rendeva conto da quanto tempo non vedesse suo figlio. Siccome però tra i compiti di responsabile dell'organizzazione del PCI figurava anche il coordinamento dell'apparato di sicurezza, poteva contare su oltre settantamila effettivi, il che faceva di lui una sorta di superministro. Quindi gli veniva facile chiedere di tanto in tanto informazioni su Umberto, e fino a quel momento dall'ambiente universitario non erano giunte notizie allarmanti.

Era marzo e mancavano meno di tre mesi alle amministrative. In Piemonte, Lazio e Campania il PCI era forte nei grandi centri urbani mentre la provincia e le grandi aree agricole erano saldamente in mano alla DC. C'erano da organizzare la macchina di propaganda, le liste, i comizi e il presidio ai seggi. L'attività elettorale si aggiungeva agli impegni istituzionali, e in virtù del suo ruolo Andrea doveva presenziare a incontri quotidiani con le persone più influenti della vita economica e sociale del paese.

Su invito di Giulio, che gli faceva un po' da ambasciatore, gli era capitato di cenare con l'avvocato Agnelli discutendo amabilmente dei modelli produttivi dell'industria sovietica, parlare di cinema con Pasolini e di politica con Monicelli, di musica con De André, di letteratura russa con Sciascia e Moravia. Giulio lo aveva anche convinto a incontrare alcuni personaggi strampalati tra cui un nobile tedesco che si riteneva la reincarnazione di Karl Marx e un veggente che gli aveva predetto la vittoria alle prossime elezioni.

Tra i mille inviti a cerimonie e celebrazioni di ogni tipo, quello che gratificava maggiormente Andrea era quello all'apertura della stagione dell'opera lirica alla Scala di Milano. La lettera di carta pregiata con lo scudo sannitico a cui era sovrapposta la croce rossa di San Giorgio gli ricordava quando da bambino aveva sentito per la prima volta suonare *Va', pensiero* di Verdi.

Come gran parte degli italiani, i Ferrante dedicarono la prima estate del dopoguerra a ricostruire una parvenza di normalità. Quelle meravigliose giornate di luglio dal cielo terso stridevano con la desolazione dei cumuli di macerie ai lati delle strade sgombrate dagli Alleati per consentire il passaggio dei mezzi militari. In alcune zone della città i più intraprendenti avevano provato ad avviare la ricostruzione, ma gli ordigni inesplosi la rendevano troppo lenta e pericolosa.

Come ogni pomeriggio, Andrea e Ottavio erano in osteria ad aiutare il padre. Andrea dava una mano in sala mentre suo fratello di solito stava in cucina a sistemare le stoviglie e pulire le verdure. Di suonatori ambulanti che venivano a esibirsi nel locale ce n'erano di ogni tipo, per lo più disperati che s'improvvisavano nel solito repertorio di canzonette da emigrato. Per questa ragione Andrea fu incuriosito da un insolito trio dall'aspetto ricercato e un po' misterioso con fisarmonica, violino e viola che si fece spazio a fatica tra i tavoli nel tentativo di non disturbare chi stava cenando. Ma fu quando attaccarono a suonare che Andrea rimase senza parole. Non occorreva essere degli esperti per apprezzare le capacità di esecuzione dei tre che si esibirono in una serie di classici dell'opera italiana, da *Va', pensiero* all'ouverture della *Norma*. Andrea avrebbe imparato in seguito a dare un nome a quella musica.

Quando lasciarono l'osteria si era fatto buio. Andrea decise di seguirli dopo averli visti caricare gli strumenti nel bagagliaio di un'auto. Una cosa assai insolita per tre suonatori ambulanti. Pedalò dietro la Fiat 1500 nera fino a via Giuseppe Verdi, dove li osservò sparire nell'ingresso riservato agli artisti del Teatro alla Scala. Eccitato dalla scoperta, si rimise in sella pedalando a perdifiato fino all'osteria, che nel frattempo aveva chiuso. Dalla luce che filtrava da sotto la saracinesca, capì che suo padre era ancora dentro a sistemare. Allora passò dal retro e usò le chiavi sotto il vaso di rose per entrare nel magazzino. La sala era vuota, come anche la cucina, Pietro doveva essere in cantina dove era solito trattenersi a spillare il vino dalle botti per il giorno successivo. Fu a quel punto che Andrea sentì distintamente almeno due voci, e nessuna delle due era quella di suo padre. Cominciò a scendere in silenzio i gradini del seminterrato e si appostò per guardare meglio senza farsi notare. Due uomini che aveva già visto in osteria più volte tiravano fuori fucili e revolver da una cassa di legno, provavano il meccanismo delle armi sparando a vuoto e poi le passavano a suo padre che le sistemava con cura in una delle botti da vino. Poi presero dei sacchi di iuta. Due di questi dovevano essere particolarmente pesanti, considerato lo sforzo che fecero per ficcarli nelle botti. Rapito dalla scena, Andrea si accorse che stava trattenendo involontariamente il fiato, inspirò a fondo e in quel preciso istante suo padre alzò lo sguardo verso di lui. Si fissarono per una frazione di secondo. Giusto il tempo di reagire scappando via. Gli altri due uomini non si erano accorti di lui. Pietro e Andrea non ne avrebbero mai parlato, come se nulla fosse mai accaduto, ma da quel giorno lui guardò suo padre con occhi diversi.

GIUGNO 1975

37

Quel giorno Andrea arrivò in ufficio più tardi del solito. A Roma si registrava un picco anomalo di caldo e umidità. I seggi delle regionali erano chiusi da poco e la direzione sembrava un alveare brulicante. La maggior parte dei presenti però non era lì per svolgere un compito specifico, ma in attesa di notizie. I primi dati sarebbero arrivati solo alcune ore dopo, ma tutti erano alla ricerca di un'indiscrezione, di un segno.

Andrea aveva dovuto aspettare a lungo perché la macchina di rilevazione che aveva messo in piedi cominciasse a produrre i primi risultati. Si era chiuso con Paolo e Giulio nel suo ufficio attrezzato per la raccolta e l'elaborazione dei dati elettorali. Nell'incertezza di quanto sarebbe durata l'attesa, Paolo si era portato una quantità di cibo sufficiente a sopravvivere in un bunker a un attacco nucleare, tutto rigorosamente fritto, cinque bottiglie di vino rosso frizzante in una voluminosa borsa termica e tre stecche di Marlboro rosse senza bollino dei monopoli.

Alla seconda telefonata ricevuta dai seggi scelti nel campione il balzo in avanti del PCI era evidente, il segnale inequivocabile di un cambio di passo. Andrea si recò nella stanza del Segretario, che stava discutendo con il direttore Giovannini sulla linea che avrebbe dovuto tenere "l'Unità" in caso di vittoria. Quando il leader del partito lo vide sporgersi sulla soglia, chiese scusa e uscì in corridoio.

«Potremmo essere sopra il 34%» bisbigliò Andrea.

Il Segretario prese a carezzarsi il viso reso ruvido da una barba di due giorni. Sembrava turbato. «Aspettiamo i dati ufficiali. Non parlarne con nessuno.»

I risultati cominciarono ad arrivare più tardi, un po' alla volta. Alle dieci di sera tutti i dirigenti del partito si erano riuniti nel salone al primo piano insieme ai delegati regionali. L'atmosfera era a dir poco euforica: il PCI aveva raggiunto il 33,5%, mentre la DC si era fermata al 35,3%. I due principali partiti italiani non erano mai stati così vicini.

Le elezioni politiche sarebbero state un altro film, ma l'avanzata della sinistra appariva inarrestabile. L'argine eretto dai democristiani mostrava crepe preoccupanti e presto sarebbe cominciata la resa dei conti, con la corrente principale, quella del presidente del Consiglio Speroni, che avrebbe cavalcato i risultati delle elezioni per rafforzare la strategia del compromesso con le sinistre, mentre quella antagonista che faceva capo al ministro Canta li avrebbe usati per alimentare strumentalmente le preoccupazioni degli alleati.

Andrea incrociò dall'altra parte del salone lo sguardo del Segretario che gli fece cenno di uscire sul terrazzo. L'aria si era rinfrescata. I due brindarono sorridendo. Sotto di loro il popolo comunista cominciava ad arrivare alla spicciolata con le bandiere rosse. Alla vista di quella che in pochi minuti si era trasformata in una marea colorata ed esultante, Andrea fu preso dall'ansia. Il Segretario invece aveva un'espressione raggiante. Sembrava quasi che il risultato l'avesse ringiovanito.

«Stasera il più felice dovresti essere tu. Hai già fatto i conti, ne sono certo. A quanto corrispondono questi dieci milioni di voti?» chiese il Segretario alludendo ai rimborsi elettorali.

«A occhio e croce poco più di due miliardi.»

«Molto bene. Più di quanto avessimo bisogno.»

Era ciò che aspettavano per procedere con lo sganciamento da Mosca. Andrea era preoccupato per l'accelerazione che ne sarebbe conseguita. Non gli era ancora chiaro che piega avrebbe preso la partita tra il Segretario ed Elembaev, e non aveva ancora deciso con chi schierarsi, soprattutto per le ritorsioni che sarebbero conseguite se si fosse trovato dalla parte sbagliata. «Con quest'inflazione dobbiamo essere prudenti.»

«Dobbiamo essere prudenti per tante ragioni.»

«Bisognerà parlare con Martone. Sarà meglio che lo venga a sapere da noi» aggiunse Andrea riferendosi al presidente del partito che in passato aveva gestito in prima persona il flusso di denaro da Mosca. Era malato da tempo. Lui e il Segretario erano molto legati e non avevano segreti.

«Hai ragione. È meglio che tu vada da lui domani stesso.»

Andrea, preso alla sprovvista, non riuscì a dire nulla, allora il Segretario si voltò a salutare la gente con la mano. La folla assiepata in strada aveva preso a cantare l'inno del partito: «Avanti popolo alla riscossa...». Centinaia di bandiere sventolavano colorando di rosso via delle Botteghe Oscure.

Paolo conosceva bene la villa di Albano, situata sul versante del lago opposto a Castel Gandolfo, la residenza estiva del papa. Era una grande casa con due altissime palme nel piccolo giardino antistante il portico di travi di legno e tegole rosse. Ci aveva portato più volte Fragale a chiedere consiglio al vecchio presidente. In viaggio aveva osservato Andrea dallo specchietto muovere le labbra mentre ripeteva ipnoticamente e senza sosta nella sua mente il discorso che si era preparato quella notte. Non l'aveva mai visto così nervoso. Gli sembrava di sentire il rumore dei suoi pensieri sovrapporsi alle vibrazioni del motore della Fulvia.

«È qui» gli disse Paolo fermando l'auto davanti al cancello

verde della villa. Andrea uscì senza parlare, suonò il campanello e si sistemò il vestito e la cravatta. Erano le nove di mattina e faceva già caldo. Fu ricevuto da una sorta di infermiera tuttofare che evidentemente lo aspettava. Il compagno Martone era sotto il portico, seduto su una ampia poltrona di vimini con un plaid di lana sulle gambe. Quando lo vide arrivare, posò il giornale, tolse gli occhiali e gli fece cenno di avvicinarsi tendendo la mano.

Andrea stentò a riconoscere l'eroe partigiano fiero e volitivo delle foto appese nei corridoi della direzione. Il commissario delle Brigate internazionali, leggendario combattente, politico acuto e organizzatore infaticabile si era prosciugato in un fragile mucchietto d'ossa.

«Compagno presidente, finalmente ho il piacere di conoscerti.»

Martone lo osservò attentamente fino a che sul suo volto scavato e malinconico apparve un accenno di sorriso mentre inarcava impercettibilmente le sopracciglia sui grandi occhi azzurri. «Tuo nonno si chiamava Gianni. Io lo conoscevo. Sono nato a Boglietto e andavo a Castagnole delle Lanze ogni domenica a messa con mia madre. Al ritorno ci fermavamo alla fattoria dei tuoi nonni, compravamo uova e grano. Poi mio padre morì e non potemmo più permetterci quel lusso. Dopo qualche tempo, incontrammo tuo nonno all'uscita dalla messa. Ci venne incontro e chiese a mia madre perché non fossimo più passati. Temeva di averci venduto grano rancido. Mia madre gli rispose imbarazzata che si sarebbe fatta viva quando avrebbe potuto pagare. Il giorno dopo, tuo nonno venne con il suo carretto a Boglietto e ci portò da mangiare per una settimana. Non volle soldi. Veniva una volta al mese e per me e i miei fratelli era una festa. Ricordo che arrivava con suo figlio, aveva all'incirca la mia età e i tuoi occhi.»

Andrea si limitò a sorridere compiaciuto. «Non sapevo fossimo conterranei. Ne sono felice. Come va la tua salute?»

«Tutti mi chiedono della mia salute, nessuno della mia malattia. Come se questo mi facesse stare meglio.»

«Allora, come va la tua malattia?»

«I medici dicono che va benissimo, evidentemente sperano mi tolga di mezzo in fretta. Nel frattempo, cercano di renderla più sopportabile. Ma secondo me anche una malattia, se la usi bene, ha i suoi vantaggi. Comunque, questo è un buon giorno. Oggi mi sento quasi bene. Dieci milioni di voti funzionano meglio di qualsiasi medicina.» Lo disse rivolgendosi all'infermiera che gli si era parata davanti con un bicchierino pieno di pillole colorate.

«Non siamo alla spallata finale ma abbiamo costretto la DC a cambiare registro. È un buon passo in avanti» commentò Andrea fiducioso.

«A dire il vero, io grandi passi in avanti non ne vedo. I nostri amici di Mosca ci hanno insegnato che per controllare il dissenso occorre avere in mano il ministero dell'Interno, e mi risulta che Canta sia sempre al suo posto.»

In effetti, pensò Andrea, Canta continuava a reggere saldamente le redini del dicastero.

Parlarono per quasi due ore, prevalentemente di politica, durante le quali il tesoriere poté riconoscere in quel campagnolo autodidatta un'immensa cultura unita a una genuina curiosità intellettuale.

Poi, d'improvviso, il presidente decise che era ora di affrontare la questione.

«Se ti hanno mandato fino a qui deve essere una cosa importante.»

«Abbiamo deciso di rinunciare ai soldi di Mosca.» Andrea si era preparato un lungo e sofisticato preambolo per introdurre l'argomento, per cui rimase lui stesso sorpreso dalla risposta secca e immediata che diede a Martone.

«Sì, lo so. E lo sa anche il Vaticano.»

«E come fa il Vaticano a saperlo?» Andrea omise di chiedere come facesse a saperlo lui ritenendo plausibile fosse stato il Segretario a informarlo, perché invece lui non ne aveva parlato con nessuno, neanche con Sandra.

«Il Vaticano è sempre stato il luogo meglio informato del pianeta. A Roma ci sono poco più di novecento chiese, un numero che ha poco a che fare con la religione. Un confessionale per ogni chiesa e un prete in ogni confessionale sono uno strumento perfetto di raccolta delle informazioni e il miglior sistema mai ideato di controllo del territorio. In duemila anni, nessuno è riuscito a mettere in piedi una roba del genere, neppure la Stasi.»

«Quindi lo sanno anche gli americani?»

«Quello che si sa in Vaticano si sa anche a Washington. Invece a Mosca lo hanno capito da tempo. Se l'Unione Sovietica sta ancora in piedi è solo grazie alla diffidenza dei russi.»

Andrea fu travolto dall'idea che tutti fossero a conoscenza del suo incarico più riservato. Questo rendeva ancora più delicata la sua scelta se schierarsi dalla parte dei sovietici o del Segretario. «Secondo te facciamo bene?» chiese allora alla ricerca di un appiglio a cui aggrapparsi.

«Il mondo è cambiato. I sovietici no, loro non cambiano. È gente che manda i figli a morire in guerra perché imparino cos'è la vita. Questa decisione avrei dovuto prenderla io, molto tempo fa.»

Era la prima volta che ad Andrea capitava di ascoltare un'ammissione di responsabilità da parte di un alto dirigente del partito. Segno evidente che i tempi erano cambiati. Fu in quell'esatto momento che maturò la sua decisione. Non gli restava che affidarsi alla ferrea determinazione del Segretario.

Il presidente percepì il suo spiazzamento. «Vedi, Ferrante, quando sono entrato nel partito ho acquisito il diritto all'uguaglianza ma ho perso quello alla sincerità. Me lo ha restituito il cancro.» Quindi si abbandonò a un sorriso amaro. «Come vedi, anche una malattia ha i suoi vantaggi.»

All'ex braccio destro di Fragale era stato riservato l'incarico di direttore di Rinascita, la libreria ufficiale del PCI che occupava il piano su strada del Bottegone. Un posto sufficientemente di prestigio da essere venduto come promozione, ma anche abbastanza innocuo e facile da controllare. Fu quest'ultima la ragione per cui restò stupito nel sentire la voce del russo alle sue spalle mentre sistemava in bella mostra sullo scaffale della vetrina *Dossier Odessa*, il terzo romanzo di Frederick Forsyth.

«Adesso vi prestate anche alla propaganda britannica.»

«Chiunque condanni il nazismo e le sue atrocità è il benvenuto a Rinascita.»

«"Rinascita": hai scelto il posto giusto per ricominciare.»

«Non sono stato io a sceglierlo, lo sai bene» rispose D'Amico quasi bisbigliando. Quindi si affrettò a impilare i volumi restanti per sottrarsi a eventuali sguardi indiscreti e poi aggiungere ad alta voce: «Da questa parte, mi segua, signore».

Andava bene ostentare naturalezza, ma mettersi letteralmente in vetrina gli sembrava un po' troppo. Si avviò quindi con indifferenza verso l'angolo più riparato del grande negozio e si fermò dinanzi alla sezione "Classici della letteratura russa".

«Se mi dice esattamente cosa cerca, provo ad aiutarla.»

Tokarev diede un'occhiata fugace allo scaffale: «*Il destino di un uomo* di Šolochov. Parla di un tizio caduto in disgrazia che trova in una persona speciale una ragione per andare avanti. Le consiglio di leggerlo».

«È una storia che conosco bene.»

«La rilegga, si fidi. Nei momenti di sconforto si rischia di commettere errori irreparabili e mettere in pericolo le persone che amiamo.»

Tokarev pagò il libro alla cassa e s'incamminò verso il traffico caotico di piazza Venezia. Non restava che attendere per capire se il suo tentativo di stanare D'Amico avesse funzionato. Quello che non si aspettava era che lui in preda al panico avrebbe reagito d'impulso telefonando all'agente Kira un istante dopo. La sera stessa la raggiunse nel piccolo appartamento dove l'aveva sistemata al suo arrivo a Roma, e dopo aver fatto l'amore le raccontò dell'attività di spionaggio condotta negli ultimi anni per conto dei russi e del fatto che ora il KGB gli stava col fiato sul collo. Ma aveva deciso di lasciare la famiglia per fuggire via con lei. Prima però doveva procurarsi i soldi necessari, e sapeva come fare.

OTTOBRE 1975

38

«Ho deciso, venite a Mosca con me. Partiamo tra due settimane.»

Nell'ufficio di Andrea per pochi secondi calò il silenzio. Poi Giulio e Paolo cominciarono a sbraitare sovrapponendosi in una confusione isterica finché Andrea li zittì. «Così non capisco un cazzo!»

«Io non posso venire. Non ho nemmeno il passaporto. E poi, ho paura» protestò Paolo con una voce insolitamente esitante.

«Del KGB?»

«No, dell'aereo» ammise abbassando lo sguardo.

«Anche tu hai paura dell'aereo?» Andrea si era rivolto a Giulio.

«No, io del KGB.»

«Ascoltate bene. Io ho paura sia dell'aereo sia del KGB. È per questo che dovete venire con me.»

«Ma a fare cosa?» chiese Paolo.

«Io neanche lo voglio sapere» intervenne Giulio, mettendo l'indice dritto davanti alla bocca mentre guardava Andrea intimandogli di tacere.

«Si tratta di una cosa importante, e voglio essere sicuro di tornare.»

«Perché in tre possiamo tenere a bada il KGB?»

«No, ma se sparisce una persona puoi far finta di nulla, mentre se ne spariscono tre qualche spiegazione sei costretto a darla.»

«Strategia solidissima. Ora sono più tranquillo» concluse Giulio con enfasi.

I timori di Paolo e Giulio si rivelarono del tutto giustificati. Negli ultimi anni a Mosca la paranoia era salita ai livelli del periodo stalinista e aveva dato vita a uno stato di polizia basato sullo spionaggio come sistema di controllo sociale. Così l'Unione Sovietica era stata trasformata in una sorta di enorme prigione a cielo aperto con duecentocinquanta milioni di reclusi e oltre un milione di carcerieri. La Settima Direzione del KGB, responsabile della sorveglianza interna, contava oltre tremilacinquecento operativi nella sola Mosca, a cui si aggiungevano migliaia di collaboratori e delatori vari.

Giunti nella capitale russa, il livello di controllo fu subito evidente anche per il grottesco tentativo di conferirgli una veste di ospitalità e cortesia istituzionale. I tre italiani cercarono di stare sempre insieme. In albergo avevano a disposizione tre camere, ma per dormire si arrangiarono in quella di Andrea che era più spaziosa. Si sarebbero separati soltanto negli spostamenti in auto, quando uno di loro avrebbe dovuto per forza salire sulla seconda macchina della scorta.

L'incontro con Elembaev era programmato per la mattina seguente e ovviamente non era previsto che Giulio e Paolo vi partecipassero, per cui giunti al palazzo del PCUS i due aspettarono in una grande sala al pianterreno.

L'attesa di Andrea fu breve e i convenevoli più asciutti del solito. Elembaev sembrava avere fretta di risolvere quella seccatura.

Fu Andrea a porre la questione. «Vi siamo davvero riconoscenti per tutto quanto avete fatto per noi. Il vostro aiuto è stato fondamentale per sconfiggere il fascismo e per impedirne il ritorno.»

«Il fascismo è la dottrina del presente, noi incarniamo l'ideologia del futuro. Il nostro successo regge sulla necessità storica che milioni di persone hanno di un mondo migliore e sulla fiducia nella sua realizzazione. A prevalere sul fascismo non sono stati i nostri soldi, ma la nostra fede nell'uguaglianza.»

Andrea si limitò a incassare. Dal tono del russo era evidente che quel giorno non gliene avrebbe fatta passare una, allora tagliò corto. «Speriamo che questo possa essere l'ultimo aiuto che riceviamo da Mosca e che da qui a breve potremo farne a meno.» Rimase quindi in attesa della reazione del russo.

«Se vuoi che tuo figlio cresca, lascia che sbagli. Sappiamo dei vostri sforzi di riorganizzare le finanze del partito per essere autonomi» replicò Elembaev con tono distaccato. «D'altra parte, i compagni italiani hanno il diritto di esplorare nuove strade.»

Andrea rimase spiazzato da quella reazione. Per predisporsi a ogni tipo di risposta possibile aveva giocato in anticipo nella sua mente quella partita a scacchi centinaia di volte, ma l'unica reazione a cui non era preparato era quella dell'indifferenza. Cercò allora di riordinare le idee alla ricerca della cosa giusta da dire, però il russo non gli concesse il tempo di aggiungere nulla. Si alzò lasciando intendere che l'incontro era terminato e lo accompagnò alla porta.

«Cambiare è ciò che la gente teme di più. Nella maggior parte dei casi fa bene ad aver paura, ma voi non resterete soli, non lo siete mai stati. E comunque, vi rimangono sempre i soldi del petrolio» aggiunse inaspettatamente Elembaev, mentre lo fissava dritto negli occhi salutandolo con una vigorosa stretta di mano.

Andrea trasalì, ma si sforzò di non rivelare la sua sorpresa, così, senza replicare, imboccò il lungo corridoio.

Elembaev, che aveva costruito la sua carriera sulla capacità di leggere l'animo umano, aveva trovato nell'impercettibile esitazione dell'italiano la conferma che cercava. Qualcuno a Roma faceva la cresta sui soldi del PCUS, ma non era il tesoriere.

Giulio e Paolo lo aspettavano nell'ampio atrio del palazzo.

«Possiamo andare» fu la risposta secca di Andrea ai loro sguardi interrogativi mentre gli passava davanti senza fermarsi. Tanto bastò.

All'uscita Giulio salì sulla seconda auto, Andrea invece si accomodò sul sedile posteriore di quella di testa con la sua ventiquattrore sulle gambe. Paolo salì con lui ma si mise davanti, di fianco all'autista che aveva più l'aspetto di un contadino che di un funzionario del KGB.

Dal centro di Mosca all'aeroporto di norma occorrevano una quarantina di minuti, ma quel giorno c'era molto traffico e la rampa d'accesso alla superstrada era bloccata, forse per un incidente. Almeno fu questa la spiegazione dell'autista mentre imboccava una strada interna che si sviluppava tra le campagne a nord della città. Poco male, erano molto in anticipo sulla partenza del volo per Roma.

Le due auto viaggiavano in colonna cercando di non perdersi nonostante la strada fosse stretta e trafficata da trattori e altri mezzi pesanti che rendevano complicato ogni sorpasso.

Accadde tutto nel distretto di Zapadnoe, a un incrocio nei pressi dello scalo merci ferroviario. Si erano fermati a un passaggio a livello. Passato il treno, il casellante aveva alzato le sbarre autorizzando la circolazione. L'auto di testa, con a bordo Paolo e Andrea, aveva appena superato i binari quando dalla strada sterrata che correva parallela alla ferrovia era sbucato un camion che trasportava enormi tronchi di legno. La collisione fu inevitabile.

Andrea aveva fatto quel sogno tante volte. Suo padre nascondeva armi e sacchi di tela nelle botti della cantina insieme ad altri uomini vestiti di scuro. Poi d'improvviso quegli uomini diventavano spirali minacciose di fumo nero e denso e avvolgevano suo padre che non riusciva a respirare. E lui rimaneva paralizzato, mentre lo guardava soffocare.

Come le altre volte, si era svegliato con un'opprimente sensazione di mancanza d'aria. Era il motivo per cui da tempo aveva preso l'abitudine di preparare un bicchiere d'acqua sul comodino accanto al letto prima di andare a dormire. Ma quello non era il comodino di casa sua, non si era risvegliato nel suo letto. E la stanza non aveva neppure l'aspetto di una camera d'albergo. Uno strano aggeggio emetteva un *bip* a intervalli regolari e una treccia di fili colorati rossi e blu penzolava dal pannello frontale della scatola di ferro su cui si apriva la finestrella di un monitor a fosfori verdi, perdendosi da qualche parte tra le lenzuola alla destra del letto.

Andrea si voltò dall'altra parte. Una flebo gocciolava ritmicamente da un flacone di vetro quasi vuoto sospeso alla sua sinistra. Le gocce s'inseguivano poco più rapide del *bip* dell'apparecchiatura, sincronizzandosi per qualche secondo, poi si liberavano dalla cadenza del suono metallico per ritrovarla ancora dopo un po'.

Da quel lato, nella penombra della poca luce che riusciva a filtrare dall'unica finestra della stanza, c'era una sedia bianca e poi un altro letto, uguale ma vuoto. Sulla parete di fronte a lui una specie di lavagna con delle parole in caratteri cirillici, prescrizioni mediche. "Ma cosa ci faccio in un ospedale?" aveva pensato. Era sudato e il braccio con la flebo gli formicolava. Chiuse e aprì più volte la mano intorpidita. Provò a ricordare, ma non ci riuscì. Fece un respiro profondo e richiuse gli occhi. Il *bip* rallentò. Ora sentiva caldo. Era la prima volta che si svegliava da un brutto sogno per ritrovarsi in un incubo.

Una donna entrò nella stanza senza bussare e accese l'interruttore accanto alla porta. La luce al neon esplose in un lampo intermittente che invase la stanza. Andrea impiegò qualche secondo per mettere a fuoco l'immagine di quella signora grassoccia in grembiule bianco e celeste che avanzava risoluta con una flebo in mano.

«Da quanto tempo sono qui? Cosa mi è successo?» chiese cercando di sollevarsi.

L'infermiera gli mise delicatamente le mani sulle spalle per tenerlo giù.

«Non è in pericolo di vita, ma deve riposare» gli rispose la donna in russo. Il *bip* aveva accelerato nuovamente.

L'infermiera controllò la flebo, spense la luce e senza voltarsi uscì dalla stanza lasciando la porta socchiusa. Subito dopo si affacciò Lebedev, che si fermò un istante sulla soglia perché i suoi occhi si abituassero alla penombra. Poi si avvicinò alla flebo per leggerne l'etichetta e si sistemò sulla sedia accanto al letto.

«Mi spiace rivederci in una situazione del genere» disse sorridendo.

«Sì, anche a me dispiace rivederti.»

«Ero nella mia dacia nel bosco di Peredelkino per una breve vacanza quando mi hanno informato che eri qui in missione e avevi avuto un incidente.»

«Le missioni le fanno i funzionari statali, io sono un membro del Partito comunista italiano, ospite in visita al PCUS.»

Il diplomatico si sistemò meglio sulla sedia come a cercare stabilità per dare maggior sostegno a quanto stava per dire. «Sai perché mi hanno chiesto di parlare con te?»

«Perché preferiscono esporre un cameriere piuttosto che mentire personalmente?»

Il russo preferì non raccogliere la provocazione. «Perché pensano che dopo tanti anni trascorsi in Italia io vi conosca e possa comprendervi meglio di altri. Ma non occorre passare tanto tempo nel vostro paese per capire di che pasta siete fatti. Basta leggere Goethe. "L'Italia è ancora come la lasciai, ancora polvere sulle strade, ancora truffe al forestiero, si presenti come vuole. Onestà tedesca ovunque cercherai invano..."»

Andrea approfittò della pausa di Lebedev: «"C'è vita e animazione qui, ma non ordine e disciplina." Ordine e disciplina, credete davvero che bastino a risolvere tutto?».

«Quasi tutto. Mi aspettavo mi informassi in anticipo di una cosa così importante» disse il russo alludendo all'incontro con Elembaev e al fatto che Andrea lo aveva scavalcato mettendolo in ridicolo con un autorevole membro del Politburo.

«Ho avuto qualche imprevisto.»

«Il comunismo non ama gli imprevisti. Per questo siamo così preoccupati di quanto è accaduto oggi.»

«Ti riferisci all'incidente oppure al fatto che io ne sia uscito vivo?»

«Dovresti essere felice. Ti è andata meglio di Fragale. Sembra tu non abbia riportato traumi importanti.»

«Bene, perché intendo partire oggi stesso.»

«I medici pensano che sia meglio tenerti in osservazione per almeno quarantott'ore.»

Andrea non aveva alcuna intenzione di rimanere in mano ai russi neppure un minuto in più. «Capisco. In questo caso però i miei compagni di viaggio saranno costretti a rilasciare una dichiarazione ai giornali italiani per spiegare che domani non potrò essere a Roma per incontrare i sindacati come previsto. Ti toccherà prepararti una spiegazione più convincente di quelle che rifilate alla "Pravda".»

Lebedev allora si alzò dalla sedia. «Noi ti conosciamo bene. Sappiamo più cose sul tuo conto di quanto ne conosca tu stesso. Siamo sicuri che al momento opportuno farai le scelte giuste.»

Il diplomatico uscì dalla stanza lasciando la porta aperta. Dopo qualche minuto, l'infermiera tornò per togliere la flebo e informò Andrea che avrebbe potuto lasciare l'ospedale entro un paio d'ore. Giulio e Paolo fecero capolino dal corridoio alle sue spalle. Paolo si sedette sulla piccola sedia che aveva ospitato Lebedev e che ora dava l'impressione di cedere da un momento all'altro. Aveva un vistoso cerotto sul viso e una mano fasciata. Giulio era appoggiato sull'altro letto. Gli avevano raccontato dell'incidente e di come, se non fosse stato per Paolo che all'ultimo istante aveva afferrato il volante mettendo la macchina di sbieco prima che venisse travolta, ora probabilmente non sarebbero stati lì a parlarne. L'autista del camion era rimasto gravemente ferito.

«Le radiografie dicono che non ti sei rotto nulla. Almeno non di recente. Hai i segni di una vecchia frattura al braccio destro, saldata male, peraltro. Paolo si è procurato qualche graffio e si è lussato due dita.»

«Niente biliardo per un paio di mesi» aggiunse Paolo, ma nessuno rise.

«Devo chiamare Roma. Bisogna che avverta la direzione prima che lo vengano a sapere da qualcun altro e nel modo sbagliato. E devo parlare con Sandra» disse Andrea poggiando i piedi nudi sul pavimento gelato.

«Abbiamo già chiamato noi» lo tranquillizzò Giulio.

«Abbiamo detto che ci siamo trattenuti un giorno in più per una riunione fuori programma. L'incontro con i sindacati, piuttosto. Non ce ne avevi parlato.» Evidentemente avevano origliato la sua conversazione con Lebedev.

«Non ho nessun incontro con i sindacati» rispose secco Andrea mentre si infilava i pantaloni.

39

Durante il viaggio verso l'aeroporto, Andrea non fece altro che pensare alle parole di Elembaev. Da quando era tesoriere non aveva mai sentito parlare di petrolio. L'unica azienda fuori dal Blocco che importava materie prime dalla Russia era l'ENI, che aveva rapporti commerciali con l'Unione Sovietica da oltre vent'anni, ma tra le poche carte di Fragale non aveva trovato alcun riferimento. E poi quello scontro in auto: si era trattato davvero di un incidente?

In volo i tre non fecero alcun commento su quanto accaduto, certi che le loro parole sarebbero state ascoltate. Soltanto dopo aver passato il controllo passaporti a Fiumicino, Andrea disse a Giulio e Paolo che non credeva alla tesi dell'incidente ma chiese di non farne parola con nessuno, per il momento.

Paolo recuperò l'auto al parcheggio e guidò verso il centro di Roma guardando continuamente negli specchietti retrovisori. La mano gli faceva ancora male, però riuscì lo stesso a governare lo sterzo. Giunti a Botteghe Oscure, Andrea si recò direttamente dal Segretario. La direzione sembrava stranamente semideserta. Lo trovò nel salone al secondo piano, ma non era solo. Appena entrato, si trovò davanti quasi tutto il personale della direzione, oltre a Sandra e un paio di compagni venuti apposta da Milano.

Un coro traballante intonava: «Tanti auguri a te, tanti auguri a te, tanti auguri Andrea, tanti auguri a te!». Era il suo quarantaquattresimo compleanno e gli era completamente passato di mente.

Andrea abbozzò un sorriso di circostanza e a malincuore si avvicinò alla torta, stringendo le mani dei presenti. Come da prassi, toccava prima al Segretario dire qualcosa. Era un oratore senza eguali, capace di improvvisare con disinvoltura un comizio per centinaia di migliaia di persone. Viceversa, nelle occasioni più intime e conviviali il retore avvincente e profondo lasciava il posto a un ospite timido e impacciato.

«Dobbiamo tutti ringraziare Andrea per il suo infaticabile impegno. Il lavoro che ha svolto in questi tre anni ci mette nella condizione di affrontare con serenità le sfide di questo periodo difficile, e di intraprendere nuove strade nel rispetto delle alleanze storiche del partito.»

Il tesoriere aprì la bottiglia di spumante e riempì i bicchieri per poi pronunciare qualche parola di circostanza. Poi fu la volta dei regali che erano stati accumulati vicino al tavolo della presidenza. I soliti libri e l'immancabile acquaforte del Piranesi, una rarità fino a quando Paolo non aveva cominciato a farle riprodurre a Napoli da un emulo del noto incisore veneto, il quale si divertiva a introdurre qualche personalizzazione nelle riproduzioni prendendosi gioco degli esperti dell'immaginario gotico.

"Nel rispetto delle alleanze storiche del partito." Durante il tedioso rituale del festeggiamento Andrea non smise un attimo di pensare a quella frase. Il Segretario era sempre attento a dosare le parole, soprattutto quando si trattava di Mosca. Pronunciarle di fronte a tanta gente aveva il sapore di un messaggio esplicito ai sovietici. Andrea era confuso. Mille pensieri gli affollavano la mente, così uscì a prendere una boccata d'aria.

«Come ha reagito il vecchio orso?» La voce del Segretario

alle sue spalle lo prese alla sprovvista. Quel terrazzino stretto e lungo era ormai diventato il loro confessionale. Il tesoriere aveva deciso di non far menzione della questione del petrolio, né dell'incidente. Per come la situazione si stava evolvendo, a parte Giulio e Paolo, non poteva fidarsi di nessuno.

«Ho trovato Elembaev inaspettatamente preparato e gelidamente indifferente. Restano da sistemare un po' di cose, ma ormai il grosso è fatto.»

«Abbiamo vinto le amministrative e governiamo in sei regioni. Gli americani saranno nervosi, e il movimentismo dei gruppi extraparlamentari è preoccupante. Dobbiamo agire con misura, non è il momento di strappi o fughe in avanti. Non voglio che qualcuno ci rimetta l'osso del collo.»

Quelle parole confermarono l'intuizione di poco prima e travolsero Andrea con la violenza di un cavallone marino, un muro d'acqua che lo aveva colto inaspettatamente alle spalle risucchiandolo nel vortice disordinato della risacca senza dargli il tempo di prendere fiato. Dovette aspettare che la sabbia si posasse sul fondale per trovare il primo pensiero che avesse un senso. Proprio ora che la sua missione aveva segnato uno scollamento da Mosca, con quel clamoroso passo indietro si materializzava il rischio che più lo preoccupava: quello di essersi schierato dalla parte sbagliata, nel momento peggiore.

Si chiese allora se il Segretario fosse venuto a conoscenza dell'incidente che gli era occorso in Russia. Nel qual caso non avrebbe impiegato molto a interpretarlo come una minaccia esplicita alla sua stessa incolumità. E per quanto il suo ruolo in vita fosse quello di incarnare un ideale, capace di muovere le masse in un percorso di consapevolezza verso un futuro radioso, la natura umana e la sua età avevano collaborato efficacemente nello stabilire che non si è mai davvero preparati alla fine.

Il secondo pensiero invece gli entrò in testa del tutto

inaspettato. Se il Segretario avesse temuto davvero per la sua vita, non sarebbe stato forse il caso che anche lui cominciasse a preoccuparsi ancora più seriamente? Era come quando andava in aereo. Non gli era mai piaciuto immaginarsi sospeso in cielo e per quanto avesse volato spesso le turbolenze lo mettevano sempre in tensione, per cui finiva per rifugiarsi nei visi delle hostess. Il loro sorriso e la calma con cui continuavano a servire il tè come nulla fosse erano il rimedio migliore alla paura del vuoto. "Se sono tranquille loro allora non c'è nulla di cui aver paura": era un pensiero ridicolo, ma anche l'unica rassicurazione a portata di mano in quei momenti. Nel viso stanco del Segretario, nel suo tentennamento, Andrea si scoprì improvvisamente vulnerabile, senza più un sorriso a cui aggrapparsi.

«E quindi, cosa facciamo? Ci limitiamo a stare fermi e a non usare i voti?»

«I voti li useremo più avanti, al momento opportuno. Il governo durerà poco. Non possono continuare facendo finta di nulla. Presto andremo a nuove elezioni e, se andrà come penso, allora sarò nelle condizioni di chiudere la partita. Farò un discorso pubblico in cui annuncerò il nuovo corso.»

«E dove ci porterà questo nuovo corso?» Era la voce di Sandra che era apparsa improvvisamente alle loro spalle con un bicchiere di vino in mano e la sigaretta accesa nell'altra.

«Lontano, dove le nostre menti sono già» rispose teatralmente il Segretario mentre sollevava il bicchiere per brindare. «Ai compagni!»

«Alle compagne!» rispose Sandra.

Anche Andrea alzò il bicchiere per unirsi al brindisi, ma una terribile fitta al braccio glielo impedì.

Si rimise in viaggio quella sera stessa. Questa volta senza muoversi da casa. Il francobollo di LSD, complice la stanchezza, fece effetto immediatamente, ma servì soltanto a fargli passare il dolore e a rivivere l'incubo di suo padre avvolto dalle minacciose spirali di fumo. Solo che questa volta suo padre lo guardava negli occhi, e nella coltre nera Andrea riusciva a distinguere i volti deformati dei partigiani alle pareti del corridoio della direzione. Si svegliò sul divano del soggiorno in un bagno di sudore. La televisione era accesa sul monoscopio della Rai. Albeggiava.

40

Andrea era uscito di casa con un'idea precisa. C'era solo una persona che poteva sapere dei soldi del petrolio ed era giunto il momento di mettere da parte le questioni di opportunità.

«Buongiorno. Giulio che fine ha fatto?» chiese rivolto a Paolo mentre saliva in macchina.

«Siamo d'accordo che ci vediamo dopo in direzione.»

«Tu hai idea di dove possiamo trovare D'Amico?»

«In quale camposanto, intendi?»

Andrea rimase in silenzio e aggrottò le sopracciglia incredulo. Paolo capì che non sapeva.

«Si è ammazzato due sere fa, mentre tu eri in ospedale a Mosca. Lo hanno trovato impiccato al cancello di ferro di una delle porte del Vaticano, Porta Pertusa. È un varco secondario perennemente chiuso in una zona nascosta delle mura.»

«Il vice del mio predecessore muore impiccato e nessuno mi dice niente?»

«Ma è pure sui giornali!»

Andrea non rispose. Erano quattro giorni che non leggeva i quotidiani, cosa impensabile nella sua posizione. Il modo in cui la morte di D'Amico era stata messa in scena aveva tutta l'aria di un messaggio dei russi: non avrebbero accettato defezioni.

Paolo mise in moto e si avviò in direzione di Botteghe Oscure. Giunti a Porta Pia, Andrea esclamò improvvisamente: «Andiamo all'"Unità"».

«Sei sicuro? Non hai molti amici in quel palazzo.»

«Giovannini è stato l'inviato dell'"Unità" a Mosca per diversi anni prima di approdare alla redazione di Roma.»

«Ti fidi di lui?»

«Non ho scelta.»

Paolo lo accompagnò fino all'ufficio del direttore sotto lo sguardo incredulo dei giornalisti. Il tesoriere del partito era l'ultima persona che si immaginavano di vedere lì dopo i tagli dei redattori e delle tipografie. Quando bussò all'ufficio di Giovannini, era in corso la riunione con i caporedattori. Alla vista di Andrea calò il silenzio.

Toccò al direttore risolvere l'imbarazzo. «Be', direi che con questa sorpresa abbiamo l'apertura del giornale per domani. Qualcuno di voi si occupi di scriverla» esclamò Giovannini rivolto ai suoi giornalisti, lasciando intendere che la riunione di redazione era da considerarsi conclusa.

Paolo fece segno ad Andrea che lo avrebbe aspettato sotto. Gli altri raccolsero le loro cose e lasciarono la stanza.

«La situazione si è complicata. Non è stato facile neanche per me mandare a casa quella gente» si giustificò Andrea per il mancato rispetto dell'impegno a contenere i tagli preso a suo tempo.

«Non te ne faccio una colpa. Sono nel PCI da troppo per non capire cosa succede. Devi essere prudente.»

«Cosa ne sai degli accordi dell'ENI in Russia e del ruolo del partito nella faccenda?»

Il direttore fu sorpreso da quella domanda e ancor più dal suo tono diretto. Accennò un sorriso. «Ero inviato a Mosca quando Mattei siglò il primo contratto con i sovietici. In cambio promise moplen e tubi d'acciaio. Poi le cose si misero male per via delle ingerenze degli americani, per cui le trattative continuarono sottobanco grazie al nostro aiuto. Per noi se ne occupava Grandi, per l'ENI invece Barresi, un giovane assunto da Mattei. Pare che il padre del ragazzo gli avesse salvato la vita durante la guerra. Fu Barresi a chiudere l'accordo con il ministro del Commercio sovietico.»

Una data e due nomi, tutto sommato era un buon inizio. «Potrebbero aver concordato dei ristorni al PCI?»

«Non me ne stupirei. Se qualcuno ha preso accordi in tal senso è assai probabile che fossero Grandi e Barresi.»

«Non mi risulta che Grandi fosse in segreteria, né che avesse deleghe particolari. Come poteva trattare una cosa di questa importanza?»

«Quello che può o non può fare un compagno dipende da cosa gli è successo in guerra.» Andrea aspettò pazientemente la spiegazione mentre Giovannini si accendeva l'ennesima sigaretta. «Se un partigiano in guerra ci è morto, può dare il nome a una strada o a una piazza. Se invece è sopravvissuto, può fare il dirigente per il partito o per un'impresa pubblica. In entrambi i casi non conta granché. Ma se è stato torturato, allora è diverso. Aggiungi l'esecuzione del duce e ottieni un eroe di guerra. E un eroe può fare quello che vuole.»

«Di Grandi mi occuperò poi, ora devo trovare i soldi del petrolio. Secondo te è con quel Barresi che dovrei parlarne?»

«Ci puoi provare, ma come chiunque sia carico di ricordi sgradevoli è poco propenso a ripercorrerli.»

«E dove lo trovo?»

«È ospite a Regina Coeli, al momento.»

«È in galera?»

«Te l'ho detto, non è uno che parla volentieri.»

Andrea fu preso dallo sconforto.

«Barresi all'epoca aveva un vice» riprese Giovannini. «Si chiamava Settembrini, se non ricordo male. Un arnese malconcio e molto riservato. Il tipico funzionario parastatale. Se sei fortunato è ancora lì.»

«Ti sono debitore.»

«Sì, ma non per la dritta su Settembrini.» Giovannini prese una cartellina dal cassetto della sua scrivania e la porse ad Andrea che cominciò a sfogliare le pagine. Era un lungo elenco di nomi su carta intestata del Grande Oriente d'Italia.

«Mi è arrivata due giorni fa da un mittente anonimo, ovviamente. Il tuo nome è a pagina undici.»

Appartenere alla massoneria era un'accusa molto seria per un funzionario del PCI, ancor più per un membro della direzione.

Il direttore lo tranquillizzò. «Non li ha visti nessuno oltre me. E comunque non credo siano veri.»

«Ti fidi ancora di me?»

«Non è una questione di fiducia. Mi tagli redazione e tipografie oltre il pattuito e un paio di settimane dopo magicamente mi portano la tua testa su un vassoio d'argento. Non è così che vanno le cose. E poi c'era anche questa.» Giovannini tirò fuori un'altra cartellina, meno corposa. «È una scheda sul tuo conto, la fonte sembra del ministero dell'Interno.»

«Comunque non mi lascio ricattare. Questa roba dice poco e nulla, pubblicala pure.»

«Dice che possono nascondere informazioni scomode sul tuo passato oppure produrne di molto compromettenti. È un avvertimento.»

«E cosa dovrei fare secondo te?»

«Quello che farebbe ogni dirigente del partito al posto tuo. Lasciar perdere.»

Uscito dalla redazione, Andrea chiese a Paolo di portare la cartellina a Giulio.

«Allora?» domandò Paolo per sapere cosa avesse scoperto.

«E allora è meglio che non te lo dico.»

«Meglio per chi?»

«Per tutti. Ci vediamo in ufficio, io torno in taxi.»

«Almeno prendi la pistola.»

«Te l'ho già detto. Se mi vogliono ammazzare, non sarà una scacciacani a fermarli.»

Le ultime parole Andrea le disse ad alta voce mentre si era già incamminato verso via dei Frentani, in direzione della stazione Termini. Buonocore le aveva ascoltate distintamente mentre assisteva alla scena dalla sua auto parcheggiata a pochi metri di distanza. Era arrivato dieci minuti prima, e quando aveva visto Paolo fumare poggiato al cofano della Fulvia era rimasto in attesa di capire cosa stesse accadendo.

Mentre Paolo risaliva in macchina, il vicedirettore dell'Ufficio attraversò a passo svelto la strada e gli bussò sul finestrino.

«Dottor Buonocore!» esclamò Paolo abbassando il vetro con il tono di sufficienza di chi vuole ostentare sicurezza.

«Ti osservavo da un po'. Mi chiedevo cosa potrebbe trovare un agente di pattuglia se in un controllo stradale ti chiedesse di aprire il portabagagli.»

«Adesso all'Ufficio vi occupate anche di reati minori?»

«Il contrabbando di armi non è un reato minore. E neppure quello di stupefacenti. Soprattutto se vengono commessi per conto della Nuova Camorra Organizzata.»

Paolo non si aspettava che Buonocore lo avesse posto sotto osservazione. Si limitò a mettere in moto e ad allontanarsi ostentando tranquillità.

In un primo momento, Buonocore non aveva dato troppa importanza al suggerimento di D'Amico di cercare all'estero le sue risposte sulla morte di Fragale. L'imbeccata era troppo vaga, e poi non aveva le risorse e l'autorizzazione necessarie a seguire fantomatiche piste internazionali. Che si riferisse al Vaticano lo aveva capito quando aveva saputo della sua morte e soprattutto dove avevano ritrovato il corpo. Non poteva essere una coincidenza.

Pochi giorni prima gli aveva fatto recapitare un nuovo

invito a incontrarsi riservatamente, segnale evidente che si era deciso a collaborare. Si erano visti di nuovo all'ippodromo. Questa volta era con la ragazza bionda che aveva visto al Pantheon, la sua amante, gli aveva confessato. Lei li aveva aspettati al bar mentre discutevano. D'Amico era assai nervoso. Pretendeva che sua moglie e i suoi figli fossero trasferiti in un luogo sicuro. E chiedeva soldi. In cambio avrebbe consegnato i quaderni, ma per recuperarli si sarebbe dovuto allontanare da Roma qualche giorno. Da allora era passata una settimana.

Le circostanze di quella morte lasciavano più di qualche sospetto che fosse legata al caso Fragale, eppure quando il vicedirettore fece rapporto, ancora una volta De Paoli non sembrò per nulla interessato alla faccenda. Buonocore era consapevole del fatto che il suo capo fosse concentrato sulla partita dell'antiterrorismo, ma quella ostentata indifferenza era troppo per un uomo della sua esperienza.

Per recarsi all'ENI, Andrea aveva preferito usare i mezzi pubblici. Gli toccò prendere due autobus. Il primo arrivò a Ostiense, il secondo lo lasciò in piazzale Enrico Mattei, su cui si affacciava un unico edificio. Il palazzo di ventidue piani era stato edificato nel '62 ed era ancora il più alto a Roma. Quando Mattei ne aveva deciso la costruzione, aveva dovuto optare per il quartiere a sud della città perché all'interno della Mura Aureliane vigeva ancora il regolamento edilizio papalino che vietava costruzioni che superassero l'altezza del cupolone di San Pietro.

Giunto nell'enorme atrio, Andrea chiese di Davide Lo Storto, il suo ex compagno di studi che trafficava foto oscene alla Plechanov, divenuto nel frattempo responsabile del business dell'ENI in Russia. Lo Storto fu sorpreso da quella visita e scese immediatamente ad accoglierlo.

Andrea gli spiegò di essere da quelle parti per un altro appuntamento e di aver pensato a lui alla vista del grattacielo di vetro. I due salirono al bar situato all'ultimo piano che dominava il laghetto e l'intero quartiere. Ebbero una cordiale conversazione di quasi un'ora. Poi Lo Storto lo accompagnò verso l'ascensore.

«Come vanno i tuoi affari con i russi?» chiese Andrea con tono di cortesia.

«Bene, basta non provare a fregarli. I tuoi?»

«Bene, basta fare quello che vogliono. Hai mai sentito parlare di interessi del PCI negli affari di ENI in Russia?» Andrea formulò la domanda buttandola lì quasi per caso, come se stesse parlando di una partita di calcio.

«Anche questo ti è venuto in mente guardando questo palazzo? Comunque, sì, ne ho sentito parlare tempo fa, dopo che Fragale aveva avuto la brillante idea di passare di qui a fare la tua stessa domanda.»

Andrea accusò il colpo e decise di uscire allo scoperto: «Di recente mi sono imbattuto in alcune informazioni riguardo ad aiuti al partito che sarebbero dovuti uscire da questi uffici. Molti soldi, di cui però non trovo traccia a Botteghe Oscure».

«Questa azienda aiuta tutti i partiti, lo sai.»

«Sì, ma questi sono soldi dei russi.»

Lo Storto sospirò. «Può darsi che in passato ci siano stati accordi di qualche tipo, non sarebbe la prima volta, ma di questa roba non si parla né tantomeno si scrive.»

«Mi ha fatto piacere vederti» disse Andrea entrando in ascensore.

«Anche a me. Non combinare casini. E dovessi capitare ancora *per caso* da queste parti fatti vivo.»

Andrea premette il pulsante "terra", poi appena l'ascensore cominciò a scendere schiacciò anche il pulsante di fianco alla targhetta AFFARI LEGALI. Giunto al settimo piano, si ritrovò in un ampio open space pieno di scrivanie, al di là del quale c'era una grande porta a vetri, evidentemente la stanza del dirigente capo. Essendosi fatta ora di pranzo c'era soltanto un uomo sulla sessantina, con radi capelli rossi e dall'aspetto dimesso, che leggeva la pagina azionaria del "Sole 24 Ore" mentre mangiava un tramezzino avvolto per metà nella stagnola. Senza dire nulla, Andrea si accomodò su un divano basso di velluto in attesa che tornasse il capoufficio.

Dopo qualche minuto tra i due cominciò un imbarazzante gioco di sguardi, finché Andrea si decise a rompere gli indugi. «Come va la Borsa oggi?»

«Chi sta cercando?»

Il tesoriere indicò la stanza attigua. «L'avvocato Settembrini.»

«Dica» rispose l'uomo piegando il giornale.

«Preferisco parlare direttamente con lui.»

«Appunto. L'avvocato Settembrini sono io.»

Andrea si alzò di scatto e si presentò, poi chiese se ci fosse un posto più riservato dove poter parlare.

Settembrini si guardò intorno, poi tolse gli occhiali, ripose il giornale, avvolse i resti del tramezzino nella pellicola di alluminio e gli fece segno di seguirlo. Quell'uomo aveva una postura strana, quasi sofferente, con la schiena leggermente curva in avanti e un accenno di zoppia. Giunti al piccolo tavolino di fronte al distributore automatico del caffè in fondo al corridoio, invitò il tesoriere ad accomodarsi.

«Si tratta di una questione piuttosto delicata.»

«Allora prendo il soprabito.»

Dieci minuti più tardi, i due sedevano sotto lo scheletro di un pesco spoglio, su una delle panchine di cemento che affacciavano sul laghetto dell'EUR. Era una splendida giornata e dalla terrazza del bar vicino, affollata di funzionari pubblici in pausa pranzo, arrivava un brusio di fondo spezzato di tanto in tanto dalle proteste dei cigni disturbati dai canottieri che si allenavano nel lungo specchio d'acqua artificiale.

«Di recente mi sono imbattuto in alcune informazioni che mettono in relazione il mio partito e l'ENI.»

Infagottato nel suo soprabito verde oliva, Settembrini si limitava ad ascoltare senza battere ciglio. Muoveva solo i piedi in continuazione, come se gli facessero male. Non poteva essere di certo a causa delle scarpe che ad Andrea erano parse subito troppo grandi per la sua statura.

«Le informazioni vengono da Mosca e riguardano un accordo commerciale stipulato diversi anni fa. Se sono corrette, a occuparsene fu Barresi e mi dicono che a quel tempo lei lavorasse per lui.» Andrea attese una reazione che non arrivò. Decise quindi di essere più esplicito. «Mi risulta che l'ENI avesse concordato con i sovietici uno sconto del 5% sul prezzo del petrolio. Il patto era che l'ENI girasse quella differenza al PCI. Sono abbastanza certo che i soldi siano usciti dall'ENI, ma quello di cui sono assolutamente sicuro è che non sono mai arrivati al PCI, almeno negli ultimi anni.»

«Si sbaglia» obiettò Settembrini.

«Invece so bene quello che dico» insistette il tesoriere con tono assertivo.

«Era l'8%» lo interruppe Settembrini.

«Prego?»

«Non era il 5%, ma l'8%» precisò. «L'8% su tutte le forniture. E si sbaglia anche sugli incassi del partito. I soldi sono arrivati, almeno fino a che era tesoriere Pocarelli.»

«E lei come fa a saperlo?»

«Glieli pagavo io ogni mese. Arrivava al mio ufficio, facevamo i conti dei barili di petrolio importati e gli inviavo i soldi estero su estero su un conto della BCEN di Parigi.»

Pocarelli era stato tesoriere del partito per diversi anni fino a che non era morto d'infarto durante la cena di Capodanno senza riuscire a passare le consegne a Fragale. Più o meno quello che era successo a lui con il suo predecessore.

«E dopo la sua morte cos'è successo? Sono certo che per i sovietici non è cambiato nulla. Quindi, o quei soldi li intasca l'ENI o qualcuno nel partito fa la cresta.»

«Guardi, si sbaglia ancora.»

«Mi ascolti bene, Settembrini.» Andrea provò ad assumere un tono minaccioso che mal si addiceva alla sua figura. «Qualche giorno fa i russi hanno provato ad ammazzarmi e qualcuno manda in giro informazioni assai spiacevoli sul mio conto. Io arriverò in fondo a questa storia, a qualunque costo. Sono disposto a portare tutto e tutti sui giornali.»

«Non occorre. I soldi li ho presi io» rispose candidamente Settembrini.

«E quindi?»

«E quindi, nulla.» L'avvocato aveva assunto il tono pacato del medico della mutua di fronte al paziente ipocondriaco. «Lei non ha in mano un contratto, perché non è mai esistito, queste cose non si mettono per iscritto. E poi se lo avesse sarebbe una prova di illecito penale. Lei è un deputato?»

«Prego?»

«Lei attualmente è un deputato?»

«No.»

«Allora è anche fortunato. Quei soldi sono illegali e se lei avesse preso anche solo centomila lire ora sarebbe passibile di arresto per finanziamento illecito, importazione illegale di valuta e omessa dichiarazione d'imposta. Le auguro una buona giornata.» Settembrini si alzò e senza neppure porgere la mano andò via con le mani in tasca e la sua andatura claudicante.

Andrea rimase sulla panchina per una buona mezz'ora a ripensare alle parole di quell'uomo. Si chiese se anche le morti di Fragale e di D'Amico avessero a che fare con quella storia, ma Settembrini non gli dava l'impressione di un killer senza scrupoli.

Il sole era scomparso dietro le nuvole e cominciava a sentire freddo. S'incamminò allora verso lo stazionamento dei taxi in prossimità del ministero delle Poste e delle Telecomunicazioni, entrò nella prima cabina telefonica che incontrò lungo la strada e chiamò in ufficio per assicurarsi di trovare lì Giulio al suo arrivo.

«Dove sei?» gli rispose nervoso l'amico al primo squillo.

«All'EUR. Sto tornando in direzione, non andare via. Dobbiamo parlare di una questione.»

«Mi devo muovere, abbiamo un problema.»

«Qualunque cosa sia, ce ne occupiamo domani. Aspettami in ufficio» insistette il tesoriere spazientito.

«Hanno arrestato tuo figlio.»

Settembrini arrivò a Porta Sant'Anna verso le sei del pomeriggio. Aveva chiesto con insistenza di essere ricevuto dal cardinale Bonidy ed era toccato a Ottavio gestire quella rogna.

«Devo spostare i soldi.»

«Quanti soldi?»

«Tutti. Li devo spostare tutti. Subito.»

«Non è così semplice. Una parte è stata investita in operazioni estere, per sbloccarli occorre tempo. E poi perché tutta questa fretta all'improvviso?»

«Oggi un tizio è venuto a cercarmi. A cercare i soldi.»

«Un tizio?»

«Il tesoriere del PCI, quello nuovo. Un ficcanaso peggio del precedente.»

«Ti ha minacciato?»

«E di cosa? Di avergli preso soldi illegali? No, quell'uomo non è una minaccia. Ma se lo sa lui, anche se non se ne sono ancora accorti, presto o tardi lo capiranno pure i russi. Sono loro che mi preoccupano.»

«Appena il cardinale torna dal viaggio con Sua Santità sistemeremo la cosa.»

«Di' al cieco che se non trasferisce tutti i soldi entro una settimana finisce sui giornali.»

Il tono minaccioso dell'avvocato fece perdere la pazienza a Ottavio. «E cosa vai a raccontare, che ti avrebbe rubato i soldi illegali che tu hai rubato al PCI?»

«No, gli racconto della ragazzina. Sai che non ho più nulla da perdere.»

Il sacerdote sembrò scosso da quella frase, ma finse indifferenza. Settembrini decise di chiarire che faceva sul serio: «Gli dirò di quando, tre anni fa, avemmo quella discussione nel suo ufficio. Lui in un primo momento non si era accorto della presenza della ragazzina, che nel frattempo aveva sentito tutto. Poi una settimana più tardi apparvero in giro i manifesti con la sua foto, erano appiccicati in ogni angolo di Roma. Si chiamava Daniela».

41

L'Ufficio teneva d'occhio l'appartamento al Fleming da qualche mese ormai, e se Buonocore decise di agire fu soltanto perché, secondo la soffiata della sua fonte, in quei giorni era frequentato da alcuni elementi di spicco delle BR.

Quel posto aveva tutte le caratteristiche di una base logistica: quartiere residenziale, stabile piccolo, curato e tranquillo, piano basso, doppia uscita, no portineria, garage interno e intestato a un prestanome non attenzionato dalla polizia. Nel corso degli appostamenti avevano stabilito che vi avrebbero trovato sette persone probabilmente armate. Avevano fatto irruzione alle 05.30. Alle 05.55 era tutto finito, era ancora buio e faceva freddo.

Una volta assicuratosi che gli occupanti fossero tutti sotto custodia, Buonocore era tornato in questura per preparare il rapporto e appena entrato in ufficio aveva capito che c'era stata una fuga di notizie. Non vedeva altre ragioni per cui Victor Messina dovesse essere seduto alla sua scrivania all'alba. Aveva davanti a sé due bottigliette di vetro con l'etichetta dei succhi di frutta e il tappo di plastica colorato, di quelli con l'anello che andava infilato al collo della bottiglia.

«Caffè? Immagino avrai ancora molto lavoro da fare.»

Buonocore gettò il soprabito sullo schienale della sedia. «Come l'hai saputo?»

«È il mio lavoro.»

«E questa è la mia operazione.» Lo disse sapendo che quel tentativo di arginare l'intromissione era debole e scontato.

«Pensavo fossimo dalla stessa parte, che ci avreste informato.»

«A quanto pare non ne avete bisogno.»

«Di cosa si tratta esattamente?»

«Non lo sappiamo ancora con certezza, ma sembra che stessero progettando qualcosa di grosso.»

«Quanto grosso?»

«Tanto da convincerci a fare irruzione.» Se l'americano voleva impicciarsi, Buonocore non aveva nessuna intenzione di facilitargli il compito.

«Sarebbe stato meglio lasciarli fare. Ne avete presi otto, ma avete perso i pezzi pregiati della collezione. E adesso vi tocca lasciarli andare.»

Era la conferma che tra gli arrestati ci doveva essere un infiltrato della CIA. E se si era spinto a chiedere di liberarli, lo aveva già concordato con qualcuno molto più in alto di lui.

«Ho bisogno di un'autorizzazione.» Fu una mossa obbligata.

Messina sollevò il telefono dalla scrivania e lo girò verso Buonocore che lo guardò per qualche secondo negli occhi.

«Voi americani, sovietici, inglesi venite qui e pensate di poter fare il vostro comodo. Piazzate testate atomiche nei nostri aeroporti e muovete sottomarini nucleari lungo le nostre coste con l'incoscienza di bambini che giocano a rincorrersi sul bordo di un precipizio. Il concetto di sovranità vi è totalmente sconosciuto e l'idea che abbiamo una costituzione neppure vi sfiora la mente.»

«A dire il vero, siete voi che ci chiamate, secondo convenienza ovviamente. È il papa che ha cominciato questo gioco, più di mille anni fa. È stato lui a gettare nel cesso la sovranità di questo paese. E quanto alla costituzione, non mi pare che preveda la schedatura di tutti i cittadini per poterli ricattare quando serve. Quindi, risparmiami la morale e fa' quello che devi.»

«Li lascio andare.»

«Bene» rispose Messina alzandosi mentre afferrava una delle due bottigliette di caffè.

«Ma prima devo interrogarli. Tutti, nessuno escluso.»

Messina mise giù la bottiglietta di fianco all'altra. «Ne avrai bisogno, allora.» Quindi lasciò l'ufficio.

42

Andrea arrivò in questura in taxi. Era trascorsa quasi un'ora dalla telefonata. Nel frattempo, Paolo era andato a prendere Sandra con l'auto di servizio mentre Giulio era corso subito in questura. Di quei tempi, una caserma di polizia non era un posto sicuro per un giovane studente sospettato di terrorismo. Era così da quando il movimento studentesco, che fino a qualche anno prima era stato riserva di caccia delle destre, era uscito da questo monopolio grazie alla diffusione delle idee marxiste, creando la base per un'area politica a sinistra del PCI che preoccupava enormemente i partiti conservatori a causa della sua eterogeneità sociale più che della sua consistenza numerica. Ma a legittimare l'intervento delle forze dell'ordine era stata l'escalation di violenza delle formazioni armate.

«Dov'è?» chiese Andrea appena vide Giulio, senza neppure salutarlo.

«Da qualche parte al secondo piano, ma non possiamo andarci.»

«E cosa sappiamo?»

«Paolo ha chiamato un suo amico della celere. Gli ha riferito che Umberto sta bene, però sul motivo dell'arresto neanche una parola. Sanno che è tuo figlio. Dovrebbe bastare a evitare che gli succeda qualcosa qui in caserma.»

Uno dei due poliziotti dietro il vetro antiproiettile della

guardiola li fissava con insistenza. Loro se ne accorsero e abbassarono il tono della voce.

«Quando potrò vederlo?»

«Non lo sappiamo ancora. Ma togliamoci da qui.»

Si spostarono nello stanzone spoglio e maleodorante che fungeva da sala d'attesa e si sedettero, spalle al muro, uno di fianco all'altro, in disparte dalle persone che aspettavano di denunciare lo smarrimento della patente o il furto di un'autoradio. Nel silenzio che seguì per una decina di minuti Giulio ebbe modo di leggere nei sospiri di Andrea e nel suo sguardo perso uno stato d'ansia che non gli si addiceva. Il nobile Acquaviva aveva avuto molte relazioni ma non si era mai sposato, anche perché aveva sempre messo le mani avanti sul fatto di non volere mocciosi tra i piedi. Li considerava una seccatura, oltre che un vincolo inutile. Quindi non aveva avuto modo di sperimentare l'apprensione per la sorte di un figlio. Osservando Andrea, preoccupato come non lo aveva mai visto neppure dopo l'incidente in cui aveva rischiato la pelle, ebbe pietà di quell'anima in pena. Allora si appoggiò alla sua spalla e senza togliere lo sguardo dalla sala cominciò a bisbigliare: «Le accuse non sono leggere. Nell'ambiente universitario mi hanno detto che stanotte c'è stata un'irruzione in un presunto covo di terroristi. Pare ci sia stata una colluttazione durante la quale è anche partito un colpo. Un ragazzo si è ferito, ma in maniera lieve. Considerato quanto sono nervosi i poliziotti in questo periodo, mi sembra che tutto sommato sia andata bene. Dicono che durante la perquisizione abbiano trovato dei volantini, delle mappe e una Hazet».

Andrea conosceva il significato di quella parola. Sempre più spesso in quel periodo i manifestanti scendevano in piazza mascherati e armati di pietre, spranghe e bottiglie Molotov. L'unica arma contundente che però era diventata un simbolo, specialmente tra le frange più pericolose, era una chiave inglese lunga 45 centimetri. La Hazet, appunto.

Giulio sembrava sapere più cose di quante dovesse e Andrea lo ascoltò domandandosi se, considerata la sua vicinanza all'ambiente dei movimenti universitari, avesse ricevuto notizie di Umberto in precedenza e non lo avesse messo in guardia per tempo.

«Da quando eravamo ragazzi, mi sono sempre chiesto perché ti preoccupassi così tanto dei diritti degli studenti visto che tu di diritti ne hai avuti oltre il necessario fin dalla nascita.»

Giulio impiegò un po' di tempo a rispondere. «Mi piacciono i giovani» disse scrollando leggermente le spalle. «Mi sono sempre piaciuti. Mi affascinava l'idea della ricerca di una fede, qualsiasi essa fosse, a prescindere dall'estrazione sociale. La fede in un'idea, in un leader, in una squadra di calcio, che poi sempre un'idea è. Lo facciamo tutti a quell'età. È una ricerca importante, ci segna per la vita. Ci rappresenta. Mia madre ad esempio da giovane ha scelto quella in Gesù Cristo. Anzi, a essere precisi è stata sua madre a scegliere per lei. Anche se effettivamente l'assoluzione dai peccati e la vita eterna sono roba forte. Mio padre invece ha sempre creduto solo nel denaro. Diceva che se ognuno muove il culo ogni giorno pensando ai cazzi suoi, alla fine stanno meglio tutti.»

«Be', tuo padre aveva un'idea chiara del capitalismo. Adam Smith ha dovuto scrivere sessanta pagine per dire la stessa cosa.»

«Io non li biasimo» continuò Giulio. «La fede è rassicurante. Ha tutte le risposte. Per chi, come mia madre, non ha conosciuto altro, è il rifugio perfetto. Mio padre invece la usava per giustificare quello che più gli aggradava. Comunque tu la veda, la fede è sempre una questione di comfort. Decide per te e ti assolve quando sbagli. Quello che cambia è soltanto la ricompensa. Mia madre avrà la sua in cielo. Mio padre ne ha incassato un pezzetto ogni giorno finché è morto. E la nostra ricompensa quale sarebbe?»

Andrea sapeva che non si trattava di una domanda rivolta a lui, ma si sentì comunque in dovere di articolare una risposta.

«Anche mia madre era credente. E voleva lo fossimo pure io e mio fratello. La considerava una sorta di polizza infortuni, un'assicurazione sulla vita. Da bambino essere un credente era noioso, ma aveva i suoi vantaggi, come usare il campetto dell'oratorio dopo la messa. E per un periodo della mia infanzia forse ho anche creduto veramente. Poi conobbi il mio Lucignolo, il maestro Ottolenghi. Tra le pagine ingiallite che si staccavano dai libricini consumati che mi prestava trovai l'ingrediente magico, il più impalpabile, ma il più decisivo in ogni scelta di vita: il magnetismo di un'esistenza concreta. Rimasi folgorato dall'idea di una fede che non aveva uno scopo personale. Il bene del prossimo mi apparve immediatamente un concetto decisamente più elegante del tornaconto personale. Gratificava molto di più il mio ego. E noi comunisti abbiamo un rapporto speciale con il nostro ego. Noi non abbiamo bisogno di comprarci la berlina dell'industriale, ci basta poter andare a cena con lui per umiliarlo intellettualmente, per godere della sua subalternità culturale. Forse la nostra ricompensa è stata questa. La soddisfazione del nostro ego.»

Andrea e Giulio si conoscevano da trent'anni e non si erano mai parlati in quel modo. Li fece sentire improvvisamente invecchiati.

Rimasero ancora un po' in silenzio, poi Andrea fece un respiro profondo e si schiarì la gola per allentare il nodo che lo opprimeva. «Quando non ho trovato il nome di Umberto nelle liste della federazione giovanile, ho subito pensato che si trattasse di un errore amministrativo. L'idea che non avesse più la tessera del partito non mi ha neppure sfiorato.» Scosse la testa in silenzio, poi continuò: «Che razza di padre è uno che non si accorge che suo figlio invece di andare all'università frequenta la scuola di terrorismo?» domandò rivolto a se stesso.

«Non esiste una scuola di terrorismo. I brigatisti li abbiamo fabbricati noi, trattando da imbecilli gli studenti, sottovalutando professori e intellettuali, dando del matto a chi non rispettava le regole e rifugiandoci nella convinzione che basta la ragione a mantenere la società in ordine e la scienza a risolvere ogni anomalia.»

Giulio teneva lo sguardo basso, perso nel vuoto di quell'orribile pavimento in segati di marmo ocra di pessima qualità. Poi, d'un tratto, sollevò leggermente la testa. «Mia madre sta morendo.»

Andrea sapeva del suo legame simbiotico, quasi morboso con la principessa Olympia. Non riuscì a dire nulla.

«Il suo cuore è stanco. Ha lottato troppo a lungo con i dispiaceri che le procurava mio padre. Quando ha saputo di quel chirurgo di Città del Capo che è riuscito a trapiantare il cuore di una venticinquenne a un tizio combinato peggio di lei, il viso le si è illuminato di un sorriso che non le vedevo da tempo. Ma quel medico ha una lista d'attesa infinita. Si potrebbe fare in America, hanno detto, ma costa una fortuna.»

«Potete permettervelo, siete ricchi.»

«Eravamo ricchi. Mio padre si è sputtanato la metà di quello che avevamo comprando macchine costose per portare a spasso signorine ancora più costose. L'altra metà l'ho bruciata io giocando a fare il rivoluzionario e lasciando che mia madre vivesse da principessa. Quanto amava raccontare alle amiche le gesta del figlio comunista. Se sapesse che non pago l'affitto di casa da sei mesi le accollerei anche il peso di morire con la preoccupazione del figlio squattrinato.»

All'improvviso, Paolo irruppe nella sala d'attesa. «Li stanno interrogando! È il turno di Umberto.»

Andrea e Giulio scattarono in piedi. «Ma Sandra dov'è?»

«Non è a casa e neanche in redazione. Ho lasciato un messaggio sotto la porta.»

43

Stando al meticoloso rapporto di Salsano, avevano sequestrato: cinque fogli dattiloscritti recanti poesie, ventiquattro edizioni di riviste di vario genere, inclusi fotoromanzi, riviste di fantascienza e pornografiche, tre fogli con liste di alimenti e altri beni di prima necessità, la trascrizione di un discorso di Agnelli, alcuni medicinali tra cui due flaconi di Librax, uno di collirio Alfa e uno di Buscopan, una macchina da scrivere Olivetti Lettera 35, una radio Minerva 7120, un televisore Brionvega da 12 pollici, un phon, sette documenti falsi, due paia di occhiali, una parrucca, un trapano, una divisa della polizia, una tessera della biblioteca Nazionale, centoventotto copie di volantini propagandistici, una chiave inglese modello Hazet, quattro tavole cartografiche di grande formato dell'area ovest di Roma poco distante dal Vaticano, venti grammi di marijuana e otto grammi di eroina. Al momento dell'irruzione nell'appartamento si trovavano otto persone, una più del previsto.

Capitava di frequente di fermare giovani universitari alle prime armi con l'estremismo politico. Spesso ragazzi di buona famiglia finiti in un gioco più grande di loro per spirito di emulazione o desiderio d'inclusione nel branco. E la forzatura che s'imponevano li rendeva fragilissimi e suscettibili di un ripensamento istantaneo e radicale che non di rado esplodeva poco dopo l'arresto, quando l'adrenalina lasciava spazio alla paura.

Nella maggior parte dei casi l'arresto arrivava in tempo e funzionava da vaccino scongiurando escalation pericolose. A volte però succedeva troppo tardi, quando la malattia si era propagata in maniera irreversibile. Anche per questa ragione Buonocore, d'accordo con alcuni magistrati della procura di Roma resi sensibili dall'esperienza di figli e nipoti dalla testa troppo calda, aveva incrementato a dismisura i fermi in una sorta di piano di prevenzione sanitaria ad ampio spettro. Per far scattare una retata era sufficiente la diffusione di volantini che richiamavano alla lotta attiva o un'assemblea dai toni troppo accesi. I ragazzi finivano in questura per qualche ora o al massimo si facevano una notte in cella in attesa che i genitori venissero a riprenderseli e si decidessero anche loro ad alzare la soglia di attenzione. Certo, capitava non di rado che qualche collega esagerasse, che di fronte a una risposta arrogante, a una provocazione di troppo o a uno sputo ci andasse giù pesante con calci e manganellate. A dirla tutta c'erano anche quelli a cui picchiare piaceva proprio. E a volte ci scappava una frattura, un naso rotto o qualche punto di sutura. Ma problemi seri non erano frequenti e fino ad allora Buonocore li aveva considerati blandi effetti collaterali, un rischio tutto sommato accettabile, il prezzo da pagare per limitare il contagio.

I ragazzi che aveva fermato quella mattina però non erano alle prime armi. Li avevano tenuti ciascuno sotto torchio per un'ora circa e fu chiaro da subito che non ne avrebbero cavato molto. Secondo il breve resoconto di Salsano, uno degli arrestati lavorava per la Stasi, un altro in passato aveva venduto informazioni all'Ufficio ma poi si era rivelato inattendibile. Un altro ancora era stato dentro per rapina a mano armata e il suo complice era un affiliato alla camorra. Gli altri risultavano essere studenti senza precedenti significativi se si escludevano possesso di stupefacenti e disturbo alla quiete pubblica. Erano tutti schedati nell'archivio.

Riguardo ai volantini dai peculiari toni apocalittici che incitavano alla "disarticolazione delle strutture del governo reazionario", la risposta da copione era che li avevano trovati all'università, la chiave inglese doveva averla dimenticata qualcuno, forse il figlio di un operaio, mentre di fronte al materiale più interessante, scena muta.

Buonocore si era occupato personalmente di quasi tutti gli interrogatori. La presenza di almeno un collega era diventata prassi dopo alcune denunce per abuso di potere finite sui giornali. Era rimasto solo nella stanza soltanto un paio di minuti durante il primo interrogatorio con la più giovane delle due donne. Il tempo che Salsano andasse a recuperare le cartelline con le schede dei fermati. La ragazza improvvisamente aveva dato una testata secca allo spigolo del tavolo e si era procurata un taglio di cinque centimetri sull'arcata dell'occhio senza emettere un lamento. Qualche secondo dopo si era esibita in un urlo straziante ed era rimasta a guardarlo negli occhi sorridente mentre il sangue le colava copioso sul viso.

Salsano, precipitandosi nella sala degli interrogatori, aveva capito immediatamente cosa fosse successo.

«'Sta stronza. Fai chiamare un'ambulanza!» gli intimò Buonocore imbufalito.

L'agente fece per uscire ma il suo capo gli urlò dietro. «Dove cazzo vai! Fai venire prima qualcuno, se resto di nuovo solo, questa si sfonda il cranio pur di mandarmi in galera.»

Buonocore aveva lasciato Umberto per ultimo. Durante l'identificazione si era fatto l'idea che fosse il più vulnerabile del gruppo. Le due bottigliette di caffè erano finite da un pezzo e nel pacchetto sul tavolo gli restava soltanto una Muratti.

«"Umberto Ferrante, nato a Mosca il 9 febbraio 1953,

da qui il soprannome Ivan. Figlio di Andrea, membro della direzione del PCI con forti legami a Mosca, studia scienze politiche prima alla Statale di Milano, dove aderisce al comitato dei rappresentanti di facoltà, poi a Roma dove si trasferisce un anno fa per proseguire gli studi alla Sapienza. È tra gli organizzatori del corteo del 26 ottobre in occasione del quale viene fermato e poi rilasciato a seguito di identificazione e denuncia a piede libero per istigazione a delinquere, danneggiamento aggravato, oltraggio e resistenza a pubblico ufficiale. Parla russo. Frequenta Lavinia Aresti, collega di corso all'università..." e compagna di lotta, aggiungerei io.»

Buonocore infilò nella cartellina il foglio appena letto e con un gesto plateale lo fece cadere rumorosamente sul tavolo davanti a Umberto.

«Una tipa tosta, Lavinia. Non ci ha pensato due volte a spaccarsi la testa da sola per fottermi. Ma stai tranquillo, nessuna conseguenza grave, solo un taglio superficiale. Ora è in ospedale. E per me sarà una rogna da gestire. Non ho ancora capito chi è il maschietto tra te e lei.»

Umberto non rispose e Buonocore non si aspettava lo facesse. Erano soltanto all'inizio, ma lui era stanco e non aveva voglia di tergiversare. «Come va con tuo padre? Lavinia sa di chi sei figlio? Non deve essere facile.»

Dopo qualche minuto fu chiaro che le provocazioni verbali non avrebbero funzionato, quindi il vicedirettore dell'Ufficio fece cenno a Salsano di passargli le pagine dello stradario e andò al punto. «Lasciamo perdere i volantini e la Hazet. Dimmi di queste.» Erano quattro fogli formato A3 ritagliati con cura da una Guida Rossa del Touring Club Italiano, con ogni probabilità acquistata presso un'edicola. Corrispondevano alle tavole dalla XXVII alla XXXI della zona ovest di Roma. Nessun segno o sottolineatura. Considerata l'assenza di fabbriche e ministeri in zona, lui tendeva a escludere una bomba. Restavano tre ipotesi. «Rapina, omicidio o sequestro? Cosa state pianificando?» Era il tentativo di offrirgli una via di fuga, la possibilità di lasciargli prendere le distanze nel caso fosse stato contrario a quella roba, qualsiasi cosa essa fosse. Umberto si limitò a spostare i capelli dal viso e lui si accorse che stava sudando. Adesso era più chiaro perché continuasse a stringere nervosamente i pugni. Aveva dolore ai muscoli delle mani. Quel ragazzo si faceva di eroina.

«Ora hai dei precedenti. Alla prossima finisci dentro. E lì è una merda, te l'assicuro, specialmente per chi ha sviluppato dipendenze da stupefacenti.»

«Anche fuori è una merda. Per questo lottiamo.»

«Voi lottate e noi vi picchiamo. Voi continuate a lottare e noi vi picchiamo più forte. Dove pensate di arrivare?»

«Preferireste che ci arrendessimo, che ci lasciassimo convincere dalle manganellate. Ma vi illudete. Noi arriveremo fino in fondo.»

A Buonocore quel ragazzo ricordava suo figlio. Avrebbe avuto all'incirca la sua età se fosse stato ancora vivo. La stessa testa dura e la sfrontatezza incosciente di chi non ha ancora fatto i conti con la fragilità della vita umana. Allontanò la sedia dal tavolo il necessario facendola strusciare sul pavimento, si sedette di fronte a Umberto e si accese l'ultima sigaretta del pacchetto.

«Mettiamo che abbiate ragione voi. Supponiamo per un momento che questa fantastica rivoluzione del popolo abbia successo, che vincete. E poi? Cosa fate?»

«La lunga marcia si concluderà con l'eliminazione fisica dei servi in borghese e in divisa, di chi li usa, li paga e li protegge. Dovresti preoccuparti di cosa faranno agli sbirri, piuttosto.»

«Gli sbirri? Gli sbirri non contano niente. A loro cambierebbero il colore delle mostrine, sistemerebbero una stella a cinque punte sul cappello e li spedirebbero di nuovo in piazza a picchiare gli studenti.»

«Siete solo dei servi. Non sapete essere altro, per questo noi vi facciamo paura.»

«Voi?»

«Noi donne e uomini liberi.»

«Perché tu ammazzare la consideri un'espressione di libertà?»

Buonocore aprì la cartellina e sparse disordinatamente sul tavolo le fotografie delle vittime dei brigatisti. Alcune ritraevano persone accasciate a terra con espressione sofferente o riverse sull'asfalto in posizioni innaturali. Altre inquadravano dettagli delle vittime: un volto sfigurato da un colpo a bruciapelo, una mano con la fede in una pozza di sangue, un mocassino perso nel tentativo disperato di fuggire.

Per la prima volta Umberto sembrò turbato.

«Questi sono mariti che non abbracceranno le loro mogli, padri che non rivedranno i loro figli e non conosceranno i loro nipoti.»

Il ragazzo lo guardava fisso. Andare avanti non sarebbe servito a nulla. E poi Buonocore era troppo stanco. Perciò lo fece portare via.

«Fai una copia di quelle mappe» disse rivolto a Salsano.

«Le carte topografiche, intende?»

«Carte, mappe, è lo stesso.»

«A dire il vero, no.»

Buonocore sapeva ciò che lo attendeva ma era troppo stanco per zittirlo.

«A essere precisi, una mappa è una rappresentazione semplificata dello spazio che mette in luce le relazioni prevalentemente concettuali. Le carte topografiche invece si concentrano sulle peculiarità fisiche di territori di limitata estensione e sono molto ricche di particolari, caratteristica che le rende più adatte per scopi didattici, di approfondimento e di organizzazione. Le mappe si usano per muovere gli eserciti, mentre le carte topografiche per organizzare operazioni mirate o per pianificare vie di fuga.»

Per una volta la pignoleria di Salsano era servita a qualcosa. Buonocore prese i grandi fogli, li aprì sul tavolo e restò a guardarli per quasi un minuto.

«Preparano un rapimento! Voglio sapere i nomi di tutti i politici, i magistrati, i giornalisti e i dirigenti pubblici e d'azienda che abitano nell'arco di cinque chilometri da questo incrocio.» Buonocore puntò il dito su un punto preciso della carta. «E tornate in quell'appartamento.»

«Lo abbiamo controllato metro per metro» obiettò Salsano.

«Ricontrollate centimetro per centimetro. Se necessario fai abbattere i muri, alza i pavimenti, radi al suolo quel cazzo di quartiere.»

«E Ferrante?»

«Fallo rilasciare. Anche gli altri.»

«Anche quelli con precedenti?»

«Tutti.»

Andrea riconobbe la voce di Sandra che chiedeva di Umberto all'agente di turno in guardiola. Allora uscì nell'atrio del commissariato seguito da Giulio e Paolo.

«Dov'è Umberto? Come sta?» Sandra aveva il volto contratto e il collo incassato tra le spalle come una leonessa che in un attimo di distrazione ha perso il suo cucciolo.

«Sta bene, considerata la situazione. Dov'eri finita?»

Sandra esitò, poi guardò alle spalle di Andrea, il quale capì e si voltò. Umberto era fermo sul primo gradino dello scalone che portava al piano superiore. In piedi, con le mani nelle tasche del parka, guardava verso di loro. A dire il vero, sembrava guardasse alle loro spalle, verso Paolo e Giulio. Sandra fece per andargli incontro ma lui abbassò lo sguardo e imboccò l'uscita.

«Cosa devo fare?» chiese Paolo.

«Nulla, non devi fare nulla» rispose Andrea.

44

Il giorno dopo, Sandra aveva deciso che non sarebbe uscita di casa, nella speranza che Umberto si facesse vivo. Per il lavoro in redazione non era stato un problema, era bastata una telefonata, invece il turno di ascolto alla radio aveva dovuto saltarlo. Durante l'addestramento nessuno le aveva detto cosa fare in caso di impedimento, semplicemente perché nessuna procedura prevedeva questa eventualità. A escluderla era stata l'inaspettata fortuna per i russi di riuscire a prendere in affitto l'appartamento al piano di sotto a quello in cui abitava per piazzarci le apparecchiature di ricetrasmissione. Grazie a quella soluzione, negli ultimi tre anni Sandra era riuscita a svolgere con rigorosa puntualità il suo compito, anche quando le avevano dovuto sostituire la radiotrasmittente. Inizialmente le avevano montato un residuato bellico, ma essendo troppo potente interferiva con le antenne dei televisori degli appartamenti vicini, incluso il loro. Con l'occasione le avevano anche installato un registratore.

Prima di allora le era capitato una sola volta di perdere la trasmissione. Era accaduto uno dei primi giorni. Era rientrata a casa dalla redazione troppo tardi e stava aprendo la porta dell'appartamento al piano di sotto proprio mentre Andrea saliva le scale di ritorno dal lavoro. Aveva rischiato grosso. Così da quel momento in poi si era attenuta scrupolosamente alle istruzioni ricevute collegandosi due volte al giorno, alle otto di mattina quando usciva per andare al lavoro e alle cinque del pomeriggio al rientro a casa. Al corso le avevano spiegato che quelli erano gli orari giusti. Ma siccome a quell'ora gran parte degli inquilini dello stabile era a casa, Sandra cercava di tenere il volume della radio il più basso possibile perché gli appartamenti avevano mura assai sottili e sapeva bene che se fosse stata scoperta, sia i russi sia coloro che nel partito sapevano l'avrebbero scaricata senza esitazione.

La frequenza radio per i collegamenti cambiava ogni settimana. Inizialmente andava cercata nelle pagine delle inserzioni della "Domenica del Corriere", poi Andrea le aveva chiesto perché s'interessasse a quella roba da borghesi, allora era riuscita a ottenere che l'annuncio fosse pubblicato sull'edizione domenicale dell'"Unità". Ogni giorno, all'ora stabilita, Sandra accendeva la radio in attesa della musica del carillon che precedeva il messaggio che poi andava decrittato grazie a un cifrario di Vernam e alla chiave unica di decodifica che aveva in dotazione.

Alcune volte, com'era successo la mattina prima dell'arresto di Umberto, toccava anche a lei trasmettere, nel qual caso finiva per fare tardi. In un giorno qualsiasi non sarebbe stato un problema. Quella volta però non era stata la sua risposta a richiedere tempo. Aveva dovuto codificare e trasmettere soltanto una parola: "Confermo". A trattenerla più del solito era stato il contenuto del messaggio che aveva ricevuto. Era rimasta talmente turbata da quelle istruzioni che aveva voluto verificare più volte di averle decodificate correttamente. Lo stato di confusione in cui era piombata le aveva fatto perdere la cognizione del tempo. Così, quando Paolo era passato da casa a prenderla per portarla in questura lei si trovava al piano di sotto, china sul registratore a trascrivere numeri e lettere.

Tornati a casa, i Ferrante non avevano più parlato di dove fosse finita e neanche di cosa aveva combinato Umberto. Non sarebbe servito a molto. Non conoscevano i dettagli, ma entrambi avevano un'idea piuttosto chiara della situazione in cui si era ficcato il ragazzo. Ad angosciarli però era il fatto che poi fosse sparito.

Per qualche giorno Andrea aveva provato a cercarlo all'appartamento del Pigneto, dove gli avevano detto che non era più passato, e aveva anche chiesto a Giulio di informarsi nel giro universitario, ma nessuno sembrava avere notizie.

Sandra aveva cominciato a ripensare a vent'anni di scelte di madre alla ricerca degli errori commessi e la lista si era rapidamente popolata. Allo stadio dei rimorsi era seguito quello dello scarico di responsabilità, prima su Andrea, troppo assente, troppo esigente, troppo permissivo, poi su quella squilibrata di Lavinia, che aveva plagiato suo figlio mettendogli in testa chissà cosa. Infine, era arrivata la fase assolutoria. Umberto era un testardo, lo era sempre stato, e non avrebbero potuto fare molto di più per evitare che accadesse.

Ma le ore trascorse a rimestare nei pensieri confusi non erano servite ad alleviare l'angoscia che era montata opprimendole il respiro al punto che, quando il telefono era squillato, si era lasciata sfuggire un urlo che stentò a credere fosse suo. Aveva afferrato la cornetta rispondendo senza pensare: «Umberto!».

«No, sono Ottavio. Come stai?»

«Come vuoi che stia» rispose delusa.

«Andrea non è a casa, immagino.»

«È in ufficio, credo.»

«No, ho già provato. Devo parlargli. Puoi farglielo sapere per favore?»

«Si tratta di Umberto?»

«Digli di venire alla Gregoriana alle tre. Ora devo andare.»

Lei era rimasta per qualche secondo ad ascoltare il segnale di occupato del telefono. Poi aveva messo giù il ricevitore, aveva infilato in tutta fretta il cappotto ed era uscita.

Sandra aveva trovato Andrea alla Camera dei deputati. In poco più di cinque minuti giunsero al portone del palazzo della Pontificia Università Gregoriana e salirono al secondo piano, dove aspettarono che Ottavio finisse la lezione di diritto canonico per andare insieme nel suo studio al piano superiore. Sandra non attese neanche che chiudesse la porta.

«Cosa sai di Umberto?»

Ottavio li guardò entrambi con aria preoccupata. Quindi si decise a parlare. «Tra i docenti del corso di laurea che coordino c'è il professor Aresti. Un insegnante di valore, una persona di gran cultura. In questo momento è a Gerusalemme per un convegno internazionale. Ieri mi hanno chiamato per dirmi che tra gli arrestati c'era sua figlia Lavinia.»

Andrea e Sandra si guardarono. Fu Andrea a parlare. «Sì, è finita in ospedale con una contusione.»

«Quella matta si è spaccata la testa da sola, è una squilibrata, lo ha plagiato!» irruppe Sandra cogliendo di sorpresa i due fratelli.

Ottavio aspettò che si fosse sfogata per proseguire. «Ha lasciato l'ospedale contro la volontà dei medici e da allora non se ne hanno tracce. Pare sia andata via con un ragazzo. Alto, capelli lunghi, vestiva un parka verde militare. Allora mi sono fatto mandare la lista dei fermati.»

Non occorreva aggiungere altro. Fu ancora una volta Andrea a intervenire.

«Credo si frequentino. Nel senso che hanno una relazione.»

Sandra tagliò corto incalzando Ottavio. «Tu sai dove possiamo trovarli.»

Lui sospirò prima di rispondere. «Il professore non riuscirà a tornare prima di domani. Vive in via Sistina, ma ha una villa sulla Nomentana. Noi non paghiamo stipendi così alti, Aresti viene da una famiglia molto benestante. La villa è disabitata da cinque anni almeno, da quando sua moglie è morta.»

«L'indirizzo?»

«È una residenza immersa in un parco di alberi secolari ed è circondata da un muro perimetrale in mattoni rossi. Si trova all'altezza degli studi Dear della Rai. È impossibile non vederla.»

Sandra non aveva bisogno di sentire altro e uscì dall'ufficio.

Andrea fece per seguirla ma Ottavio lo fermò. «Qualche giorno fa è stato da me Settembrini.»

Andrea non capiva cosa potesse avere a che fare quell'uomo con suo fratello.

«Mi ha detto che sei andato a chiedergli i soldi dell'ENI.»

«Non sono dell'ENI ma del partito, l'ENI doveva solo trasferirli. E perché sarebbe venuto da te? Pensava di usare mio fratello per dissuadermi? Sappi che...»

Ottavio non lo lasciò terminare. «È venuto da me perché quei soldi li ha depositati allo IOR.»

«E voi li avete presi?»

«Quattordici milioni di dollari sono una cifra a cui neppure il cardinale Bonidy può dire di no facilmente.»

«Be', allora è il caso che li restituisca al partito.»

«Purtroppo non sono nella mia disponibilità. Solo Settembrini può autorizzarne il trasferimento.»

«Ti assicuro che troverò il modo di convincerlo.»

«Non ti resta troppo tempo, allora. Il denaro al momento è investito e Settembrini ha un cancro ai reni in fase terminale.»

Andrea ricordò che l'avvocato dell'ENI muoveva continuamente i piedi durante il loro incontro... Dovevano dargli il tormento per via dei reni.

Uscendo sulla piazza, Andrea cercò Sandra ma sotto l'archetto che scavalcava via del Vaccaro vide Giovanna Fragale, che lo fissava impalata vicino al muro dell'edificio universitario con le braccia che reggevano rigide la borsetta dal manico a semicerchio di bambù. Le si avvicinò con passo deciso fermandosi a meno di un metro da lei.

«Ormai sono anni che ho l'impressione che tu mi segua. Si può sapere perché lo fai?»

Lei si limitò a scuotere la testa.

«Io non ho nulla a che fare con la morte di tuo marito» la incalzò Andrea.

«Lo so.»

«Allora cosa vuoi da me?»

«Voglio delle risposte. Ma le voglio da tuo fratello. Il pretino aveva una relazione con mio marito. Mi deve dire come è morto.»

Una Fiat 128 gialla si fermò davanti a loro. Sandra abbassò il finestrino. «Forza, sali.»

Mentre il taxi li conduceva lungo la Nomentana, Andrea rimuginò sulle parole della moglie di Fragale. A pensarci bene, ogni volta che l'aveva vista, lui si trovava in compagnia di Ottavio. Riportò a Sandra le parole della donna. Lo fece sottovoce per evitare che il tassista ascoltasse. In realtà le aveva ripetute a se stesso perché non riusciva ancora a credere a quello che aveva sentito. "Mio fratello è omosessuale."

Poi guardò sua moglie. Era silenziosa. Allora realizzò che sapeva. Aveva sempre saputo. Forse per una donna alcune cose sono più semplici da capire, certi segreti più facili da custodire.

Ci volle più di mezz'ora per arrivare alla Dear. A quell'ora il quartiere era intasato dalle auto dei pendolari che lasciavano la città. Scesero dal taxi e si guardarono intorno. Il sole stava calando e colorava il cielo di mille sfumature di arancio. Non poterono fare a meno di notare dall'altra parte della strada il recinto di mattoni rossi che delimitava un parco di alberi altissimi. Camminarono lungo il muro fino al cancello della villa, che si trovava in fondo a un viale alberato coperto da un tappeto di aghi di pino secchi.

Al citofono non rispose nessuno. Non fu difficile scavalcare e neppure entrare in casa. Una delle portefinestre era stata lasciata aperta. Trovarono i ragazzi al secondo piano, entrambi incoscienti. Lavinia era riversa su un letto. Umberto era in posizione fetale sul pavimento.

45

Quando il vicedirettore dell'Ufficio si affacciò al grande atrio Silvana, la segretaria storica del ministro, si alzò senza dire nulla e aprì la porta alle sue spalle.

«Buonocore, venga.» Era la voce di Canta, resa meno stridula dall'eco degli alti soffitti. Lui si fece avanti senza esitazione. Stranamente le imposte delle grandi finestre erano aperte e la luce del sole batteva sul velluto rosso delle sedie, dando un po' di calore a quella cella frigorifera e illuminando la prestigiosa quadreria sulla parete opposta.

«Si accomodi» disse quando lo vide apparire sulla porta.

Buonocore accennò un saluto con il capo e si sistemò di fronte alla bellissima scrivania dei primi dell'Ottocento ricoperta da cartelline rigonfie, fogli e giornali sgualciti. L'odore d'incenso era meno forte del solito.

«Mi riferiscono che i suoi incontri con i funzionari del PCI sono divenuti frequenti. Oltremodo, secondo alcuni. E questo potrebbe spiegare il fatto che, nonostante la sua proverbiale efficienza, io non abbia ancora ricevuto nulla di interessante su Andrea Ferrante a parte quell'inutile dossier sulla massoneria.»

Buonocore non era affatto disposto a sottoporsi a un processo sommario. «Il mio lavoro è raccogliere informazioni da ogni persona utile allo scopo, attenendomi alle regole d'ingaggio stabilite dall'Ufficio.»

«Però è lei a scegliere chi vedere e quanto spesso.»

«Se le mie frequentazioni fossero interpretate come una scelta personale potrei essere considerato, caso per caso, un agente della CIA o del Mossad, un massone, un mafioso o un emissario di almeno una decina di partiti politici, e di questo incontro si potrebbe dire che io stia lavorando fuori da ogni protocollo di servizio per procurarle false evidenze sui suoi avversari politici.»

Canta rimase sorprendentemente in silenzio. Sembrava spiazzato dalla reazione dell'uomo dei servizi, come se per la prima volta non avesse previsto quello che avrebbe detto.

Allora lui ne approfittò per riempire il silenzio. «Ho motivo di pensare che le Brigate Rosse stiano preparando un attentato e che presumibilmente dietro di loro ci siano i servizi statunitensi e forse pezzi deviati del nostro Stato.»

Il ministro sapeva bene che nel gergo dei funzionari dei servizi l'espressione "ho motivo di pensare" equivaleva a un "ho evidenze chiare e circoscritte", mentre la parola "presumibilmente" significava "è una mia opinione ma non sono in possesso di prove a supporto". Era stato infine il "forse" a tranquillizzarlo, significava "non ho nulla più di un vago sospetto". Quindi scelse bene le sue parole per evitare di essere lui a fornire riscontri utili.

«Vede, Buonocore, non sempre occorre adoperarsi attivamente per dare vita a un'organizzazione eversiva. Spesso basta lasciar fare a quelle che si organizzano spontaneamente. Il passaggio dalla lotta politica a quella armata è una delle disfunzioni naturali di una società. È come l'influenza, una volta ogni tanto ti tocca. E quando accade basta limitarsi a seguire l'evolversi della situazione, magari intervenendo, solo se strettamente necessario, per risolvere gli imprevisti: un colpo di sfortuna, l'incapacità di qualche idiota o l'efficienza di un funzionario troppo zelante.»

Quella frase suonò come una minaccia. Nel frattempo, il sole era arrivato sulla scrivania e il ministro aveva chiamato la segretaria per socchiudere le imposte, restituendo l'ufficio alla sua tetra consuetudine. Una volta uscita, proseguì: «È proprio la rimozione degli ostacoli dal percorso di escalation a fornire agli aspiranti rivoluzionari l'illusione di un'impunità che li incoraggerà ad allargare progressivamente il raggio d'azione».

«E al massimo beccano uno dei tuoi che magari avevi infiltrato per osservare più da vicino. Tanto poi lo fai rilasciare.» Buonocore si riferiva evidentemente a quanto accaduto con Messina in occasione dell'irruzione al covo delle BR.

Canta fece finta di non capire. «Le organizzazioni eversive contribuiscono alla stabilità del sistema. Non occorre che colpiscano qualcuno in particolare, basta che esistano.»

«E chi decide cosa serve alla stabilità del sistema?»

«Questo tocca a noi, non crede, vicedirettore? D'altro canto, noi politici, come voi spie, viviamo nella convinzione che chi fa il nostro lavoro debba avere più diritti degli altri cittadini. È questa convinzione a tenere in piedi tutto il circo, a far girare i soldi.»

«Quindi si riduce tutto a una questione di soldi.»

«Mi crede se le dico che io non tocco una banconota da almeno quindici anni? I soldi sono soltanto uno strumento. Quello che conta è il potere. Vogliamo tutti comandare.»

«Alcuni preferiscono fottere» obiettò Buonocore.

«Comandare *è* fottere.»

46

Appena atterrato a Mosca, Tokarev si diresse alla sede del Dipartimento internazionale del Comitato centrale del PCUS senza neppure passare da casa. La sua auto e quella di Elembaev arrivarono davanti al palazzo praticamente nello stesso momento.

L'agente del KGB impiegò meno di dieci minuti a esaurire il suo rapporto. L'unico incidente di percorso era la morte di D'Amico. Tokarev aveva incaricato Kira di eliminarlo appena recuperati i documenti, ma qualcuno li aveva anticipati. Qualcuno molto preoccupato che quelle carte potessero finire nelle mani sbagliate. La messa in scena era roba da professionisti, troppo sofisticata per gli americani. E non erano in molti a potersi permettere di dare un messaggio del genere al Vaticano.

«Tutto come aveva previsto il compagno Grandi!» esclamò Elembaev interrompendo i suoi pensieri. «Quell'uomo è pieno di risorse. Uno come lui sarebbe utile anche qui.»

A Tokarev Grandi non era mai andato a genio. Lo considerava fin troppo sveglio, ma poco affidabile. «Comunque, il clima a Roma resta teso. Le formazioni extraparlamentari sono meno manovrabili del previsto anche a causa di infiltrazioni dei servizi italiani e alleati che ci complicano il lavoro. Gli americani non si fidano più del Vaticano e il dialogo con il segretario della DC è pessimo. Quell'uomo ha la testa dura ed è riuscito a mettersi tutti contro, anche la NATO.»

«Lasciamo che gli americani si occupino del loro cortile, noi dobbiamo sistemare il nostro. D'ora in poi sarai tu a gestire l'agente Arina. Assicurati che segua le istruzioni che ha ricevuto.»

Arina era il nome in codice di Sandra Ferrante. E Tokarev conosceva bene il piano avendolo ideato in ogni dettaglio, convinto che non sarebbe mai stato attuato, come molte delle operazioni a cui aveva collaborato e che erano rimaste sulla carta. Non si trattava di una di quelle azioni chirurgiche con effetti calcolati e circoscritti in cui il KGB era maestro. Uccidere il segretario del Partito comunista italiano era una roba diversa, un'operazione dai risvolti incontrollabili.

47

Buonocore non aveva capito se Canta fosse coinvolto nel possibile attentato o se ne fosse solo informato, ma era chiaro che non intendesse far nulla in merito. E nell'incertezza di che ruolo avesse De Paoli nella faccenda, aveva escluso di parlargli sin dal primo momento.

Erano passati pochi giorni dall'irruzione nel covo e le indagini sulla cellula estremista procedevano a fatica, mentre quella su Fragale era finita ormai da tempo in un vicolo cieco.

Perciò, non avendo più alleati da coinvolgere, non gli restava che rivolgersi ai nemici. E visto che nel frattempo era stato informato del ritrovamento di Umberto e Lavinia e del loro ricovero in ospedale, sapeva dove ne avrebbe potuto trovare uno.

Quando si affacciò nel corridoio antistante l'accesso al reparto di terapia intensiva del Policlinico Umberto I vide solo Sandra Ferrante, seduta su una delle panchine di legno impiallacciato con la solita formica verde acquamarina. Come in tutti gli ospedali pubblici c'era un odore acre di disinfettante reso ancora più forte dalla temperatura dell'impianto di riscaldamento, troppo alta anche per il mese di ottobre.

«Stia tranquillo, mio figlio non è in grado di andare da nessuna parte. È in coma. Anche la ragazza.» La voce veniva dalle sue spalle.

Quando si voltò, vide Andrea con una tazza in mano.
«Non sono qui per lui.»
«Lascio la camomilla a mia moglie.»
Erano passate da poco le tre del pomeriggio e l'ospedale si era svuotato di chi aveva fatto visita ai propri cari. Restavano solo i pazienti, e quelli in rianimazione erano piuttosto tranquilli. A quell'ora le visite non erano consentite, ma il professor Della Vedova aveva un certo ascendente sui dirigenti sanitari delle strutture ospedaliere pubbliche. Non fosse altro perché aveva piazzato al ministero della Salute chi stabiliva gli avanzamenti di carriera. Così, mentre Sandra piantonava l'accesso al reparto, loro due si spostarono sulla fila di sedie vicino allo scalone.
«Suo figlio è implicato nell'organizzazione di un atto eversivo. Molto probabilmente il rapimento di un uomo politico di primo piano.»
«Ne siete certi?»
«Abbiamo trovato un mucchio di carte. Riferimenti ad armi, auto, appostamenti, vie di fuga. Non è una roba da studenti incazzati. Chi ha montato l'operazione sembra avere una certa esperienza nella preparazione di azioni militari.»
«E chi vogliono rapire?»
«Sulla base delle informazioni disponibili, abbiamo ristretto le ipotesi a tre obiettivi probabili. Il segretario della CGIL, il capo della procura di Roma e il presidente del Consiglio.»
Andrea si strofinò le mani sulla faccia. Non dormiva da quasi due giorni e non riusciva a mettere in fila i pensieri che gli affollavano la testa. «Cosa aspettate a metterli in sicurezza? Il suo ufficio può fare quello che vuole.»
«Il massimo che ho potuto fare per ora è allertare i servizi di scorta. Non stiamo parlando di un'indagine ordinaria. Intorno a questa faccenda si muovono i servizi di mezzo mondo e anche la criminalità organizzata. Non mi è mai capitata una cosa del genere, le assicuro.»

Andrea si girò verso Sandra che da lontano li osservava e fece per alzarsi. «Bisogna avvertire Canta.»

Buonocore seguì il suo sguardo. «Non è una buona idea, mi creda.» Lo trattenne per un braccio invitandolo a sedersi. «È il ministro dell'Interno, anche se si tratta del suo principale concorrente alla segreteria non può rischiare che provino a rapire il presidente del Consiglio.»

«Perché pensa si tratti di lui?»

«Non lo so. Ma bisogna informarlo immediatamente.»

«Canta non farà nulla. Ci ho già parlato.»

«E allora, cosa vuole da me?» Poi si rese conto di aver alzato la voce. Sandra li guardava.

Buonocore lasciò che ritrovasse la calma. «Anch'io avevo un figlio. Oggi avrebbe pressappoco l'età del suo. È rimasto vittima di un incidente in mare otto anni fa a Procida. O almeno di incidente si parlò sui giornali. Mio fratello che era con lui quando accadde mi spiegò la sua versione dei fatti. Fu l'ultima volta che ci parlammo. Mi sembrò un racconto inverosimile. Allora cominciai a fare qualche domanda in giro, ma mi scontrai con un muro di omertà. Poi un amico con cui da giovane avevo fatto un corso di addestramento e che era finito nei servizi mi disse che non era la prima volta, che una cosa simile era successa a un traghetto sulla rotta Napoli-Ischia. C'era stata una collisione con un sottomarino. Molta paura, ma in quel caso nessuna conseguenza. Però era solo questione di tempo. Il traffico di unità navali sottomarine americane e russe in quello specchio di mare era tale che prima o poi doveva accadere di nuovo. Mio figlio, come il suo, ha avuto la sfortuna di finire in un gioco di interessi più grandi di lui. Quel giorno non ero lì a occuparmi di Michele. Avrei potuto evitare quell'incidente? Non lo so, ma probabilmente avremmo avuto entrambi un'altra vita. Non ci sono stato abbastanza per lui. Sono scappato dai fantasmi che mi tormentavano e sono finito per crearne di nuovi e non mi lasceranno mai.»

Seguì un lungo silenzio durante il quale Andrea non poté fare a meno di pensare a quanto anche lui avesse trascurato suo figlio e soprattutto alle carte nautiche che aveva consegnato ai russi quando studiava a Mosca. Concentrato sul piccolo vantaggio personale al riparo dell'alibi della lotta per il popolo, non si era mai preoccupato davvero delle conseguenze che ciò che faceva avevano sulla vita delle persone. Questa incosciente noncuranza non lo rendeva assai diverso da chi aveva ridotto Umberto in quelle condizioni. Quel pensiero lo avrebbe tormentato a lungo.

«Non sono l'unico a sapere dell'esercito occulto di Canta, so dei soldi che prende dalla CIA e so delle sue manovre per sabotare l'accordo tra DC e PCI. Ma sono uno dei pochi in grado di far saltare tutto. È la volta buona che anche noi la piantiamo con la farsa dell'esercito rosso e la smettiamo di raccontare al mondo una rivoluzione che non abbiamo mai avuto intenzione di fare.»

«E secondo lei le lasciano smontare così il sistema che hanno messo in piedi? Troppa fatica, troppi interessi, troppi rischi.»

«Lei mi dia il piano dell'attentato o il documento con cui viene ordinato e faccio venire giù tutto.»

Buonocore non si aspettava quella reazione. Andrea era in evidente stato confusionale. «Non è così che funziona. Il documento che mi chiede non è mai stato scritto e neppure pensato. Un giorno imprecisato alla Casa Bianca qualcuno del gruppo ristretto della Segreteria di Stato avrà discusso animatamente l'inopportunità di avere i comunisti al governo in Italia e affidato a un funzionario indicazioni generiche, utili a contenere i rischi di questa eventualità. Poi, qualcun altro avrà ideato delle linee guida e le avrà passate al capostazione per l'Italia il quale, attenendosi ai piani d'azione previsti in casi del genere, si sarà rivolto agli agenti dislocati nel paese. E questi, a loro volta, le avranno adattate ai piani operativi già in corso scegliendo se e dove intervenire. Tutto ciò senza considerare il condizionamento assai probabile da parte di soggetti deviati e per i più diversi interessi personali.»

«Mi sta dicendo che tutti sanno ma che nessuno fa nulla? Mi rifiuto di crederlo.»

Buonocore sembrava rassegnato di fronte alla testardaggine di Ferrante, però comprendeva che non doveva essere facile restare lucido in quella situazione. «Molti anni fa mi capitò di lavorare a un'indagine per omicidio. Nella piazza di un paesino in provincia di Napoli un uomo aveva picchiato sua moglie per quaranta minuti in pieno giorno fino ad ammazzarla. In mezza giornata avevo raccolto ventisei testimonianze oculari. Ma nessuno dei testimoni aveva fatto nulla. Mi rifiutavo di crederlo, proprio come lei ora. Allora mi misi a indagare sull'assassino. Non aveva precedenti, non era un affiliato alla camorra e non era neppure un attaccabrighe. Fu parlando con una vecchina che abitava in una delle case che si affacciavano su quella piazza che cominciai a capire. La poveretta era dilaniata dal rimorso per non aver telefonato ai carabinieri. E non aveva chiamato perché, mi disse singhiozzando, era certa che qualcun altro se ne sarebbe preoccupato. Allora tornai dagli altri testimoni. In molti avevano fatto il suo stesso ragionamento. "Qualcuno interverrà." Una sorta di deresponsabilizzazione collettiva. Però cercando una conferma a questa ipotesi, mi imbattei in un'altra ragione, psicologicamente più sottile ma altrettanto potente. Come le ho detto prima, in molti avevano assistito alla scena e nessuno di loro si era agitato più di tanto. Fu questa calma apparente a spegnere la percezione del pericolo in chi osservava la scena.»

«Mi sta dicendo che nessuno fa niente perché ognuno pensa che qualcuno se ne occuperà? Oppure perché l'edizione straordinaria del giornale radio non si è premurata di seminare il panico?»

«Niente panico, nessun pericolo.»

«Allora, se non si può fare niente cosa è venuto a fare qui?»
Buonocore gli porse il fascicolo che aveva in mano. «Si legga questo.»
Andrea fu distratto dal vocio provenire dal corridoio. Si voltarono entrambi. Sandra era in piedi e parlava sottovoce con un medico in camice bianco che si era affacciato dalla porta della rianimazione.

GIUGNO 1976

48

L'ultima volta che Andrea e Sandra si erano parlati era stata otto mesi prima, il giorno del ricovero di Umberto. Erano tornati dall'ospedale alle dieci di sera, entrambi invecchiati nel giro di poche ore.

Andrea era crollato sul divano esausto. Sandra si era tolta le scarpe e si massaggiava i piedi indolenziti con lo sguardo perso nel vuoto.

"Ho rinunciato a essere un buon padre e anche un buon marito per diventare un buon comunista, e neanche questo sono riuscito a fare. Quando è nato Umberto volevo cambiare il mondo, e invece sono finito a cambiare soldi. Bella rivoluzione."

"La rivoluzione" aveva ripetuto Sandra con enfasi ironica. "Non ci avete mai provato a farla davvero. Per cambiare questo paese non occorrevano i fucili, bastava risolvere la questione femminile. Sono cinquant'anni che a Mosca si va in ospedale per abortire mentre a Roma ancora si rischia la galera. E voi sareste i paladini dei diritti? Vi portiamo dentro di noi per nove mesi, vi sfamiamo, vi puliamo, ci prendiamo cura di voi quando siete malati e alla fine ci chiamate compagne. Non avete neanche il coraggio di chiamarci mogli." Poi finalmente l'aveva fissato negli occhi. "La rivoluzione, quella vera, l'avete sempre avuta sotto il naso."

Da allora, buongiorno, buonasera e poco altro. Umberto non si era più svegliato dal coma. Lavinia Aresti invece si era ripresa e prima che la questura mandasse un agente a piantonarle la stanza era scappata facendo perdere di nuovo le sue tracce.

Sandra andava in ospedale ogni giorno, sabati e domeniche inclusi. Le trasmissioni radio erano state misteriosamente sospese. Aveva comunque dovuto sottrarre qualche ora al lavoro, ma sapeva che nessuno in redazione avrebbe avuto da ridire. In quegli otto mesi era invecchiata. I capelli bianchi si erano moltiplicati, si sentiva stanca nonostante lavorasse meno. Non faceva altro che pensare a Umberto. Aveva anche provato a distrarsi sostenendo il dibattito parlamentare sull'aborto, ma non riusciva a ritrovare più alcun interesse nelle cose della politica. Era solo arrabbiata.

Andrea invece in ospedale ci andava molto meno. Una volta o due la settimana. Sempre di sera, quando Sandra non era lì. Gli infermieri avevano ricevuto istruzioni di lasciarlo entrare a qualsiasi ora. Chiedeva alla caposala se ci fossero novità, poi si sedeva per ore a guardare Umberto e a pensare al figlio di Buonocore. Non poteva sapere se ci fosse stato un collegamento diretto tra le mappe che aveva consegnato a Mosca e l'incidente nel golfo di Napoli, ma non riusciva a togliersi dalla testa di essere lui il responsabile di quella morte. E chi sa di quante altre.

Ai tempi dell'università non era pienamente consapevole delle implicazioni di quello che faceva. Ora però era diverso, non aveva più alibi. L'incarico in direzione atteso tanto a lungo aveva finito per trasformare il suo desiderio spasmodico di servire la "causa del popolo" in un puro esercizio di gestione del potere. Così, senza neppure rendersene conto, si era ritrovato a incarnare l'espressione più perfetta di quel sistema elitario che si era votato ad abbattere quando sedicenne aveva preso la tessera del PCI.

A volte si ritrovava a parlare con Umberto come se lui

potesse sentirlo. Dopo un po', il nodo alla gola si faceva insopportabile e scoppiava in lacrime come un bambino. In quegli otto mesi aveva dimezzato la scorta di LSD. Non aveva più dolore al braccio, ma la sua capacità di concentrazione cominciava a risentirne.

Una sera Sandra era tornata dall'ospedale prima del previsto, lui era ancora a casa. Avevano litigato. Lei lo aveva travolto vomitandogli addosso tutto il suo dolore e colpendolo ripetutamente mentre esplodeva in un pianto disperato. Andrea l'aveva abbracciata stringendola forte nel tentativo di assorbire quello sconforto di cui si considerava l'unico colpevole. Senza rendersene conto si ritrovarono a fare l'amore, lì sul pavimento. E per un attimo che sembrò infinito si sentirono vivi. Ma la mattina dopo fu come se non fosse accaduto.

Nel frattempo, a poco più di un anno dalla sua formazione, il governo era in fibrillazione in seguito al regolamento di conti avviato in seno alla DC dopo l'insuccesso alle regionali. Nulla di insolito. Quattordici mesi era la durata media dei governi di quegli anni. E se di norma il presidente della Repubblica faceva il possibile per non andare alle urne, quella volta l'intesa con i socialisti non si era ricomposta e il capo dello Stato non aveva potuto far altro che indire nuove elezioni.

Appena fu stabilita la data del 20 e 21 giugno, Andrea venne convocato dal Segretario. Lo avrebbero candidato nel collegio blindato di Sesto San Giovanni, dove aveva vissuto e lavorato. Un tempo ne sarebbe stato onorato. Invece prese quella decisione con estrema indifferenza. Si concesse solo un sorriso amaro pensando a quanto sua madre sarebbe stata orgogliosa del suo "Onorevole figliolo". Il Segretario non fu stupito dalla sua reazione tiepida. D'altra parte, il clima tra i due si era raffreddato non poco da quando era rientrato dalla Russia.

Ormai mancavano meno di due settimane al voto e i sondaggi davano il PCI in ulteriore crescita. Era ora di predisporre il sistema di rilevazione per anticipare lo scrutinio dei risultati e Andrea si decise a recuperare la cartellina con l'elenco dei collegi che aveva scelto per le ultime elezioni regionali. Fu cercando quella lista che si ritrovò tra le mani il fascicolo che gli aveva consegnato Buonocore in ospedale mesi prima. Il titolo battuto a macchina sulla prima pagina recitava: "Giovannini Mario, Palermo 10.10.1921 – Riscontri di polizia giudiziaria al 18.04.1952". Le pagine successive riportavano un verbale di denuncia che attribuiva al direttore dell'"Unità" la responsabilità della deportazione di sei famiglie nel campo di concentramento di Dachau. C'era anche la lista con i nomi e l'età di uomini, donne e bambini ebrei che avevano trovato rifugio in un magazzino del porto di Genova. Secondo l'accusa dell'unico sopravvissuto, l'allora partigiano non era fuggito dal carcere ma sotto tortura aveva comprato la libertà condannando ventiquattro persone. L'ultima pagina recava il verbale di archiviazione per mancanza di prove.

Allora Andrea si era chiesto perché Buonocore gli avesse passato quelle informazioni, ma la preoccupazione per Umberto e la stanchezza lo avevano convinto a metterle da parte, almeno per il momento, poi era stato sopraffatto da altri pensieri e aveva finito per dimenticarsene del tutto.

Rileggendo nuovamente quelle pagine a mente fredda si chiese se quella fosse stata l'unica cosa che il direttore dell'"Unità" gli aveva nascosto.

49

Andrea entrò nell'ufficio di Giovannini senza bussare e gli gettò la cartellina sul tavolo. Il caporedattore che stava mostrando il timone delle pagine del numero in lavorazione raccolse velocemente i suoi fogli e lasciò la stanza. Il direttore l'aprì, lesse il titolo e la richiuse.

«Visto? A te mandano le carte con il mio nome e a me quelle col tuo. Cos'altro non mi hai detto?»

«Riguardo a cosa?»

«Riguardo a Grandi e alla storia di Dongo, ad esempio.»

Giovannini inarcò la schiena dolorante e poi si accasciò sullo schienale della sedia sbuffando rassegnato. «Della morte di Mussolini esistono fin troppe versioni, tutte prive di riscontri affidabili. Quella ufficiale si basa sulle testimonianze dei tre esecutori che però si contraddicono l'un l'altro. Di certo c'è solo che ognuno di loro era stato mandato lì con una missione precisa e tutti e tre con l'ordine di uccidere, nonostante secondo l'armistizio firmato a Malta da Badoglio e Eisenhower il duce andasse consegnato alle Nazioni Unite.»

«Erano stati mandati da chi?»

«Stando ai verbali del comando partigiano, due di loro erano lì per conto dei comandanti della 52ª Brigata Garibaldi. Grandi era l'uomo di fiducia di Martone, il valoroso partigiano attualmente presidente del nostro partito. Poi c'era Canta, il ministro, che era lì su ordine di Novelli, il beneamato presidente della Repubblica. Il terzo uomo era Allegri, l'autore materiale dell'esecuzione. Era un fascista convertito alla partigianeria, come sembra fosse anche Grandi. Allegri era stato mandato a Dongo dal capo dell'OSS in Italia, il capitano Michael Messina.»

Una circostanza che aveva segnato la vita di quegli uomini, intrecciando i loro destini in maniera indissolubile. Ad Andrea passarono per la mente mille domande ma ne formulò una soltanto: «Grandi è stato fascista?».

«Così sembra, e non ne sarei così stupito. Tra i fascisti della prima ora c'erano anche molti ebrei.»

«Cos'altro?» lo incalzò mentre Giovannini si accendeva una sigaretta.

«Pare che i tre, dopo aver fucilato il duce, si siano fatti consegnare i bauli sequestrati con il convoglio. Contenevano una borsa piena di documenti e soldi. C'erano anche molti gioielli. Fu allora che le cose si complicarono. La prima a lasciarci la pelle fu l'amante di Mussolini. La discussione che ne seguì dev'essere stata molto concitata e pare che i tre vennero anche alle mani. Alla fine, invece di spararsi l'un l'altro, raggiunsero un compromesso. L'uomo dell'OSS avrebbe preso le carte. Si trattava di documenti compromettenti, soprattutto per Churchill. D'altra parte, appare ragionevole che Allegri fosse stato mandato lì da Messina proprio per recuperare quelle carte per conto degli Alleati. Giocoforza, i due partigiani presero i soldi e il resto del tesoro.»

«E tu come le hai sapute tutte quelle cose?»

«Un giorno, sono passati più di vent'anni da allora, Allegri venne in redazione e mi consegnò una specie di memoriale. La sua versione dei fatti su Dongo. Mi disse che era malato e che voleva che si sapesse tutta la verità su quanto era accaduto. Qualche mese dopo, il diabete se lo portò via. Quelle carte contenevano rivelazioni esplosive, però alla fine decisi di non pubblicare niente. Troppo pericoloso.»

«Pensi fosse una storia vera?»

«In principio ero scettico, poi la morte di Allegri riaccese il mio interesse per la vicenda. Un giorno riuscii a incontrare Togliatti con la scusa di un'intervista sui socialisti e gli raccontai il fatto. Lui sfogliò il memoriale superficialmente e mi rispose quasi infastidito. "L'uomo che ha sparato è Grandi" mi disse con fare sbrigativo "abbiamo deciso di coprirlo perché non perdesse la testa." Da allora non volle più incontrarmi, neppure quando divenni capo del politico alla redazione centrale. Fu questa reazione eccessiva insieme alla risposta frettolosa a convincermi ad andare più a fondo.» Giovannini si interruppe per versare due bicchieri di Amaro Riccadonna che aveva pescato da uno dei cassetti della scrivania. Al centro dell'etichetta a righe bianche e dorate campeggiava un cerchio con la dicitura "Rosso Americano", il che era coerente con la sua ironia e assolutamente adatto a quella circostanza. Andrea declinò l'invito e attese che l'effetto del distillato aiutasse il direttore a ritrovare il filo del discorso. «Su Canta non riuscii a scovare nulla di interessante. Quell'uomo è in grado di camminare a dieci centimetri da terra per non lasciare traccia del suo passaggio in questo mondo. Non fu semplice neppure ricostruire il passato di Grandi, ma nel suo caso giocavo in casa, di fonti nel partito ne ho sempre avute molte.»

«E cos'hai trovato su di lui?» Andrea non aveva alcuna intenzione di rivelargli che stavano parlando di suo suocero, ma era curioso di sapere se Giovannini ne fosse a conoscenza.

«Grandi nasce bene. A dodici anni è già impiegato nello stabilimento di famiglia per la lavorazione della barbabietola e a venti ne deve prendere le redini, quando suo padre muore per le complicanze della sifilide. Era sveglio e come gran parte degli imprenditori italiani collaborava attivamente con il regime fascista ottenendo in cambio remunerative forniture di zucchero per l'esercito. Verso la fine della guerra però è costretto a chiudere per mancanza di materia prima. Aveva fiutato l'aria del cambiamento già da un po', e gli era ormai chiaro che fosse ora di mettere da parte il saluto romano, ma ancora non sapeva con quale benvenuto sostituirlo. L'illuminazione gli arrivò mentre era in viaggio da Milano a Cuneo, quando un imprenditore orafo suo amico con entrature tra i gappisti gli aprì gli occhi sul fatto che il conflitto aveva preso una piega ben precisa. Così, un po' in anticipo rispetto agli altri quaranta milioni di italiani che qualche mese più tardi avrebbero fatto altrettanto, si riscoprì d'un tratto fervente antifascista e grazie al suo amico riuscì a entrare nelle Brigate Garibaldi. Si ritrovò così a combattere al fianco di Aldo Martone, al quale pare abbia anche salvato la vita. Poi sono stati tutti risucchiati dal gorgo della storia, e a quel punto il suo passato era diventato una rogna scomoda da gestire.»

«Mi stai dicendo che lo hanno coperto per evitare uno scandalo?»

«La Chiesa ha fondato la sua propaganda sulle reliquie. Noi abbiamo usato gli eroi della Resistenza.»

«E quindi per tenere buono Grandi gli abbiamo lasciato fare il suo comodo nel partito.»

Il silenzio di Giovannini suonò come una conferma. Un sorso di liquore e il direttore riprese. «C'è dell'altro. Come ti ho detto, ho scavato un bel po' nella sua vita, fino a che mi sono imbattuto in un tesoro.»

«Dongo.»

«Trentacinque chili d'oro e banconote di diverse valute per un controvalore di almeno quattrocento milioni dell'epoca. I conti sembravano tornare.»

Andrea calcolò a mente che con la rivalutazione corrispondevano a oltre trenta miliardi di lire.

«Al PCI finì soltanto una parte di quei soldi che furono usati per costruire la nuova sede di via delle Botteghe Oscure e finanziare le macchine tipografiche per "l'Unità" di Milano. In un certo senso è grazie a quel denaro che ho potuto fare questo lavoro. Il resto sparì insieme ai partigiani che ebbero a che fare con i successivi passaggi di mano.»

«Passaggi di mano?»

«Secondo il memoriale di Allegri, l'oro fu fuso in lingotti dall'amico di Grandi, l'orafo di Valenza, e insieme al grosso delle banconote finì in cinque grandi sacchi di iuta di cui si persero le tracce a Milano.»

L'immagine degli uomini che aiutavano suo padre a ficcare fucili e pesanti sacchi nelle botti del seminterrato deflagrò nella testa di Andrea. Avvertì persino il sapore salato del sudore che gli colava dal labbro superiore quel giorno. Poi gli entrò un rumore in testa che gli impedì di pensare e che lo costrinse a serrare gli occhi

«Stai bene?» gli chiese Giovannini.

Andrea impiegò qualche secondo a riscuotersi. «Che fine ha fatto tutta quella roba?»

Il direttore alzò le spalle. «Questo non lo so. Allegri alludeva a un elenco di conti correnti nascosto in un archivio in mezzo ad altre carte, ma non spiegava come rintracciarlo. Qualche anno fa ne parlai con Fragale. Ne divenne ossessionato, non ci dormiva la notte.»

Andrea ricordò allora quando Fragale era andato all'archivio mentre lui ancora lavorava lì. L'immagine del grande scaffale protetto dalla grata in fondo al corridoio centrale svanì quando Sandra aprì la porta dell'ufficio del direttore.

Alla vista di sua moglie, Andrea avvertì una sensazione d'istantaneo svuotamento in petto. Lei lo fissò per qualche secondo ansimando. Per lui si trattò di un'eternità.

«Si è svegliato!» esclamò correndo via. La seguì senza esitazione.

«Non ti lasceranno cambiare nulla» gli disse Giovannini mentre usciva dal suo ufficio. Andrea si voltò e indicò la cartellina gialla che gli aveva gettato sul tavolo. «Con quella siamo pari.»

Quando Andrea uscì sul marciapiede, Sandra era già in macchina. Lui montò di fianco a Paolo.

«Andiamo al Policlinico, Umberto è uscito dal coma.»

«È cosciente?»

«Dài, Paolo, metti in moto!»

Giunti in ospedale, rimasero delusi nel vederlo nella solita posizione supina con gli occhi chiusi. Ad accendere le loro speranze furono i macchinari a cui era collegato che suonavano una musica diversa. I *bip* e le lucine che avevano scandito otto mesi di atmosfera cupa adesso raccontavano una storia diversa, quella di una vita che tornava.

L'infermiera che aveva cambiato la flebo come tutte le mattine s'era presa un coccolone quando Umberto le aveva chiesto dove si trovasse. Adesso dormiva, ma potevano aspettare che si svegliasse.

Quando aprì gli occhi, Sandra e Andrea si resero conto che il loro figlio non sarebbe stato più lo stesso. Il suo organismo aveva ripreso a funzionare a un ritmo che aveva sorpreso tutti i medici, ma quello che era successo sembrava averlo segnato nel profondo.

Sandra non si mosse dall'ospedale per tre giorni. Suo marito faticò non poco a convincerla a prendersi qualche ora di riposo. Si persuase soltanto quando la caposala disse a Umberto che lo avrebbero dimesso il giorno dopo.

Nel frattempo, Andrea aveva completato i preparativi per le elezioni e aveva organizzato la squadra di inviati ai seggi per le rilevazioni del voto. Quella sera sarebbe rimasto lui con Umberto. Aveva chiesto a Giulio di venire a prenderli in ospedale con l'auto di servizio la mattina dopo alle otto in punto, visto che Paolo era letteralmente sparito senza lasciare traccia dal giorno in cui li aveva accompagnati all'ospedale. Lo avevano cercato ovunque e in direzione erano tutti molto preoccupati per lui.

Era la prima volta da molto tempo che Andrea e Umberto si ritrovavano da soli. Fu il ragazzo a parlare per primo. «Faccio parte delle Brigate Rosse. O almeno ne facevo parte.»

Andrea non disse nulla.

«Ho anche partecipato a un paio di azioni. Una bomba sotto un autocarro agli stabilimenti Siemens a Milano e qui a Roma l'incendio di una sezione dell'MSI. Stando ai giornali, non ho ammazzato nessuno.»

L'idea che Andrea si era fatto dei brigatisti era che fossero anime perse, ragazzi intelligenti partiti da un'idea giusta e finiti su una strada sbagliata. In fondo, a lui era accaduto qualcosa di simile. Di solito per i terroristi l'ingresso agli inferi era il portone dell'università. Si cominciava con le assemblee in cui si teorizzava l'ineluttabilità della guerriglia urbana e nel giro di qualche mese ci si ritrovava a scaricare una semiautomatica sui carabinieri. Il legame ideale con la Resistenza e il frasario iconoclasta de "lo Stato si abbatte, non si cambia" esercitavano una fascinazione irresistibile su quei giovani rivoluzionari senza rivoluzione. Ma in quello smagrito pennellone infilato in un pigiama a righe troppo grande, Andrea non riconosceva nulla del fiero combattente del popolo. Ci vedeva soltanto un ragazzo spezzato dalla vita.

"Meglio spezzato che morto" pensò.

«Papà, quelli fanno sul serio. Si sono messi in testa di rapire un'alta carica dello Stato, ma non riescono ad accordarsi sul nome.»

Andrea non ricordava da quanto tempo Umberto non lo chiamasse papà.

«Lo so. Anzi, pare che lo sappiano tutti ma nessuno intenda far nulla.»

«Da quando sono entrati in brigata alcuni pazzi squilibrati, quelli come me sono stati messi ai margini.»

«E Lavinia?»
«È solo arrabbiata. Finirà per ammazzarsi. Speriamo che la polizia la trovi in tempo.»
«È stata lei a ridurti così?»
«La droga è stata una mia scelta. Ogni volta che ho infilato un ago nel braccio l'ho fatto solo per me. Come hai fatto tu ogni volta che hai messo un francobollo sotto la lingua. Ma di ammazzarmi non ci pensavo proprio. È stato Paolo.»
«Paolo Soardi?» Andrea usò il colpo della seconda verità per anestetizzare il dolore della prima.
«Fornisce armi alla colonna brigatista di Roma. Per lo più residuati di guerra, tutta roba che arriva dalla Cecoslovacchia. Ma anche agenti chimici per confezionare esplosivi e medicinali per evitare di prenderli in farmacia, visto che la polizia le controlla tutte.»
«Vi procurava anche l'eroina?»
«L'eroina si trova ovunque. Paolo è entrato in contatto con noi per via dei rapporti tra i terroristi finiti in carcere e i detenuti appartenenti alla camorra. Si fidano di lui perché è un compagno. Sapevamo l'uno dell'altro, ma non avevamo dovuto accordarci perché la cosa restasse un segreto. Un po' alla volta è riuscito a conquistarsi il rispetto dei più diffidenti. Negli ultimi tempi però ha cominciato a sostituire le armi cecoslovacche con armi difettose che venivano dai depositi dei partigiani per rivendere quelle buone alla camorra. Lavinia lo ha scoperto quando è andata a trovare un compagno in galera. Ha minacciato Paolo. Così lui è venuto alla villa, ha tirato fuori una pistola dal borsello e ci ha costretto a buttarci in vena roba tagliata con chissà cosa.»
Qualcuno bussò alla porta. Andrea aprì pensando fosse l'infermiera. Invece si trovò di fronte Ottavio.
«Se sei venuto a redimere il peccatore, sei arrivato troppo tardi» gli disse Umberto dal letto.
«Sono solo venuto a salutare mio nipote.»
Andrea, poggiato alla finestra, era rimasto a osservarli par-

lare. Somigliavano entrambi a sua madre, mentre lui aveva preso dalla famiglia di suo padre. Poi aveva accompagnato suo fratello fino alle scale. Il corridoio era vuoto come al solito a quell'ora tarda. Lo aveva guardato imbarazzato.

Ottavio se ne accorse e ruppe il ghiaccio. «Cosa ti succede?»

«Ho parlato con Giovanna Fragale. Anzi, è lei che ha parlato con me.»

«E...?»

«Lei pensa che tu sappia com'è morto suo marito.»

«E tu cosa pensi?»

«Penso che tu mi nasconda molte cose. Anche Sandra, mio figlio, il segretario del mio partito e ora anche il mio autista. Tutti mi nascondono qualcosa. Perché non mi hai detto di Settembrini prima che lo scoprissi? Il cieco ti ricatta?»

«Non c'è bisogno di essere ricattati, basta essere ricattabili. In questo paese è un requisito necessario per raggiungere qualunque posizione di potere. E sì, io sono ricattabile. E a causa mia lo sei anche tu. Pensi davvero che ti abbiano tirato fuori da quel buco d'archivio e messo tutti quei soldi in mano solo perché sei bravo con i numeri? Credono di averti in pugno grazie ai casini che combino io. In qualche modo i tuoi successi sono frutto dei miei insuccessi.»

«Lo hai ucciso tu?»

«Io lo amavo.»

«Mio fratello prete se la faceva con uno stalinista sposato.» Andrea si mise le mani sulla faccia.

Ottavio si aspettava quella reazione. «Ti sbagli. Marco odiava Stalin e il matrimonio era una regola imposta dal partito, o sbaglio? Lui sapeva che l'omosessualità in Unione Sovietica era considerata una perversione criminale, ma se n'era fatto una ragione. Poi una volta, a Mosca, aveva assistito a un rastrellamento di omosessuali. Alcuni di loro erano stati picchiati e trascinati via lasciando una densa striscia di sangue lungo la strada. Era tornato a Roma sconvolto e aveva cominciato a utilizzare una parte dei soldi della valigetta per finanziare attività del Partito radicale sui diritti umani. Sapeva bene che i russi non l'avrebbero presa bene. Era una specie di vendetta. Vuoi proprio sapere com'è morto?»

Andrea non rispose.

«Eravamo insieme quella sera. Ha avuto un infarto.»

«E io che pensavo fossi andato al seminario per far contenta nostra madre.»

«Fratellone mio, noi preti andiamo raccontando di dedicare la nostra vita ai più giovani e di rinunciare all'altro sesso. Quindi, quelli tra noi che non sono totalmente bugiardi, oppure sufficientemente matti, da pensare seriamente di aver sposato un Dio o hanno fame o sono deviati come me.»

«E quando lo hai capito?»

«L'ho sempre saputo.»

«Ma Laura Momigliano? Alle medie eri pazzo di lei. Passavi ore in compagnia sua e di suo fratello.» Andrea capì mentre lo diceva che Ottavio non aveva sofferto per la partenza di lei, ma di lui.

Ottavio lo abbracciò stretto per un tempo lunghissimo.

50

Era mezzogiorno di una domenica calda e afosa. Le urne erano aperte da alcune ore e, nonostante la splendida giornata, era già evidente che l'affluenza al voto sarebbe stata alta, a tutto vantaggio della sinistra.

Andrea era piuttosto nervoso. Dopo il successo del PCI alle precedenti amministrative si era diffusa nell'opinione pubblica la percezione di un imminente, clamoroso sorpasso sulla DC al punto che, a poche ore dall'apertura dei seggi, PLI e MSI avevano lasciato trapelare verso i rispettivi elettorati sollecitazioni a votare per i democristiani in funzione anticomunista, "turandosi il naso". Ma nonostante il clima di tensione nel paese avesse raggiunto un picco senza precedenti, per fortuna non si erano registrati scontri.

Anche se controvoglia, l'incontro con Buonocore lo aveva organizzato Giulio. Da quando Paolo era sparito, era lui che portava in giro Andrea e gli dava una mano per le questioni più delicate. Insieme a un viaggio in Veneto, quell'incontro era stata la seconda strana richiesta che il tesoriere gli aveva fatto in quei giorni, ma distratto dalla preoccupazione per le condizioni di salute di sua madre che erano improvvisamente peggiorate, Giulio aveva rinunciato a ogni spiegazione.

I due si incontrarono in un bar di Montesacro su viale Adriatico, una zona defilata della città. Quando Andrea raggiunse Buonocore in un tavolo d'angolo della sala verandata, non poté fare a meno di notare un volantino della Democrazia cristiana spuntare dalla tasca della sua giacca.

«Come sta suo figlio?»

«Averlo a casa è già un miracolo. Ho bisogno di trovare chi lo ha ridotto in quel modo» tagliò corto Andrea.

«Il suo autista?»

«Ex.»

«Si rivolga alla polizia. Sporga denuncia» fu l'invito provocatorio di Buonocore.

«I panni sporchi vanno lavati in casa. Ho qualcosa di interessante da offrirle in cambio.»

Il vicedirettore dell'Ufficio annuì come a dire "sono tutt'orecchi".

«Sono stato dal direttore dell'"Unità" con il fascicolo che mi ha lasciato in ospedale alcuni mesi fa. Purtroppo l'ho letto solo di recente. Ci aveva visto giusto, metterlo sotto pressione ha funzionato. Mi ha parlato di alcuni documenti, e io penso di sapere dove trovarli. Sono carte delicate, se venissero fuori metterebbero in serio imbarazzo persone importanti.»

Buonocore ricordò le conversazioni con D'Amico a Tor di Valle. «La gente a cui si riferisce non si imbarazza facilmente. Semmai dovesse trovare quei documenti, ci pensi bene prima di utilizzarli.»

«Pensare bene» ripeté Andrea tra sé e sé. «È l'unica cosa che ti riesce mentre sei seduto in ospedale con gli occhi fissi su quello che resta di tuo figlio.» Il suo sguardo era assente, perso nel vuoto. Poi fissò Buonocore e gli parlò con un tono diverso.

«Molto tempo fa sono espatriato illegalmente. Per sei anni ho vissuto a Mosca.» Buonocore ripensò al buco nel dossier di Ferrante custodito in archivio. Evidentemente qualcuno non voleva che quel dettaglio venisse fuori. «Mentre studiavo, mi è capitato di passare informazioni ai sovietici. In un caso anche carte nautiche.» Fece una pausa, consapevole del rischio di quella rivelazione. «Tracciavano i percorsi sottomarini nel golfo di Napoli.»

Buonocore si mosse leggermente sulla sedia, infastidito dalla scomodità di quella rivelazione. Si concesse un respiro profondo senza distogliere lo sguardo da Andrea, il quale, preparato al peggio, rimase spiazzato dalla sua reazione pacata, quasi di rassegnazione.

«La responsabilità di quanto accaduto a mio figlio è solo mia.» Il tono era di chi non intendeva discuterne oltre. «Piuttosto mi chiedo perché mi dice queste cose.»

Quindi, senza attendere la risposta, si fece portare dal cameriere un pacchetto di Muratti e dei cerini e si concesse una sigaretta.

Andrea lasciò decantare la domanda alla ricerca delle parole giuste. «Questo paese è ostaggio della paura da ormai trent'anni. E la colpa è nostra. La colpa è mia. Pensavamo di affidare il nostro destino a un pugno di eroi, custodi di intoccabili verità, e invece erano solo attori capricciosi di uno spettacolo decadente. Gente che usa l'ideologia dell'altro per giustificare ridicole liturgie, eserciti segreti e arsenali inutili.»

Quelle parole preludevano a una chiara volontà di mettersi in gioco e Buonocore ebbe la sensazione che Ferrante avesse in mente qualcosa di pericoloso. «La tensione sociale è già insostenibile. Le persone di cui parla sono in grado di scatenare una guerra civile nel giro di poche ore. Non dimentichiamoci che lei è uno di loro e io per gli altri ci lavoro.»

«Una guerra oggi non conviene a nessuno, tantomeno a chi, come me, è in grado davvero di farla accadere.»

Buonocore non capiva dove Andrea volesse andare a parare e lasciò che continuasse.

«Ha presente quei tizi pronti a venire alle mani che urlano "lasciatemi, lasciatemi..." a chi li sta trattenendo dalla rissa? Si è mai chiesto se sono davvero disposti ad andare fino in fondo, oppure se urlano solo per farsi tenere più forte, per evitare lo scontro?»

«Quindi, secondo lei, si tratta soltanto di un bluff e dovremmo scoprire le carte. Mi creda, innescare un conflitto non è mai troppo complicato. Riuscire a controllarne l'escalation è un'altra cosa. Vuole davvero correre questo rischio?»

Il silenzio di Andrea convinse Buonocore che faceva sul serio.

«Dove si trovano questi documenti?»

«La posso portare lì dopodomani. Prima devo occuparmi che il resto funzioni.»

«Il resto di che?»

«Le spiegherò poi, si fidi.»

Buonocore non aveva altra scelta.

«Nel frattempo, devo trovare Paolo Soardi.»

Buonocore fece un respiro profondo, tirò fuori una penna dal taschino e cominciò a scrivere su un tovagliolo. Faceva fatica perché la carta era assai sottile. «È l'indirizzo di un'officina a Trastevere dove si riparano flipper e altri macchinari da bar.»

Andrea ringraziò con un cenno del capo e infilò il tovagliolo nella tasca del soprabito. Poi si alzò e allungò la mano. «Ci vediamo dopodomani a mezzogiorno e un quarto alla stazione Termini sotto il tabellone degli orari. Si porti il necessario per restare fuori una notte o due, non si sa mai.»

Buonocore si alzò in piedi, gli strinse la mano e lo ammonì puntando il dito verso il tovagliolo con l'indirizzo: «Non faccia cazzate, quel tipo è pericoloso».

«Anche quella è gente pericolosa» replicò Andrea indicando il volantino della DC.

Il tesoriere trascorse il resto della giornata ripercorrendo ogni dettaglio del piano che aveva messo in piedi negli ultimi giorni. L'obiettivo era sfruttare la preoccupazione generale per il pericolo di un sorpasso del PCI sui democristiani e la reputazione di infallibilità che le sue previsioni sui risultati elettorali si erano guadagnate dentro e fuori il partito. Ormai, con non poco imbarazzo e in estrema riservatezza, anche i funzionari della mastodontica macchina da spoglio del Viminale si erano rassegnati a fare affidamento sulle previsioni che venivano dal PCI per controllare l'attendibilità dei dati provvisori provenienti dai seggi, visto che i risultati ufficiali impiegavano non meno di due giorni per essere diramati, mentre ai comunisti bastavano poche ore per formulare una proiezione estremamente accurata.

Affinché la previsione funzionasse, la scelta dei seggi era fondamentale. Occorreva individuare bacini elettorali estremamente rappresentativi degli orientamenti di voto degli italiani, prestando molta attenzione ad assortire correttamente le sezioni sicure, caratterizzate da un voto storicamente radicato e inattaccabile, con quelle tradizionalmente volatili, che cambiavano colore più facilmente.

Andrea aveva selezionato con cura tra i funzionari più esperti e fidati le staffette da inviare ai seggi-campione, che avevano il compito di chiamare un numero dedicato comunicando i risultati dello spoglio non appena disponibili. Erano sei, e ognuna avrebbe chiamato su una linea diversa per evitare il rischio di trovare occupato.

In realtà il piano poggiava tutto su Giulio. Essendo l'unico di cui si fidava ciecamente, toccava a lui andare a Caerano di San Marco. Andrea aveva studiato con attenzione ogni circoscrizione del Nordest prima di scegliere quell'anonimo paesino di quattromila anime. In quel posto sperduto nell'antica periferia agricola del Veneto, dove i contadini coltivavano tabacco e la DC allevava democristiani, il partito di Dio non era mai sceso sotto il 65%. Tremilaquattrocento aventi diritto avrebbero richiesto soltanto poche ore di spoglio. Se si fosse registrato un buon risultato in quella terra ostile, la proiezione sullo scenario nazionale avrebbe significato per il PCI una vittoria sicura alle elezioni.

Secondo gli accordi, Giulio sarebbe dovuto partire quella sera stessa con il treno notturno per Treviso per poi prendere il locale delle sei del lunedì per Montebelluna. Lì avrebbe trovato ad attenderlo il segretario dell'unica sezione del PCI dell'intera provincia. Ma quando, nel tardo pomeriggio, Andrea aveva incontrato il suo amico per assicurarsi che tutto procedesse come pianificato, lo aveva trovato piuttosto distratto.

Si erano fatte le sette e, non avendo altro da fare in direzione, Andrea tornò a casa. Entrò dalla porta proprio mentre Sandra stava mettendo in tavola la pasta. Svuotò le tasche, si lavò le mani e andò a chiamare Umberto che leggeva in camera sua.

«Sei qui?»

«Ci devo stare per forza.»

«Vieni a tavola?»

Umberto chiuse il libro e lo seguì in cucina. Passando per il corridoio, buttò un occhio su un tovagliolo di carta su cui era scritto un appunto in caratteri molto marcati. Conosceva quell'indirizzo.

Da quando era uscito dall'ospedale, Andrea e Sandra trascorrevano entrambi più tempo a casa con l'idea che bastasse a ristabilire una parvenza di serenità, anche se fino a quel momento non aveva funzionato granché. Quella sera lei aveva cucinato il risotto e Andrea aveva comprato un vassoio di dolci scegliendo quelli con la panna che Umberto preferiva quando era bambino.

A tavola non parlarono delle elezioni, neppure quando l'edizione serale del telegiornale annunciò l'affluenza record nel primo giorno di voto.

Andrea non riusciva a nascondere la sua preoccupazione. Non faceva che pensare a Giulio. Erano d'accordo che si sarebbero sentiti prima che lui prendesse il treno, ma non si era fatto vivo. Lo aveva chiamato più volte, prima al numero di casa sua, che squillava a vuoto, poi a quello di sua madre che invece era sempre occupato. Qualcuno doveva averlo messo fuori posto per non disturbare la principessa. Non sapendo dove altro cercarlo e non avendo piani di riserva, Andrea aveva passato la notte sul divano del soggiorno, accanto al telefono, senza riuscire a chiudere occhio.

Nel frattempo, in un appartamento di proprietà della famiglia di Lavinia in via Salaria, i brigatisti tenevano l'ultima riunione preparatoria. Lei si era segnata su un foglietto le istruzioni che la riguardavano, poi lo aveva strappato in pezzetti minuscoli e gettato nel water. Quella sera c'erano degli uomini che non aveva mai visto prima. Erano stati due di loro a spiegare con cura il piano dell'attentato, tracciando su una carta del quartiere la sequenza degli spostamenti con una grossa matita rossa. Avevano un accento dell'Est. Altri due tizi si erano tenuti più in disparte limitandosi a osservare con attenzione lo svolgimento di quell'incontro senza intervenire. Uno dei due, che indossava occhiali da sole nonostante la scarsa illuminazione dell'appartamento, aveva lasciato la riunione poco prima che terminasse salutando sottovoce uno dei brigatisti che lo aveva accompagnato alla porta. Lavinia riuscì a distinguere una chiara cadenza napoletana. Alle due del mattino era tutto finito. Quella notte nessuno di loro dormì.

Lunedì mattina Andrea arrivò in ufficio alle nove. Passando davanti a un paio di seggi, aveva notato la fila di romani che il giorno prima non avevano saputo rinunciare alla classica gita fuori porta.

Alle dieci arrivò la prima delle addette alla segreteria con la notizia della morte della madre di Giulio. Andrea fu preso dal panico. Aveva analizzato ogni eventualità di ostacolo al suo piano, anche la più improbabile, ma la dipartita della principessa non gli era proprio venuta in mente. Raggiunse allora in fretta Palazzo Doria Pamphilj, dove era già stata allestita la camera ardente. Per sua fortuna, la processione interminabile della nobiltà romana non era ancora cominciata. Rese omaggio alla defunta e aspettò seduto in un corridoio angusto per quasi tre ore.

Alle due le urne erano ormai chiuse e Giulio non si era ancora fatto vivo. Andrea cominciò a sperare che fosse partito per Treviso. Il piano non prevedeva alcun margine di errore e non concedeva seconde opportunità. Ormai gli toccava aspettare l'indomani mattina per scoprire se tutto aveva funzionato. Decise quindi di recarsi all'indirizzo che gli aveva dato Buonocore. Aveva ben altro in mente e non aveva la minima idea di cosa fare una volta lì, ma sapeva di dover trovare Paolo prima che sparisse definitivamente.

Per fare prima, prese un taxi in piazza Venezia. Si fece lasciare sul Lungotevere per poi incamminarsi lungo via San Francesco di Sales, una stradina sconnessa che risaliva le pendici del Gianicolo. Dopo un centinaio di metri, si trovò di fronte all'officina dove una volta Paolo aveva fermato l'auto per prelevare un pacco. Segnato con la vernice su un muro di laterizi, il numero civico indicato sul tovagliolo.

Andrea proseguì sul lato opposto della strada sbirciando all'interno del cortile, dove vide parcheggiata un'auto della polizia con le portiere aperte. Da un casotto malmesso uscì un uomo in divisa. Nonostante fossero passati quasi quattro anni, Andrea lo riconobbe immediatamente. Era uno dei due poliziotti che lo avevano fermato con Giulio e Paolo alle Terme di Caracalla. Si trovava nel posto giusto.

Restò allora nei paraggi, spostandosi sulla via parallela per vedere se ci fosse un ingresso sul retro dell'officina. Se Paolo si trovava lì doveva essere all'interno del casotto. Non trovò altri accessi. Al momento, non poteva fare altro ed era ora di tornare in direzione. Mancava ormai poco alla chiusura dei seggi, e la tradizione voleva che il segretario del partito seguisse l'afflusso delle prime indiscrezioni provenienti dalle sezioni periferiche in compagnia degli altri membri della segreteria.

Al Bottegone l'atmosfera era euforica. Andre.. partecipò di malavoglia al pellegrinaggio di rito tra le stanze affollate della direzione. Fumavano tutti e l'aria era irrespirabile, nonostante le finestre aperte. Di Giulio ancora nessuna notizia. Non avendo altro di cui occuparsi sino all'indomani, appena gli fu possibile, sgattaiolò via e tornò a casa. Erano le sette di sera. Non cenò. Si sistemò sul divano, di fianco al telefono, e crollò in un sonno pesante e ininterrotto fino alle prime luci dell'alba.

51

Alle sette del giorno dopo Andrea era già nel suo ufficio. Sul tavolo delle riunioni di fronte a lui c'erano sei telefoni grigi, ognuno dei quali contrassegnato dal numero di linea fissato alla cornetta con il nastro adesivo trasparente.

I dati del ministero dell'Interno sarebbero arrivati, come al solito, con molta lentezza, ma l'affluenza record alle urne era un segnale incoraggiante. Gli altri dirigenti del partito cominciarono ad arrivare alla spicciolata dopo le otto. La stanza di Andrea quel giorno sarebbe stata al centro dell'universo comunista. Era da lì che sarebbero arrivate le notizie. «Allora?... A che punto siamo?» buttavano lì timidamente quelli che si affacciavano alla porta. Andrea si limitava a un laconico buongiorno che scoraggiava ulteriori domande. Un paio di loro erano anche inciampati nel fascio di fili del telefono che uscivano dalla stanza rischiando di danneggiare le linee.

Si erano fatte le nove e mezza e aveva ricevuto già quattro telefonate. Ogni volta chiedeva di ripetere il messaggio due volte scandendo bene i voti conseguiti da ogni partito, annotava i risultati su un grande quaderno a quadretti, posava la cornetta e spostava sul pavimento il telefono da cui aveva ricevuto la chiamata. Sul tavolo erano rimasti ormai soltanto due apparecchi, e uno dei due corrispondeva al numero scritto sul foglietto consegnato a Giulio due giorni prima.

Alle dieci in punto si fece vivo il Segretario. Ostentava tranquillità, ma il modo in cui aspirava la sigaretta tradiva una forte tensione. Andrea consultò il quaderno pieno di numeri e sigle. «32,2 noi e 39,6 la DC, per ora, ma mancano ancora due seggi, e uno è il più importante.»

Il viso del Segretario si fece pallido. Dal 27,1% delle precedenti politiche era un salto in avanti impressionante. Certamente non sufficiente per mettere su un governo, ma abbastanza per condizionarne la formazione.

Un attimo dopo, uno dei due telefoni rimasti squillò. Non era quello di Giulio. Andrea prese il messaggio, annotò i numeri e una volta attaccato poggiò lentamente l'apparecchio sul pavimento. Il Segretario lo osservò nervoso mentre faceva i suoi calcoli. Infine, scrisse la previsione a grandi cifre e le cerchiò con la penna. Poi girò il quaderno: 33,8%. Un botto.

Il Segretario sudava freddo. «Quanto sono attendibili questi numeri?»

Andrea si limitò a inclinare impercettibilmente il capo e a stringere le labbra.

Quindi arrivò la domanda che Andrea aspettava: «A quanti soldi corrispondono in termini di rimborsi elettorali?».

«Ad almeno tre miliardi e mezzo.»

Entrambi pensarono che, tradotta in dollari, fosse una cifra vicina al contributo che ricevevano da Mosca, che a quel punto non sarebbe più servito.

«Si aspetteranno tutti un discorso indimenticabile. È meglio che vada a prepararlo.» Il Segretario sembrò quasi giustificarsi. Pareva stordito. Si alzò lentamente e lasciò la stanza con andatura incerta mentre si accendeva l'ennesima sigaretta.

Andrea si ritrovò solo a fissare l'unico telefono rimasto

sul tavolo. L'orologio sulla parete segnava le dieci e trentaquattro quando il lunghissimo squillo della suoneria lo fece sobbalzare. Sollevò di scatto la pesante cornetta che gli scivolò rimbalzando più volte sul pavimento. Finalmente l'afferrò con entrambe le mani. «Giulio!»

«Sono uscito dal seggio in questo momento. Hanno litigato più di un'ora su una scheda dubbia e alla fine l'hanno annullata. Questa gente di campagna ha tempo da perdere. Hai carta e penna?»

Andrea chiuse gli occhi e si abbandonò a un sospiro liberatorio. «Dimmi.»

«Democrazia cristiana 42,8%, Partito comunista 28,6%.»

Andrea segnò i numeri calcando bene sul foglio e li ripeté scandendoli lentamente. Entrambi sapevano perfettamente che il PCI in quel seggio non aveva mai superato il 7%.

«Confermi?»

«Confermo. Ci vediamo a Roma.»

«Giulio, mi spiace per tua...» La linea s'interruppe prima che riuscisse a terminare la frase.

Andrea aggiornò i suoi calcoli sul quaderno, quindi riscrisse il risultato definitivo in caratteri assai grandi su un foglio nuovo che poi staccò stando attento a non strapparlo. Bussò alla stanza del Segretario e aprì la porta senza aspettare. Gli consegnò il foglio e si fissarono senza dire nulla sotto lo sguardo imbarazzato dei membri della segreteria. Poi Andrea fece per uscire.

«Dove vai?» chiese il Segretario con un'espressione smarrita.

«A tagliarmi i capelli.»

Mancava poco alle undici e il salone al piano terra del Bottegone era vuoto. Luciano, il barbiere, leggeva "l'Unità" comodamente seduto su una delle grandi sedie nere normalmente riservate ai clienti. Alla vista del tesoriere del partito scattò in piedi piegando il giornale alla buona e restò a guardarlo imbambolato finché Andrea perse la pazienza. «Me li devo tagliare da solo?»

"Non è che resti molto da tagliare" pensò il barbiere osservando la calvizie avanzata.

Andrea si sistemò sulla sedia. «Ho fatto bene a venire prima che si facesse la fila. Vorranno essere tutti impeccabili il giorno della vittoria delle elezioni» buttò lì quasi con indifferenza. Al barbiere caddero le forbici di mano.

Secondo il teorema Vitali, che aveva scoperto anni prima a suo discapito, prima di sera la voce dello storico sorpasso del PCI sulla Democrazia cristiana si sarebbe propagata sino alle sezioni più remote del paese.

Lasciata la direzione, Andrea salì quindi su un taxi per recarsi in stazione. Aveva portato la borsa in ufficio per non essere costretto a passare da casa. Il treno per Milano partiva alle dodici e trenta. Sfruttò il leggero anticipo per chiamare a casa. Rispose Umberto che lo rassicurò di stare bene. Sandra non c'era.

Sapeva che sua moglie avrebbe passato la giornata al Circo Massimo a occuparsi dei preparativi per l'evento dell'indomani nel corso del quale il segretario del PCI avrebbe chiuso la manifestazione indetta dai sindacati. Viste le sue capacità organizzative, ma soprattutto in virtù del rango acquisito con il ruolo del marito, si sarebbe occupata delle scalette e di tutti i dettagli che riguardavano gli ospiti più importanti.

Quello che Andrea non sapeva era che quel martedì mattina Sandra era stata dal dottore. Non si era rivolta al presidio medico del Bottegone perché non voleva che i suoi malanni diventassero argomento di conversazione per le altre mogli dei dirigenti. Erano tre settimane che non si sentiva granché. Aveva passato indenne la stagione influenzale, ma da oltre un mese girava un virus che aveva contagiato mezza redazione e doveva esserselo beccata anche lei. Quando uscì dall'ambulatorio del medico di famiglia, era frastornata e aveva la nausea. Non riusciva a mettere in fila i pensieri e impiegò un bel po' prima di ricordare cosa dovesse fare. Allora aveva preso la linea B della metropolitana in direzione Laurentina. Era salita sulla terza carrozza, affollata come ogni giorno a quell'ora, ed era rimasta tra le due porte sorreggendosi al sostegno centrale e lasciando la borsa leggermente aperta. Alla fermata della stazione Termini il vagone si era quasi svuotato dei pendolari che correvano al piano superiore a prendere i regionali. Fu allora che l'agente Kira le passò accanto lasciando scivolare con cautela due piccole fialette nella sua borsa. Una conteneva poche gocce di una sostanza liquida, l'altra una polvere bianca molto fine.

Il metrò impiegò sette minuti per percorrere le due fermate che restavano da lì al Colosseo. Le sembrò un'eternità. Benché Tokarev le avesse assicurato che l'agente tossico si sarebbe formato soltanto dopo aver miscelato i due precursori contenuti nelle fialette, e che era pericoloso solo se ingerito, Sandra non riusciva a non pensare al rischio di poter fare una strage lì sotto. Sapeva bene che il Novičok-7 era la versione più aggressiva degli agenti nervini, lo strumento preferito nella cassetta degli attrezzi di ogni agente del KGB. Del tutto inodore, incolore e insapore, ne bastavano pochi milligrammi diluiti in mezzo bicchier d'acqua per provocare nel giro di una ventina di secondi l'arresto sia respiratorio che cardiaco. Quattro gocce per una persona di taglia robusta. Per uno con la corporatura del segretario del PCI, anche meno.

Sandra si guardava intorno nervosa. Accanto a lei una coppia di giovani studenti con borse a tracolla piene di libri si parlavano sorridenti sfiorandosi il naso. Più in là un ragazzo dell'età di Umberto stava con la testa immersa in una rivista di elettronica fai da te e di fronte a lui, vicino alle porte, un uomo anziano carezzava la testa di una ragazzina in carrozzella con una disabilità evidente. Sandra non riuscì a fare a meno di pensare alla sua preoccupazione di dover morire lasciando la ragazza al suo destino. Accanto a loro una bellissima donna, visibilmente incinta. D'improvviso il vagone rallentò bruscamente e i due studenti, persi l'una negli occhi dell'altro e presi alla sprovvista, le finirono addosso pesantemente schiacciandole la borsa. Sandra pensò di aver avuto un infarto dal dolore che le scoppiò in petto. Non ebbe il coraggio di guardare nella borsa. Aspettò che il treno ripartisse, e quando capì che riusciva a respirare senza difficoltà si rese conto che il tremore che la scuoteva ancora era soltanto una conseguenza dello spavento. Erano le dodici e trenta e in quel momento il treno di Andrea lasciava la stazione di Roma.

Victor Messina arrivò a casa del ministro Canta all'una in punto. Dalla piccola terrazza sui tetti del centro si potevano scorgere il palazzo del Quirinale e un numero imprecisato di cupole tra cui spiccava quella di San Pietro. Il ministro democristiano lo salutò con la solita fredda cordialità e lo invitò ad accomodarsi a tavola. Il cameriere che servì sogliola e asparagi fu talmente discreto che non si accorsero neppure quando lasciò la stanza.

L'americano andò dritto al punto. «Suppongo siate informati come lo siamo noi.»

«Sì, mi sono state riferite informazioni poco rassicuranti.»

«E come intendete procedere?»

«Secondo voi cosa dovremmo fare?»

«Quello per cui da vent'anni addestriamo i vostri uomini e vi mandiamo soldi e armi.»

«Non siamo il Cile.»

«Non ancora.»

Canta incassò il colpo senza fare una piega. «Lo sa cosa diceva Churchill di noi italiani? Che perdiamo le partite di calcio come se fossero guerre e le guerre come se fossero partite di calcio. E aveva ragione. È curioso però che si sia disturbato solo a descrivere il modo in cui perdiamo, non trova? Che gli italiani potessero vincere non lo contemplava proprio. E se avesse ragione lui? Se fossimo destinati a perdere?»

«Di certo, se non fate nulla, la sconfitta prima o poi arriva. Comunque, tocca a lei decidere. Sappia che se sceglie di muoversi, Washington non la lascerà solo.»

52

A quasi ventiquattr'ore dalla chiusura dei seggi, il Viminale non aveva ancora reso noti i dati definitivi sulle sezioni scrutinate, ma le indiscrezioni su una possibile vittoria del PCI si moltiplicavano.

Andrea aveva calcolato che sarebbero arrivati all'archivio per le sette e trenta di sera. Il viaggio sarebbe durato meno di sei ore. L'elettrotreno rapido 300 era il mezzo di punta delle ferrovie italiane e le eleganti carrozze erano suddivise in scomparti da dieci posti ognuna, con divanetti e poltrone orientabili. A loro ne sarebbero bastati tre, visto che Buonocore si era portato dietro Salsano, ma aveva preferito riservare tutto lo scompartimento per poter parlare in pace. Avendo prenotato soltanto il giorno prima, però, non c'erano posti disponibili per cui aveva fatto cancellare il viaggio a dieci malcapitati.

Andrea ebbe tutto il tempo di spiegargli quanto gli aveva riferito Giovannini e gli raccontò anche della visita di Fragale in archivio molti anni prima, per poi ricostruire insieme l'idea che si era fatto di quei documenti che probabilmente erano anche il movente dell'eliminazione di D'Amico. Quanto a Fragale, non ebbe il coraggio di rivelare quello che sapeva sulla sua morte.

In una poltrona poco distante, Salsano cercava di prendere appunti anche se ogni tanto doveva fermarsi perché soffriva il treno.

«Al ministero dicono che siete più bravi di loro a conoscere i risultati del voto prima che lo scrutinio sia completato.»

«Non è difficile. Bisogna studiare i dati elettorali storici e avere un po' di praticità con il calcolo matriciale.»

«E lei ne è pratico?»

«Alla Plechanov avevo come professore Vasilij Leont'ev. Ha vinto un Nobel applicando le matrici all'economia. La politica non è così diversa.»

«Allora, come sono andate queste elezioni?»

«Sono abbastanza certo che sia voi che i russi abbiate ascoltato le telefonate che ho ricevuto. Ma non si sa mai, per cui stamattina sono andato apposta dal barbiere.»

«Quindi il suo piano era farci sapere in anticipo che il PCI ha vinto le elezioni.»

«Non si lasci distrarre. Non è importante se il PCI abbia vinto o no. Il punto è se chi ha in mano le armi abbia davvero intenzione di usarle.»

«È questo che vuole? Una guerra civile?»

«Solo chi non l'ha vissuta può volere una guerra. Io li conosco bene i combattenti rossi. E quelli bianchi non sono molto diversi. Prima di avere un colore, sono innanzitutto italiani. La maggior parte di loro ha un parente, un amico o un amante nell'altro schieramento. Oggi nei bar non si parla del voto ma della finale di Coppa Italia. Vi affannate tanto a contrastare il rischio di una rivoluzione ma la verità è che questa generazione di italiani non è in grado di farla. Il comunista italiano al massimo butta una bomba sotto un camion e poi finisce per drogarsi per non pensare a quello che ha fatto.» Il riferimento a suo figlio era evidente.

«In Russia la rivoluzione i comunisti l'hanno fatta» obiettò Buonocore.

«Passare da un oppressore a un altro la chiama rivoluzione? Se oggi i russi vedessero un supermercato americano, allora sì che a Mosca ci sarebbe la rivoluzione. Qui in Italia invece ormai si campa troppo bene per sfasciare di nuovo tutto.»

53

Quando Sandra arrivò a Villa Abamelek, l'ambasciatore era stato già informato da Tokarev sull'esito del voto, almeno stando alle false previsioni di Ferrante puntualmente intercettate dalla rete d'ascolto del KGB. Lebedev non stava nella pelle per l'eccitazione. La vittoria del PCI avrebbe comportato una straordinaria affermazione personale e presto si sarebbe trovato nella condizione di riscuotere la sua ricompensa in patria. Ma prima restavano da sistemare alcune faccende di non poco conto.

«Sai bene che non puoi venire qui» esordì l'ambasciatore irrompendo nella piccola saletta dietro il suo studio.

«E come faccio a parlarvi se mi avete dato istruzioni di non usare più la radio?»

«Tu non hai bisogno di parlare, devi solo seguire le istruzioni che ti vengono recapitate.»

«Il PCI ha vinto. Non occorre più eliminare il Segretario. Il piano è stato superato dagli eventi.»

«Il piano va bene com'è. Il segretario del PCI domani avrà un malore durante il discorso al Circo Massimo. L'eroe che cade sfinito al termine della battaglia di fronte al suo esercito adorante» disse adottando un tono epico che in realtà aveva il solo effetto di risultare ridicolo. «Mi sembra una narrazione efficace per motivare un popolo in procinto di liberarsi dalle catene del capitalismo.»

«Voglio parlare con Mosca.»
«Mosca sono io.»
«Mi tiro fuori.»
Lebedev sorrise. «Compagna, ci conosci troppo bene per credere davvero che ti lasceremmo andare via così.»
«Ho messo in conto anche questo. Non ho paura di quello che mi potete fare.»
«E di quello che possiamo fare alla tua famiglia? Immagina cosa accadrebbe a tuo marito se si venisse a sapere che suo figlio milita nelle Brigate Rosse, e soprattutto cosa potrebbe accadere a Umberto se si scoprisse ad esempio che invece lavora per gli americani.»
Sandra ebbe un'esitazione, quindi fece ricorso alla sua granitica certezza di madre per schiacciare il terrore che in quelle parole ci potesse essere qualcosa di vero. «Sono menzogne facili da smascherare.»
«Pensaci bene, in fondo è un'ipotesi troppo allettante perché qualcuno perda tempo a verificare se sia vera. Quanto credi che impiegherebbe il tribunale del popolo a condannare a morte il traditore?»
Sandra trasalì sentendo bussare alla porta. L'assistente sussurrò qualcosa all'orecchio dell'ambasciatore, che le intimò di restare lì ad attenderlo e di non muoversi da quella stanza per nessuna ragione. Evidentemente gli avevano annunciato degli ospiti inattesi. Poco dopo, Sandra sentì un brusio e si avvicinò alla porta che dava sull'ufficio di Lebedev. Era una grande porta dipinta di verde pastello con dei motivi floreali al centro. Il legno antico si era curvato per l'umidità dell'orto botanico su cui affacciava quella parte della villa, ma lei riuscì a sbirciare dalla stretta fessura tra le due ante. Si vedeva davvero poco, però le voci arrivavano in maniera distinta.
«Compagno Elembaev, se avessi saputo della tua visita a Roma...»
«Io non sono mai stato a Roma» lo interruppe brusca-

mente il direttore. «Non ne avrei alcun motivo visto che il nostro ambasciatore è perfettamente in grado di svolgere il suo lavoro, specialmente in questi giorni.»

«E quale sarebbe esattamente il mio lavoro in questi giorni?»

«Evitare che questo paese faccia la fine del Cile.» Era stata un'altra voce a intervenire, sempre di un russo, ma più giovane. Sandra poteva vedere Tokarev. Poi sentì del trambusto e ancora una voce nuova, che conosceva piuttosto bene. Un italiano che parlava un russo scadente.

«Boris, amico mio!» esordì suo padre rivolgendosi a Elembaev e ignorando del tutto l'ambasciatore.

«È un piacere stringere la mano a un futuro ministro della Repubblica Italiana» replicò il membro del Politburo sfoggiando un sorriso di circostanza.

«Sempre che domattina esista ancora una repubblica.»

«Sono qui per questo. Qualunque cosa succeda, l'Unione Sovietica sarà al vostro fianco» lo rassicurò con tono fermo il russo.

«Sono contento. Ma qualcuno tra noi pensa che possiamo fare a meno del vostro aiuto.» Il riferimento al segretario del PCI era chiaro.

«Credevo fossimo d'accordo che questo problema del segretario l'avremmo risolto.»

«Per come si stanno mettendo le cose col voto, potrebbe non essere più un problema» intervenne con qualche esitazione Lebedev. «Potremmo aspettare di valutare il nuovo corso prima di procedere.» L'ambasciatore era preoccupato per la possibile defezione dell'agente Arina, visto che sarebbe stato impossibile trovare un sostituto nel giro di poche ore.

«Se il segretario non era l'uomo giusto prima, a maggior ragione non lo sarà nella nuova situazione» disse Elembaev a chiarire che la linea non era cambiata. Quindi aggiunse: «E poi noi abbiamo già individuato il miglior segretario possibile per il PCI di governo». Diede una pacca sulla spalla a Grandi e si fece serio in volto. «Siete pronti a reagire in caso di un colpo di mano degli americani?»

«Noi siamo sempre pronti. Non ci muoveremo certo per primi, soprattutto con un risultato elettorale del genere. Ma lo faremo in caso di un tentativo antidemocratico di presa del potere.» Grandi ostentava sicurezza, ma in cuor suo di dubbi ne aveva, e non pochi. Avrebbe di gran lunga preferito non essere costretto a verificare.

Da lì in avanti la discussione si spostò sugli scenari futuri di governo, ma Sandra aveva già sentito abbastanza. Uscì dalla porta opposta e si ritrovò in un corridoio di servizio. Raggiunto l'atrio della villa un usciere la scortò fino al cancello esterno. Una volta sul viale, si girò verso le grandi finestre illuminate dello studio dell'ambasciatore e vide Tokarev che guardava nella sua direzione.

Di solito la chiusura dei seggi elettorali segnava una sorta di tregua nazionale. L'adrenalina scemava, si mettevano da parte i veleni e le animosità delle ultime settimane e si restava in religiosa attesa del responso. Ma quella volta era diverso. Alla fine, la notizia del sorpasso del PCI sui democristiani si era propagata in maniera ancora più rapida e pervasiva di quanto Andrea avesse immaginato. I servizi di spionaggio in ascolto sulle linee telefoniche avevano visto il lampo della telefonata di Giulio squarciare il buio dell'attesa che era calato sul paese. Tutti gli altri, venuti a conoscenza della notizia per effetto del teorema Vitali, erano stati raggiunti poco dopo dal tuono del passaparola.

Prima ancora dell'esercito rosso, nel giro di poche ore si erano attivati gli automatismi della macchina controrivoluzionaria. Un vortice di riunioni nei ministeri, nelle caserme, nelle ville dei fratelli massoni fuori città, nelle redazioni, nelle fabbriche, nelle ambasciate e nelle sagrestie. I piani di intervento nei punti nevralgici per il controllo del paese erano stati tirati fuori dai cassetti frettolosamente, i militari radunati per esercitazioni straordinarie, i sabotatori messi in stato di allerta, i mezzi riforniti, gli uomini dislocati presso gli obiettivi sensibili, le armi recuperate dai depositi. I dirigenti del PCI quella notte avrebbero dormito fuori casa. L'ambasciatore americano era stato scortato al Quirinale dove era rimasto più di un'ora a discutere tempi e modi di una partecipazione degli alleati alle operazioni.

Nel frattempo, dal Viminale arrivavano i risultati delle prime sezioni scrutinate, dai quali il balzo in avanti del PCI appariva evidente.

In pochi comprendevano realmente cosa stesse accadendo, ma tutti avevano capito che si trattava di una faccenda seria. Anche chi non era direttamente coinvolto aveva percepito la generale irrequietezza che aveva pervaso quel martedì pomeriggio.

In tarda serata, nel covo delle BR sulla Salaria ci fu una riunione straordinaria. Le voci di una vittoria della sinistra furono derubricate a un maldestro tentativo di inquinamento da parte della destra reazionaria, per cui fu deciso che l'attentato al presidente del Consiglio andava comunque portato a compimento secondo i piani. Così quella notte avevano rubato due auto in quartieri della città tra loro distanti. Una Fiat 128 e una Renault 4. In due avevano fatto un sopralluogo a piedi in piazza Mazzini. Gli altri avevano oliato le armi, predisposto le munizioni e preparato le tute da operaio dell'ENEL.

54

Il treno su cui viaggiava Andrea entrò puntuale sotto la grande volta in ferro della stazione Centrale di Milano. Ad attendere i tre uomini in fondo alla lunga scalinata che scendeva nell'atrio c'erano due funzionari della questura di Milano. Entrambi avevano fatto il corso con Buonocore a Bagnoli ed erano gli unici ad aver ricevuto qualche informazione sull'operazione. Gli altri sei, in borghese, li aspettavano vicino alle auto.

I veicoli si mossero nel traffico con andatura nervosa verso la meta. Andrea viaggiava sulla seconda auto seduto di fianco a Salsano sul sedile posteriore, mentre Buonocore sedeva accanto all'autista.

«Cosa prenderebbe prima?» chiese Andrea ad alta voce rivolgendosi al vicedirettore dell'Ufficio che, di primo achito, non capì il senso della domanda.

«In caso di colpo di Stato. Lei quali centri di controllo occuperebbe prioritariamente?» spiegò allora.

«Presidenza della Repubblica, ministero dell'Interno, sala dispacciamento dell'ENEL e trasmettitori Rai.»

«Sì, farei lo stesso.»

Buonocore reagì immediatamente ruotando la manopola fino a sintonizzare la radio sulla Rai. "Termina qui l'edizione delle diciotto del giornale radio. Va ora in onda la replica della trasmissione 'Hit Parade' condotta da Lelio Luttazzi." La breve sigla fu seguita dall'annuncio di una voce squillante. "Salve a tutti, quest'oggi al numero sette di 'Hit Parade' troviamo il singolo di esordio di Juli & Julie, *Amore mio perdonami.*"

«Sembra sia tutto a posto» osservò con prudenza Buonocore.

«Pare di sì» replicò sollevato Andrea.

«Ma mica per niente.» Era Salsano ad aver parlato, con il tono flebile di un pensiero sfuggito di bocca.

Buonocore e Ferrante si voltarono simultaneamente con espressione d'allarme.

Il poliziotto percepì la tensione e si affrettò a chiarire. «*Una storia d'amore*» disse quasi giustificandosi. I due lo guardarono attoniti mentre l'autista aveva rinunciato a capire quel discorso senza senso. Salsano si era evidentemente pentito di aver parlato, ma a quel punto non poteva più tirarsi indietro e proseguì. «Il singolo di esordio di Juli & Julie non è *Amore mio perdonami* ma *Una storia d'amore*, a voler essere precisi.»

Le auto arrivarono a destinazione alle diciannove e ventisei, ma proseguirono oltre, fermandosi poco più avanti. Ferrante e Buonocore si avviarono verso l'ingresso dell'archivio. Due uomini rimasero fuori, due di fronte all'ingresso e gli altri intorno al palazzo a una distanza che garantisse loro continuità di visuale.

A Buonocore occorsero pochi minuti per forzare la serratura. Una volta dentro scesero alcuni gradini e si ritrovarono in un grande corridoio male illuminato da qualche luce lasciata accesa. D'improvviso sentirono un tonfo e la porta del ripostiglio alla loro destra si aprì. Ne uscì Duilio, il manutentore, un secchio in una mano e una matassa di stracci bagnati nell'altra. Rimase impalato a osservarli per qualche secondo. Andrea lo guardò a sua volta. Quindi Duilio si voltò e andò via come se niente fosse, imboccando la porta di ingresso e richiudendola alle sue spalle.

I due si scambiarono uno sguardo ed entrarono nello stanzone di accesso all'archivio. Andrea accese la fila di luci al neon del corridoio centrale al termine del quale si intravedeva il grande scaffale con la grata. Le chiavi, fortunatamente, erano al solito posto. Impiegarono una ventina di minuti a trovare il faldone giusto. Insieme ad altro materiale, conteneva due quaderni, uno dalla copertina rossa e l'altro nera, e alcuni fogli di carta assai leggera, apparentemente ricevute di versamenti su conti correnti bancari. In trasparenza si potevano vedere impressi in filigrana due leoni rampanti che reggevano uno scudo con la scritta IOR.

Andrea prese il quaderno nero e cominciò a sfogliarlo. Riportava un lunghissimo elenco di nomi, alcuni dei quali ripetuti numerose volte. Di fianco a ogni nome figuravano sempre una data e una cifra. In alcuni casi c'erano anche delle note: "... campagna elettorale per le politiche, salvataggio Unità, acquisto sede sezione Panicale, spese ricovero, contributo al settimanale 'L'Operaio', costi per il divorzio, finanziamento documentario...". Molti nomi erano riconoscibili: deputati, alti ufficiali delle Forze Armate, cardinali, giornalisti, scrittori, dirigenti d'azienda e anche un presentatore Rai.

Andrea spostò il quaderno sotto gli occhi di Buonocore, lasciandolo aperto su una pagina precisa. Lui lo prese e gli passò a sua volta il quaderno rosso con un cenno del capo per invitarlo a leggerne il contenuto. Andrea scorse rapidamente il fiume di parole vergato in bella grafia. Nelle ultime pagine, la sua attenzione fu attirata da un nome: Bonidy. Si soffermò quindi a leggere come "il tesoro di Dongo", così era scritto, fosse stato affidato al cardinale per essere convertito in dollari e depositato su due conti fiduciari intestati a una fondazione che recava un nome ben mimetizzabile tra i correntisti dello IOR: Confraternita della Misericordia Celeste.

Andrea tornò all'inizio del quaderno. Alla prima pagina si poteva leggere la data del 29 aprile 1945, il giorno successivo a quello dell'uccisione di Mussolini. Scorse quindi gli appunti che descrivevano i diversi passaggi di mano dei valori rinvenuti sul camion su cui aveva tentato la fuga il duce. Prima a Milano, poi a Valenza, dove i gioielli d'oro erano stati fusi in lingotti, fino a Roma e al Vaticano. Fu l'indirizzo del deposito di Milano a fargli aumentare decisamente il ritmo dei battiti cardiaci. Via Santa Marta 11, l'osteria di suo padre!

"... sistemammo il contenuto dei sacchi nelle grandi botti di legno riposte in un vano ben nascosto, dietro a una scaffalatura ricolma di bottiglie e barattoli..." L'immagine degli uomini nello scantinato gli apparve finalmente limpida. Questa volta non stava sognando e il fumo nero aveva sembianze umane. Andrea sudava freddo. Poteva distinguere i volti di quegli uomini, sentire i gemiti soffocati, vedere gli occhi sgranati di suo padre che lo fissava mentre smetteva di respirare.

Fu Buonocore a riportarlo nell'archivio. «Pensa ci fosse dell'altro?»

Andrea non riusciva a rispondere.

«Ferrante, sta bene?»

«Sto bene, sto bene.» Aveva i battiti a mille, tremava e la fronte era imperlata di sudore.

«È possibile che manchi qualcosa? Che ci fossero altre carte? Magari Fragale le ha portate via.»

«Non lo escludo, ma è difficile portare via documenti da qui. Piuttosto potrebbero esserci in giro delle copie. Fragale è venuto in archivio anni fa per questi quaderni e non credo se ne sia andato via a mani vuote. Questo confermerebbe le voci sui documenti ritrovati a casa sua dopo l'incidente.»

«E dove sono ora?»

«Sono finiti in cenere con lui, il giorno stesso.»
«Dobbiamo andarcene da qui.»
Mentre Buonocore pronunciava quella frase, sentirono lontano lo squillo del telefono che arrivava dall'atrio, rimbalzando tra gli scaffali con un'eco sinistra. I due si guardarono. Tre, quattro, cinque squilli, non poteva trattarsi di un errore, non a quell'ora. Ripercorsero il corridoio a ritroso fino all'atrio e, dopo un momento di impasse, Buonocore sollevò pesante la cornetta dall'apparecchio appeso al muro. Dall'altra parte la voce stridula e monotonale di Canta si fece largo nel silenzio.
«Ci pensi bene prima di prendere qualunque decisione.»
«È una cosa che faccio sempre.»
«Lei è venuto in possesso di documenti che non dovrebbero neppure esistere. È una questione più grande di lei e anche di me. Quindi ci pensi bene.»
Così Canta sapeva. Buonocore riagganciò, chiedendosi chi degli uomini che li accompagnava li avesse traditi.
«L'unico modo per uscirne è portare questa roba a Giovannini. Va pubblicata al più presto» disse Andrea.
«È inutile.» Buonocore aveva aperto il quaderno nero a una pagina precisa su cui puntava il dito. «Eccolo qui l'eroe della Resistenza.»
Andrea lesse ad alta voce: «"14 marzo 1954, Mario Giovannini, 3 milioni, caparra villetta a Cetona"».
Buonocore riprese a sfogliare l'elenco e continuò fino alla fine. Poi alzò la cornetta, compose un numero di sole quattro cifre e, mentre attendeva una risposta, piegò la testa da un lato a cercare sollievo dalla tensione che gli irrigidiva i muscoli del collo. Dall'altro capo del telefono qualcuno aveva risposto, ma non si udiva alcuna voce. Buonocore non aspettò oltre. «Ho le carte con i nomi.» Il suo interlocutore continuava a tacere. «Cosa faccio?»
Finalmente De Paoli si decise a parlare. «C'è qualcosa di cui debba preoccuparmi in quelle carte?»

«Direi di no, ho guardato bene.»
Seguì un lungo silenzio. Poi arrivò la risposta che Buonocore aspettava.
«Procedi pure, con cautela.»
Andrea, che aveva capito con chi fosse al telefono Buonocore, assisteva perplesso alla scena.
«Il nome di De Paoli c'è» disse il tesoriere del PCI.
Allora Buonocore strappò due pagine del quaderno e le ridusse in mille pezzi. «Si sbaglia.»

Una volta tornati in stazione, Ferrante e Buonocore salirono sul vagone di prima classe del notturno Torino-Palermo ma, un attimo prima che il treno partisse, scesero da uno degli scompartimenti di seconda, abbastanza certi che chi li accompagnava non si fosse accorto di nulla. A quell'ora non era più possibile noleggiare una macchina, quindi a Buonocore non restò che forzare le serrature di una Fiat 128 parcheggiata di fianco alla stazione. Tornando in auto avrebbero impiegato di più, ma avrebbero corso molti meno rischi.
Andrea era stato particolarmente silenzioso. Ripensò a lungo al contenuto dei quaderni e al fatto che ora i soldi li aveva Bonidy, tutti, anche quelli del petrolio. Nonostante gli fosse evidente che era difficile ingaggiare un conflitto con l'alto prelato lasciando indenne suo fratello Ottavio, trascorse il resto del viaggio arrovellandosi alla ricerca di una soluzione. Fu soltanto quando vide il cartello dello svincolo per Roma che si decise a parlarne con Buonocore. Superò con qualche incertezza l'imbarazzo nel rivelare la relazione tra suo fratello e Fragale, ma sulle circostanze della morte di quest'ultimo risparmiò a entrambi inutili dettagli.
Il vicedirettore sembrò quasi sollevato da quella rivelazione. Il segnale evidente che ormai tra di loro il gioco delle parti era saltato del tutto. Quindi mise a sua volta da parte le ultime riserve.
«Ottavio è una delle fonti dell'Ufficio nel Vaticano.»

Andrea si passò una mano sulla fronte «Da quando?»
«Tre anni fa fu pizzicato in una situazione che potremmo definire "inopportuna". Se la cavò accettando di collaborare e da allora si è preoccupato di passare saltuariamente soltanto qualche informazione sui correntisti dello IOR. Il minimo sindacale per rimanere a galla.» Lasciò il tempo ad Andrea per digerire la cosa, poi aggiunse: «Non sarà facile tenerlo fuori del tutto, ma un modo per evitare il peggio ci sarebbe».

Quando nella tarda mattinata di mercoledì arrivarono a Roma, invece di passare da casa Andrea si fece lasciare direttamente al Vaticano.

La guardia svizzera fece il suo dovere e chiamò la segreteria del cardinale per avvisare che c'era un visitatore il cui nome non era sulla lista degli ospiti attesi. Rimase piuttosto sorpreso dell'immediata autorizzazione a lasciarlo passare.

Bonidy ricevette Andrea da solo nel suo studio privato.

«Scotch?»

Il tesoriere declinò l'invito, poi realizzò che l'altro non poteva vederlo e disse un no secco. Il cardinale sollevò le mani alla ricerca della credenza e, quando individuò il bordo del ripiano con i liquori, lo percorse tastando fino a una bottiglia quadrata di cristallo. Andrea si avvicinò al mobile, riempì un bicchiere e lo poggiò sul tavolino di fronte a lui con atteggiamento sbrigativo, facendo rumore in modo che Bonidy capisse dov'era.

«Sono qui per i soldi» disse poi tagliando ogni preambolo.

«Quasi tutti quelli che vengono qui lo fanno per i soldi.»

«E in quanti vengono a reclamare soldi sottratti illegittimamente?»

Il cardinale sembrò rifletterci un po' su. «Be', tra eredi delusi dei lasciti a Santa Madre Chiesa, politici pieni di risentimento per un capocorrente troppo disinvolto e uffici tributari di mezzo mondo, direi che non sono pochi.»

«Io parlo di appropriazione indebita.»
«Non possedendo alcun bene in terra, è difficile rivolgermi quest'accusa, non crede?»
«Cosa mi dice allora dei soldi rubati da Settembrini e di quelli di Dongo?» Andrea notò un impercettibile cambio di espressione sul volto del suo interlocutore.
«Lei sa bene che in base alla normativa sul segreto bancario chi come il sottoscritto gestisce un istituto di credito non è obbligato a rispondere a nessuno fuorché al titolare del medesimo e, in qualche raro caso, alla magistratura. Se poi considera che lo IOR ha come unico proprietario Nostro Signore Gesù Cristo e che lo Stato del Vaticano non è vincolato da accordi di trasparenza, nel mio particolarissimo caso, almeno su questa terra, io non devo dare conto a nessuno di quello che faccio. Eventualmente, mi occuperò della questione qualora, passando a miglior vita, il Padreterno avesse qualche domanda da pormi al riguardo.»
«Quei soldi non sono suoi. Vanno restituiti al legittimo proprietario.»
«In questo caso penso di poterla accontentare. È vero, quei soldi non sono miei, ma neppure suoi o del PCI. Il legittimo proprietario è il popolo. E le posso assicurare che torneranno al popolo, ma per mano di Dio.»
«E come avrebbe pensato di spenderli, Dio?»
«Diciamo che servono a sostenere cause umanitarie in quei paesi in cui il totalitarismo socialista opprime la povera gente.»
«Nel frattempo, però, li usate per trafficare in opere d'arte e dare corda a quei giovanotti che assemblano transistor nei garage della California. E vi fate anche chiamare *Angel investors*. Non vi manca certo l'ironia.» Andrea accentuò il tono di disprezzo affinché il suo interlocutore percepisse ciò che non gli poteva leggere dall'espressione del viso. «Per voi la guerra al comunismo è solo un pretesto.»
«Vedo che suo fratello l'ha informata dettagliatamente.

È sempre stato un debole. E quanto al comunismo, non ha bisogno di una guerra, è soltanto una tragica religione atea, destinata a scomparire a breve. La fiamma socialista che oggi arde intensa finirà per consumare presto la candela sovietica.»

«Questa retorica funzionava nel Medioevo quando l'aspettativa di vita non arrivava a quarant'anni. Oggi ci sono i vaccini, i trapianti, la tivù. Oggi la gente il paradiso lo cerca in terra, e per entrarci deve comprare un biglietto. I vostri amici americani lo chiamano marketing.»

«E qual è il marketing del comunismo? Ti offro immediatamente lo stesso prodotto "paradiso" che la concorrenza ti darà un giorno che tu speri non arrivi mai? Ammetto che il messaggio è accattivante, ma non funziona a lungo. Quando la gente scopre che la nuova merce è in realtà uno schifo di gulag in fondo a una strada di privazioni, secondo lei cosa fa? Rinuncia all'idea del paradiso oppure torna a comprare l'originale?»

Bonidy si sporse in avanti cercando di prendere il bicchiere di scotch senza riuscirci.

«Non è neppure in grado di bere da solo, però pretende di sapere come giri il mondo. Lei è soltanto un povero cieco che ha scambiato il suo bastone per uno scettro.»

«Essere cieco è stata la mia fortuna. Mi ha consentito di vedere le cose non per come sembrano, ma per come sono veramente. Lei invece non vuole vedere il succo della questione.»

«E quale sarebbe?» Andrea spostò il bicchiere e finalmente Bonidy riuscì ad afferrarlo. Mandò giù un gran sorso di liquore.

«Il potere. Il potere rende cieco ogni uomo che lo abbia assaggiato.» Il cardinale si concesse un altro sorso di scotch.

«Per questo ha scelto di farsi prete, per il potere?»

«Solo in un posto dove nessuno vuole vedere la corruzione che ha intorno, un cieco poteva arrivare al potere.

È una lezione che ho imparato al seminario ascoltando le inutili denunce dei bambini e delle loro famiglie sulle attenzioni di certi sacerdoti. Comunque, non si preoccupi. Il comunismo non cadrà per opera di Dio. Sarà vittima degli errori degli uomini.»

«Non m'interessa la sconfitta del comunismo.»

«Neanche a me. Mi interessa soltanto la continuazione della Chiesa.»

55

Durante il tragitto dal Vaticano al Bottegone il tassista tenne la radio sintonizzata sul notiziario Rai. Il lunghissimo servizio realizzato dalla prima rete tradizionalmente sotto il controllo della Democrazia cristiana, nel commento ai risultati finali delle elezioni, enfatizzava il fenomeno della polarizzazione del voto verso i due partiti principali a scapito dei più piccoli. Soltanto in seconda battuta era poi costretto a spiegare che questo fenomeno premiava il PCI.

Passati i postumi della sbornia per una possibile vittoria, il clima al Bottegone era comunque euforico per quello che si andava delineando come un risultato senza precedenti. Andrea tirò dritto verso il suo ufficio per evitare le domande inutili dei compagni più noiosi. Quando aprì la porta vi trovò Grandi seduto al tavolo delle riunioni, il quale vedendolo entrare cominciò a battere lentamente le mani in modo ironico. «E magari pensi di aver disinnescato la rivoluzione o una guerra civile.»

Effettivamente, Andrea lo pensava. L'operazione era riuscita perfettamente. Come lui aveva previsto, era bastata la sola possibilità che il PCI vincesse le elezioni ad attivare i piani della CIA d'occupazione del paese. Ma l'ordine finale di imbracciare le armi, che a sinistra sarebbe toccato proprio ad Andrea in qualità di nuovo sovrintendente all'Organizzazione, non era scattato neppure per gli altri, oppure la catena di comando si era interrotta. A ogni modo, il suo piano aveva avuto successo, anche se era consapevole di aver corso un rischio importante. Ora che la minaccia delle due organizzazioni paramilitari pronte a entrare in azione si era rivelata un colossale bluff, continuare a giustificare la necessità di strutture clandestine, e soprattutto i costi necessari a tenerle in piedi, sarebbe stato difficile.

Il tesoriere chiuse la porta e posò la borsa sulla sedia. Poi accese la radio e la sintonizzò sul notiziario in attesa dei risultati finali.

«La rivoluzione è un'invenzione di voialtri. Noi ci abbiamo soltanto creduto» disse Andrea dopo essersi seduto di fronte a Grandi.

«Sì, ricordo. Ci avevi creduto così bene da finire in galera. Ti sei mai chiesto come sarebbe andata se non ti avessi mandato a Mosca?»

Per Andrea era soltanto la conferma di un sospetto che aveva maturato da tempo. «E con quello pensi di esserti messo la coscienza a posto?»

«Ho smesso da un pezzo di cercare un posto per la mia coscienza. E comunque, se avessi saputo che lì avresti conosciuto mia figlia non ti ci avrei mandato. È stato il primo dei miei due errori. L'altro è stato tirarti fuori dall'archivio.»

In quel momento Andrea si rese conto che Grandi era riuscito a controllare anche la sua vita. Ma adesso gli interessava altro. «Ho le carte su Dongo. Parlano anche delle vittime di quel tesoro.»

«Ti riferisci a un bottino di guerra e alle vittime di un conflitto, a chi vuoi che importi più?»

«La guerra è finita nel momento in cui hai ammazzato il duce. Quello che tu chiami bottino è nient'altro che una refurtiva. Per quanto riguarda invece i morti, quelli sono venuti successivamente e quindi non sono vittime di guerra.»

«La guerra non è finita con l'armistizio e neppure con Piazzale Loreto. Di morti dopo di allora ce ne sono stati più di quanti tu possa immaginare. Qualche migliaio solo per gli incidenti stradali provocati dai mezzi militari. I regolamenti di conti erano all'ordine del giorno. Si ammazzava ovunque. Fino a che gli americani decisero che poteva bastare. Tutto quel sangue rallentava la formazione di un mercato funzionante. Gli yankee avevano fretta di far partire gli affari per le loro aziende, dovevano rientrare dall'investimento nella guerra e ripagare i *war bond*.»

«Mio padre non è morto in un incidente e non aveva conti da regolare. Non aveva niente a che fare con quella storia.»

«E invece c'era dentro fino al collo.»

«Hai ammazzato anche lui?»

«Quando gli ho sparato era già morto. A ucciderlo fu uno dei miei uomini. Si trattò di un incidente. La voce che i sacchi con il bottino erano arrivati a Milano si era sparsa rapidamente e uno dei partigiani propose di parcheggiarli nell'osteria di uno di cui si fidava. Nei giorni successivi, quando le acque si calmarono, diedi ai miei uomini indicazioni di recuperare ogni cosa. Mandai quelli disponibili al momento, un barbiere e un idraulico. Quando tuo padre capì che l'oro non sarebbe finito nelle casse del partito diede di matto e andò a finire male. Il genere di incidenti che può accadere quando due così si trovano fra le mani qualche miliardo. Arrivato in quella cantina a cose fatte, ripulii il casino, imbastii una messinscena credibile e sistemai le cose con la polizia.

«E nessuno ha pagato.»

«Ognuno ha pagato a suo modo. Anch'io.»

«Ma nessuno è finito in galera.»

«Grazie all'amnistia di Togliatti.»

«Avete ricattato anche lui?»

«Serviva un'amnistia per voltare pagina. Noi scrivemmo il testo nel modo giusto. A Togliatti non parve vero di potersi intestare la pacificazione nazionale appiccicandoci sopra il suo nome.»

«Quindi i compagni partigiani si finsero indignati per il condono dei reati commessi dai fascisti mentre coprivano il loro, di culo.»

«Avevamo un mondo nuovo da costruire. Servivano i soldi e le persone giuste.»

«E a nessuno importava cosa avessero fatto?»

«Ci sono stati partigiani che hanno combattuto i nazisti e poi sono tornati a una vita normale. Magari hanno preso la tessera, ma sono rimasti fuori dalla militanza attiva. Quelli sono stati dei "bravi compagni". Però a fare la differenza sono stati quei pochi che dopo la guerra hanno continuato a combattere in politica. Senza di loro il comunismo in Italia si sarebbe spento nel giro di pochi anni. Noi li chiamavamo i "compagni necessari".»

«E che bisogno c'era di comprare tutta quella gente di cui ho letto sui quaderni?»

«Te l'ho detto, avevamo un mondo nuovo da costruire.»

«E per farlo avete finito per legittimare quello vecchio. Ci avete mandato in giro a distribuire "l'Unità" raccontandoci che era nell'interesse del popolo. Ci avete mandato all'estero a studiare per il partito. Tutto per il vostro, di interesse. Voi non siete i nostri eroi.»

«Noi siamo quelli che hanno fatto la guerra.» Grandi ebbe una reazione quasi violenta. «Solo se fai la guerra, capisci veramente chi sei. Diventare partigiano quando io ho scelto di esserlo significava rischiare la pelle. Quelli della vostra generazione non rischiano un bel niente.» Quindi raddrizzò la schiena e tese i muscoli come un felino pronto ad aggredire la sua preda. «Volevate sentirvi parte di un progetto e noi ve ne abbiamo dato uno. Cercavate una guida e vi abbiamo guidati. E ora vi arrabbiate perché vi abbiamo raccontato un mondo che non poteva esistere. Noi non vi abbiamo nascosto un cazzo. La verità l'avete sempre avuta davanti agli occhi, ma avete preferito girarvi dall'altra parte per non vedere cosa accadeva a Praga, a Cuba, a Mosca.»

L'attacco era andato a segno. Andrea era frastornato e riuscì ad articolare una replica piuttosto debole, quasi rassegnata. «Abbiamo fatto quello che ritenevamo giusto.»

«Anche il Vaticano e la DC lo hanno fatto, e pure gli americani. Uscivamo dal buio dell'ignoranza, dalla fame della guerra, dalla paura dei bombardamenti. Ognuno voleva un futuro migliore, o almeno decente. E se qualcuno restava indietro, poco male. Noi, invece, abbiamo provato a non lasciarne indietro troppi. Forse abbiamo reso questo paese poco efficiente, ma di sicuro molto meno stronzo. Qualcosa di un po' più simile a una famiglia allargata che a un'immensa fabbrica senz'anima.»

Incassato il colpo definitivo Andrea provò a rifugiarsi sul piano personale, dove poteva replicare con armi più affilate. «A sentire tua figlia sei l'ultima persona che può parlare di famiglia. E comunque, tutto questo non durerà a lungo. Presto la storia ci presenterà il conto.»

«C'è tempo per quello. Nel frattempo, voi sarete liberi di passare il tempo giudicando la morale altrui mentre vi godete una comoda vita borghese dalla vostra amaca in giardino.»

«Non è la democrazia che avevamo immaginato.»

«Era l'unica possibile in questo paese.»

Quel giorno, la parola "circo" rifletteva in pieno la composizione variegata dell'armamentario umano accorso a festeggiare la vittoria del PCI nel cratere artificiale di seicento metri reso famoso dal Ben-Hur di Charlton Heston. Del magnifico stadio che aveva ospitato le corse delle quadrighe era rimasto poco, ma quel luogo restava tuttora il più grande spazio per spettacoli mai costruito dall'uomo, teatro di giochi sontuosi e mitologiche tragedie.

Sandra era nel retropalco già da alcune ore. Aveva discusso la scaletta degli interventi e si era assicurata che il Segretario fosse solo sulla scena durante il suo discorso. Quelli che pregustavano l'opportunità di apparire sul palco di fianco al leader vittorioso avevano storto il naso quando lei lo aveva escluso categoricamente. Ma la sua obiezione sul fatto che quelle immagini, riprese da più di venti televisioni, non potessero essere inquinate da personalismi e altre vanterie, aveva perfettamente senso, per cui nessuno ebbe il coraggio di protestare.

Nell'esatto momento in cui il magma degli oltre cinquecentomila compagni si riversava nell'antica depressione tra il Palatino e l'Aventino dove duemilasettecento anni addietro si era consumato il primo rapimento a sfondo politico della storia, Giulio Acquaviva si trovava dall'altra parte della città, deciso a impedire che dopo il Ratto delle Sabine sui libri di scuola ci finisse anche il rapimento del presidente del Consiglio italiano.

Gli eventi degli ultimi mesi lo avevano segnato profondamente, costringendolo a fare i conti con i nodi irrisolti della sua vita. Ad affliggerlo non era la mancata carriera, aveva sempre saputo che con il suo pedigree non avrebbe fatto molta strada nel partito, ma il fatto che non avendo una famiglia di cui occuparsi e neppure una rete di affetti veri, in fondo non era nient'altro che un figlio. E ora che sua madre era mancata, non era neanche più quello. La scelta di agire era maturata in quel turbinio di angosce.

Si era procurato i dettagli dell'operazione grazie ai suoi rapporti speciali con la sinistra universitaria e a qualche dose di metanfetamina. Ora se ne stava seduto in un'Alfasud rossa, ferma con il motore acceso davanti a un bar di piazza Mazzini a una ventina di metri da un piccolo cantiere. Osservò per alcuni minuti il modo maldestro in cui il gruppetto di operai in tuta dell'ENEL trafficava tra i cavi della cabina elettrica, ma non si lasciò distrarre da quell'approssimazione. "Un attentato del genere non sarebbe stato possibile neppure immaginarlo senza le coperture necessarie e l'appoggio di gente del mestiere" pensò. Anche per questa ragione aveva preferito tenere Andrea fuori dalla faccenda lasciandolo all'oscuro di tutto.

Nonostante fosse consapevole del guaio in cui si stava per ficcare, non ebbe alcuna esitazione quando si accorse che Lavinia, di vedetta sul lato opposto della piazza, attenendosi scrupolosamente al piano sollevò il mazzo di fiori rossi nell'istante esatto in cui la prima delle due auto della scorta del presidente del Consiglio imboccava la rotatoria. Gli operai persero istantaneamente interesse per la centralina e si dislocarono ai lati della strada alberata, mentre poco più avanti una Renault 4 celeste ne bloccava la carreggiata.

Giulio reagì in una frazione di secondo avanzando con la sua macchina quanto bastava per chiudere l'imbocco di viale Mazzini. Avrebbe certamente speronato l'auto di testa del convoglio se l'autista, con riflesso felino, non avesse sterzato bruscamente per poi accelerare dileguandosi lungo via Monte Zebio a sirene spiegate, seguita a stretto contatto dalla berlina su cui viaggiava Speroni.

Nello slancio, l'Alfasud aveva finito per tamponare un'auto parcheggiata davanti al bar che dava sulla piazza. Il proprietario, allertato dalla confusione, era uscito sul marciapiede, e constatato il danno aveva cominciato a inveire contro Giulio, il quale lo aveva tranquillizzato chiedendo scusa. L'assicurazione avrebbe pagato tutto.

De Paoli, che aveva assistito impassibile alla scena seduto a uno dei tavolini esterni del bar, aveva lasciato i soldi accanto alla tazzina del caffè ed era andato via senza voltarsi. Lo stesso fecero increduli Lavinia e gli altri nove brigatisti del commando, sparpagliandosi in ogni direzione nel tentativo di non dare nell'occhio.

Poco dopo, in ufficio, la discussione tra Andrea e Grandi era giunta a un punto morto. Il tesoriere ebbe la sensazione che il padre di Sandra non fosse lì solo per una rivendicazione politica. A confermarlo fu l'espressione di allarme che gli apparve sul viso quando la voce dalla radio annunciò l'edizione straordinaria del notiziario.

Andrea alzò il volume. Il Viminale stava divulgando in diretta i risultati definitivi del voto. I comunisti avevano raccolto il 34,4% dei consensi, il record storico per il partito che era cresciuto di oltre il 7% dalle ultime politiche. La DC si confermava stabile al 38,7%, e sebbene il suo vantaggio sul PCI si fosse ridotto a poco più di quattro punti, il sorpasso che Andrea aveva artificialmente rappresentato nella sua previsione non c'era stato. Ma Grandi non sembrava meravigliato della cosa e continuava a fissare la vecchia Grundig in evidente attesa di qualcos'altro.

"Ci colleghiamo adesso con Montecitorio dove è appena arrivato il presidente del Consiglio."

Fu allora che Grandi si accasciò affranto sulla sedia.

Di fronte alla stampa, Speroni si era limitato a una scarna dichiarazione con il tono di ovvietà di colui che aveva previsto tutto. «... occorre riflettere sul messaggio uscito dalle urne e trovare risposte rapide ai bisogni del paese. Compirò ogni sforzo per realizzare una fase nuova allargando la base di consenso del governo senza preclusioni di sorta. E senza lasciarmi intimorire da niente e nessuno.»

Il messaggio era fin troppo chiaro. Per coloro che fino a quel momento avevano osteggiato il disegno del compromesso con il PCI fino a minacciare di fargli la pelle, era giunto il momento di farsi da parte.

«Il presidente non intende fare altre dichiarazioni» disse il suo portavoce, nel tentativo di contenere l'assalto di domande dei cronisti mentre Speroni andava via abbracciato dalla scorta. Rassegnati, gli inviati parlamentari delle principali testate giornalistiche del paese erano quindi scappati al Circo Massimo dove, di lì a poco, il segretario del PCI avrebbe tenuto il suo discorso.

Grandi era arrivato nei pressi del palco superando senza problemi il cordone di sicurezza e si era sistemato a ridosso degli enormi altoparlanti rivolti verso la folla. Ancora non aveva superato lo shock del fallito attentato. Il leader della CGIL aveva appena cominciato il suo intervento. Un discorso breve e formale a cui nessuno avrebbe dato peso, visto che tutti erano in spasmodica attesa del segretario del partito.

Il massimo esponente del PCI apparve sul palco e la folla esplose in un boato che fece tremare la terra. Le grandi bandiere rosse presero a volteggiare tra un milione di mani adoranti. L'ovazione durò alcuni minuti, che il Segretario, visibilmente emozionato, sfruttò per sistemare i fogli sul leggio e per regolare l'altezza del microfono facendolo fischiare. Alla sua destra una bottiglia d'acqua San Pellegrino e un bicchiere già riempito. Sandra aveva provveduto personalmente a sistemare tutto come lui si aspettava.

Quando finalmente calò il silenzio, inforcò gli occhiali. A quel punto una voce femminile si alzò isolata a poche decine di metri da lui. «Sei bellissimooo!» La folla esplose ancora, ma questa volta in una risata collettiva seguita da un lungo applauso che gli strappò un sorriso. Il Segretario si rifugiò allora nel bicchier d'acqua da cui attinse due lunghe sorsate, infilò un dito nel colletto della camicia allentandone la stretta e poi allungò davanti a sé le mani agitandole con i palmi rivolti verso il basso a calmare la marea umana che si ammutolì immediatamente. Tutti gli sguardi erano rivolti verso di lui.

L'atteso discorso durò una ventina di minuti, ma tutti avrebbero ricordato soltanto i pochi secondi durante i quali aveva annunciato che la spinta propulsiva della rivoluzione bolscevica del 1917 doveva considerarsi esaurita e che era giunto il momento di realizzare una società nuova, pluralista e inclusiva.

Grandi lo vide bere, lo sentì parlare emozionato e attese un minuto che il veleno facesse effetto prima di capire che, anche in quel caso, le cose non sarebbero andate come previsto. Allora si voltò verso il retropalco e incrociò lo sguardo di Sandra. I due si fissarono per tutta la durata dell'applauso che segnava la fine del discorso. Poi lei sparì tra la folla mentre i maggiorenti del partito, in attesa a ridosso degli altoparlanti, rompevano le file arrancando adoranti verso il condottiero trionfante.

56

Quando il Segretario tornò al Bottegone erano ormai le sei di pomeriggio. Andrea era ancora nel suo ufficio a infilare carte nella grande borsa a soffietto e lo vide affacciarsi alla porta. «Sei venuto a dirmi che ho sbagliato la previsione?»

«Non sono stato l'unico a cascarci. Sei riuscito nell'impresa di far incazzare Washington e Mosca in egual misura» replicò il Segretario, che nel frattempo si era seduto al tavolo delle riunioni e si era acceso una sigaretta.

Andrea gli parlò continuando a riempire la borsa. «I rimborsi elettorali aumenteranno più del necessario. I costi in eccesso li ho tagliati e di giornali se ne venderanno tanti nei prossimi mesi. Potete stare tranquilli, almeno per un po'.»

«Non sono i soldi a preoccuparmi. Stasera sono convocato al Quirinale. Ci tocca gestire il casino che tu e Buonocore avete messo in piedi.»

«Troverete il modo. Nessuno si può permettere uno scandalo del genere, tantomeno in un momento come questo.» Nel chiudere la borsa, Andrea ebbe una fitta al braccio che lo costrinse a chiudere gli occhi per un momento. Fece un respiro profondo e prese la borsa con l'altro braccio. «In bocca al lupo.»

«Andrea, c'è molto da fare qui. Bisogna cambiare il paese» disse il Segretario lasciando intendere che non era il momento migliore per andarsene.

«Allora è il caso che tu scelga i compagni giusti.»

Andrea si congedò con un sorriso amaro stampato sul volto. Sulla scrivania erano rimaste la lettera di dimissioni e una scatola di caramelle.

Giunto nell'atrio, vide accumulate sul pavimento alcune balle di giornali. L'edizione straordinaria dell'"Unità", fresca di stampa. Andrea sfilò una copia: *12 milioni e 600 mila voti al PCI.* Sotto il titolo la foto in bianco e nero del Segretario che arringava la folla dal palco del Circo Massimo.

Sul grande tavolo delle riunioni nella stanza del direttore dell'"Unità" il sangue aveva coperto quella stessa foto quasi del tutto, risucchiato dalla carta leggera che aveva assorbito parte della pozza in cui giaceva il capo riverso di Giovannini. Il caporedattore che lo aveva trovato con la rivoltella a terra sotto la mano penzolante non aveva potuto evitare di pensare alla macabra ironia di quella scena. Finalmente Giovannini era riuscito a rendere più rosso il suo giornale.

Quella sera, il presidente Novelli aveva convocato al Quirinale il ministro dell'Interno Canta, i presidenti di Camera e Senato, i segretari dei due principali partiti italiani, il vicepresidente del Consiglio Superiore della Magistratura, il capo di Stato Maggiore della Difesa, il capo della polizia, i direttori dell'ANSA e del "Corriere della Sera", il presidente di Confindustria e il segretario della CGIL in rappresentanza dei tre sindacati. Per la prima volta nella storia della Repubblica i massimi esponenti dei poteri dello Stato si riunivano in gran riserbo, al di fuori da ogni prassi costituzionale, per affrontare la situazione difficilissima che si era venuta a creare in seguito all'esito incerto delle elezioni e alle rivelazioni contenute nei quaderni.

L'accordo fu trovato rapidamente. Novelli, nel giro di qualche settimana, avrebbe accusato un malore e si sarebbe dimesso dalla carica di presidente della Repubblica per l'impossibilità materiale di far fronte agli impegni istituzionali. Il ministro Canta avrebbe rinunciato alla corsa per succedergli come anche alla candidatura per la segreteria della DC. Quanto ai quaderni, sarebbero stati distrutti nell'interesse generale del paese e nel silenzio corale della magistratura e degli organi di stampa. Sarebbe spettato invece al capo della polizia risolvere la questione con Buonocore. Non si dilungarono a discutere sul come.

La mattina dopo, Giulio uscì di casa prima del solito. Indossava un completo nero e gli occhiali da sole. A mezzogiorno ci sarebbero state le esequie di sua madre e aveva passato la notte scrivendo un elogio funebre degno di una principessa.

Il glicine centenario era tornato a colorare da qualche giorno l'intera facciata della casa con una cascata di grappoli lilla che si arrampicavano per tre piani.

La piazza era vuota. Ai tavolini del bar c'era un unico cliente che leggeva "La Gazzetta dello Sport". L'incarico principale dell'agente Dattoli restava la gestione dei due archivi, ma il direttore dell'Ufficio, di tanto in tanto, gli assegnava dei compiti speciali. Quel giorno si sarebbe dovuto occupare di dare un messaggio chiaro ai mandanti dell'attentato a Speroni: a tradire non era stato De Paoli.

Appena il funzionario del PCI si fu seduto, l'agente abbassò il giornale e fece fuoco con l'arma silenziata. Due volte, alla base del collo.

Giulio Acquaviva D'Aragona rimase sotto il sole tiepido di quella meravigliosa giornata di primavera, seduto con il capo leggermente chino da un lato e i François Pinton a nascondere gli occhi spalancati sulla piazza.

Anche la villa di Albano era avvolta dal profumo della primavera. L'esuberanza della macchia mediterranea aveva invaso ogni anfratto del giardino. Martone era seduto al sole, con il plaid sulle gambe nonostante a quell'ora di mattina facesse già caldo. L'eroico combattente della Resistenza era stato sconfitto da un killer più silenzioso e altrettanto spietato che gli aveva consumato lentamente buona parte degli organi interni fino a che i polmoni erano collassati.

Sapevano molte cose l'uno dell'altro, ma era la prima volta che si ritrovavano faccia a faccia. La luce fredda dei neon nella saletta interrogatori della questura accentuava l'aria sfatta di Buonocore facendo apparire Tokarev decisamente più giovane sebbene fossero coetanei.

«Stamattina i miei uomini hanno fatto irruzione a palazzo Brancaccio e fermato sei dei vostri. Tra loro la bionda che frequentava D'Amico.»

Tokarev gettò un rapido sguardo sul foglio con la lista di nomi e numeri di passaporto in bella vista sul tavolo di ferro, e rimase in attesa della proposta che non tardò ad arrivare.

«Posso rimpatriarli col primo volo. Ma mi aspetto che tutte le operazioni attive su Roma vengano sospese.» Mentre completava la frase, Buonocore poggiò delicatamente sul foglio una piccola busta trasparente contenente due microfiale di ricina dello stesso tipo di quella rinvenuta sul corpo di un ricercatore morto nella basilica di San Pietro anni prima. Le avevano trovate nella valigetta di Tokarev quando poche ore prima era stato fermato a Fiumicino di ritorno da Mosca. Buonocore non aveva dubbi che servissero a eliminare Andrea e Sandra.

Per Tokarev tutto sommato si trattava di un buon compromesso visto che i Ferrante gli sarebbero potuti essere utili in futuro. E poi non era affatto preoccupato di disattendere le istruzioni di Elembaev, visto che presto molte cose sarebbero cambiate.

Bastò una stretta di mano.

In una stanza del Fatebenefratelli, arroccato sull'isola Tiberina, l'avvocato Settembrini era immobile nel letto, lo sguardo fisso nel vuoto. Nel corso delle tre settimane trascorse in ospedale non aveva ricevuto nessuna visita. Un giorno, una delle infermiere di sala gli aveva chiesto chi potessero chiamare in caso di un peggioramento delle sue condizioni. La risposta la lasciò sorpresa. Aveva letto quel nome sui giornali molte volte e pensò fosse l'ultimo desiderio di un disperato in cerca di conforto: «Intendevo un familiare, un amico» insistette allora. Lui non replicò, semplicemente perché non aveva nessuno altro da avvisare.

Quella persona poi era arrivata davvero. E il fatto che un alto prelato si fosse disturbato a visitare un poveraccio aveva destato stupore e ammirazione nel personale medico e nei pazienti. Al termine del breve incontro il cardinale Bonidy era apparso assai turbato. Nonostante ciò, prima di andar via aveva dovuto benedire mezzo reparto. Da quel momento avevano smesso di somministrare farmaci a Settembrini.

La mattina dopo avevano sistemato la salma in una cassa di truciolato portandola via su un carrello mezzo arrugginito. In assenza di indicazioni diverse o di qualcuno che pagasse per un funerale, il titolare dell'impresa funebre incaricata dal comune procedette alla cremazione. I pochi effetti personali furono raccolti in una piccola scatola di cartone. Un paio di occhiali graduati piuttosto malconci, un portafoglio consumato, un mazzo di chiavi e un foglietto con una serie di numeri scritti a penna senza altri riferimenti. La persona che si presentò per ritirarli non aveva documenti per identificarsi come familiare, ma il collare bianco da sacerdote e una banconota da centomila lire erano due buoni motivi per chiudere un occhio.

Lasciato l'obitorio, Ottavio s'incamminò verso i muraglioni del Lungotevere e scese le scalette che portavano al fiume. Si accertò che nessuno lo stesse osservando, prese il foglio con l'identificativo del conto corrente al portatore da diciotto miliardi di lire acceso presso lo IOR e gettò la scatola con il resto degli oggetti nel fiume. Restò a osservarla mentre la corrente la trascinava via. Poi con un gesto liberatorio si strappò via il colletto bianco che finì risucchiato dai vortici d'acqua verdastra.

L'Ufficio affari riservati era stato formalmente sciolto quella mattina per effetto del decreto firmato come ultimo atto dal presidente del Consiglio uscente. A mezzogiorno una squadra di finanzieri aveva posto sotto sequestro entrambi gli archivi della Cassia e dell'Aurelia proprio mentre l'agente Dattoli veniva preso in custodia dalla polizia con l'accusa di essere l'autore materiale dei delitti Acquaviva e D'Amato.

De Paoli sedeva a uno dei tavoli della terrazza panoramica dell'Hotel Eden di via Veneto, il suo tre stelle Michelin preferito. Aveva appena annotato sul blocchetto per le recensioni il leggero eccesso di acidità del filetto di lepre al pan brioche quando il direttore di sala gli consegnò il messaggio del colonnello dei carabinieri che chiedeva di conferire in privato con lui. Gettò un rapido sguardo ai due uomini in borghese in attesa davanti al guardaroba, quindi restituì il biglietto e ordinò gli venisse servita la sesta portata del menu degustazione.

Bonidy era abbandonato nella sua poltrona preferita. Gli occhi chiusi, sembrava dormisse. In realtà si stava godendo le note della *Ciaccona*, dalla Partita n. 2 in re minore di Johann Sebastian Bach, il suo pezzo per violino preferito. La ragazzina in piedi davanti a lui aveva solo dodici anni e un talento quasi innaturale.

Fu suor Maria a interrompere quel momento magico

portando via la giovane musicista senza dire una parola. Il cardinale restò spiazzato e non riuscì a interpretare la sequenza insolita di rumori. Buonocore si accomodò nella poltrona di fronte a lui.

«Mi chiamo Vincenzo Buonocore. Sono un funzionario del ministero italiano degli Affari interni. Lei non mi conosce. Io invece so molte cose sul suo conto.»

«Le autorità italiane non hanno alcuna giurisdizione qui» rispose l'alto prelato senza neppure domandarsi la ragione di quella visita.

«Non sono in Vaticano per arrestarla, ma per l'indagine sulla scomparsa di una ragazzina come quella appena uscita. È successo quattro anni fa.»

La vendetta di Settembrini arrivava prima del previsto, però era comunque troppo tardi. «Già che era nei paraggi poteva passare per la basilica qui sotto e invocare un miracolo per riportare in vita chi mi calunnia» rispose il cardinale per chiudere quella spiacevole seccatura.

«Non occorre scomodare San Pietro. Ci basta la testimonianza di Ottavio Ferrante. Ne troverà la trascrizione completa nella cartellina che ho appena consegnato nelle mani del papa.»

Buonocore lasciò la capitale la sera stessa. Era parte dell'accordo raggiunto. In cambio del riserbo più assoluto sui quaderni gli sarebbe stato concesso di dirigere un commissariato a sua scelta. Lui aveva accettato di buon grado quella soluzione. Non ne aveva fatto parola con nessuno, neanche con Salsano quando si erano salutati, eppure quando la mattina dopo il traghetto entrò nel porticciolo di Procida suo fratello era sulla banchina ad aspettarlo.

Lavinia sapeva chi era prima ancora di rispondere al telefono. Nessuno conosceva quel numero all'infuori di Umberto. La chiamata durò pochi secondi. Lei si limitò ad ascoltare, quindi prese la semiautomatica da sotto il lavello della cucina e uscì dall'appartamento sulla Salaria. Giunta a Trastevere, lasciò la Lambretta poco distante dal capannone fatiscente di via Sales. Erano le sette di sera e la luce dei lampioni illuminava di giallo il cancello improvvisato con due pezzi di ondulato avvitati ai cardini malandati. Lavinia osservò per qualche momento Paolo che infilava panetti di hashish nel pannello della portiera di una Fiat 128. Allora prese la pistola che aveva infilato nella cintura dietro la schiena ed entrò puntandogliela dritta in faccia. Vedendola entrare lui si alzò in piedi, ma non sembrò sorpreso.

La testa della ragazza scoppiò come un'anguria colpita da un martello, schizzando pezzi di cervello ovunque. «Jamme Paole', si è fatto tardi.» L'uomo in divisa da poliziotto che era spuntato alle spalle di Lavinia in evidente attesa del suo arrivo aveva rimesso la pistola nella fondina.

Paolo si pulì il viso con il dorso della mano, sistemò il pannello dello sportello alla bell'e meglio e mise in moto l'auto. L'altro aveva aperto il cancello esterno e lui, per evitare di dover far manovra, uscì passando sul corpo della ragazza.

Quando Sandra uscì dalla redazione non si aspettava di trovare Andrea ad attenderla e tantomeno l'invito a prendere un gelato a Villa Ada. I pini domestici e le querce secolari che proteggevano l'ex residenza reale attenuavano la calura di quell'inizio d'estate, rendendo piacevole la lunga passeggiata. Al tramonto si ritrovarono seduti su una panchina di fronte al laghetto che si apriva nel bel mezzo di una sughereta e il ricordo del loro primo incontro nel parco di Novodevičij strappò loro un sorriso.

«E adesso?» chiese Sandra alla ricerca di una rassicurazione su Umberto, sul loro matrimonio, su qualunque cosa.

Andrea, che fino a quel momento aveva vissuto di certezze altrui, non era allenato a cercarsene di proprie. Gli eventi dell'ultimo periodo lo avevano segnato profondamente e la morte di Giulio lo aveva svuotato di ogni energia.

«Innanzitutto mi toccherà trovarmi un lavoro» rispose quindi riparandosi il viso dai raggi del sole ormai basso. «Credo di essere il primo dimissionario nella storia del PCI.»

Sandra lasciò trascorrere qualche secondo, poi, con il tono di chi parla di cosa avrebbero mangiato a cena, disse: «Aspetto un bambino».

Andrea cercò rapidamente nella mente l'immagine di quella sera di uno o due mesi prima. «Be', ho scelto il momento giusto per licenziarmi.»

Umberto sapeva bene che quel numero andava usato soltanto in caso di emergenza, ma erano passati ormai due giorni e doveva capire cosa fosse successo. Il telefono dell'appartamento di via Salaria squillò a lungo, poi finalmente dall'altra parte sollevarono la cornetta. Lui rimase in silenzio per un po', quindi decise che valeva la pena rischiare.

«Lavinia?»

«Ti consiglio di dimenticare questo numero.»

Dovevano accertarsi che l'appartamento fosse ripulito a dovere, altrimenti non avrebbero scomodato uno del livello di Messina.

«Perché lei?» chiese Umberto.

«Bisognava scegliere e Paolo può esserci ancora molto utile.»

Umberto si stropicciò gli occhi nel tentativo di riordinare i pensieri, poi fece un respiro profondo: «Lei mi serviva, cazzo!».

«È ora che ti esponi in prima persona. Sei in credito con loro. Tu poni la questione, a farti nominare al comando ci pensiamo noi.»

Fino ad allora Umberto aveva pensato di essere l'unico infiltrato nella colonna romana delle BR. Non era preparato a quella situazione e, non avendo margini di manovra, al momento gli toccò abbozzare. «Sarà complicato finché sono bloccato in casa con quei due.»

«Tra qualche giorno il procedimento penale a tuo carico sarà archiviato. Per il resto ti toccherà giocare al bravo figliolo.»

Umberto sentì il rumore della chiave nella serratura. Giusto in tempo per ricevere le ultime istruzioni dall'americano. «Il materiale per i palestinesi arriverà in Italia mercoledì. Faranno la consegna alla stazione di Verona. Occupatene.»

In un anonimo avamposto minerario della Siberia settentrionale, l'area recintata del campo di prigionia destinato esclusivamente ai prigionieri politici era ancora imbiancata dalla neve. La struttura contava dodicimila detenuti e Boris Nikolaevič Elembaev era al momento l'ospite più prestigioso. A differenza dei suoi colleghi di baracca, lui non era costretto a lavorare nella vicina miniera di uranio e non era neppure stato sottoposto a tortura, perché la sua tortura più grande sarebbe stata sopravvivere. Il vanto del direttore del campo era il tasso di mortalità dei suoi prigionieri, il più basso tra i gulag ancora funzionanti.

Qualche giorno prima, a Vladimir Tokarev era occorsa mezz'ora in tutto per spostare l'intero ammontare depositato negli ultimi anni da Elembaev su un altro conto che aveva aperto da poco più di un mese presso una piccola banca di Zurigo. Gli furono necessari altri venti minuti per recuperare i documenti custoditi nella cassetta di sicurezza.

All'uscita dal numero 79 di boulevard Haussmann lo attendeva un'auto che lo avrebbe portato al Charles de Gaulle, il nuovo aeroporto a nordest della capitale francese. Il pomeriggio dello stesso giorno fu ricevuto da Jurij Aleksandrovič Dernov, da sette anni direttore del KGB, a cui si era limitato a consegnare la borsa con i documenti sul Fondo di assistenza sottratti per conto di Elembaev. Sarebbe stato sufficiente a chiudere i conti con il responsabile della morte di suo padre. Dei soldi che aveva trasferito in Svizzera non aveva fatto menzione. Infine, era riuscito a tornare a casa per cena e quando la piccola Elena lo aveva visto aveva urlato dalla gioia saltandogli al collo.

Ringraziamenti

Questo libro è un viaggio inaspettato, iniziato diversi anni fa ascoltando i racconti di Gianni Cervetti. Grazie, Gianni, per l'amicizia e la fiducia, e per il privilegio di aver potuto rileggere il passato recente del nostro paese attraverso gli occhi di chi lo ha vissuto da protagonista. Dai tuoi racconti ho preso spunto per creare il mio, basandomi su personaggi di fantasia e concedendomi alcune libertà ai fini della narrazione. A Paola Egiziano sono riconoscente per avermi convinto a scrivere le prime pagine. Se poi nel mio lungo vagare nel tempo e nello spazio ho ritrovato ogni volta la strada lo devo unicamente a Joy Terekiev, che mi ha sempre guidato con mano sicura prendendosi cura di ogni cosa, inclusa la mia irrequietezza, con l'ascolto discreto e i suoi amabili rimproveri. Ringrazio Valeria Ravera per essermi venuta in soccorso con scrupolosa competenza e lucida creatività, impedendomi di inciampare a pochi metri dal traguardo. Il fatto che vi ritroviate tra le mani questo libro lo devo invece a Giovanni Francesio, che lo ha scelto. Il mio ringraziamento va infine a tutti coloro che in Mondadori hanno lavorato al progetto.

Maria Pia non la ringrazio, che poi si arrabbia. La amo e basta.